Raimund A. Mader

GLASBERG

Raimund A. Mader

GLASBERG

Kriminalroman

KRIMI IM GMEINER-VERLAG

Wir machen's spannend

Bibliografische Information der Deutschen Bibliothek
Die Deutsche Bibliothek verzeichnet diese Publikation in der Deutschen Nationalbibliografie; detaillierte bibliografische Daten sind im Internet über http://dnb.ddb.de abrufbar.

Personen und Handlung sind frei erfunden.
Ähnlichkeiten mit lebenden oder toten Personen sind rein zufällig und nicht beabsichtigt.

Besuchen Sie uns im Internet:
www.gmeiner-verlag.de

Im Ehnried 5, 88605 Meßkirch
Telefon 07575/2095-0
info@gmeiner-verlag.de

1. Auflage 2008

Lektorat: Claudia Senghaas, Kirchardt
Umschlaggestaltung: U.O.R.G. Lutz Eberle, Stuttgart
unter Verwendung eines Fotos von Pixelio.de
Gesetzt aus der 10/13 Punkt GV Garamond
Druck: Fuldaer Verlagsanstalt, Fulda
Printed in Germany
ISBN 978-3-89977-774-1

Meiner Andrea und unseren beiden Mäusen,
Hannah und Daniela, für die geschenkte Zeit …

ERSTES BUCH

Those who have crossed
With direct eyes, to death's other Kingdom
Remember us – if at all – not as lost
Violent souls, but only
As the hollow men
The stuffed men

T.S. Eliot

1

Mit müden Schritten näherte sich der Mann dem schäbigen Gebäude in der Innenstadt der kleinen Oberpfälzer Stadt, die mit ihren knapp fünfzigtausend Einwohnern provinzielle Behäbigkeit und graue Langeweile ausstrahlte.

Ein nieselnder Aprilregen verstärkte das Gefühl von Trostlosigkeit, das trotz aller Vorboten des Frühlings über der Stadt zu liegen schien. Schon seit Tagen waren Kolonnen des örtlichen Bauhofs und der städtischen Gärtnereien unterwegs gewesen, um die Spuren des langen Winters zu beseitigen. Doch auch dort, wo Bäume von dürrem Geäst befreit worden waren, wo Büsche zu treiben begannen, wo das Gelb der Forsythien erste Farbtupfer zu setzen begann, auch dort ließen der stete Regen und die kalten Stöße des böhmischen Windes die Menschen erschaudern und in sich hineinkriechen.

Von den kahlen Bäumen der Allee tropfte das Wasser, und Leonhard Güllner hatte Mühe, den Pfützen, die sich auf den vom Winter ramponierten Gehwegen sammelten, auszuweichen.

Wie viele Male war er diesen Weg schon gegangen, vom Busbahnhof am Unteren Markt durch die Fußgängerzone, am Alten Rathaus vorbei hin zur Allee, die sich parallel zur Fußgängerzone erstreckte. In den ersten Jahren hatte es noch keine Fußgängerzone gegeben. Die hatte man erst in den späten siebziger Jahren eingerichtet, als sich zeigte, dass sich dadurch der Umsatz der städtischen Geschäftswelt in ungeahntem Maße hatte steigern lassen. Auch der Busbahnhof war neu. Ein rühriger Bürgermeister und ein ihm treu ergebener Stadtrat hatten dafür gesorgt, dass die Infrastruktur der Stadt ihrer wachsenden Bedeutung als Einkaufsmetropole für ein weites Umland entsprechend verbessert und ausgebaut worden war. Leonhard Güllner lachte freudlos in sich hinein, als er an Wellmann, den Bürgermeister, seinen jetzigen Parteifreund, dachte. Der war zu einer Zeit, als er, Güllner, noch unschlüssig war, welchen Weg er einmal einschlagen würde, bereits als Hoffnungsträger seiner Partei für das Amt des Bürgermeisters gehandelt worden. Und schon damals, als vergleichsweise junger, politisch unerfahrener Mann, hatte er es verstanden, die menschlichen Schwächen seiner innerparteilichen Gegner für seine Zwecke zu nutzen. Einen Moment lang dachte Güllner an den alten Hofmann, der sich als Chef der Stadtratsfraktion seiner Partei Hoffnungen auf den Bürgermeistersessel gemacht hatte. Nur wenige Wochen vor der Nominierung – und niemand hatte daran gezweifelt, dass es Hofmann sein würde, der zum Bürgermeisterkandidaten gekürt werden würde – waren Bilder in der örtlichen Presse erschienen, die Hofmanns besonderes Interesse an gut gebauten Knaben deutlich machten. Es wurde niemals geklärt, auf welche Weise das belastende Material dem Verlag zugespielt worden war. Tatsache aber war, dass der Schuss, mit dem Hofmann seinem Leben ein Ende setzte, gleichzeitig der Startschuss zu Wellmanns politischer Karriere gewesen war.

In diesem Augenblick trat plötzlich und unvermittelt ein alter Mann aus einem Torbogen, Güllner in den Weg, sodass dieser sich genötigt sah, für einen kurzen Moment im Schritt innezuhalten, vom Gehsteig herunterzutreten und einen Bogen um das Hindernis zu machen. Der Mann trug einen in undefinierbarem Beige gehaltenen Anzug, der seine Herkunft aus trostloser osteuropäischer Produktion nicht verhehlen konnte. Es schien Güllner, als wolle der Mann ihn ansprechen, sodass er sich ihm, obwohl er dabei weiterging, zuwandte.

»Prozim«, sagte der Mann, und seine toten Augen richteten sich auf Güllner, der ihn verwundert anstarrte.

»Prozim«, murmelte er noch einmal, und er wollte hastig weitersprechen, als plötzlich zwei junge Männer hinter Güllner auftauchten, auf den Mann zutraten und, ihn in ihre Mitte nehmend, lachend und lärmend auf ihn einredeten, wobei sie ihn von Güllner wegzogen. Der Sprache nach schienen es Tschechen zu sein. Der Vorgang dauerte nur wenige Sekunden und doch führte er zu einer augenfälligen Veränderung bei Güllner. Es war, als habe der alte Mann ihm, als sich ihre Blicke kreuzten, etwas mitgeteilt, das ihm tödliche Angst einflößte. Er ging noch einige wenige Schritte, klammerte sich dann an eine der unter den Alleebäumen in regelmäßigen Abständen aufgestellten Bänke und setzte sich schwer.

Güllner achtete nicht auf die Menschen, die an ihm vorbeihasteten, die ihre Blicke kurz auf seine zusammengesunkene Gestalt richteten, verwundert, was er, der im städtischen Leben eine prominente Rolle spielte, hier im nur allmählich nachlassenden Regen tat. Die Menschen hatten auch für einen wie ihn nur einen kurzen Blick ohne eigentliches Interesse. Eine Ahnung von dem Kranken, dem Verlorenen, das ihn umgab, ließ sie wohl weitergehen. Güllner richtete seinen Blick auf die gegenüberliegende Straßenseite, ohne etwas wahrzunehmen. Wahnsinnige Angst hatte ihn ergriffen. Er wusste, dass er in seinem tiefsten Inneren ein Feigling war, hatte es schon immer gewusst. Feigheit war die Triebfeder all seiner beruflichen, seiner politischen Erfolge gewesen, hatte ihn angestachelt, Trophäen zu erwerben, die die Angst, dass jemand die abgrundtiefe Hohlheit seines Wesens erkennen würde, verbergen halfen. Starke Menschen, das hatte er immer wieder gesehen, brauchten keine Erfolge, die ihnen eine trügerische Sicherheit vorgaukelten. Dieses Wissen allein hatte jedoch nicht genügt, die Leere seines Ichs, die tiefe Angst vor dem Leben, zu überwinden. So war es auch nicht die Angst vor dem Tod, dem Ende eines sinnlosen Lebens, die ihn erschaudern ließ, als vielmehr die Vorstellung der Schmerzen, die mit seinem Tod verbunden sein würden. Er kannte die Männer, die da gekommen waren, die schon auf ihn warteten. Er hatte eine Ahnung von ihrer Lust am Quälen, ihrem Sich-Weiden an den Momenten, in denen sich ihr Opfer alles Menschlichen entledigte und nur noch schreiendes, flehendes Fleisch war. Es war diese Angst, die ihn verfolgte, seit er sich entschlossen hatte, seinem Leben eine andere Richtung zu geben, die ihm den Schlaf geraubt hatte, die ihm sämtliche Kraft aus den Knochen gezogen hatte.

Wieder blickte er hinüber auf die andere Straßenseite, auf das graue Gebäude mit den grellen Neonzeichen. Dort, oberhalb des *Capitols*, einem der drei Kinos der Stadt, befand sich sein Bürgerbüro, in dem er seit nunmehr fast zwei Jahrzehnten Bittsteller, Schmeichler, politische Freunde und Feinde empfing. Dort oben hatte er an seiner politischen Karriere gebastelt, hatte er zusammen mit seinem Mentor, dem ehemaligen Abgeordneten Zeller, der grauen Eminenz der Partei, den Grundstein für seinen Aufstieg zum einflussreichen Bundestagsabgeordneten gelegt.

Eigentlich angefangen hatte für Güllner allerdings alles, als er sich als junger Rechtsreferendar im Anwaltsbüro von *Zeller, Grochowina und Partner* seine ersten Sporen verdienen durfte und dabei den Annäherungen der attraktiven Frau seines Chefs ohne großen Widerstand erlegen war. Maritta war damals, vor etwa fünfundzwanzig Jahren, für den jungen und, was Frauen anbelangte, eher unbedarften Leonhard zu einer Quelle ständiger, erhitzter Erregung geworden. Nicht nur in den Augenblicken, in denen sie durch die Kanzleiräume von Zeller und dem längst verstorbenen Grochowina schlenderte, viel mehr noch in den meist eintönigen und einsamen Nachtstunden in seiner billigen Unterkunft nahe dem Augustinus-Gymnasium erzeugte der Gedanke an ihren sinnlichen Körper eine Lust in ihm, die sich oftmals in seinen Fantasien ins Unermessliche steigerte und dann schmerzhaft und demütigend entlud. Als sie dann eines Abends wie selbstverständlich vor seiner Tür stand und sich ihm, der seiner Verwirrung kaum Herr wurde, anbot, da hatte es für ihn keinen Anlass gegeben – etwa aus einem Gedanken der Loyalität heraus – auf das zu verzichten, was sein Geist bereits im Übermaß genossen hatte. Güllner erinnerte sich an die Wochen und Monate nach ihrem ersten Abend, an Augenblicke der Lust, in denen das, was sein erhitztes Gehirn erdachte, und das, was ihm an sinnlicher Realität gegeben wurde, eins wurden. Maritta selbst schien ohne jegliche Hemmungen zu sein und dankbar für seine außergewöhnlichsten Wünsche und Perversionen. Nie mehr in seinem Leben hatte er dieses Gefühl des absoluten, des grenzenlosen Treibens in auch nur annähernder Weise wieder gefunden. Spiele zwischen unsäglicher Qual und skurrilem Ausleben einer Macht, die im anderen nur mehr das verletzbare, zu peinigende Objekt sah, waren der Rahmen einer Beziehung, die schon bald in eine verzweifelte Verachtung sowohl der eigenen als auch der anderen Existenz mündete.

War es am Anfang nach den Stunden hemmungsloser Ekstase noch die Angst vor der Erschütterung seiner bürgerlichen Fassade, die Güllner zu schaffen machte, wenn er dem Mann gegenübertreten musste, dem er genommen hatte, was diesem doch nie zu eigen gewesen war, so musste er bald erkennen, dass es weitaus schlimmer war, dass er seine Seele an eine Frau verkauft hatte, die durch und durch böse war. Als sie ihm eines Tages sagte, dass sie Dokumente angefertigt hatte, die ihn in Posen tiefster Erniedrigung zeigten, Dokumente, die ihn in jeglicher Weise vernichten konnten, da hatte er, ohne sich sonderlich dagegen aufzulehnen, akzeptiert, dass sein Schicksal von nun an in ihrer Hand lag. Dabei hatte sie es in all den Jahren danach niemals nötig gehabt, auszusprechen, was beide wussten. Ihre Macht über ihn war so vollkommen gewesen, dass sie ohne Worte auskam.

Dennoch war es Maritta gewesen, die dafür gesorgt hatte, dass ihr Mann, ein politisches Schwergewicht, der den Stimmkreis in der nördlichen Oberpfalz seit vielen Jahren im Bundestag vertreten hatte, dass er sich des jungen Güllner annahm und ihm den Weg in die Politik ebnete.

Güllner hatte sich oft gefragt, ob Zeller von seinem Verhältnis mit Maritta gewusst hatte. Maritta selbst hatte mit ihm nie über ihre Beziehung zu ihrem um viele Jahre älteren Mann gesprochen. Als er Zeller einmal gefragt hatte, warum er sich so für ihn einsetze, hatte dieser ihn nur angesehen und gesagt:

»Maritta hält große Stücke auf dich, Leo. Sie meint, du seiest der Richtige, einmal mein Erbe anzutreten.« Es klang dabei ein Ton von Melancholie in seiner Stimme mit, und Güllner hatte wohl begriffen, dass der Ältere die

Situation durchschaut hatte. Und dann hatte der gelacht, und es war ein freudloses Lachen gewesen. Güllner hatte sich mit dieser Antwort zufriedengegeben und nie mehr versucht, tiefer in Zeller zu dringen. Auch Maritta hatte ihm, als er sie einmal danach fragte, deutlich zu verstehen gegeben, dass ihn ihre Beziehung zu ihrem Mann nichts anginge. So hatte er die Situation akzeptiert, hatte auch akzeptiert, dass sein Lebensweg von jener Zeit an von diesen zwei Menschen bestimmt wurde.

Zellers Einfluss war es zu verdanken, dass Güllner zu Beginn der achtziger Jahre als damals jüngster Abgeordneter in den Bundestag gewählt wurde. Zeller selbst zog sich, für alle überraschend, in dem Augenblick aus der aktiven Politik zurück, als Güllners Triumph feststand, und er vermied es bis zu seinem Tod, jemals wieder mit seinem ehemaligen Schützling in Kontakt zu treten. Dies hatte natürlich für viel Gerede gesorgt, das sich jedoch bald legte, da sich Zeller fast gänzlich aus dem öffentlichen Leben zurückzog und Güllner durch seine häufigen Aufenthalte in Bonn wenig Anlass für Gerüchte bot.

Dazu kam, dass Zeller schon kurze Zeit nach seinem Ausscheiden aus der Politik an einer rätselhaften Schwächung des Immunsystems erkrankte und, noch ehe Güllner seine erste Periode im Bundestag ganz absolviert hatte, auch daran verstarb. Güllner hatte Maritta nie geheiratet, sie hatte das nicht gewollt.

Dennoch war sie es gewesen, die in den ganzen Jahren die treibende Kraft hinter Güllner blieb.

Die Frau, die sich in diesem Augenblick neben Güllner auf die regennasse Bank setzte, war ganz plötzlich da gewesen. Güllner, versunken in seine Gedanken, hatte nicht bemerkt, woher sie gekommen war. Wahrscheinlich hätte er von ihr kaum Notiz genommen, wenn sie ihn nicht angesprochen hätte.

»Guten Tag, Leo«, sagte sie, während sie ihn aus traurigen Augen ansah, Augen, die einmal, vor langer Zeit, leuchtend und voll von Leben gewesen sein mussten. Güllner hob den Blick. Ihre Züge waren fein und ebenmäßig und von großer Anmut. Umso schockierender war es, als sie den Kopf wandte und sich Güllner der Blick auf eine schrecklich verformte und vernarbte Gesichtshälfte bot, die die Frau auf grausame Weise entstellte. Ihre Stimme war weich und dunkel und voll Wärme, gleichzeitig schwang in ihr jedoch eine große Traurigkeit, dass Güllner davon noch stärker bewegt war als von ihrem zerstörten Gesicht.

»Kennst du mich nicht mehr?«

Und dann, als er zögerte, sagte sie ganz leise, und er hörte den fremden Klang in dieser Stimme:

»Trommler, Trommler, hör mich an, hast du mich denn ganz vergessen, hab ich denn am Glasberg nicht bei dir gesessen?«

Da fiel es Güllner wie Schuppen von den Augen, und er war auf einmal wieder der Junge, der Achtzehnjährige, der er vor vielen Jahren gewesen war. Und es war für ihn ganz selbstverständlich, dass sie da war.

»Bist du gekommen, Petra, bist du endlich gekommen?«

Und dann, als sie nicht antwortete, sagte er:

»Nun, dein Trommler hat auf dich gewartet. All die Jahre habe ich auf dich gewartet. Selbst als ich glaubte, dass du tot seiest, selbst da habe ich auf dich gewartet.«

Da lächelte die Frau, und sie schaute ihn nicht an, als sie ihn fragte:

»Und, Leo, bist du bereit, mit mir zu gehen? Bist du

bereit, auf den Glasberg zu steigen? Bedenke, dieses Mal werde ich nicht mir dir sein.«

Der Blick, mit dem sie den Mann neben sich dann ansah, war streng und von archaischer Härte dort, wo das Wundmal ihre Züge versteinert hatte, doch mild und gütig, wo sich ihr Herz spiegelte.

»Ich habe Angst, Petra, so schreckliche Angst. Warum kommst du nicht mit mir? Kannst du mir denn nicht vergeben?«

Der Mann schaute die Frau neben sich an, und plötzlich waren sie beide wieder jung, und die Spuren des Lebens waren aus ihren Gesichtern verschwunden. Petra schüttelte leise den Kopf.

»Nein, Leo, ich kann dir nicht vergeben. Vergeben, das kann nur einer wie Gott. Aber leider gibt es keinen Gott mehr. Der ist vor langer Zeit gegangen und hat uns alleingelassen. Vielleicht hast du ihn damals vertrieben. Vielleicht aber hat es ihn überhaupt nicht gegeben, und wir haben ihn uns nur erträumt, und dann haben wir unsere Träume verloren.«

Sie sagte dies, und der plötzlich vorhandene schwere Akzent in ihrer Stimme wirkte wie ein Filter, der alles Pathetische aus ihren Worten wegnahm und nur einen Bodensatz von Traurigkeit übrig ließ.

»Dann gibt es also keine Hoffnung für mich?«, fragte Güllner, doch die Frau schwieg.

Der Regen hatte inzwischen nachgelassen, und an manchen Stellen des Himmels zeigte sich für kurze Momente eine Spur von Blau, die im nächsten Moment von den vorüberjagenden Wolken wieder aufgesogen wurde. Wie die Feuerzungen eines tausendköpfigen Drachens, der in unstillbarer Gier alles Leben in seiner Nähe verschlingt, so fegten die Wolken über die graue, trostlose Stadt.

Ein kleines Mädchen näherte sich der Bank, auf der Güllner und die Frau saßen. Es hatte sich für einen Moment von der Hand seiner Mutter losgerissen und sprang nun jauchzend durch die größte Pfütze, die sich vor der Bank gebildet hatte. Wasser spritzte nach allen Seiten, durchnässte das Schuhwerk des Kindes. Die schrillen Schreie und die nervöse Hilflosigkeit seiner Mutter schien es nicht wahrzunehmen. Es war eingetaucht in eine Welt, in der kein Platz war für andere, in der es niemanden brauchte, nur sich und seine Fantasien. Da fiel sein Blick auf die beiden Menschen auf der Bank, und das Mädchen verharrte für einen kleinen Moment in seinen Bewegungen. Es lächelte und ein Ausdruck des Verstehens trat in seine Augen, sodass sein Gesicht plötzlich ganz alt wurde. Doch mit einer kleinen Geste wischte es seine Verlegenheit hinweg und rannte hin zu seiner Mutter.

»Siehst du, Leo, das ist unser Problem. Wir können nicht mehr wie die Kinder sein, wenn wir einmal unsere Unschuld verloren haben. Das ist das Verzwickte an unserer Situation. Etwas steckt in uns von Anfang an, und dieses Etwas wird immer größer und größer, und auf einmal ist es dann so groß, dass es uns völlig beherrscht.«

»Gibt es denn keinen Weg zurück?«

»Den gibt es nur in den seltensten Fällen. Ja, manchmal werden die Menschen im hohen Alter wieder wie die Kinder. Sie vergessen dann, dass sie einmal erwachsene Menschen gewesen sind, und ihre Schuld wird ihnen erlassen. Da sie aber in einem Zustand des Vergessens sind, nützt ihnen dies nichts.«

Güllners Blick folgte dem kleinen Mädchen, das nun neben seiner Mutter ging und ab und zu voll Lebensfreude zu hüpfen begann, von seiner Mutter aber sogleich wieder zurechtgewiesen wurde.

»Warum wollt ihr mich dann töten?«, fragte Güllner.

»Weil die Bilanzen des Lebens stimmen müssen.«

»Dann bin ich also nur eine Nummer in einer sinnlosen Addition, bei der es nie zu einem Ergebnis kommen kann?«

Die Frau sah den Mann neben sich an und legte eine Hand auf die seine. Sie nickte.

»Und was ist dann mit den anderen? Sind sie auch Teil eurer Buchhaltung? Werdet ihr sie auch töten? Oder habt ihr sie schon getötet?«

»Ach, Leo«, sagte die Frau darauf und sah Güllner missbilligend an.

»Was du nur für dumme Fragen stellst. Was die anderen getan haben, muss dir doch einerlei sein. Es ging immer nur um das, was du getan hast. Hast du denn das noch immer nicht verstanden?«

»Doch, Petra, ich habe schon verstanden. Ich habe all die Jahre gewusst, dass ich irgendwann würde bezahlen müssen für das, was ich dir angetan habe. Ich weiß, dass ich dein Leben in dieser einen Nacht zerstört habe, aber glaube mir, auch mein Leben war von jenem Zeitpunkt an ohne Sinn und ohne Freude. Bei allem, was ich seit jener Zeit getan habe, immer habe ich dein Bild, dein Lachen, deinen Schmerz vor meinen Augen gehabt.«

»Meinen Schmerz, Leo? Nein, meinen Schmerz kann man nicht mit den Augen sehen. Meinen Schmerz, den muss man fühlen, bis man eins wird mit ihm.«

Die Frau hatte Güllner bei diesen Worten den entstellten Teil ihres Gesichtes zugewandt, ihn so in den Spiegel menschlicher Abgründigkeit blicken lassend. Schaudernd löste dieser seinen Blick, betroffen von der Bösartigkeit, die sich ihm zeigte und die doch die eigene nur war.

Auf der Bank, die sich in einem Abstand von etwa

fünfzig Metern hinter der befand, auf der Güllner und die Frau saßen, hatten die zwei jungen Männer Platz genommen, die vor kurzer Zeit Güllners Weg gekreuzt hatten. Unbeweglich und aufrecht saßen sie da, nun nicht mehr lachend und ohne sich zu unterhalten, wie zwei der Zeit entrückte Wächter, die die Unerbittlichkeit eines für den Menschen nicht fassbaren Schicksals verkörperten. Es schien, als seien ihre Blicke ohne Ziel, unfähig, auf Mensch und Gegenstand zu ruhen, ins Nichts gerichtet. Wie die beiden blinden Diener jener alten Dame, die einst gekommen war, der Welt ihre Rechnung zu präsentieren, saßen sie da, drohend, schweigend, gefühllos.

Dennoch wusste Güllner, dass diese beiden nur seinetwegen da waren, auf ihn warteten, um ihn auf seinem letzten Weg zu begleiten.

»Wirst du deinen Schmerz je vergessen können? Nun, da die Rechnung bald beglichen sein wird? Ach, Petra, wirst du noch einmal glücklich sein, ein Leben führen wie die anderen Menschen auch?«

Die Frau neben Güllner schüttelte den Kopf.

»Nein, Leo, Menschen, die zerbrochen wurden, können niemals vergessen, was man ihnen angetan hat. Da führt kein Weg zurück. Solche Menschen können nie mehr Glück empfinden, nie mehr Liebe empfangen oder geben. Solche Menschen sind nicht einmal mehr in der Lage zu hassen. Das Einzige, was diesen Menschen bleibt, ist die Hoffnung, Ruhe zu erlangen, eine Ruhe, wie sie sie ganz nur im Tod finden.«

Dann, nach langem Schweigen, fragte sie ihn:

»Bist du je glücklich gewesen, danach? Du sagtest, du habest immer mein Bild vor Augen gehabt. Hat es nicht dennoch Augenblicke gegeben, in denen du eine Spur von Glück empfunden hast?«

Güllner lehnte sich zurück. Er faltete die Hände hinter seinem Kopf und blickte hinauf auf die dahintreibenden Wolken, die die aberwitzigsten Figuren und Bilder formten, um diese, kaum dass sie entstanden waren, gleich wieder zu zerstören. Seine Gedanken bewegten sich zurück in die Zeit nach jenem unsäglichen Vorfall, der das Leben so vieler Menschen verändert hatte. Für ihn waren es Jahre des Lernens, des Studierens, des Versuchs zu vergessen gewesen. Damals, als die Welt im Umbruch war, als viele die so schnell welkenden Blüten der Hoffnung im Haar trugen, hatte er sich seiner Ausbildung gewidmet, hatte er Zuflucht in der trockenen Materie des Jurastudiums gesucht. Nein, dies war keine Zeit gewesen, in der er Freude oder gar Glück empfunden hatte. Auch danach nicht, als sich berufliche Erfolge einstellten, oder in den Momenten, in denen er seinen sexuellen Hunger stillte, noch weniger, als er in die entwürdigende Abhängigkeit von Maritta und ihrem Mann geriet. Je mehr er in dieser Zeit in den Augen der Welt vorangekommen war, desto stärker war das Gefühl ewiger Verlorenheit in ihm hochgekommen. Da hatte er sich dann oft an die unbeschwerte Zeit seiner Kindheit erinnert, an die Frische der beginnenden Tage, als er mit einem Gefühl grenzenloser Energie zu erwachen pflegte, voll Freude auf das, was der Tag ihm bringen würde. Und es war ihm manchmal, als könne er die Gerüche dieser frühen Morgenstunden noch einmal einatmen. Doch nie mehr, nie mehr hatte er diese Freude empfunden, nie mehr die Leichtigkeit der damaligen Unschuld verspürt. Und doch, es hatte Augenblicke gegeben, in denen er eine kleine Ahnung bekam von dem, was Glück bedeuten könnte.

»Ja, Petra, solche Momente hat es gegeben. Momente, in denen ich glaubte, einen Zipfel des Glücks in Händen zu halten. Ich hatte mein Leben verpfuscht, noch ehe es so richtig begonnen hatte, und doch ist aus der Erstarrtheit meiner Existenz neues, unschuldiges Leben entstanden. Als ich zum ersten Mal mein neugeborenes Kind, meine kleine Agnes, in den Armen hielt, da war mir, als habe sich ein Wunder ereignet, ein Wunder so groß, dass daneben die Schwere meiner Schuld ein wenig verblasste.«

»Ach Leo«, sagte daraufhin die Frau, und ihre Stimme war hart, und ihr fremder Akzent war plötzlich wieder deutlich zu hören. »Auch die Schergen Hitlers waren Väter, waren Mütter. Ist denn ihre millionenfache Schuld geringer, nur weil sie neues Leben in diese graue Welt setzten?«

Güllner war betroffen von der Bitterkeit, mit der die Frau die Worte hervorstieß, und Schweigen trat zwischen die beiden Menschen. Dann, nach langer Zeit, als der Wind den Klang der Verzweiflung hinweggefegt hatte, sagte die Frau mit leiser Stimme:

»Du musst jetzt gehen, Leo. Es ist Zeit.«

Da erhob sich Güllner, und er blickte hinunter auf die kleine Gestalt mit dem entstellten Gesicht, und er wollte ihr sagen, wie sehr er sie liebte und wie leid es ihm tue, und er wollte sie in seine Arme nehmen, sie umklammern und sich an ihr festhalten, doch ihre Augen waren in die Ferne gerichtet und verwehrten ihm jegliche Hoffnung. Als er sich umwandte, da sah er, wie sich die beiden jungen Männer langsam in Bewegung setzten. Sie traten an ihn heran, nickten ihm zu und nahmen ihn in ihre Mitte.

Und als sie sich von der Bank entfernten, die drei Männer, da war der Blick der Frau noch immer in die Ferne gerichtet. Doch auf ihren Lippen hatten sich Worte gebildet, die nur sie hören konnte.

»Da gehst du nun hin, du dummer Mensch. Du weißt, dass du sterben musst, und doch gehst du nun deinen Weg. Warum bist du nur damals nicht auch ein kleines bisschen mutiger gewesen? Warum, Leo, warum?«

Die drei Männer gingen die wenigen Schritte durch die Allee und überquerten die Straße, die um diese Tageszeit nur wenig befahren war. Als sie sich dem Kino näherten, konnten sie durch die geöffneten Fenster des Foyers das An- und Abschwellen einer bombastischen Musik hören, die einen der gezeigten Filme untermalte. Vor dem kleinen Nebeneingang, von dem aus eine Treppe zu der Etage führte, auf der sich Güllners Büro befand, blieb der Abgeordnete stehen, wandte sich um zu den beiden Männern, die nun hinter ihm waren und ihn schweigend und ohne Regung betrachteten, und sein Blick sagte ihnen, dass er die letzten Schritte ohne sie gehen wollte. Dann öffnete er die Tür, und die Musik, die ihm entgegenschwappte, wurde lauter und schriller, und die beiden Männer wussten, dass ihr Auftrag erledigt war, dass der Rest dessen, was den Mann nun erwartete, ihrer Mithilfe nicht mehr bedurfte.

Nur kurz verharrte Güllner am Fuß der Treppe, die er so viele Hundert Male hinauf- und hinabgegangen war. Seine Hand strich über das abgegriffene Holz des Geländers. Und plötzlich wurde die Angst in ihm übermächtig, und er verlor jegliche Kontrolle über seinen Körper, spürte nicht mehr, wie der heiße Urin an seinen Beinen hinunterlief, sich der ekelerregende Gestank seiner Gedärme in seine Hosen ergoss und ein krampfartiges Zucken seinen Körper überfiel. Es war eine so unbeschreibliche Angst, die von ihm Besitz ergriffen hatte, dass sie alles andere in ihm auslöschte, ihn wie eine Welle erfasste und ihn dorthin spülte, wo der letzte Akt seines verpfuschten Lebens gespielt werden würde. Und während unten die Musik anschwoll, öffnete er die Tür, und als er eintrat, da erblickte er den geschundenen Körper seines Kindes, und er tauchte ein in den Schmerz, von dem die Frau gesprochen hatte, wurde Teil davon, und er sah sein Kind, sein Leben, sah die klaffende Wunde, den gebrochenen Blick, sah, was sie mit seinem Mädchen gemacht hatten, und er wusste, dass nicht sie es gewesen waren, dass er all dies getan hatte, und als der Schmerz zu groß wurde, als er ihn nicht mehr ertragen konnte, da hörte er auf zu denken und zu sein. In diesem Augenblick traf ihn die barmherzige Kugel aus der großkalibrigen Pistole und riss ein hässliches Loch in seine Schädeldecke.

Ein alter Mann in einem schäbigen Anzug, gehalten in undefinierbarem Beige, schraubte wenig später den Schalldämpfer von der Waffe, verstaute ihn und die Pistole in einer billigen Plastiktüte und verließ den Raum. Von unten drang noch immer Musik nach oben.

2

Adolf Bichlmaier, Hauptkommissar im Regensburger Morddezernat, hatte den Motor seines Wagens abgestellt, war jedoch noch sitzen geblieben, um dem Regen, der auf das im Lauf der Jahre mürb gewordene Stoffdach seines alten Saab prasselte, zu lauschen. Er musste sich nicht umdrehen, um zu wissen, dass durch die porösen Stellen im hinteren Teil Wasser ins Wageninnere sickerte, das sich, unsichtbaren Kanälen folgend, unter den Fußmatten sammelte. Wenn der Regen in dieser Stärke die ganze Nacht über anhalten würde, dann konnte er davon ausgehen, dass am nächsten Morgen das Wasser knöcheltief im Fußraum stehen würde. Er verfluchte sich selbst, dass er noch nichts dagegen unternommen hatte, dann verfluchte er das Wetter und schließlich die Tatsache, dass er über keine Garage verfügte. Irgendwie war das ja Mariannes Schuld, denn seit seine Frau das neue Auto fuhr, war es keine Frage, wer über den Garagenplatz, den sie im nahen Parkhaus für sündteures Geld angemietet hatten, verfügen durfte. Wenn man es genau betrachtete, so gab es eigentlich auch keinen Grund, warum sie sich einen zweiten Wagen leisten sollten, gerade jetzt, wo die Benzinpreise in abenteuerliche Höhen geklettert waren, aber Marianne hatte darauf bestanden.

»Ich brauche ein Auto!«, hatte sie erklärt, und ihr Ton war so gewesen wie damals, als er ihr vorgeschlagen hatte, die viel zu kleine Wohnung im Zentrum von Regensburg aufzugeben und in das geräumige Haus seiner Eltern am Stadtrand zu ziehen.

»Nur über meine Leiche!«, hatte sie gesagt und ihn dabei mit einem Blick angesehen, der ihm signalisierte, dass jeglicher Widerstand zwecklos war. Natürlich hatte sie damals recht gehabt. Spätestens nach zwei Wochen wäre ihre damals noch junge Ehe den Bach hinuntergegangen. Da war er sich mittlerweile sicher. Was wäre gewesen, wenn er damals nicht nachgegeben hätte?

Missmutig blickte er hoch zu den erleuchteten Fenstern im dritten Stock.

Die Schlieren des Regenwassers ließen die Silhouette des imposanten Gebäudes verschwimmen, und er hatte plötzlich das Gefühl, als sei der alte Bau dabei, völlig aus dem Lot zu geraten, als würde er nun jeden Augenblick auf ihn niederstürzen und ihn unter sich begraben.

Dabei hatte es heute Morgen angefangen wie immer. Ein Wort zu viel, ein verletzender Nebensatz, eine Auseinandersetzung, die eigentlich keiner wollte. Was war es überhaupt gewesen, worüber sie sich gestritten hatten? Bichlmaier hatte es vergessen. Sicher wieder der Vorwurf, dass er zu viel arbeitete, dass er seinen Beruf mehr liebte als sie. Sie hätten Kinder haben sollen, dann wäre sie vielleicht zufriedener gewesen, dachte er. Es hatte halt nicht geklappt. An ihm hatte es nicht gelegen. An ihr auch nicht …

Er wusste, sie würde jetzt in der Küche sitzen und weinen, und dann würde er versuchen, sie zu trösten, würde er versuchen, ihr zu zeigen, wie viel sie ihm bedeutete, und er wusste, dass ihm dazu wieder einmal die Worte fehlen würden. Da würde er sie dann in die Arme nehmen und sie so lange an sich drücken, bis sie aufgehört hatte zu weinen. Bis sie zu müde war, weiterzuheulen. Aussitzen, dachte er. Man muss die Dinge nur aussitzen.

Dann stieg er aus, und die wenigen Augenblicke, die er brauchte, um unter das schützende Vordach zu kommen, genügten, ihn total zu durchnässen. Der Fahrstuhl war wieder mal außer Betrieb, und so schlurfte er die drei Stockwerke hoch. Ehe er aufsperrte, blieb er einen Moment stehen, versuchte, etwas zu Atem zu kommen, und wischte sich das Wasser aus dem Gesicht. Nächste Woche würde er anfangen, etwas für seine Gesundheit zu tun. Vielleicht joggen. Oder Rad fahren. In sämtlichen Zimmern brannte das Licht. Auf dem Tisch in der Küche lag ein Zettel: *Bin bei Mama.* »Verdammt«, sagte er. Im selben Augenblick läutete das Telefon.

Als Meier Zwo ankam, hatte Bichlmaier bereits geduscht und trockene Klamotten angezogen. Marianne hatte sich nicht mehr gerührt, und als er versucht hatte, bei seiner Schwiegermutter anzurufen, war die Leitung besetzt gewesen. Er hatte Kopfschmerzen.

Meier Zwo war schon seit über zehn Jahren bei der Mordkommission in Regensburg und arbeitete seit fast ebenso vielen Jahren in Bichlmaiers Abteilung. Der schätzte ihn, vor allem, weil er es verstand, zur rechten Zeit den Mund zu halten, andererseits aber oftmals die Dinge auf den Punkt brachte, gerade wenn sie mit ihren Ermittlungen in einer Sackgasse steckten. Dennoch war er bei den meisten der anderen Kollegen wenig beliebt, wohl auch deswegen, weil er ein rechter Zyniker war und in seiner knappen und barschen Art oftmals sehr verletzend sein konnte.

Das kurze Autobahnstück zwischen Regensburg und dem Einsatzort in Weiden war bei einbrechender Dämmerung nur wenig befahren, doch Meier Zwo musste höllisch aufpassen, dass er den schweren Dienstwagen bei dem hohen Tempo, das er fuhr, auf der regennassen Fahrbahn in der Spur halten konnte.

»Warum sind wir so spät erst informiert worden?«, fragte Bichlmaier. Meier Zwo zuckte mit den Achseln.

»Die üblichen Kommunikationsprobleme. Die Kollegen in Weiden wollten zuerst selbst übernehmen. Aber dann ist ihnen die Sache zu heiß geworden, und sie mussten den zuständigen Staatsanwalt informieren. Der war aber dann gerade bei einer Besprechung und … na ja, du weißt schon.«

Bichlmaier grunzte angewidert.

»Scheiß Bullen«, sagte er. Meier Zwo grinste und schaltete endlich in den fünften Gang hoch. Eigentlich waren sie ein gutes Team, er und sein Chef.

Sie parkten in der Tiefgarage in der Nähe des Kinocenters und gingen die wenigen Meter zu Fuß, folgten damit, ohne dies zu wissen, den letzten Schritten, die Leonhard Güllner vor wenigen Stunden gegangen war. Der Regen hatte mittlerweile etwas nachgelassen, aber noch immer tropfte das Wasser von den kahlen Bäumen, die die Straße säumten. Dies schien die Menge von Schaulustigen und Gaffern, die sich gegenüber von Güllners Bürgerbüro aufgebaut hatte, aber kaum wahrzunehmen. Da war eine eigentümliche Stimmung unter den Menschen, die fast ohne Bewegung in der Kälte des frühen Abends ausharrten. Selbst das vor Ort erschienene Kamerateam eines örtlichen Fernsehsenders war Teil des kollektiven Entsetzens geworden, das Adolf Bichlmaier fast körperlich spüren konnte, als er und Meier Zwo sich ihren Weg zu der Absperrung bahnten, die von zwei jungen Polizeibeamten gesichert wurde. Aber erst als Bichlmaier in die Gesichter der beiden blickte, ahnte er, dass ihm nun etwas bevorstand, was ihm in seinem langen Polizistenleben noch nicht begegnet war.

Sie waren dann die Treppe hochgegangen. Meier Zwo war dicht hinter ihm gewesen. Im Rückblick sollte sich Bichlmaier vor allem daran erinnern, dass ihm Meiers gepresster, unangenehm säuerlicher Atem extreme Übelkeit erzeugt hatte, ihn aggressiv gemacht hatte, sodass er am liebsten geschrien hätte, ihn am liebsten weggestoßen hätte. Er hatte den Eindruck gehabt, als sei das Treppenhaus erfüllt von diesem Geruch, von diesem Rhythmus aus Angst und Hilflosigkeit.

Aus dem Raum vor ihnen war das grelle Licht der Scheinwerfer gedrungen, die aufgestellt worden waren, das Unbegreifliche bis ins letzte kleine Detail auszuleuchten. Und als Bichlmaier in den Raum trat, da nahm er ein Bild in sich auf, das er für den Rest seines Lebens in sich tragen würde. Es war nicht der tote Mann, der da in seltsam kniender Stellung, vornüber gekippt, am Boden lag, der den Anblick so unerträglich machte. Es war vielmehr das Mädchen. Ihre Arme waren festgebunden an den Holmen des mächtigen Bücherregals, das die gesamte rückwärtige Wand des Raumes bedeckte. Ihre Beine waren gespreizt und ebenfalls an den Holmen fixiert. Ihr Unterkörper war entblößt. Der oder die Täter hatten dazu ganz offensichtlich Wert darauf gelegt, dass der gebrochene Blick des Mädchens, in dem die Qualen des Todeskampfes wie in einer Momentaufnahme festgehalten waren, den Eintretenden direkt traf. So hatten sie ihren geschundenen Kopf mit Isolierband umwickelt und ihn dann so am Regal befestigt, dass er nicht auf die Brust sacken konnte. Ihre Bluse war weit geöffnet, aufgerissen, gab so den Blick frei auf eine klaffende Wunde, die von schwarzem Blut gerändert war. Bichlmaier war nur wenige Schritte in den Raum hineingetreten, dann bewegungslos stehen geblieben. Selbst nach den langen Jahren bei der Mordkommission und den vielen Variationen menschlicher Grausamkeit, die er dabei erfahren hatte, bereitete ihm der erste Anblick der oftmals übel zugerichteten Opfer immer noch größtes Unbehagen. Das Schlimmste waren für ihn immer die Kinder gewesen, die Halbwüchsigen, die eigentlich noch ein ganzes Leben vor sich gehabt hätten. Er hatte auf den Körper des Mädchens gestarrt, auf die schreckliche Wunde, und dann hatte er in einem Augenblick aberwitzigen Hoffens geglaubt, den Herzschlag des Mädchens unter der Wunde wahrzunehmen, und er hatte aufschreien wollen, jedoch im selben Moment gesehen, dass es lediglich ein kleines schwarzes Insekt gewesen war, das aus dem Einschussloch hervorgekrochen war. Da hatte sein Magen zu rebellieren begonnen, und er hatte sich umgedreht, war hinausgestolpert, und dann hatte er sich in einer Ecke des Treppenhauses übergeben.

»Das Mädchen war seine Tochter. Siebzehn Jahre alt. Er muss sie noch so gesehen haben, wie Sie sie gerade gesehen haben. Erst dann ist er erschossen worden.«

Bichlmaier drehte sich um. Der kleine, graue Mann, der hinter ihm stand, wirkte fast verlegen, als er sich vorstellte.

»Mahr. Ich habe mit Ihrem Kollegen in Regensburg telefoniert. Wir waren als Erste am Tatort.« Er reichte Bichlmaier die Hand und legte mit einer nachsichtigen Geste die zweite darüber.

»Verdammt, was ist hier nur passiert?«, erkundigte sich Bichlmaier , den es immer noch würgte, und er sprach dabei mehr zu sich selbst als zu seinem Kollegen. Der kleine Mann seufzte.

»Natürlich wissen wir noch sehr wenig. Sicher ist nur, dass es sich bei den beiden Opfern um Leonhard Güllner, den Politiker, und um seine Tochter Agnes handelt.«

Bichlmaier kannte Güllner, wusste zumindest, wer er war. Schließlich war der ein hochrangiger Politiker gewesen, weit über die Grenzen des Oberpfälzer Raums hinaus bekannt. Ständig präsent in sämtlichen Medien. Für seinen Geschmack viel zu präsent. Bichlmaier, der

Politiker nicht leiden konnte, deren oftmals penetrante Selbstgefälligkeit ihn abstieß, dachte an den Toten in dem grell erleuchteten Raum. Die Vorstellung, was der Mann vor seinem Tod durchlebt haben musste, drückte ihm das Herz ab. Das war wie ein körperlicher Schmerz. Der da vor seinem toten Kind gekniet hatte, war kein Politiker mehr gewesen, nur ein armes, hilfloses Schwein. Ein totes armes Schwein, dachte Bichlmaier. Was musste es für ihn bedeutet haben, sein Kind in solch einem Zustand vorzufinden? Er dachte an Marianne, die so gerne Kinder gehabt hätte.

»Wir haben nur den Tatort abgesichert, und dann haben wir euch gerufen«, wiederholte Mahr, als wollte er sich dafür entschuldigen, dass er den Fall noch nicht gelöst hatte.

»Für uns ist das Ganze natürlich eine Nummer zu groß. Das war uns sofort klar.« Er lächelte traurig und sah dabei aus wie ein altes, graues Zirkuspferd.

»Wurden die Angehörigen schon verständigt?«, fragte Bichlmaier.

Mahr zuckte mit der Schulter.

»Wir haben versucht, Frau Güllner zu erreichen. Bislang ohne Erfolg.«

»Na gut, versucht es weiter.«

»Die Kollegen von der Spurensicherung kommen jeden Moment«, sagte Meier Zwo.

»Motsch habe ich zu Hause erreicht; müsste auch gleich da sein.«

Motsch war der Chefpathologe, ein höchst arroganter Mensch, der aber in schwierigen Fällen oder bei Fällen, bei denen es um prominente Opfer ging, immer hinzugezogen wurde.

Bichlmaier nickte etwas säuerlich.

»Könnt ihr mal das Licht in dem Zimmer wegnehmen«, sagte er dann. »Ich möchte den Raum so sehen, wie er gewesen ist, als die Leichen entdeckt wurden.«

Seit er als junger Mann von der Polizeischule zur Mordkommission gekommen war und vor allem, seit er selbst als Leiter in der Verantwortung stand, hatte er es sich zum Prinzip gemacht, wo immer dies möglich war, in einem ganz frühen Stadium der Ermittlungen die Orte, an denen ein Verbrechen stattgefunden hatte, mit all seinen Sinnen zu erfassen.

»Jeder Tatort hat seine eigene Ausstrahlung, seine Gerüche, seine Geräusche, seine ganz spezifische Art der Komposition, mit der die Dinge auf unser Auge treffen«, hatte der alte Stangl immer gesagt.

»Da müssen sie erst mal mit dem Bauch ran, meine Herrn, nicht nur mit dem Kopf.«

Damals auf der Polizeischule in München Sendling. Die jungen Beamten, die Heißsporne, die darüber nur gelächelt hatten. An die Technik und an den Verstand hatten sie geglaubt, an die den Dingen innewohnende Logik. Stangl, der in seiner speckigen Lederbundhose und den klobigen Haferlschuhen ein Original gewesen war, hatte bei seinen Schülern nur verlegenes Grinsen geerntet. Und doch hatte er recht gehabt, wie Bichlmaier schon bald erkannt hatte. Natürlich wäre es blanker Unsinn gewesen zu glauben, dass das Eintauchen in die Aura eines Tatorts allein schon zur Lösung des Falles führen würde. Da hätte man gleich mit Hellsehern und Propheten statt mit Polizisten arbeiten können. Doch blieb trotz aller Professionalität und Rationalität der Polizeiarbeit immer ein kleines Quäntchen an Unwägbarkeiten, das das intuitive Entscheiden während der Ermittlungsarbeit unabdingbar machte. Und oft schon hatte gerade das Unbewusste, gespeist aus solchen nicht näher bestimmbaren Quellen, zum Erfolg geführt.

Bichlmaier wusste, dass er nun bereit sein würde, den Tatort näher in Augenschein zu nehmen.

»Ein Bulle, der kotzen muss, wenn er eine Leiche sieht. Ob das gut geht?«, sagte er in Richtung Mahr und versuchte, eine leichte Verlegenheit zu unterdrücken. Der lächelte jedoch nur sein Zirkuspferdlächeln und meinte lapidar: »Mein Schwager ist beim Finanzamt. Was meinen Sie, wie oft der kotzen muss?«

Die Kollegen hatten mittlerweile die starken Halogenlampen abgeschaltet, sodass der Raum mit den beiden Toten durch das weiche Licht der Deckenlampe eine Wärme gewann, die das Entsetzliche der Tat noch stärker hervortreten ließ. Es war Bichlmaier, als er nun ein zweites Mal durch die Tür trat, als würde er aus der Dunkelheit eines Theaterraums auf die spärlich illuminierte Szene einer griechischen Tragödie oder eines Jesuitendramas blicken. Der Raum war aufgeräumt, kein umgestürzter Stuhl, keine auf dem Boden verstreuten Akten, die darauf hätten schließen lassen, dass ein Kampf stattgefunden hatte. Alles strahlte Ordnung aus, und selbst das an das Bücherregal gekreuzigte Mädchen schien irgendwie mit dem Raum zu verschmelzen, schien Teil einer Dekoration zu sein, die nur durch die Leiche des Mannes in ihrer schrecklichen Harmonie gestört wurde. Bichlmaier trat näher, um den klotzigen Schreibtisch herum, immer darauf bedacht, nichts zu berühren oder zu verändern. Und wieder entstand, als er vor den Toten stand, ein Bild vor seinen Augen, vor dem die realen Gegebenheiten zurücktraten. Der Anblick der beiden erinnerte ihn an eine alte barocke Darstellung der Gottesmutter, die zu Füßen ihres gekreuzigten Sohnes in tiefstem Schmerz verharrt. Nur dass hier die Vorzeichen vertauscht waren. Der Vater, der den Tod der Tochter betrauerte. Irgendetwas schien ihm an diesem Bild wichtig zu sein, ohne dass er es jedoch fassen konnte. Der Moment ging vorüber, der Eindruck verflüchtigte sich.

Im Eingangsbereich, am Fuß der Treppe, waren Stimmen zu hören, Männer, die fluchend den Regen aus den Kleidern schüttelten, polternde Schritte auf dem Weg nach oben, Metallkoffer, die gegen das Geländer schlugen. Über allem die hohe, schneidende Stimme von Motsch.

»Hätte jemand die Güte, mir zu sagen, wo die Leichen liegen?«

Und ohne wirklich eine Antwort zu erwarten, stapfte er die letzten Stufen herauf und trat auf das Zimmer zu. Als er Bichlmaier wahrnahm, der gerade den Raum verlassen wollte, stutzte er kurz, und dann, als er das tote Mädchen erblickte, spitzte er den Mund und stieß einen affektierten kleinen Pfiff aus.

»Ach du heilige Scheiße!«, sagte er.

»Macht das Licht wieder an«, rief Bichlmaier nach draußen und wandte sich an Motsch.

»Schau dir doch mal die beiden an, bevor die Techniker loslegen. Ich bräuchte deine ungefähre Einschätzung, wann der Tod eingetreten ist.«

»Mal sehen, was sich machen lässt«, nickte der, und als er sich an Bichlmaier vorbeizwängte, schlug er ihm süffisant grinsend mit der flachen Hand auf den Bauch.

»Du wirst fett, mein Alter. Wie geht's denn Marianne?«

»Blödes Arschloch«, dachte Bichlmaier und zog den Bauch automatisch etwas ein.

»Gut«, sagte er.

Als er auf den Korridor hinaustrat, nahm er plötzlich einen unscheinbaren Mann wahr, der offensichtlich schon die ganze Zeit dort gewartet hatte, den er aber bislang überhaupt nicht registriert hatte. Er war ihm auf Anhieb in einer Weise unsympathisch, wie er dies selten erlebt hatte. Gegen diesen Typen war selbst Motsch noch so etwas wie ein Sympathieträger.

»Das ist Herr Lamprecht. Er hat die beiden Toten entdeckt und uns sofort benachrichtigt«, sagte Mahr ohne sonderliche Begeisterung.

Lamprecht wirkte nur auf den ersten Blick unscheinbar. Als sich Bichlmaier ihm nun zuwandte, da erkannte er eine seltsame Ausgeformtheit der Gesichtszüge des Mannes, die auf verwirrende Weise in lauter Einzelteile zu zerfallen schienen. Es war ihm, als würde sein Blick angezogen von diesem Gesicht, ohne dass es ihm die Möglichkeit zu verweilender Ruhe bot. Und so blieb, als er den Blick wendete, nicht der Abdruck eines Ganzen haften, sondern lediglich die Ahnung von einer ungewöhnlich fein geformten Nase, von Augen, die sich in jeweils Hunderte von blassen Punkten der Iris aufgelöst hatten, von seltsam mädchenhaft geschwungenen Lippen und von einem Oberlippenbart, der präzise rasiert aussah, als sei er von der Hand eines japanischen Tuschezeichners gemalt worden.

Das Fehlen einer harmonischen Gesamtheit wirkte verwirrend auf Bichlmaier und löste bei ihm ein Gefühl von Unruhe aus, das ihn mit instinktiver Abscheu und Abwehr reagieren ließ. Etwas haftete diesem Gesicht an, das ihn wie ein kaum wahrnehmbarer, ekelerregender Geruch abstieß, ohne dass er genau hätte sagen können, was seine Abneigung erzeugt hatte.

»Herr Lamprecht arbeitet beim *Oberpfälzer Kurier*

und wollte ein Interview mit Güllner machen«, sagte Mahr, der Bichlmaiers Abneigung gegenüber dem Mann zu teilen schien.

»Erzählen Sie«, wandte sich Bichlmaier an den Journalisten.

»Wie sind Sie denn überhaupt hier heraufgekommen? Ist der Eingang unten normalerweise nicht abgeschlossen?«

Er habe einen Termin mit Güllner gehabt, sagte Lamprecht. Wegen des Interviews. Dies sei der Grund gewesen, warum er habe vorsprechen wollen. Als er unten an der Eingangstür geläutet habe, sei ihm nicht geöffnet worden, woraufhin er festgestellt habe, dass der untere Zugang gar nicht verschlossen gewesen sei. Er sei deshalb nach oben gegangen, und auch dort habe er die Tür, die zu Güllners Büro führte, nur angelehnt vorgefunden. Als er daraufhin eintrat, habe er die Leichen von Güllner und dem Mädchen gefunden.

»Keine der beiden Türen war also verschlossen?«

»Das habe ich doch schon gesagt. Sowohl die Eingangstür als auch die Tür zum Büro waren offen, zumindest nicht verriegelt.«

»Und Sie haben niemanden gesehen? Im Treppenhaus ... oder auf der Straße?«

»Nein.«

»Etwas gehört?«

»Nein. Nur die Musik aus dem Kino.«

»Haben Sie gleich bemerkt, dass etwas nicht Ordnung war?«

»Ja. ... Nein. Nicht gleich. Aber es hat so komisch gerochen.«

»Wie gerochen?«

Der Mann überlegte.

»Nach Urin und ... als hätte jemand in die Hose geschissen ... Und nach Angst.«

Bichlmaier überlegte, wie Angst roch. Und er versuchte sich zu erinnern, ob er schon jemals Angst gerochen hatte. Er war sich nicht sicher. Vielleicht als er mit Meier Zwo die Treppe hochgestiegen war?

»Sind Sie dann gleich ins Zimmer gegangen?«

»Ja.«

»Was haben Sie getan, als Sie sahen, was da passiert ist?«

Lamprecht zögerte einige Sekunden, schien nachzudenken.

»Ich habe Licht gemacht, um besser sehen zu können. Dann habe ich mir die Leiche des Mannes angeschaut. Wollte wissen, ob er vielleicht doch noch lebt. Aber da war nichts zu machen. Der war mausetot. Jemand hat ihm von hinten die Birne weggeblasen. Sah echt krass aus.«

Bichlmaier zuckte unwillkürlich zusammen. Der läppische Modejargon schien ihm hier denkbar unpassend, verstärkte seine Abneigung gegenüber dem Mann vor ihm.

»Wussten Sie gleich, dass es Güllner war?«

»Nein, aber ich konnte es mir denken.«

»Haben Sie sich auch das Mädchen näher angesehen?«

Lamprecht überlegte.

»Na klar. Sie war das Erste, das ich gesehen habe, als ich die Tür öffnete. Wirklich gespenstisch. Ich hatte den Eindruck, die schaut mir direkt ins Gesicht.«

»Was haben Sie dann gemacht?«

»Das wissen Sie doch. Ich habe die Bullen gerufen.«

Bichlmaier machte eine Pause. Als würde er nachdenken. Dann fragte er:

»Sie arbeiten für die Presse, Herr Lamprecht. Haben Sie denn auch Fotos gemacht?«

Einen Moment lang glaubte er, der Reporter würde ihm nicht antworten, doch dann gab er widerstrebend zu:

»Natürlich. Das ist doch nicht verboten, oder?«

»Und wo sind die Fotos jetzt?«

»In der Redaktion ... Kein Problem mit dem Handy«, fügte er hinzu, als er Bichlmaiers fragenden Blick sah.

»Verdammt«, dachte Bichlmaier. Das hatte noch gefehlt. Die Gazette würden morgen ohnehin voll sein mit den abstrusesten Theorien über den Mord und die eventuellen Motive, die hinter diesem Verbrechen stecken mochten. Da konnte er es sich nur zu gut ausrechnen, was auf ihn und die Mordkommission zukommen würde. Wenn dann auch noch Bilder von der Tat in der Presse erschienen, die die ganze Brutalität des Geschehens sichtbar werden ließen, dann würde erst recht ein Aufschrei durch die Republik gehen und der Druck auf die Ermittlungsbeamten noch größer werden. Da mussten dann Ergebnisse her, koste es, was es wolle.

Bichlmaier wandte sich ab, ließ den Mann bei Mahr stehen. Der würde sich schon die Adresse und Telefonnummer des Zeugen geben lassen. Kannte ihn wahrscheinlich ohnehin. Weiden war keine Millionenstadt und der *Oberpfälzer Kurier* wahrscheinlich die einzige örtliche Tageszeitung. Die Zahl der für sie arbeitenden Reporter begrenzt.

In dem Augenblick kam Motsch aus dem Zimmer, in dem die Spurensicherung noch immer ihrer Arbeit nachging, packte im Gang seine Instrumente zusammen und knöpfte seine Bereitschaftstasche zu. Dann ging er zur Treppe.

»Viel kann ich so noch nicht sagen«, meinte er im Vorbeigehen zu Bichlmaier.

»Auf jeden Fall ist das Mädchen schon sehr viel länger tot als der Mann. Und der kann maximal zwei Stunden tot sein.«

»Ist das Mädchen vergewaltigt worden?«

»Das wird die Obduktion zeigen. Auf den ersten Blick aber würde ich sagen, nein. Zumindest sind keine äußerlichen Verletzungen im Vaginalbereich zu erkennen.«

Bichlmaier wusste, dass es wenig Sinn hatte, weiterzubohren. Mehr würde ihm Motsch zu diesem Zeitpunkt nicht sagen. Der Obduktionsbericht, den er in wenigen Tagen in Händen halten würde, würde dafür von größter Präzision und absoluter Zuverlässigkeit sein. Er musste sich gedulden.

Bichlmaier drehte sich um. Da war noch etwas, was er wissen musste. Ein Gedanke, der sich in seinem Kopf festgesetzt hatte. Lamprecht hatte davon gesprochen, dass Güllner ihn erwartet hatte. Dass er ein Interview mit ihm machen wollte. Ob es einen besonderen Grund für dieses Interview gegeben hatte? Er schaute sich um, doch von dem Reporter war keine Spur mehr zu sehen. Bichlmaier schüttelte verdutzt den Kopf. Wie hatte es der Mann nur geschafft, an ihm vorbeizugelangen, ohne dass er ihn wahrgenommen hatte? Er würde noch einmal mit ihm sprechen müssen.

Es war schon weit nach Mitternacht, als Bichlmaier nach Hause kam. Sie hatten noch lange versucht, die Angehörigen der Toten zu erreichen. Aber sie hatten weder Frau Güllner noch sonstige den Opfern nahestehenden Personen angetroffen. Da hatten sie beschlossen, dies am nächsten Morgen nochmals zu probieren. Meier Zwo hatte ihn vor seiner Wohnung abgesetzt und war dann davongebraust. Am Morgen würden sie im Kommissariat zusammenkommen und dann ihre nächsten Schritte festlegen. Es hatte aufgehört zu regnen, doch die Luft war noch immer schwer von kalter Feuchtigkeit. Die Straße war nass und leer.

Er ging nach oben. Die Tür zum Schlafzimmer war geöffnet. Marianne lag in ihrem Bett. Sie schlief. Die Nachttischlampe brannte. Er blickte auf seine Frau. In ihrem Gesicht waren noch Spuren von Tränen zu sehen. Das weiche Licht der Lampe warf dunkle Schatten. Bichlmaier dachte an das tote Mädchen und ihren Vater.

Zum Glück hatten seine Kopfschmerzen nachgelassen.

3

Um halb sechs schrillte sein Wecker; draußen war es noch dunkel. Wenigstens hatte es nicht wieder angefangen zu regnen. Adolf Bichlmaier ging ins Bad. Er duschte lange und ausgiebig. Dann putzte er seine Zähne, um den faden Geschmack der viel zu kurzen Nacht loszuwerden. Er hatte schlecht geschlafen, wirres Zeug geträumt. Eigenartigerweise hatte er nicht von dem toten Mädchen geträumt. Vielmehr hatte er wieder den Traum gehabt, den er in seiner Kindheit so oft geträumt hatte. Er war in B. gewesen, seinem Geburtsort. War durch die bekannten Straßen gehetzt, und plötzlich hatten sich diese in rasender Geschwindigkeit aufeinander zu bewegt, verschoben, hatten sich in Form und Farbe verändert, ihre Vertrautheit verloren, dass er nicht mehr wusste, wie er nach Hause gelangen würde. Da hatte sein Herz angefangen zu rasen, und er hatte plötzlich das Gefühl gehabt zu fallen, zu fallen …

Als er in die Küche trat, war Marianne schon da, hatte den Kaffee aufgesetzt und den Tisch gedeckt. Er setzte sich. Wusste nicht, was er sagen sollte. Er hörte die Glocken vom nahen Dom, die zur vollen Stunde schlugen.

»Du bist spät gekommen heute Nacht«, sagte sie. Sie sah ihn nicht an dabei.

»Du solltest etwas essen.«

»Du weißt, dass ich morgens nichts essen kann.«

»Ich mach dir einen Toast. Du wirst sehen …«

Er sah sie an, wie sie in ihrem viel zu großen Morgenmantel vor dem Toaster stand, ihm den Rücken zuwandte. Sah ihr ihre Müdigkeit an. Als er sie vor mehr als zwanzig Jahren kennengelernt hatte, war sie so jung gewesen, so voll von Leben. Er hatte sich damals in ihr Lachen verliebt. Hatte nicht genug davon kriegen können. Wenn sie gelacht hatte, hatte das immer in ihren Augen begonnen. Jetzt waren ihre Augen meist gerötet, und sie lachte nur noch selten. Sie ist doch erst neunundvierzig, dachte er.

»Margit und die Zwillinge kommen heute.«

Margit war ihre Schwester. Ein richtiges Muttertier, deren einziges Interesse ihren beiden Kindern galt.

»Ich muss aber weg heute«, sagte er. »Ein Mädchen ist ermordet worden – zusammen mit ihrem Vater.«

»Wohin musst du denn?«

»Nach Weiden.«

»Wirst du lange wegbleiben?«

»Keine Ahnung.«

Sie legte ihm den heißen Toast auf den Teller und setzte sich dann ihm gegenüber hin. Für einen Augenblick trafen sich ihre Blicke. Da nahm er den Toast und biss ein Stück davon ab.

Kurz darauf ging er in die Diele und zog seinen Mantel an und die Schuhe. Er nahm die kleine Reisetasche, in die er bereits das Notwendigste gepackt hatte.

Dann drehte er sich noch einmal um zu ihr.

»Tut mir leid wegen gestern«, sagte er.

Sie nickte, und er wusste, dass sie ihre Tränen so lange zurückhalten würde, bis er gegangen war.

»Sag Margit und den Kindern schöne Grüße.«

»Sei vorsichtig«, sagte sie.

Bichlmaier beschloss, zu Fuß zu gehen. Hoffte, den Kopf etwas frei zu kriegen. Von der Wohnung in der Nähe des Jakobstors bis zum Bismarckplatz waren es nicht mehr als zehn Minuten. Er kam an seinem Saab vorbei, den er am Abend zuvor in einer Nebenstraße geparkt hatte, und beschloss, seine Reisetasche in den Kofferraum zu legen. Die Scheiben im Fond waren angelaufen, was seine schlimmsten Befürchtungen bestätigte. Er fluchte herzhaft und ging weiter. Es war kurz nach sechs, und nur wenige Menschen waren unterwegs. Er genoss die frische Luft. Dachte an seinen Traum.

Als er dann das Polizeipräsidium von der Unteren Domgasse aus betrat, kam ihm schon Meier Zwo entgegen. Der sah müde aus, benötigte dringend eine Rasur, und es schien, als habe er überhaupt keinen Schlaf gekriegt. Er grunzte etwas Undefinierbares, als er Bichlmaier sah.

»Mahr hat soeben angerufen«, sagte er. »Sie haben heute Morgen Güllners Frau erreicht. Mahr hat ihr die Nachricht persönlich überbracht. Sie sind mit ihr zusammen in die Gerichtsmedizin gefahren. Als sie ihr dann dort die Leichen zeigten, ist sie zusammengebrochen.«

»Wo ist sie jetzt?«

»Zu Hause. Mahr meint, dass sie vorerst nicht vernehmungsfähig ist.«

Bichlmaier nickte. Er dachte an Agnes Güllner, die so jung hatte sterben müssen.

»Übrigens, der Chef macht sich Sorgen wegen der Presse. Für heute Mittag ist eine Pressekonferenz angesetzt worden. Er will, dass du dabei bist.«

Bichlmaier hasste den Umgang mit den Presseleuten, wusste aber, dass ein gutes Einvernehmen mit den Journalisten ihre Arbeit erleichtern würde. Für den Kontakt mit der Presse war in der Hauptsache Max Hallmann, sein Chef, verantwortlich. Dennoch war zu erwarten, dass die Meute auch ihn, den zuständigen Untersuchungsbeamten, befragen würde. Vielleicht hatte er Glück, und sie würden sich mit Hallmann und seinen Phrasen zufriedengeben.

»Sind die anderen schon da?«

»Nur Britta. Walter hängt im Stau, und Franz hat verpennt. Ist aber schon unterwegs.«

Bichlmaier überlegte kurz.

»Was hältst du eigentlich von Mahr? Ich würde ihn gern in die Ermittlungen mit einbinden.«

»Kein Problem«, erwiderte Meier Zwo, ohne zu zögern. »Gute Idee.«

»Gut.« Bichlmaier nickte. »Dann halb acht im kleinen Konferenzraum. Sag den anderen Bescheid.«

Hallmann, der Leitende Kriminaldirektor, saß an seinem Schreibtisch und zog gereizt an seiner Pfeife. Er hatte seine Jacke abgelegt und das Hemd aufgeknöpft. Vor ihm lag die *Süddeutsche*, die auf der Titelseite einen knappen

Bericht mit Foto über den Mord an Güllner und seiner Tochter nachgeschoben hatte.

»Schau dir das an«, sagte er zu Bichlmaier, als dieser ungeniert und ohne groß anzuklopfen eintrat, und deutete mit seinem Pfeifenstiel auf das riesige Schwarz-Weiß-Bild, auf dem das ermordete Mädchen zu sehen war. Die Qualität des Bildes war nicht berauschend, doch hatte es der Fotograf verstanden, die Szene so abzulichten, dass der Blick ihrer toten Augen den Betrachter direkt traf. Zusammengekauert zu ihren Füßen war lediglich ein dunkler Schatten zu erkennen – Güllner.

»Wie kommen die bloß zu dem Foto?«, brummte Hallmann angewidert. »Kannst du mir das erklären?«

Bichlmaier hielt es nicht für nötig, darauf zu antworten, zuckte nur mit den Achseln, dachte dabei an Lamprecht. Der war wohl sehr geschäftstüchtig gewesen und hatte seine Fotos noch am gestrigen Abend an die großen Presseagenturen und überregionalen Gazetten des Landes verhökert.

Eine Weile sahen sie stumm aus dem Fenster. Seit Hallmann Leiter des Präsidialbüros geworden war, herrschte zwischen ihnen beiden oftmals eine Verlegenheit, die sie nicht mehr richtig in den Griff bekamen. Das war vorher nicht so gewesen. Vorher, das hieß, ehe sie sich beide um den gleichen Posten beworben hatten. Hallmann, der bei den Kollegen als Karrierebeamter verschrien war, war schließlich nicht ganz überraschend berufen worden. Etwas Unausgesprochenes war seitdem zwischen sie getreten, hatte aus ihrer früheren Freundschaft ein eher kühles Verhältnis werden lassen.

»Die Staatsanwaltschaft hat für dreizehn Uhr eine Pressekonferenz im Justizsaal angesetzt. Ich bitte dich, zu kommen.«

»Natürlich«, sagte Bichlmaier.

Es gab nicht mehr zu sagen, und er war froh, gehen zu können. Nicht nur wegen Hallmann allerdings. Seit einiger Zeit hatte er Probleme mit seiner Blase, hatte ständig das Gefühl, als würde er es nicht mehr rechtzeitig aufs Klo schaffen. Das Ganze war natürlich auf die unregelmäßige Ernährung und die viele Trinkerei zurückzuführen. Dennoch, er musste ein Auge darauf haben, vielleicht sogar mal einen Arzt aufsuchen. Er hastete hinunter in den zweiten Stock zur Herrentoilette, hoffte inständig, dass sie frei war.

Kurz vor acht Uhr trafen sie sich im Konferenzraum. Franz Haimerl hatte bereits Kaffee gekocht und versuchte, sich die Müdigkeit aus den Augen zu reiben, während Britta Merz mit ihrer fünfzehnjährigen Tochter Jessica telefonierte, die sich strikt weigerte, den heutigen Vormittagsunterricht an ihrer Schule zu besuchen. Meier Zwo gab, davon unbeeindruckt bissige Kommentare über Walter Rockinger ab, der noch immer im Stau steckte. Adolf Bichlmaier war soeben hereingekommen, hatte sich eine Tasse Kaffee eingeschenkt und wartete nun ungeduldig, dass Britta ihr Gespräch beendete. Die warf verzweifelte Blicke in die Runde, schien mit ihren Argumenten bei ihrer Tochter nicht durchzudringen. Meier Zwo murmelte etwas von Zicken und alleinerziehenden Müttern, was ihm einen empörten Blick von Britta Merz und ein beifälliges Grinsen von Franz Haimerl einbrachte. Bichlmaier vermied jegliche Reaktion, verbrannte sich dabei aber die Zunge an dem heißen Getränk.

»Was wissen wir?«, begann er, als Britta endlich ihr Handy weggesteckt hatte. Er blickte in die Runde, wusste, dass sie von ihm nun erwarteten, dass er die dürren

Fakten, die sie bis jetzt zusammengetragen hatten, zusammenfasste.

»Alle Informationen, die bislang vorliegen, deuten darauf hin, dass Güllner am gestrigen Spätnachmittag in seinem Büro erschossen wurde. Es gibt deutliche Spuren, dass die Tat auch dort verübt wurde. Ganz anders liegt der Fall jedoch bei dem zweiten Opfer, dem Mädchen. Der Todeszeitpunkt von Agnes Güllner konnte noch nicht näher bestimmt werden. Es deutet jedoch alles darauf hin, dass sie zu einem sehr viel früheren Zeitpunkt ermordet wurde. Zumindest hat Motsch dies angedeutet. Die Todesursache scheint auch in ihrem Fall eine Schussverletzung zu sein, die ihr aus nächster Nähe zugefügt wurde.«

Er zögerte für einen kurzen Augenblick, hatte das Bild des toten Mädchens wieder vor Augen. Das Grauen, das ihn beim ersten Anblick überfallen hatte, war gewichen, hatte notgedrungen einer nüchternen, professionellen Betrachtungsweise Platz gemacht, die Emotionen nicht zuließ.

»Wir können davon ausgehen, dass Agnes Güllner nicht in dem Büro erschossen wurde. Es muss sehr viel Blut geflossen sein. Davon war jedoch in dem Büro nichts zu sehen. Das lässt darauf schließen, dass ihre Leiche vom eigentlichen Tatort zum Fundort transportiert worden ist. Beide Opfer sind im Übrigen mit einer großkalibrigen Waffe erschossen worden. Nach der ersten Analyse der Projektile kommt im Fall von Ludwig Güllner eine tschechische »Ceska«-Pistole Kaliber 9 mm infrage. Bei dem Mädchen haben wir dagegen, was die Waffe angeht, noch keinerlei Hinweise. Wir wissen somit also nicht, ob es sich bei ihr um ein und dieselbe Waffe handelt. Die Verletzungen sind auf jeden Fall bei beiden gewaltig. Bei dem männlichen Opfer wurde praktisch der gesamte Hinterkopf zerstört, während bei dem Mädchen der rechte Brustkorb zerfetzt wurde.« Er blickte kurz zu Meier Zwo, der wie die anderen konzentriert seinen Ausführungen gefolgt war.

»Auf jeden Fall wurde Güllner regelrecht hingerichtet. Und auch seine Tochter wurde aus allernächster Nähe erschossen. Ich denke, dass die Frage entscheidend ist, welcher Zusammenhang zwischen den beiden Morden besteht. Die Tatsache, dass die beiden Leichen an ein und demselben Ort gefunden wurden, lässt natürlich die Schlussfolgerung zu, dass die Motive in einer ursächlichen Beziehung zueinander stehen. Dagegen spricht allerdings der zeitliche Abstand, der zwischen den einzelnen Taten liegt.«

»Warum schleppt aber dann jemand die Leiche des Mädchens in das Büro?«, unterbrach Franz Haimerl kopfschüttelnd.

»Die Gefahr, dabei beobachtet zu werden, ist doch riesengroß. Allein das deutet doch darauf hin, dass die beiden Taten nur im Zusammenhang zu verstehen sind.«

»Vielleicht wollte dieser Jemand ganz bewusst eine falsche Spur legen, sein eigentliches Motiv nur verschleiern«, warf Britta Merz ein.

»Das ist doch blanker Unsinn. Wer bringt schon Tage vor einem Mord jemanden um, karrt seine Leiche womöglich durch die halbe Stadt, bloß um eine falsche Fährte zu legen?«, widersprach Haimerl.

Bichlmaier hatte dem Gespräch der beiden geistesabwesend zugehört. »Was denkst du, Hans?«, fragte er nun, wobei er sich an Meier Zwo wandte. »Wo sollen wir anfangen?«

Der räusperte sich und wirkte leicht verlegen, als er die Blicke aller auf sich gerichtet sah.

»Na ja, wir haben zwei Leichen und somit erst einmal auch zwei Motive. Welche Verbindung zwischen den beiden Motiven besteht – wenn überhaupt eine besteht –, werden wir in der jetzigen Phase nicht sagen können. Wir müssen also in erster Linie unsere Hausaufgaben erledigen und dann das Umfeld der beiden Toten untersuchen.«

Bichlmaier nickte zustimmend. In dem Augenblick stürmte Walter Rockinger in den Konferenzsaal und setzte sich schwer atmend in einen freien Sessel.

»Scheiß Verkehr«, sagte er erzürnt, und dann, als er etwas zur Ruhe gekommen war, »wusstet ihr schon, dass die Güllner im vierten Monat schwanger war?«

Die Pressekonferenz im Justizsaal war die größte und chaotischste, an der Bichlmaier je teilgenommen hatte. Der Saal war hoffnungslos überfüllt. Die Luft, drückend heiß und stickig, wurde durch das gleißende Scheinwerferlicht der Fernsehkameras noch zusätzlich aufgeheizt. Vor dem Podium spielten sich tumultartige Szenen ab. Dutzende von Medienvertretern aus dem gesamten Bundesgebiet, aber auch aus dem nahen Ausland waren erschienen. Der Mord an einem hochrangigen Politiker, wie Güllner es gewesen war, musste – und da waren sich die anwesenden Journalisten einig – in eine Reihe gestellt werden mit den tödlichen Anschlägen auf Olof Palme und auf Anna Lindh in Schweden. Der Mordfall Güllner war somit noch vor dieser ersten einer ganzen Reihe von Pressekonferenzen, die im Rahmen dieses Falles abgehalten werden sollten, die Top-Story auf allen Kanälen und in allen Zeitungen geworden.

Um ziemlich genau 13 Uhr 30 trat Max Hallmann zusammen mit dem Leitenden Oberstaatsanwalt Lutz Häberl und einer Präsidiumssprecherin vor die versammelte Reporterschar. Bichlmaier war es gelungen, etwas abseits der Mikrofone einen Platz zu ergattern, von dem aus er die Vorgänge beobachten konnte, ohne selbst im Zentrum der Aufmerksamkeit zu stehen. Von Anfang an herrschte eine aggressive, fast feindselige Stimmung, die vor allem von einigen Vertretern der Boulevardpresse getragen wurde.

»Stimmt es, dass die Polizei Angst vor einem Ermittlungsdebakel hat, ähnlich wie im Fall Olof Palme?«

Hallmann reagierte etwas nervös, spürte die latente Spannung, die den Raum beherrschte.

»Der Fall Güllner hat nach dem gegenwärtigen Stand unserer Ermittlungen keinerlei Bezug zu anderen Fällen, bei denen bekannte Politiker zu Schaden kamen. Wir befinden uns noch ganz am Anfang unserer Ermittlungen, sind aber überzeugt, dass wir bald zu Ergebnissen kommen werden.«

»Gehen Sie von einem politisch motivierten Verbrechen aus?«

»Wir ermitteln in alle Richtungen. Beim gegenwärtigen Stand kann ich Ihnen dazu natürlich noch nichts Konkreteres sagen.«

Das Frage-und-Antwort-Spiel ging auf diese Weise noch eine Weile weiter, drehte sich um mehr oder minder nebensächliche Dinge. Dazu Hallmanns Versuch, sich möglichst bedeckt zu halten. Bichlmaier begann sich trotz der aufgeheizten Stimmung zu langweilen. Und plötzlich dann die Frage irgendwo aus der Masse der Reporter.

»Es gibt Gerüchte, dass Agnes Güllner schwanger gewesen ist. Können Sie das bestätigen?«

Hallmann schaute kurz hinüber zu Bichlmaier, wirkte verwirrt. Wie war diese Information, die sie selbst erst vor einer knappen halben Stunde erhalten hatten, in Umlauf geraten? Er zögerte, antwortete dann ausweichend.

»Wir warten noch auf die Ergebnisse der kriminaltechnischen Untersuchungen. Ich kann also diese Gerüchte weder bestätigen noch dementieren.«

Bichlmaier war ebenso überrascht gewesen, hatte sofort versucht herauszufinden, welcher der Journalisten die Frage gestellt hatte. Und obwohl seine Blicke wiederholt über den Pulk der Medienvertreter gestreift waren, hatte er bis zu diesem Moment den kleinen Mann mit den verwirrenden Gesichtszügen nicht wahrgenommen. Lamprecht vom *Oberpfälzer Kurier.* Woher hatte der Mann seine Informationen? Er schien mehr zu wissen als seine Kollegen, dachte Bichlmaier, schien näher am Fall dran zu sein als die meisten. Da gab es im Grunde nur zwei Möglichkeiten. Entweder eine undichte Stelle irgendwo zwischen der Gerichtsmedizin und der Dienststelle im Haus, oder der Reporter hatte sein Wissen aus anderen Quellen, vielleicht sogar aus dem Umfeld von Agnes Güllner selbst. Während Bichlmaier noch seinen Gedanken nachhing, ging die Konferenz weiter. Hallmann hatte dann noch einmal versucht, Blickkontakt mit Bichlmaier aufzunehmen, der hatte jedoch nur mit den Achseln gezuckt, war wenig später aufgestanden und hatte den Konferenzraum verlassen, um eine Toilette aufzusuchen. Als er nach geraumer Zeit zurückkam, hatte sich Hallmann gerade zu seiner Assistentin aus der Presseabteilung gebeugt und angespannt auf sie eingeredet, hatte dabei offensichtlich die nächste Frage aus dem Plenum überhört.

»Ist das Bundeskriminalamt in die Ermittlungen mit eingeschaltet?«, hatte die Vertreterin einer ausländischen Presseagentur wissen wollen.

Hallmann wirkte einen Augenblick desorientiert, und ehe er darum bitten konnte, dass die Frage wiederholt wurde, hatte Lutz Häberl, der Oberstaatsanwalt, die Gelegenheit ergriffen, sich in das Gespräch einzuschalten.

»Sowohl Bundeskriminalamt als auch der Bundesnachrichtendienst werden selbstverständlich in die Ermittlungsarbeit mit einbezogen«, sagte er eifrig. »Im Moment sieht es jedoch so aus, dass die Fahndung federführend durch die hiesige Dienststelle erfolgt.«

Das Vorpreschen des Oberstaatsanwalts schien Hallmann den Rest zu geben, denn ohne sich mit Lutz Häberl näher abzusprechen, erhob er sich nun abrupt und erklärte unter dem stürmischen Protest der versammelten Reporter die Konferenz für beendet. Bichlmaier, ebenso überrascht vom plötzlichen Ende wie die meisten Anwesenden, sah sich noch einmal im Raum um, konnte aber in dem Getümmel, das plötzlich herrschte, Lamprecht nicht mehr entdecken. Es war nun schon das zweite Mal, dass er Lamprecht aus den Augen verloren hatte, ohne dass er sich dies hätte erklären können. Er hätte ihn gerne gesprochen, würde dies baldmöglichst nachholen müssen.

Als Bichlmaier auf die Straße trat, traf ihn eine Windböe mit voller Wucht. Er schlug den Kragen seiner Winterjacke hoch. Der Wind roch nach Frühling, aber er war noch sehr kalt.

»Solange der Schnee auf den Bergen liegt, kann es nicht warm werden«, hatte seine Großmutter immer gesagt. In Regensburg gab es keine Berge, aber der Wind kam wohl aus dem Süden, hatte den Eiseshauch der Voralpen mit sich gebracht. Er dachte an seine Großmutter. Sie hatte die Berge geliebt. Aber nicht die Winter. Da war sie zu einsam gewesen. Vor allem während ihrer letzten Jahre, nachdem seine Eltern mit den Kindern in die Oberpfalz gezogen waren. Sie waren in jenen Jahren nur noch selten nach B. gekommen. Die Fahrt mit dem Zug war zu umständlich gewesen und auch zu teuer. Erst Mitte der sechziger Jahre, als sich seine Eltern ihr erstes Auto leisten konnten, hatten sie die Großmutter wieder öfter besucht. Da war sie aber schon etwas wunderlich gewesen und bald auch gestorben.

Wir leben in einer merkwürdigen Zeit, dachte er. Die Menschen werden immer einsamer. Das ist wohl der Preis, den wir dafür zahlen müssen, dass wir unsere Geborgenheit für ein bisschen mehr Freiheit aufgegeben haben. Ob Güllner auch ein einsamer Mensch gewesen war? Und seine Tochter? Manchmal schien es ihm, als seien es gerade die jungen Menschen, die darunter litten, dass die Familie ihre Bedeutung verloren hatte.

Er sah auf die Uhr des nahen Doms und ging mit schnellem Schritt weiter zu seinem Auto. Er stieg ein, drehte das Gebläse voll auf. Dann fuhr er auf direktem Weg nach Weiden.

4

Die Polizeiwache in der Weidener Türlgasse, in unmittelbarer Nähe des Bahnhofs gelegen, duckte sich zwischen zwei ziegelrote Backsteingebäude und wäre weitgehend dem Blick der Menschen entzogen gewesen, wenn nicht ein Schriftzug aus mächtigen blauen Neonbuchstaben auf ihre Existenz und besondere Funktion aufmerksam gemacht hätte.

Bichlmaier trat durch die enge Eingangstür in einen lang gezogenen Raum. Ein ungemein hagerer, krank aussehender Polizist wies ihm den Weg, nachdem er sich ausgewiesen hatte und nach Mahr gefragt hatte. Dieser saß in einem winzigen Büro hinter einer dichten Wolke von Zigarettenrauch. Wahrscheinlich hatte man ihm den Raum zugewiesen, um durch seine Rauchgewohnheiten nicht zu sehr belästigt zu werden, dachte Bichlmaier. Mahr erhob sich, und noch ehe er Bichlmaier die Hand reichte, öffnete er das kleine Fenster, um etwas Frischluft hereinzulassen. Dann lächelte er sein trauriges Zirkuspferdlächeln und bot Bichlmaier einen mönchisch anmutenden Stuhl zum Sitzen an.

»Tut mir leid«, sagte er und drückte seine Zigarette mit vom Nikotin gelb gefärbten Fingerspitzen aus. »Ich kann einfach nicht damit aufhören.«

Bichlmaier zuckte nur mit den Schultern und setzte sich.

Kriminalhauptkommissar Mahr war sehr kurzsichtig und trug eine altmodische Hornbrille mit dicken Gläsern, hinter denen seine Pupillen fast gänzlich verschwanden. Er sah ein bisschen aus wie Woody Allen im *Stadtneurotiker*, und er wirkte auf eine rührende Weise hilflos. Dennoch war sich Bichlmaier sicher, dass sich hinter der farblosen äußeren Erscheinung des Kollegen ein wacher Verstand und ein guter Ermittler verbargen.

»Wo werden Sie während der nächsten Tage wohnen?«, fragte er, noch ehe Bichlmaier etwas sagen konnte. Der hatte sich darüber noch keine größeren Gedanken gemacht, sah aber ein, dass er erst dieses unmittelbare Problem lösen musste. Es war schon spät.

»Wenn Sie wollen, können Sie bei mir wohnen«, schlug Mahr vor.

Bichlmaier zögerte.

»Was wird Ihre Frau dazu sagen, wenn Sie einen fremden Mann mit ins Haus bringen?«, sagte er leicht ironisch.

»Ich lebe allein«, erwiderte Mahr.

»Meine Frau und der Junge sind vor einigen Jahren gestorben ... Ein Unfall. Es wäre also kein Problem.«

Dann fügte er noch hinzu: »Platz ist genügend vorhanden.«

Bichlmaier war verlegen. Wusste nicht so recht, was er sagen sollte. Hätte er von der Sache wissen sollen?

»In Ordnung«, sagte er dann. »Übrigens, ich heiße Adolf.«

»Michael«, sagte Mahr, und sie reichten sich die Hände.

Sie waren dann die wenigen Fakten, über die sie bislang verfügten, durchgegangen, hatten versucht, ihre ersten Schritte vorzuplanen. Sie waren sich einig gewesen, dass sie als Erstes einen Einblick in die Lebensumstände der beiden Opfer gewinnen mussten.

»Wir müssen uns darauf konzentrieren herauszufinden, wer Güllner eigentlich gewesen ist. Ich nehme an, dass es da mehr gibt als nur den erfolgreichen Politiker. Wir müssen als Erstes mit seiner Frau sprechen, mit seinen nächsten Mitarbeitern, seiner Geliebten, wenn es eine gibt?«

»Es gab in dieser Richtung immer wieder Gerüchte. Güllner ist sicher kein Heiliger gewesen«, warf Mahr ein.

»Gut«, sagte Bichlmaier. »Das wäre vielleicht ein Punkt, an dem wir ansetzen können. Dann, wie sieht es mit dem Mädchen aus? Was wissen wir über sie? Wir haben erfahren, dass sie schwanger gewesen ist. Wer ist der Vater? Wussten die Eltern Bescheid darüber? War sie in irgendwelchen Cliquen? Ist sie möglicherweise mit Drogen in Kontakt gekommen? Wissen wir etwas darüber, ob sie politisch engagiert war?«

Mahr nestelte an einer zerknautschten Zigarettenpackung herum, steckte sich eine Zigarette in den Mund.

»Agnes war vor allem ein gutes Mädchen«, sagte er. »Sie hatte keinerlei Allüren, trotz der prominenten Stellung ihres Vaters. Ein völlig natürliches Mädchen … aber vor allem war sie ein trauriges Mädchen.«

»Du kanntest sie?«

Bichlmaier war erstaunt.

»Ja. Sie war so alt wie mein Sohn. Sie waren in derselben Klasse. Waren sogar befreundet gewesen … damals.«

Er hustete stark, als er sich die Zigarette anzündete. Offensichtlich war ihm Rauch in die Augen gestiegen, denn er nahm die Brille für einen kurzen Moment ab und wischte sich über die Augen.

»Sie ist einige Male bei uns zu Hause gewesen. Das müsste etwa fünf oder sechs Jahre her sein. Die Kinder waren damals in der fünften oder der sechsten Klasse. Sie kam ab und zu, und dann machten die beiden gemeinsam ihre Hausaufgaben. Ich kann mich nicht erinnern, dass ich sie jemals hätte lachen sehen.«

»Was ist mit deinem Sohn und deiner Frau passiert?«, fragte Bichlmaier leise.

Mahr zuckte hilflos mit den Schultern. Hatte schon auf die Frage gewartet. »Sie waren auf dem Weg nach Regensburg. Sie wollten Schulsachen kaufen für das neue Schuljahr. Kurz vor dem Ende der Autobahn ist ihnen ein Geisterfahrer entgegengekommen. Sie haben keine

Chance gehabt. Meine Frau war sofort tot. Unser Junge ist zwei Stunden später im Krankenhaus gestorben.«

»Und der Geisterfahrer?«

»Der hatte nur eine leichte Gehirnerschütterung und eine Beule am Kopf. Ein alter Mann, ein Witwer, der seine Kinder in Norddeutschland besuchen wollte.«

Mahr drückte seine Zigarette aus.

»Er hat mich zwei Wochen nach dem Unfall angerufen. Hat gefragt, ob er kommen dürfe. Er hat mir Blumen gebracht. Dann ist er wieder gegangen. Sie haben ihn eine Woche später in seiner Wohnung gefunden. Tot. Er muss sich noch an dem Tag, als er mich besuchte, umgebracht haben.«

Mahr drehte sich um und schloss das kleine Fenster. Draußen war es bereits dunkel geworden. Die Tage waren immer noch sehr kurz. Die Nacht kam früh.

»Hast du Kinder?«, fragte er.

»Nein«, sagte Bichlmaier. »Wir wollten welche, aber es hat nicht geklappt. Warum, weiß ich nicht. Wir haben alles versucht. Am Schluss war das der reinste Horror.«

»Man hört recht häufig von solchen Fällen. Vielleicht rächt sich die Natur dafür, dass unsere Gesellschaft eigentlich keine Kinder will. Was denkst du?«

»Ich weiß nicht, was ich denken soll. Aber vielleicht hast du recht.«

Einen Moment lang trat Schweigen zwischen die beiden Männer, bis Bichlmaier den Faden wieder aufnahm.

»Du glaubst also, dass das Familienleben der Güllners nicht so harmonisch war, wie das nach außen hin vielleicht den Anschein hatte?«, fragte er.

»Ja«, antwortete Mahr. »Aber ich kann mich natürlich irren. Es gab immer mal Gerüchte, dass Güllner Affären hatte. Aber das muss nichts besagen. Immerhin war er ein prominenter Mann, und in einer kleinen Stadt zerreißen sich die Leute schon gern mal das Maul, um sich über die Langeweile des eigenen Lebens hinwegzutrösten.«

Bichlmaier nickte. »Das ist auch in größeren Städten nicht viel anders«, meinte er.

»Was wird über Frau Güllner gesprochen?«

»Nichts. Die trat in der Öffentlichkeit überhaupt nicht in Erscheinung. Güllner hat sie völlig aus der Schusslinie gehalten. Hat sie nicht einmal bei seinen Wahlkämpfen eingesetzt. Hat er auch nicht nötig gehabt. Die Leute mochten ihn. Außerdem war er in der richtigen Partei.«

»Hört, hört«, grinste Bichlmaier.

In dem Augenblick schrillte das Telefon. Mahr nahm ab.

»Für dich«, sagte er.

Meier Zwo war am Apparat.

»Wir haben eine Zeugin«, sagte er. »Sie behauptet, sie habe Güllner gestern am späten Nachmittag zusammen mit einer Frau in der Nähe seines Büros gesehen.«

Bichlmaier spürte, wie er unruhig wurde. Er kannte dieses Gefühl, das immer dann einsetzte, wenn plötzlich Bewegung in einen Fall kam. Da fühlte er sich dann wie ein Läufer kurz vor dem Start eines großen Rennens. Bange Nervosität gepaart mit dem unbändigen Wunsch loszulegen.

»Habt ihr sie schon vernommen?«, fragte er.

»Nein. Die Frau hat gerade erst angerufen. Sie hat den Tag über gearbeitet und erst am Abend Güllners Bild im Fernsehen gesehen. Sie wohnt in einem Heim für Spätaussiedler, ganz in der Nähe von Weiden. Ich glaube, sie ist Russin, aber sie spricht ganz gut deutsch, und sie ist vor allem bereit, noch heute Abend eine Aussage zu machen.«

»Gut«, sagte Bichlmaier und ließ sich die Adresse geben. Er wollte das Gespräch schon abrupt beenden, doch Meier Zwo hielt ihn noch zurück.

»Ich habe mit Walter gesprochen. Du weißt schon. Ich habe ihn gefragt, woher er von Agnes Güllners Schwangerschaft wusste.«

»Und was sagt er?«, fragte Bichlmaier geistesabwesend.

»Er hat Motsch auf dem Weg ins Präsidium getroffen. Der hat es ihm gesteckt.«

»Aber woher wusste dann der Reporter davon?«

»Das kann ich auch nicht sagen. Ich habe jedenfalls mit Motsch telefoniert. Der hat mir hoch und heilig versichert, dass er nur mit Walter über Agnes Güllner gesprochen hat.«

»Na gut«, sagte Bichlmaier. »Die Sache bleibt merkwürdig. Ich werde mich auf jeden Fall darum kümmern.«

Dann legte er auf und wandte sich um zu Mahr und nickte ihm zu.

»Es gibt Arbeit«, sagte er.

Der triste Wohnblock, in dem die Frau wohnte, war vorwiegend mit Spätaussiedlern, vor allem Russlanddeutschen, belegt. Er lag am Rande eines unbedeutenden, heruntergekommenen Marktfleckens etwa zehn Kilometer von Weiden entfernt und machte den Eindruck, als würde er nicht so recht zum eigentlichen Ort dazugehören. Die mit Schlaglöchern übersäte Straße, die zu dem Haus hinführte, endete nur wenige Meter weiter buchstäblich im Nichts.

»Dort draußen beginnt der Truppenübungsplatz«, erklärte Mahr unnötigerweise und zeigte mit einer vagen Geste auf das vor ihnen liegende Areal, das sich in der Dunkelheit des Abends bedrohlich und undurchdringlich vor ihnen erstreckte. Bichlmaier kannte die Gegend, wusste natürlich, dass sie sich am Rande von einem der größten militärischen Sperrgebiete Europas befanden. Er hatte vor einer Reihe von Jahren als junger Polizist den Auftrag gehabt, einen Mann zu verhaften, der in einem Anfall von Eifersucht seine gesamte Familie hingeschlachtet hatte. Um der Festnahme zu entgehen, war dieser dann in das unwegsame Gelände des Truppenübungsplatzes geflüchtet. Es war den Polizisten damals aus Sicherheitsgründen unmöglich gewesen, ihm dorthin zu folgen, und sie hatten seine Spur verloren. Man hatte niemals wieder etwas von ihm gehört, und erst Jahre später waren seine halb vermoderten Überreste gefunden worden. Wie es schien, war er von einer Panzergranate getroffen worden.

Trotz der vorgerückten Stunde und des unwirtlichen Wetters herrschte noch reges Treiben vor dem Haus. Als die beiden Beamten aus dem Auto stiegen und sich dem Eingangsbereich näherten, richtete sich die Aufmerksamkeit der Menschen sofort auf sie, und sie spürten, wie ihr Auftritt mit Argwohn und Neugier betrachtet wurde. Für einen Augenblick schien es, als würden sämtliche Gespräche verstummen. Als sich Bichlmaier jedoch erkundigte, wo er die Frau finden könne, wurde ihm sofort freundlich und respektvoll Auskunft gegeben.

Die Frau, die den beiden Beamten die Tür öffnete, war Anfang dreißig. Große dunkle Augen dominierten ihr Gesicht, verliehen ihm Leben und aparte Schönheit. Erst auf den zweiten Blick hin trat ein herber Zug um den Mund, traten die schmalen Lippen hervor, widersprachen diesem ersten Eindruck, enttäuschten gleichsam den Betrachter. Elena Schimanowski bat die beiden Männer herein, ohne darauf zu warten, dass diese sich als Polizisten vorstellten. Offensichtlich hatte sie sie bereits erwartet.

»Tut mir leid, dass wir so spät am Abend noch stören«, sagte Bichlmaier. »Aber wir haben noch ein paar Fragen, die leider nicht warten können.«

Das Zimmer, in das sie sie führte, war klein und nur karg möbliert. An einem hölzernen Tisch saß eine alte Frau mit einem Kopftuch, die sich erhob, als Bichlmaier und Mahr eintraten. Sie hatte dieselben dunklen Augen wie ihre Tochter. Als sie stand, bemerkte Bichlmaier erst, wie klein die alte Frau war. Sie war wohl nicht älter als sechzig Jahre, und doch machte sie, als sie da geduckt und seltsam hilflos dastand, den Eindruck, als habe sie in ihrem Leben bereits vor der Zeit eine Generation übersprungen.

»Darf man den Herrn Polizisten ein Glas anbieten zur Begrüßung?«, fragte sie mit dem harten Akzent des Ostens. Und ehe Bichlmaier oder Mahr ablehnen konnten, hatte ihre Tochter eine Flasche mit einer klaren, öligen Flüssigkeit gebracht und zwei Gläser vor die Beamten gestellt. Bichlmaier sah zu Mahr hinüber. Der hatte sein Glas ohne Zögern genommen und die alte Frau durch seine dicken Brillengläser hindurch angelächelt.

»Trinken Sie doch mit uns«, sagte er freundlich, doch beide, Mutter und Tochter, wehrten ab. Da erhob auch Bichlmaier sein Glas und kippte das scharfe Getränk in sich hinein. *Nastrovje!* Einen Moment lang blieb ihm die Luft weg, ehe sich der Schnaps dann warm in seinem Magen ausbreitete. Sofort verspürte er wieder den Drang, seine Blase zu entleeren, doch er zwang sich, sitzen zu bleiben.

»Was haben Sie gestern gesehen?«, fragte er und blickte dabei die junge Frau an. Doch nicht sie, sondern ihre Mutter antwortete.

»Elena war einkaufen mit Maja. Sie haben den Mann gesehen, der getötet wurde. Den Mann, den sie im Fernsehen gezeigt haben.«

Warum spricht sie für ihre Tochter, dachte Bichlmaier ärgerlich.

»Elena spricht nicht gerne deutsch. Sie hat Angst, dass sie Fehler macht«, sagte die alte Frau, als habe sie Bichlmaiers Gedanken erraten.

»Sie war Lehrerin zu Hause und glaubt, dass sie perfekt sein muss. Das ist sehr dumm von ihr.«

Dann blickte sie auf ihre Tochter. Die schien verärgert, sagte etwas auf Russisch, woraufhin die alte Frau lediglich mit der Schulter zuckte.

»Meine Mutter hat recht«, sagte dann die Jüngere. Der fremde, harte Akzent in ihren Worten war deutlicher noch als bei ihrer Mutter. »Ich war einkaufen mit Maja. Es hat geregnet, und wir wollten zum Busbahnhof. Maja hat nicht gefolgt, und ich habe mit ihr geschimpft. Alles war nass, und es war schon spät, und ich habe gesagt, dass sie mit mir kommen soll, aber sie wollte spielen. Da war eine Bank, und der Mann, den sie im Fernsehen gezeigt haben, saß dort. Er hat mit einer Frau gesprochen.«

Sie verstummte, und einen Augenblick lang herrschte Stille. In die Stille hinein dröhnten plötzlich mehrere Salven von Maschinengewehrfeuer, denen der dumpfe Knall schwerer Mörser folgte.

»Das geht die ganze Nacht so«, sagte die alte Frau, als sie sah, wie Bichlmaier zusammenzuckte. »Aber wir haben uns daran gewöhnt. Da kann man nichts machen.«

»Das sind amerikanische Truppen, die hier auf ihre Einsätze vorbereitet werden«, erklärte Mahr.

»Die üben rund um die Uhr. Da hat die Zivilbevölkerung keine Chance. Die Leute schimpfen, aber sie müssen mit dem Lärm leben«, fügte er hinzu. Die alte Frau nickte. Bichlmaier strich sich übers Kinn, es kratzte hörbar.

»Wann haben Sie den Mann mit der Frau gesehen?«, fragte er.

»Das war wenige Minuten vor fünf.«

»Sind Sie sicher?«

»Ja, der Bus ging um Viertel nach fünf, und wir waren spät dran. Verstehen Sie, es ist der letzte Bus, der hierherfährt. Hierher fahren nicht viele Busse.« Bichlmaier nickte. Er war angespannt.

»Können Sie die Frau beschreiben, die bei dem Mann gesessen hat?«

»Ich habe ihr Gesicht nicht gesehen. Es hat noch leicht geregnet, und sie hatte ihren Mantel oben geschlossen.«

»War sie jung, oder war sie eher älter?«

Elena Schimanowski zögerte.

»Ich glaube, sie war schon alt. Ihre Haare waren grau, und ihr Mantel war unmodern, wie bei einer alten Frau.«

»Was haben die beiden gemacht?«

»Sie haben geredet, und sie haben Maja beobachtet, und dann haben sie über Maja gesprochen.«

»Woher wissen Sie das?«

»Ah, ich weiß es nicht sicher, aber sie haben zugesehen, wie Maja im Regen herumgesprungen ist, und dann hat die Frau etwas zu dem Mann gesagt, und sie hat auf Maja gezeigt …«

»Ist Ihnen sonst noch etwas aufgefallen?«

»Nein.«

»Wie kommt es, dass Sie sich an den Mann erinnern konnten? War an ihm etwas Auffälliges?«

»Ich weiß nicht. Er hat nur sehr traurig ausgesehen und sehr krank. Ich habe gedacht, die beiden sehen aus wie ein altes Liebespaar, das die Liebe verloren hat, und da musste ich an zu Hause denken, an Russland ...«

»Waren die beiden allein?«

Elena Schimanowski zuckte mit den Achseln. »Ich habe niemanden gesehen. Aber ich habe nicht darauf geachtet. Ich habe nach Maja gerufen, und dann sind wir zum Busbahnhof gegangen.«

Mahr, der sich bislang aus dem Gespräch herausgehalten hatte, räusperte sich leise.

»Wo ist Ihre Tochter jetzt? Können wir noch mit ihr sprechen? Es wäre sehr wichtig.«

»Maja schläft schon«, sagte Elena, plötzlich abweisend. »Sie hat gespielt und nicht auf die anderen Leute geachtet. Sie ist doch noch ein Kind ...«

Dann brach sie ab, schaute an Bichlmaier vorbei.

»Mama! Du sollst das nicht sagen!«

Die dünne Stimme war voll Empörung. Bichlmaier drehte sich um. Aus einem Raum hinter seinem Rücken war unbemerkt ein kleines Mädchen getreten. In einem dünnen Nachthemd stand sie plötzlich da. Ihre Augen waren auf ihre Mutter gerichtet. Sie schien die Polizisten gar nicht richtig wahrzunehmen. Bichlmaier erschrak. Es schien ihm, als habe er noch nie ein Kind mit solch traurigen, alten Augen gesehen. Als habe sie schon ein Leben gelebt, dachte er. Sie tippelte auf Zehenspitzen zu ihrer Großmutter und setzte sich auf deren Schoß.

»Das ist Maja«, sagte diese. »Hast du wieder gelauscht, meine Kleine?«

Das Mädchen nickte ohne Verlegenheit.

»Dann weißt du ja, warum die Herren Polizisten bei uns sind?«

»Ja«, sagte das Mädchen und schaute Bichlmaier aus ihren alten Augen an. Der erinnerte sich plötzlich, was Mahr über Agnes Güllner gesagt hatte. Dass er sie nie hatte lachen sehen. Was muss da nur passieren, dass Kinder ihr Lachen verlieren, dachte er, dass sie aufhören zu lachen?

»Hallo Maja«, sagte er. »Du hast gehört, worüber wir mit deiner Mama geredet haben …«

»Ja«, sagte sie ungeduldig, so wie es Kinder oft sind, wenn sie mit Erwachsenen sprechen. »Du willst etwas über die komische Frau wissen und den Mann …«

»Warum war die Frau denn komisch?«, unterbrach Bichlmaier sie.

»Ich weiß nicht. Sie hat halt so komisch ausgesehen.«

»Hmm.«

»Ihr Gesicht war komisch.«

»Was war denn mit ihrem Gesicht?«

Das Mädchen zögerte.

»Eine Seite war ganz lieb und die andere war böse«, sagte sie dann widerwillig. »Da habe ich Angst gekriegt.«

Maja drückte sich an ihre Großmutter und verbarg ihr Gesicht. Offensichtlich jagte ihr die Erinnerung noch immer Furcht ein.

Bichlmaier sah zu Mahr hinüber, doch der zuckte nur mit den Schultern, wusste wohl auch nicht, was die Kleine damit meinte.

»Hat die Frau etwas zu dir gesagt?«

Das Mädchen schüttelte den Kopf, wollte aber nicht mehr reden.

»Wissen Sie, was Ihre Tochter damit meint?«, fragte Bichlmaier, doch beide, sowohl die Mutter als auch die

Großmutter des Mädchens, schüttelten den Kopf, konnten nicht weiterhelfen.

Bichlmaier war enttäuscht. Er hatte sich mehr erhofft. Zumindest wussten sie nun aber mit einiger Sicherheit, dass Güllner kurz vor seinem Tod noch Kontakt mit jemandem gehabt hatte. Sie würden morgen zusammen mit Frau Schimanowski und ihrer Tochter ein Phantombild erstellen. Die Aussage des Mädchens ging ihm im Kopf herum. Was hatte sie damit gemeint? Was steckte hinter ihren kindlichen Worten? Nun, vielleicht würde das Bild aus dem Computer einen Hinweis darauf enthalten, was sie so erschreckt hatte.

Als sie wenig später aus dem Gebäude traten, war es gänzlich dunkel geworden. Das Leben vor dem Haus war erloschen, die Menschen, die noch vor Kurzem gelärmt, gelacht und palavert hatten, waren verschwunden. Es hatte wieder angefangen zu nieseln. Über dem Truppenübungsplatz erhellte für kurze Zeit Gefechtsbeleuchtung, künstliches Licht, das an kleinen Fallschirmen zu Boden schwebte, das Areal. Der Donner von Panzergeschossen hallte durch die feuchtkalte Nacht. Bichlmaier war hinter einen Baum getreten, um seine Blase zu entleeren. Das Wasserlassen bereitete ihm Probleme, und trotz der vollen Blase kam nur ein dünner Strahl. Wie bei einem alten Mann, dachte er. *This is the way the world ends – Not with a bang but a whimper.* Wie würde sein Abgang aus diesem Leben einmal sein? Würde er es mit einem lauten Knall verlassen, oder würde er, eine winselnde Kreatur, dem allmählichen Verfall seines Körpers Tribut zollen müssen? Er dachte an Marianne, sehnte sich plötzlich danach, bei ihr zu sein, ihre Wärme zu spüren. Dann ging er zum Auto, in dem Mahr bereits auf ihn wartete.

5

Am östlichen Rand der Stadt steht, eingerahmt von den wuchtigen Bauten des Kreiskrankenhauses und der Ämtergebäude, das Augustinus-Gymnasium. Seit der Zeit seiner Gründung vor etwa hundert Jahren hat das Gymnasium den Ruf einer elitären Bildungsanstalt, und es hat sich diesen Ruf bis in die jüngste Gegenwart erhalten. Und so gilt es in den führenden Kreisen der Stadt, unter Ärzten, Anwälten, reichen Geschäftsleuten und natürlich auch unter den im politischen Leben Stehenden, noch immer als selbstverständlich, ihre Söhne und Töchter gerade auf diese Schule zu schicken.

Walter Primus war seit dreizehn Jahren Lehrer an der Schule, und er merkte deutlich, wie ihn die ständige Belastung seines Berufes immer mehr auszehrte. Er war müde geworden. Und gerade heute hatte er Mühe, sich auf den Unterricht zu konzentrieren, und er ließ seinen Gedanken freien Lauf.

Das Mädchen, das vorne an der Tafel stand, geblendet vom grellen Licht des Overhead, war blass geschminkt. Ihre Augen lagen tief in den Höhlen und wurden durch starke Kajal-Striche auf unnatürliche Weise betont. Ihr breiter, sinnlicher Mund wirkte in dem maskenhaften Gesicht wie eine offene schwarze Wunde. Primus war gleichermaßen abgestoßen von diesem Gesicht, das etwas Krankes, Welkendes an sich hatte, als auch von seiner Unnahbarkeit fasziniert und herausgefordert. Er verspürte den Wunsch, hinter diese Maske zu schauen, einzudringen in die schwelende Erotik, die er dahinter erahnte. Die Stimme des Mädchens war monoton und zeigte die unermessliche Distanz, die zwischen ihr und den Dingen lag, die sie vortrug. Auf provozierende Weise machte sie dem Lehrer, dem Mann, machte sie der gesamten Welt um sich herum klar, dass sie sie verachtete. Und doch war da eine Hilflosigkeit in ihren Augen, die ihn rührte. Sie war erst vor zwei Jahren an die Schule gekommen. Von Anfang an hatte es Schwierigkeiten mit ihr gegeben. Und selbst nach geraumer Zeit hatte sie noch kaum Anschluss in der Klasse gefunden. Auf die Mitschüler wirkte sie arrogant und abweisend, und die meisten hatten es bald aufgegeben, hinter ihren Schild von Arroganz und verletzender Rhetorik zu blicken. Lediglich mit Agnes Güllner, der Tochter des Bundestagsabgeordneten Güllner, hatte sie, so schien es, näheren Kontakt gehabt. Agnes Güllner war, wie sie, Schülerin der 11. Klasse gewesen, war ein Jahr jünger gewesen als sie. Aber Agnes Güllner war tot. Das hatte heute Morgen in der Zeitung gestanden. Walter Primus, der Deutschlehrer, richtete seinen Blick auf das Mädchen, das noch immer mit lebloser, entrückter Stimme ihr Referat vortrug. Doch als er sie ansah, sah er immer wieder das Bild von Agnes vor sich. Sah sie so, wie er sie aus dem Unterricht gekannt hatte, und dann sah er sie wieder so, wie sie auf dem Bild gewesen war, das im *Oberpfälzer Kurier* veröffentlicht worden war. Er sah den entstellten Körper, aufgehängt an einem Regal im Büro ihres Vaters, die Arme waagrecht auseinandergestreckt, festgebunden wie an einem Kreuz.

Primus versuchte sich freizumachen von diesem Blick, versuchte in die Gegenwart der endlosen Freitagsstunde zurückzukehren, schaffte es aber nur für kurze Zeit, sich auf die Aussagen des Mädchens, das der Toten so sehr glich, zu konzentrieren.

Agnes war vor wenigen Tagen bei ihm gewesen, hatte ihm dabei von Dingen erzählt, die ihn aufgewühlt hatten und die er nun, nach ihrem gewaltsamen Tod, in einem gänzlich neuen Licht zu sehen begann.

Er hatte sie zu sich gebeten, um mit ihr als ihr Klassenleiter zu sprechen. Und dann, in dem Gespräch, hatte sie ihm eine aberwitzige Geschichte erzählt. Walter Primus hatte sie nur angesehen, hatte nicht gewusst, was er sagen sollte, hatte ihr auch nicht geglaubt. Er hätte sie gerne in die Arme genommen, hätte sie gerne getröstet und wusste dabei, dass er dies nicht tun durfte. Ihre Verzweiflung war zum Greifen, und doch schien es da etwas zu geben, das ihr jenseits dieser Verzweiflung Halt und Hoffnung gab. Er hatte versucht, ihr näherzukommen, herauszufinden, was es war, das in den Mittelpunkt ihres Lebens gerückt war. Waren es Drogen, die es ihr erlaubten, für kurze Zeit zu vergessen? Er hatte sie danach gefragt, aber sie hatte ihn nicht näher an sich herankommen lassen. Da hatte er es aufgegeben, in sie zu dringen, war einen einfachen Weg gegangen und hatte ihr seine Resignation hingeworfen und gesagt, sie möge sich ihm anvertrauen, wenn sie Probleme habe. Sie hatte ihn darauf aus ihren dunklen, traurigen Augen nur angesehen, Augen, in denen ein seltsames Feuer brannte.

Walter Primus konnte diese Augen nicht aus seinem Kopf verbannen. Und während das Mädchen vorne am Overhead ihren Vortrag mit einigen banalen Sätzen abschloss, schwor er sich, herauszufinden, was hinter dem Tod von Agnes Güllner, der er nicht hatte helfen können, stand.

Es hatte aufgehört zu regnen, als Bichlmaier am nächsten Morgen erwachte. Er hatte überraschend gut geschlafen und fühlte sich erfrischt und voll Energie wie schon seit Langem nicht mehr. Als sie am Abend zuvor in Mahrs Wohnung zurückgekommen waren, da war es kurz vor elf Uhr gewesen. Sie hatten sich dann noch im Wohnzimmer zusammengesetzt und das Gespräch mit Elena Schimanowski und ihrer kleinen Tochter Revue passieren lassen. Dabei hatten sie Wein getrunken, und Mahr hatte beim Italiener um die Ecke Pizza und Salat bestellt. Später hatte er dann von seiner Frau und seinem Jungen erzählt, und Bichlmaier hatte ihm zugehört. Und als Mahr verstummt war, da hatte er angefangen, von Marianne zu erzählen, von den Träumen, die sie gehabt hatten, und von den Enttäuschungen, von ihren dunklen Stunden. Dann hatte Mahr noch eine Flasche von dem Roten geöffnet, und als sie schließlich zu Bett gingen, war es etwa halb zwei gewesen. Der Alkohol hatte bei Bichlmaier ein Gefühl von Leichtigkeit erzeugt, und es war gewesen wie damals in den unbeschwerten Zeiten der Jugend, als er und die Freunde die Probleme der Welt mit großen Worten gelöst hatten.

Bichlmaier sah das Haus vor sich. Eine gepflegte Auffahrt zwischen Bäumen, ein Schotterweg, der um das Gebäude herumführte. Eine Stille, die das Haus wie eine Glocke umhüllte. In einiger Entfernung, hinter einem der kahlen Bäume, hatte sich ein Kameramann postiert, stand frierend neben seiner Kamera, die, auf einem Stativ befestigt, aussah, als würde sie jeden Moment nach vorne kippen, das Gleichgewicht verlieren. Die meisten der Jalousien an der Vorderseite des Hauses waren herabgelassen. Ein kalter Sonnenstrahl fiel auf die Stufen, die zur Eingangstür hinaufführten. Es gab keine Klingel. Als Bichlmaier die Hand hob, um anzuklopfen, empfand er einen Moment lang ein Gefühl grenzenloser Vereinsamung, das von dem Haus auszugehen schien. So stand er mit erhobener Hand da, unfähig, gegen die Tür zu hämmern. Er dachte an das Mädchen, sah es plötzlich vor sich. Es wandte ihm das Gesicht zu und lachte ihn aus seinen toten Augen an. Augen aus dem Traumreich des Todes, schoss es ihm durch den Kopf. *Eyes I dare not meet in dreams. There, the eyes are sunlight on a broken column,* sang es in ihm. Wo hatte er diese Zeilen nur gelesen?

»Was wollen Sie? Verschwinden Sie doch!«

Die Stimme klang rau und wirkte unsicher. Die Stimme einer alten Frau.

»Polizei«, sagte Bichlmaier. »Darf ich reinkommen und ein paar Fragen stellen?«

Es dauerte einige Sekunden, dann hörte er das metallische Klirren des Riegels. Dann wurde die Tür geöffnet. Die Frau war nicht geschminkt. Sie wirkte aufgedunsen, hatte eine fahle, fettige Haut. Ihre Augen waren gerötet. Sie roch nach Alkohol. Bichlmaier stellte sich vor und zeigte seinen Ausweis.

»Können wir uns einen Augenblick setzen, Frau Güllner? Es tut mir sehr leid …« Bichlmaier zögerte, wusste nicht, was er sagen sollte. Die Frau starrte an ihm vorbei. Bichlmaier wartete, dass sie etwas sagte. Doch sie drehte sich nur um und ging voraus in ein riesiges, mit teurem Mobiliar vollgestopftes Wohnzimmer. Dort setzte sie sich schwer, ohne Bichlmaier weiter zu beachten.

»Ich verstehe, dass es schwer für Sie ist«, sagte er. »Aber ich wäre nicht zu Ihnen gekommen, wenn es nicht wichtig wäre.«

Sie nickte, doch er wusste nicht, ob seine Worte sie überhaupt erreicht hatten. Alles musste ihr unbegreiflich erscheinen. Er setzte sich.

»Ich möchte Ihnen als Erstes mein Beileid aussprechen«, begann Bichlmaier.

Ruth Güllner nickte wiederum, sagte aber nichts. Sie blickte starr vor sich hin. Ihre Augen waren ohne Tränen.

»Ich weiß, dass Sie mit meinem Kollegen schon gesprochen haben. Mit Hauptkommissar Mahr. Aber ich möchte Ihnen auch ein paar Fragen stellen.«

Ruth Güllner schwieg weiter. Bichlmaier wusste nicht so recht, wie er beginnen sollte.

»Sie kennen Herrn Mahr von früher, nicht wahr?«

Sie nickte.

»Ja, von früher.«

Da beschloss er, direkt auf den Punkt zu kommen.

»Hatte Ihr Mann irgendwelche Feinde?«, fragte er.

Sie schien durch ihn hindurchzuschauen.

»Ich weiß nicht«, sagte sie unsicher. »Jeder Mensch hat Feinde. Haben Sie denn keine?«

»Er war ein bekannter Politiker. Gab es da jemanden, der ihn so gehasst haben könnte, dass er ihn töten wollte?«

Er sah sie an. Ihr Gesicht war angespannt. Aber sie ist nicht erschüttert wegen seines Todes, dachte er. Es macht ihr nichts aus. Weder, dass er tot ist, noch, dass er ermordet wurde.

»Sie können sich also niemanden vorstellen, der ihn hätte umbringen wollen? Und auch nicht, warum?«

Wieder zögerte sie, zuckte mit den Achseln. Dann gab sie sich einen Ruck, richtete sich auf.

»Natürlich hatte er Feinde«, sagte sie schwerfällig, und zum ersten Mal blickte sie Bichlmaier voll an.

»Wissen Sie was? Es gab genug Menschen, die ihn hassten, ihn vielleicht sogar töten wollten.« Mit einer fahrigen Bewegung strich sie ihre Haare aus dem Gesicht.

»Und stellen Sie sich vor«, fügte sie dann hinzu, »ich gehörte auch dazu, aber ich habe ihn nicht getötet.«

Sie sagte es provozierend. Bichlmaier wartete jedoch schweigend, ließ ihre Worte ins Leere laufen. Da wandte die Frau den Blick ab, schaute wieder zu Boden. Sie erinnerte Bichlmaier an jemanden, aber ihm fiel nicht ein, an wen.

»Sein allergrößter Feind, das war er selbst«, sagte sie dann. »Können Sie sich vorstellen, wie das ist, wenn jemand sich selbst so abgrundtief hasst, dass er sich töten würde, wenn er nur den Mut dazu hätte?«

Bichlmaier wollte sie unterbrechen, wollte sie fragen, was sie damit meinte, doch sie gebot ihm mit einer Geste zu schweigen.

»Nein, das können Sie nicht, Herr Polizist. Da ist nur Ekel. Ein Ekel, der jeden Tag, an dem man sich keine Kugel durch den Kopf jagt, nur noch größer wird. Ja, so war das bei meinem Mann. Er ekelte sich vor sich selbst. Und irgendwann, da kotzte ihn wohl die ganze Welt an, und er übertrug seinen Ekel und seinen Hass auf mich, auf seine Familie ... nein, nicht auf Agnes, nur auf mich.«

Sie sank in sich zusammen, als habe sie der Ausbruch erschöpft. Bichlmaier wartete. Er wusste, dass eine Fortsetzung kommen würde, ahnte, dass sie sich einem ganz wesentlichen Punkt näherten. Ruth Güllner griff nach einem Päckchen Zigaretten, das auf dem Tisch lag. Bichlmaier sah, dass ihre Hand leicht zitterte.

»Ich war noch sehr jung damals, als ich Leo kennenlernte«, sagte sie mit etwas gefassterer Stimme, aus der jedoch die Trostlosigkeit eines verlorenen Lebens sprach. »Er hat mir meine besten Jahre genommen und hat mir nichts dafür gegeben. Das Einzige, was er mir je gegeben hat in all den Jahren, war meine Tochter. Und auch die hat er mir schon bald genommen.«

Ruth Güllner zerdrückte die angerauchte Zigarette im Aschenbecher.

»War Ihr Mann denn ein brutaler Mensch? Neigte er zu Gewalt?«, fragte Bichlmaier.

Die Antwort kam prompt und bestimmt. »Nein, dazu wäre er zu feige gewesen. Aber er war trotzdem ein Monstrum. Verstehen Sie, es war nicht körperliche Gewalt, mit der er die Menschen verletzte. Das hatte er nicht nötig.«

Bichlmaier blickte durch das Wohnzimmerfenster nach draußen. Er sah den Kameramann, der noch immer frierend neben seiner Kamera kauerte, die Hände in den Taschen seiner Jacke verborgen.

»Sie sagten, er hat Ihnen Ihre Tochter weggenommen. Was haben Sie damit gemeint?«

Sie schien nachzudenken.

»Leo war ein kaputter Mensch«, sagte sie dann. »Das wurde mir schon bald nach unserer Hochzeit klar. Da hatte es irgendetwas in seinem Leben gegeben, das ihn kaputtgemacht hat. Was es war, weiß ich nicht. Aber es muss vor langer Zeit gewesen sein. Lange, bevor ich ihn kennengelernt habe. Die wenigsten Menschen haben ihn so erlebt, wie er wirklich war. Nach außen wirkte er immer freundlich und offen. Die Leute haben geglaubt, was er ihnen sagte. Aber er hat die Menschen in Wahrheit gehasst.«

Sie zögerte, und Bichlmaier fragte sich, worauf sie hinauswollte. »Ich habe meinen Mann nur zweimal in seinem Leben weinen sehen«, fuhr sie dann fort, ohne Zusammenhang, wie es Bichlmaier schien.

»Als er damals zum ersten Mal unsere kleine Agnes in den Armen hielt, da dachte ich, unser Leben würde sich nun ändern. In jenem Augenblick im Krankenhaus war er ein völlig anderer Mensch gewesen. So wie damals hatte ich ihn noch nie erlebt. Er war völlig außer sich und hat den kleinen Wurm an sich gedrückt, dass ich Angst bekam, er würde sie zerquetschen. Und dann hat er geweint, wie ich noch nie einen Mann habe weinen sehen. Rotz und Wasser hat er geheult.«

Ruth Güllner verstummte. Dann stand sie auf und stellte sich ans Fenster. Sie starrte hinaus, doch Bichlmaier ahnte, dass sie nichts von dem sah, was draußen vor sich ging.

»Aber es hat sich nichts verändert, oder?«

»Nein«, sagte sie. »Oder doch. Aber das habe ich erst sehr viel später begriffen. In jenem Augenblick auf der Entbindungsstation hat er unsere Tochter in Besitz genommen. Damals hat er sie mir weggenommen. Er hat sie von diesem Moment an zugedeckt mit seiner verfluchten, egoistischen Liebe – oder was er dafür hielt. Von jenem ersten Augenblick an war es sein Kind, seine Agnes. Was mit mir war, war ihm völlig egal. Ich existierte nicht mehr für ihn.«

»Haben Sie ihn je danach gefragt, was ihn damals so bewegt hat?«

»Natürlich habe ich das. Aber darauf habe ich nie eine Antwort erhalten. Das blieb sein Geheimnis. Ich denke aber, dass er sich dafür geschämt hat, dass ich seine Tränen gesehen habe.«

Bichlmaier nickte. Vielleicht war das der Grund. Das konnte er verstehen. Er sah sich in dem Raum um, ließ die Blicke über die Wände gleiten, über die teuren, viel zu schweren Möbel. Alles solide deutsche Eiche, dachte er. Auf einem der Sideboards standen Fotografien. Bichlmaier erhob sich und beugte sich vor, um besser sehen zu können. Es waren vorwiegend Schwarz-Weiß-Aufnahmen. Sie zeigten alle das Mädchen, meist allein und immer mit ernstem, in die Ferne gerichtetem Blick. Auf keinem der Fotos war Ruth Güllner zu sehen.

»Wussten Sie, dass Ihre Tochter schwanger war?«

Die Frau drehte sich vom Fenster weg. Sie wirkte völlig überrascht.

»Das ist unmöglich«, sagte sie. »Das hätte sie mir gesagt.«

»Sie war im vierten Monat. Es gibt keinen Zweifel«, sagte Bichlmaier.

Da begann die Frau vor ihm zu schluchzen. Sie sah ihn an, und ihr Gesicht war plötzlich völlig hilflos.

»Ich weiß nichts davon«, sagte sie dann. »Ich kann Ihnen nicht helfen.«

Sie hat wirklich keine Ahnung, dachte Bichlmaier. Sie hat nichts von ihrer Tochter gewusst, nichts von ihrem Leben.

»Agnes hat nicht viele Freunde gehabt. Sie hat auch nie jemanden hierher gebracht. Mein Mann wollte das nicht«, fügte sie hinzu. »Ich kannte meine Tochter sehr schlecht. Sie hat nicht viel mit mir gesprochen. Ich glaube, sie hat sich geschämt mit mir.«

»Warum sollte sie sich denn schämen?«, fragte Bichlmaier.

Sie hob die Schultern, zuckte mit den Achseln.

»Kinder sind einfach so«, sagte sie dann vage.

Sie brach ab, sprach nicht weiter. Bichlmaier wartete schweigend. Dann erhob sie sich plötzlich und verließ ohne ein Wort das Zimmer. Er hörte, wie sie eine Treppe hochging. Bichlmaier blickte aus dem Fenster. Der Mann mit der Kamera stand noch immer neben einem der kahlen, tropfenden Bäume. Ein älterer Herr, der einen Hund an der Leine führte, hatte sich aber nun zu ihm gesellt. Der ältere Herr gestikulierte lebhaft und deutete wiederholt auf das Haus. Der Hund zerrte wild an der Leine. Verfluchte Aasgeier, dachte Bichlmaier.

Nach einigen Minuten kam die Frau zurück. Sie schnaufte schwer. Hielt etwas in ihrer Hand. »Ich trauere nicht um meinen Mann«, sagte sie, nachdem sie sich gesetzt hatte. »Ich weiß nicht, wer ihn getötet hat. Aber ich will wissen, wer mein Kind getötet hat. Verstehen Sie?«

Bichlmaier nickte. Dann legte sie eine verblichene Fotografie vor Bichlmaier auf den Tisch. Das Foto zeigte eine junge dunkelhaarige Frau, fast noch ein Mädchen, von großer Schönheit. Bichlmaier blickte sie fragend an.

»Nur ein einziges Mal noch habe ich meinen Mann erlebt so wie damals im Krankenhaus«, sagte sie dann. »Das war vor etwa einer Woche. Da saß er in seinem Zimmer und weinte. Er war völlig außer sich. Er hat mich nicht bemerkt, und ich bin auch sofort wieder gegangen. Aber ich habe gesehen, wie er dabei dieses Foto in der Hand hielt.«

Bichlmaier nahm das Foto, drehte es um. Auf der Rückseite stand etwas. Etwas wie eine Widmung, in einer eigenwilligen Handschrift verfasst. Er konnte sie nur mit Mühe entziffern. *Trommler, Trommler, hör mich an. Hast du mich denn ganz vergessen …?* Keine Unterschrift, nur diese zwei Sätze. Ein Märchenreim?

»Wissen Sie, wer das Mädchen sein könnte?«, fragte er.

»Nein«, sagte Ruth Güllner. »Dieses Mädchen ist mir völlig unbekannt.«

»Darf ich das Foto behalten?«, fragte er. Es war klar, dass sie herausfinden mussten, wer die unbekannte Frau war.

»Ja«, sagte sie. »Finden Sie den, der das getan hat.«

»Hat Ihr Mann je etwas von einem Trommler erzählt?«

Die Frau schüttelte den Kopf, hatte sich nun wieder in sich zurückgezogen. Bichlmaier wusste, dass er jetzt nicht mehr von ihr erfahren würde. Und doch hatte sie ihnen mehr geholfen, als er gedacht hatte.

Als er wenig später aus dem Haus trat, traf ihn die kalte, klare Frühlingsluft. Er blickt hinüber zu dem frierenden Mann mit der Kamera, der nun wiederum allein und in sich zusammengesunken dastand. In der Ferne war noch das Kläffen eines Hundes zu hören.

Etwa zur selben Zeit, als Bichlmaier das düstere Haus verließ, beschloss Walter Primus, der Lehrer, einen wichtigen Anruf zu machen. Er hatte heute nur die ersten beiden Schulstunden zu unterrichten und bereits ab neun Uhr dreißig freigehabt. Als er dann etwa gegen zehn Uhr in seine Wohnung zurückgekommen war, hatte er sich an seinen Schreibtisch gesetzt und seine Gedanken kreisen lassen. Er hatte noch einmal über das nachgedacht, was ihm Agnes Güllner kurz vor ihrem Tode erzählt hatte. Damals hatte er nicht verstanden, welche Bedeutung ihre Worte gehabt hatten, hatte ihr auch nicht geglaubt, was sie ihm da anvertraut hatte, hatte es wohl auch nicht glauben wollen. Erst die Tatsache ihrer Ermordung hatte alldem eine neue Dimension verliehen. Er begriff nun auch, warum Agnes trotz ihrer offenkundigen Verzweiflung einen Schimmer von Hoffnung gesehen hatte. Als er den Hörer abnahm und die Nummer wählte, war er sich ganz sicher, dass er im Begriff war, das Richtige zu tun. Er fühlte eine Stärke in sich, die er schon lange nicht mehr empfunden hatte, und er erkannte ganz verwundert, dass sich ihm hier völlig unerwartet die Möglichkeit bot, sein wahres Ich zu zeigen. Allerdings wusste Walter Primus in diesem Augenblick noch nicht, dass er nur noch einige wenige Stunden zu leben hatte.

6

Den Nachmittag verbrachte Bichlmaier mit weiteren Befragungen und Verhören. Zuerst suchte er gemeinsam mit Mahr den Besitzer des Kinos in der Allee auf, der seit vielen Jahren in dem etwas heruntergekommenen Gebäude, in dem auch Güllner sein Bürgerbüro gehabt hatte, seine Filme vorführte. Er war Ende der sechziger Jahre dort eingezogen und hatte sich mit der Präsentation von Filmen, wie sie damals im Trend der Zeit lagen, einen eher zweifelhaften Ruf erworben.

»Das waren damals andere Zeiten«, sagte er zu den beiden Beamten, wobei etwas Speichel von seiner wulstigen Unterlippe tropfte. Er hatte ein halb geleertes Weißbierglas neben sich stehen, war gerade dabei gewesen, ein Stück Presssack mit einem Taschenmesser zu bearbeiten, als Bichlmaier und Mahr in sein enges Büro traten.

»So was wie dort droben«, sagte er kauend, wobei er mit seinem Taschenmesser vage in Richtung des oberen Stockwerks zeigte, »so was wäre früher hier nicht möglich gewesen. Zu viele Kanaken, verstehen Sie? Seit die Mauer weg ist, kommt doch der ganze Pöbel zu uns herüber.«

Es stieß ihn auf, und eine Schwade intensiven Zwiebelgeruchs stieg Bichlmaier in die Nase. Bichlmaier machte sich nicht die Mühe, die Bemerkung des Mannes zu kommentieren. Er hatte oft genug mit Menschen seines Schlags zu tun gehabt und wusste, dass es sinnlos war, sich hier auf irgendwelche Diskussionen einzulassen.

»Hatten Sie denn Kontakt mit Güllner?«, fragte er stattdessen.

Der Mann lachte, ergriff sein Bierglas und genehmigte sich einen anständigen Schluck. Dann wischte er sich mit der Hand den Schaum ab. Wieder stieß es ihn auf.

»Blöde Frage. Natürlich hatte ich Kontakt mit ihm. Ich hab den Leonhard, den Leo, schon gekannt, da war er vielleicht sechzehn oder siebzehn.«

Wieder lachte er, und sein Lachen wirkte äußerst abstoßend auf Bichlmaier, den die Art des Mannes irritierte. Einen kurzen Moment lang dachte er an den schmierigen Reporter vom *Oberpfälzer Kurier*, an Lamprecht, der ihm ähnlich zuwider gewesen war. Noch immer hatte er keine Gelegenheit gefunden, mit ihm zu sprechen. Irgendein Gefühl sagte ihm, dass dies bald geschehen sollte.

»Der Leo war eine große Nummer in der Politik«, fuhr der Mann vor ihm fort. »Aber wir haben uns von Anfang an gut verstanden. Damals ist er allerdings noch kein bekannter Politiker gewesen … Der hat seine ersten Sexfilme bei mir im Kino gesehen …«, fügte er dann noch hinzu. »Oh, Mann! Der Leo und seine Kumpels vom Gymnasium, das waren ganz heiße Jungs. Die haben's damals wirklich krachen lassen.«

Es schien, als wollte er sich vor Vergnügen auf die Schenkel schlagen. Bichlmaier unterbrach ihn leicht ungeduldig.

»Haben Sie seine Tochter auch gekannt?«

»Na klar.«

»Kam die auch zu Ihnen ins Kino?«

»Sicher, sicher. Aber die hat sich keine Sexfilme reingezogen. Die Agnes war was Besonderes. Wenn die dabei war, da war selbst der Leo wie ein Lamm.«

Der Mann gab einen Seufzer von sich und leerte mit einem letzten Zug sein Glas. Bichlmaier dachte an das tote Mädchen und ihren Vater. Sah das Bild der beiden vor sich, wie sie im Tod miteinander vereint waren. Welches Geheimnis hatten sie nur geteilt?

»Hatte denn die Agnes einen festen Freund?«, fragte Mahr, der sich die ganze Zeit im Hintergrund gehalten hatte.

Es dauerte etwas, bis der Mann antwortete. Er zuckte mit den Achseln.

»Nein«, sagte er dann. »Das glaube ich nicht. Wenn sie zu ihrem Vater ins Büro kam oder wenn sie mal ins Kino ging, da war sie meist allein oder sie hatte eine Freundin dabei. Die sah ihr übrigens sehr ähnlich. Die beiden haben ausgesehen wie Zwillinge … Aber von einem festen Freund habe ich nie etwas gehört.«

Das Gespräch stockte für einen Moment, und man konnte den Lärm der Autos hören, die vorbeifuhren.

»Wussten Sie, dass Agnes schwanger war?«, fragte Bichlmaier.

Der Mann schien zum ersten Mal erstaunt. »Nein, das

wusste ich nicht«, sagte er dann. »Sie wirkte so unschuldig. Wie eine kleine Märchenprinzessin.«

Er hat sie wirklich gemocht, dachte Bichlmaier widerstrebend.

»Sie war siebzehn«, sagte Mahr zögernd.

Der Mann lachte kurz auf. »Na ja, Sie wissen doch sicher auch, dass die Mädchen heutzutage ihre Jungfräulichkeit im Schnitt mit sechzehn Jahren verlieren? *Old enough to bleed is old enough to breed*«, sagte er dann noch. »Da war sie doch fast ein Spätzünder, oder?«

Er schaute die beiden Beamten herausfordernd an. Bichlmaier beschloss, sich nicht provozieren zu lassen.

»Kennen Sie Frau Güllner auch?«

»Na klar«, sagte er mit anzüglichem Grinsen. »Die kam aber fast nie hierher. Ich habe sie sicher nicht öfters als zwei, drei Mal hier gesehen in all den Jahren. Nicht mal, als sie damals frisch verheiratet waren, wollte er, dass sie hier vorbeischaute.«

»Warum denn nicht?«

»Weil dies sein Revier war. Hierher kamen seine Freunde aus der Politik und aus der Wirtschaft. Hier hat er mit allen möglichen Leuten gesprochen.«

Er zögerte einen Augenblick und fuhr dann, als weder Bichlmaier noch Mahr etwas sagten, lüstern fort:

»Na ja, und manchmal hat er sich auch ein Mädchen nach oben geholt. In der letzten Zeit ziemlich oft sogar.«

Bichlmaier schaute erstaunt auf, konzentrierte sich wieder auf den Mann. Er hatte seine Gedanken wandern lassen und war seinen Äußerungen nur mit halber Konzentration gefolgt.

»Wie oft?«, fragte er jetzt.

Der Mann zögerte. »Vielleicht zwei, drei Mal im Monat. Aber das letzte Mal ist schon einige Zeit her.«

»Wissen Sie, wo er die Mädchen herhatte?«

»Es war eigentlich immer nur ein Mädchen. Sie hieß Monika. Er hat sie mir einmal vorgestellt, als wir uns im Treppenhaus begegneten. Ihren Familiennamen habe ich aber vergessen. Wo er sie herhatte, weiß ich nicht. Nur, dass sie damals nach der Grenzöffnung irgendwoher aus dem Osten gekommen ist. Das hat er mir selbst erzählt. Aus Tschechien oder der Slowakei. Sah verdammt hübsch aus.«

»Wissen Sie, wo wir sie finden können?«, fragte Mahr, der sich bislang zurückgehalten hatte. »Wo sie stecken könnte?«

»Keine Ahnung«, sagte der Mann und zuckte mit den Schultern.

»Wenn sie hierherkam, kam sie immer mit einem Taxi. Ich denke, sie hatte einen Schlüssel, denn Güllner hat immer oben auf sie gewartet. Dann, wenn sie fertig waren, ist sie wieder mit dem Taxi weggefahren.«

Bichlmaier stand auf und trat ans Fenster. Die Straße vor dem Kino war nur wenig befahren. Gegenüber, in der Allee, standen Menschengruppen, die alle neugierig auf das graue Gebäude mit den geschlossenen Fenstern starrten. Was hatten diese Menschen von Güllner gewusst? Viele davon hatten ihn wohl gewählt, aber hatten sie geahnt, wem sie ihre Stimme gegeben hatten?

Bichlmaier griff in die Innentasche seines Jacketts.

»Ist das das Mädchen?«, fragte er und zeigte dem Mann das Foto, das er am Morgen von Frau Güllner erhalten hatte. Der Mann starrte auf das verblichene Bild, dann schüttelte er den Kopf.

»Nein«, sagte er. »Aber die beiden sehen sich irgendwie ähnlich. Derselbe Typ. Derselbe slawische Einschlag. Könnten Schwestern sein.«

»Oder Mutter und Tochter?«, sagte Mahr fragend.

»Ja, gut möglich.« Der Mann nickte überrascht, blickte nochmals auf das Foto. »Kommen Sie, ich zeige Ihnen etwas«, sagte er dann und erhob sich. Er drängte sich an Bichlmaier und Mahr in dem engen Raum vorbei, und Bichlmaier konnte seinen sauren Atem riechen. Er musste unwillkürlich an Motsch denken, der sich vor etwa vierundzwanzig Stunden ebenso an ihm vorbeigedrückt hatte. Er hasste es, wenn man ihm so nahe kam. Das machte ihn aggressiv. Der Mann ging ihnen voraus, durch einen dunklen Flur auf eine schwere Tür zu. Er schloss auf, und sie standen im Treppenhaus, in dem sich Bichlmaier vor einer kleinen Ewigkeit übergeben hatte. Sie stiegen die Treppen hoch. Der Mann ging an dem Zimmer vorbei, dort, wo man Güllner und seine Tochter gefunden hatte. Der Raum war mittlerweile verschlossen und mit einem amtlichen Siegel versehen. Sie stiegen zwei weitere Treppen hoch, bis sie sich schließlich unter dem Dach befanden. Die Wände waren hier schräg, und Bichlmaier musste sich etwas ducken. Er schnaufte schwer. Die Tür vor ihnen war verschlossen, doch der Mann bückte sich und holte aus einer Nische gegenüber einen Schlüssel, mit dem er aufsperrte.

»Kommen Sie, das wird Ihnen gefallen«, sagte er.

Das Zimmer, in das sie traten, war winzig. Es hatte zu beiden Seiten zwei schmale Gauben, die dem Raum etwas Licht gaben. Die Einrichtung war spartanisch, und es gab keine Möbel, außer einem breiten Bett mit schwerem Messingrahmen. Die Laken auf dem Bett waren zerwühlt. Als Bichlmaier den Blick hob, sah er, dass vom rohen, ungehobelten Deckenbalken zwei schwere Ketten mit Handschellen herunterhingen. Die Ketten führten durch einen Ring im Balken und konnten an der Wand, an der das Bett stand, an zwei Haken befestigt werden. Das

Bild, das sich den beiden Beamten bot, war ausgesprochen bizarr. Das Erstaunlichste jedoch war die absolute Stille, die plötzlich in dem Zimmer herrschte, nachdem der Mann die Eingangstür geschlossen hatte.

»Heilige Maria, was ist das?«, keuchte Mahr, der ebenso wie Bichlmaier völlig außer Atem war.

»Das war Güllners privater Lusttempel. Hier hat er sich ausgetobt. Ab und zu hat er das gebraucht. Absolut schalldicht. Da hat man nur ganz selten etwas gehört.«

Der Filmvorführer wirkte wie ein abgeklärter Museumsdiener, der einer Touristengruppe die Folterinstrumente einer vergangenen Epoche vorstellte.

Bichlmaier wischte sich den Schweiß von der Stirn. Die Luft in dem Raum war abgestanden und stickig. Er dachte an Marianne, die so gern Kinder gehabt hätte. An die Frau, die ihren Mann und ihr Kind verloren hatte, und er dachte an ein Paar tote Augen, die ihn aus unendlicher Ferne angelacht hatten. Außerdem musste er pinkeln.

Sie würden nach dem Mädchen suchen müssen. Nach Monika, die aus dem Osten gekommen war, um hier im goldenen Westen ihr Glück zu machen. Die Parallele mit Elena Schimanowski war deutlich. Vielleicht gibt es einfach zu viele von diesen Fällen, dachte er.

Britta Merz wirkte genervt. Das war seit zwei Jahren fast ständig der Fall. Angefangen hatte es damit, dass sie ihren Mann Peter mit ihrer besten Freundin in einem Swingerclub für gehobene Ansprüche erwischt hatte. Die Sache war eindeutig gewesen, und weder Peter noch Heike hatten damals viel zu sagen gehabt. Es war natürlich auch blöd gelaufen. Saublöd, wie Peter nach der Scheidung gemeint hatte. Warum war auch gerade sie es gewesen, die zu einer, wie es sich im Nachhinein herausstellte, völlig unergiebigen polizeilichen Recherche in den Club kommen musste? Ein Routineauftrag. Reine Routine. Aber da war Peter gewesen, mit einem lächerlichen roten Stringtanga angetan und einer albernen Maske vor dem Gesicht. Zuerst hatte er die Maske nicht abnehmen wollen, und da hatte sie sie ihm vom Gesicht gerissen. Von diesem Gefühlsausbruch abgesehen, hatten sie das Ganze ohne weitere sichtbare Emotionen über die Bühne gebracht. Auch das reine Routine. Und dabei hatte er sich nicht einmal entschuldigt. Es hatte Momente gegeben, wo sie gedacht hatte, dass sie alles zu wichtig nahm. Vielleicht brauchten Männer das, hatte sie sich gesagt. Die Abwechslung. Den Kitzel des Verbotenen. Doch dann war ihr klar geworden, dass sie Peter nie mehr würde anders sehen können als wie in dem Moment, als er ihr in dem lächerlichen Club gegenübergetreten war. Ein großer Junge mit dem ersten Ansatz eines Männerbauchs, der in einem Stringtanga steckte und mit den dicken Brüsten ihrer ehemals besten Freundin spielte. Nur Jessica hatte sich geweigert, stumm zu bleiben. Sie hatte geheult und getobt, als sie sich trennten. Jessy hatte ihren Vater vergöttert, hatte schon als Baby stärker auf ihn reagiert als auf sie, die Mutter. Britta hatte das immer als unnatürlich empfunden, als ungerecht, und sie war oft eifersüchtig gewesen und hatte sich verletzt gefühlt. Selbst in den Jahren der Pubertät hatte sich Jessicas Verhältnis zu ihrem Vater nicht entscheidend verändert. Er war auch da der große, strahlende Held geblieben. Dennoch hatte sie sich dann, als es zur Scheidung kam, entschieden, bei Britta zu bleiben. Vielleicht war dies für sie die einzige Möglichkeit gewesen, sich ihren Vater so zu bewahren, wie sie ihn sich erträumte, hatte Britta gedacht. Kinder und Jugendliche denken da oft pragmatischer als Erwachsene, die in ihrem Netz aus Gefühlen eher gefangen bleiben. Aber ihr Kind war trotz allem anders geworden in den Monaten nach der Trennung. Auch ihr gegenüber. Manchmal schien es Britta, als würde sie ihr die Schuld dafür geben, dass ihre Ehe gescheitert war. Da schrien sie sich dann oft wegen irgendwelcher Nichtigkeiten an, und meistens endete es damit, dass sich Jessica heulend in ihr Bett zurückzog. Sie selbst blieb dann meistens noch in der Küche sitzen und versuchte vergeblich, die Worte zu finden, die sie ihrer Tochter hätte sagen wollen.

Irgendwie war das Leben schon ganz schön beschissen, dachte sie. Außerdem hatte sie die letzte Nacht schlecht geschlafen und fühlte sich noch immer wie gerädert. Sie hatte von Agnes Güllner geträumt und deren Vater. Der hatte große Ähnlichkeit mit Peter gehabt und hatte ständig gegrinst. Sie war wütend geworden und hatte ihn fragen wollen, warum er lachte, aber ihre Schreie waren stumm, tonlos geblieben. Da hatte sie zu ihm hinrennen wollen und ihm das Grinsen aus dem Gesicht reißen wollen, und da erst hatte sie bemerkt, dass sie ebenso festgebunden war wie das Mädchen neben ihr und dass sie sich nicht rühren konnte. Da hatte sie geschrien. So lange, bis sie aufgewacht war.

Sie stieg die ausgetretenen Stufen, die in den ersten Stock zum Sekretariat führten, hinauf. Auf der Treppe kamen ihr eine ganze Reihe Kinder und Jugendliche und auch einige Lehrer aus dem Nachmittagsunterricht entgegen, die sie alle mit unverhohlener Neugier musterten. Doch die meisten wandten schnell den Blick, schauten etwas enttäuscht drein. Wahrscheinlich haben sie eine Lara Croft erwartet, dachte sie missmutig, keine frustrierte Enddreißigerin mit viel zu kleinem Busen und ersten unübersehbaren Abnutzungserscheinungen.

Natürlich wussten alle, was passiert war. Der Leiter der Schule, ein kleiner, quirliger Mann mit einem großen Kopf, der so gar nicht zu seinem filigranen Körper passen wollte, kam ihr entgegen und führte sie in sein Büro.

»Merling«, sagte er. »Dr. Merling. Ich bin der Schulleiter. Gut, dass Sie kommen.«

»Warum?«, fragte Britta Merz.

Der kleine Mann mit dem großen Kopf und dem ernsten Doktortitel wirkte irritiert.

»Nun ja«, sagte er. »Wegen des Mordes natürlich. Agnes war doch Schülerin an unserer Schule. Sie müssen wissen, dass wir sehr stolz sind auf die familiäre Atmosphäre, die bei uns herrscht.«

Britta nickte, aber schwieg.

»Wir sind eine kleine Schule«, fuhr der Schulleiter eifrig fort.

»Aber gerade das ist es, womit wir uns von anderen Schulen abgrenzen. Das Familiäre, verstehen Sie? Wir sind kein Massenbetrieb. Hier kennt jeder jeden. Und auch die Eltern sitzen mit im Boot. Glauben Sie mir, das ist in der heutigen Zeit sehr wichtig.« Er seufzte.

»Und dann das! Herr Güllner war unserer Schule immer sehr verbunden, und auch Agnes hat uns nie Probleme bereitet. Ganz im Gegenteil. Sie hat sich in vielfältiger Weise engagiert, sang im Chor mit und, nun ja …«

Er schien den Faden für einen Augenblick verloren zu haben und blickte etwas unsicher auf seine Hände, die er vor seinem Gesicht gefaltet hatte.

»Mädchen in ihrem Alter sind natürlich sehr empfindlich, man muss sie sehr vorsichtig behandeln«, ergänzte er dann. »Aber glauben Sie mir, wenn es da in letzter Zeit irgendetwas gab, das sie belastete, dann war sie beim Kollegen Primus in besten Händen. Hervorragender Pädagoge, der Mann. Junggeselle, aber mit einem Händchen für die jungen Menschen. Vor allem die Mädchen sind von ihm begeistert.«

»Was hatte sie denn für Probleme?«, fragte Britta.

Der kleine Mann wand sich und versuchte, eine Art einverständliches Lächeln zustande zu bringen, bevor er antwortete. Es sah unschlüssig aus.

»Ja, was soll ich sagen?«, setzte er vorsichtig an. »Ich weiß natürlich nicht, ob das Mädchen tatsächlich Probleme gehabt hat, aber es war auf jeden Fall ein signifikanter Leistungsabfall bei ihr in den letzten Wochen zu bemerken. Ich habe daraufhin Kollegen Primus beauftragt, sich das Mädchen vorzuknöpfen, habe aber noch keine Rückmeldung von ihm erhalten.«

»Sie selbst haben sich der Sache nicht angenommen?«

Der kleine Mann schaute sie empört an. Und doch war ein gewisses Unbehagen in seinem Blick zu erkennen, was Britta stutzig werden ließ.

»Nun, da erwarten sie dann doch zu viel von einem Schulleiter«, sagte er. »Sehen Sie, wir haben mehr als sechshundert Schüler an der Schule. Da kann ich beim besten Willen nicht über die persönlichen Probleme eines jeden Einzelnen informiert sein.«

»Woher wussten Sie überhaupt, dass bei Agnes irgendetwas nicht stimmte?«

Wieder faltete er die Hände vor seinem Gesicht, eine aufgesetzt wirkende Geste tiefgründiger Nachdenklichkeit.

»Na ja, es gab da Gerüchte«, erklärte er dann widerstrebend. »Einige unserer Schülerinnen sollen an Veranstaltungen teilgenommen haben, bei denen es nicht ganz koscher zugegangen sein soll.«

»Was meinen Sie damit? Von welcher Art Veranstaltungen sprechen Sie?«

»Ach, es waren wirklich nur Gerüchte. Eine Mutter hat von wilden Partys berichtet, bei denen angeblich auch ihre Tochter dabei gewesen sein soll. Nichts Konkretes, verstehen Sie.«

»Ja – und?«

»Äh, nun, die Mutter hat behauptet, dass ihre Tochter mit Drogen gefügig gemacht worden sei und …«

»Wurde Anzeige erstattet?«

»Nein, die Mutter des Mädchens wollte das nicht.«

»Und Sie haben auch nichts unternommen?«

Der Schulleiter schüttelte den Kopf.

»Nein. Mir waren doch die Hände gebunden. Stellen Sie sich bloß vor, was das für die Schule bedeutet hätte. Da hätte man eventuell eine Lawine losgetreten. Das Ansehen unserer Schule in der Öffentlichkeit genießt höchste Priorität. Da kann ich nicht aufgrund von bloßen Gerüchten tätig werden.«

»Und Agnes Güllner, welche Rolle spielte sie in dem Zusammenhang?«

»Ihr Name und der ihrer Busenfreundin wurden eben auch genannt. Aber wie gesagt, das waren wirklich alles nur Gerüchte.«

»Haben Sie denn wenigstens Kontakt mit den Eltern der beiden Mädchen aufgenommen?«

Dr. Merling wandte den Kopf, blickte zum Fenster hinaus, als suche er dort Rat.

»Nein«, sagte er.

»Mit einem Wort, Sie haben versucht, die Sache unter den Teppich zu kehren. Habe ich Sie da richtig verstanden?«

»Ach, was wissen denn Sie«, sagte Merling plötzlich

gereizt. »Als Schulleiter sitze ich doch zwischen allen Stühlen. Die Eltern ziehen in die eine Richtung, erwarten, dass wir als Schule das reparieren, was sie bei ihren Kindern versäumt haben. Die Kollegen sind überlastet und denken nur noch daran, wie sie über die Runden kommen. Und das Ministerium zu guter Letzt macht uns aus der Ferne das Leben schwer mit unsinnigen, unausgegorenen Verfügungen. Und da in der Mitte von dem ganzen verdammten Schlamassel sitze ich. Ich mache halt auch nur meinen Job. Und da kann ich oft nur den Deckel draufhalten und muss froh sein, wenn mir der Laden nicht um die Ohren fliegt.«

Britta Merz machte sich schweigend ein paar Notizen. Dann klickte sie einige Male mit der Kugelschreiberspitze und schaute aus dem Fenster. Stellte fest, dass es allmählich zu dämmern begann.

»Kann ich mit dem anderen Mädchen sprechen? Wie heißt sie doch?«

»Hannah Cibelius«, sagte Merling, ohne zu zögern. »Sie ist noch nicht lange bei uns. Schwieriges Mädchen. Arrogant und ohne jeglichen Respekt, aber leider halt auch sehr leistungsstark. Einige Kollegen fühlen sich von ihr ständig provoziert, können ihr aber nicht an den Karren fahren. Da ist sie einfach zu gut. Das führt natürlich zu Spannungen …«

»Und die Eltern …?«

»Ihre Familie wohnt in Frankfurt. Der Vater ist Banker, soweit mir bekannt. Hat sich hier allerdings noch nicht blicken lassen. Das Mädchen lebt bei ihrer Oma. Seit knapp zwei Jahren. Die Oma, Frau Zeller, ist eine bekannte Persönlichkeit in Weiden. Alteingesessene Familie. Stinkreich. Wohnen draußen am Rehbühl. Bestes Wohngebiet.«

Merling fummelte an seinem Siegelring und blickte mit um Anerkennung heischendem Blick zu Britta Merz, die aber lediglich mit den Schultern zuckte.

»Na ja«, fuhr er fort. »Ihr verstorbener Mann, der alte Zeller, war ein recht bekannter Politiker. Ist aber schon in den siebziger Jahren verstorben. Aber das war ja vor Ihrer Zeit, oder?«

Er schaute Britta Merz humorlos und ein wenig vorwurfsvoll an.

»Er war quasi der Vorgänger von Güllner, wenn Sie so wollen ... Eigentlich kein Wunder, dass die beiden Mädchen so oft zusammensteckten.«

»Und das dritte Mädchen? Gab es da vielleicht eine Clique, zu der die Mädchen gehörten?«

Merling zuckte nun ebenfalls mit den Schultern.

»Keine Ahnung. Nein, wirklich nicht! Aber vielleicht sollten Sie darüber mit Kollegen Primus sprechen. Er ist der Verbindungslehrer für die Oberstufe, und er kennt seine Pappenheimer. Besonders die Mädchen.«

Britta Merz blätterte ein paar Seiten auf ihrem Block zurück.

»Als Sie mit der Mutter des einen Mädchens sprachen, wurden da auch Namen genannt?«

Der Schulleiter blickte sie erschrocken an.

»Nein. Wo denken Sie denn hin?«, sagte er hastig. »Da wurde überhaupt nichts Konkretes gesagt. Wie schon erwähnt, das waren ja alles nur Gerüchte und Fantastereien. Ich denke nicht, dass da überhaupt etwas dran war.«

Warum lügt er, dachte Britta Merz und machte sich eine kleine Notiz in ihren Schreibblock. Sie beschloss, weiterzubohren und den Mann vor ihr noch etwas stärker unter Druck zu setzen.

»Weiß denn Ihre vorgesetzte Dienstbehörde von den Anschuldigungen?«

Dr. Merling befeuchtete die Lippen und senkte den Blick.

»Nein, natürlich nicht«, sagte er unsicher. »Ich ... es schien mir einfach verfrüht, auf die Vorwürfe einer hysterischen Mutter einzugehen und die Pferde scheu zu machen ... Es geht doch auch um das Ansehen der Schule in der Öffentlichkeit. Der Konkurrenzdruck ist nun mal sehr hoch und ... es ist ja schließlich auch nicht die Aufgabe der Schule, die privaten Probleme unserer Schüler zu lösen.«

»Ist es das nicht?«, fragte Britta Merz. »Ich finde, das wäre eigentlich in einem solchen Fall nur angemessen. Es ist doch, gelinde gesagt, merkwürdig, wenn bei solch kapitalen Anschuldigungen die Schule überhaupt nicht reagiert. Was denken Sie, was Ihre vorgesetzte Behörde von Ihrer Zurückhaltung halten wird?«

»Nun ja, ich ... ich werde selbstverständlich den Ministerialbeauftragten davon in Kenntnis setzen, jetzt, wo die ganze Angelegenheit doch unter einem ganz anderen Gesichtspunkt zu sehen ist.«

Er schien noch etwas hinzufügen zu wollen, schüttelte aber dann lediglich den Kopf.

»Ich bin sicher, dass der MB und auch das Ministerium meine Vorgehensweise als richtig einschätzen werden«, sagte er aber dann doch noch etwas trotzig. Britta Merz schlug den Block zu und schob den Stift in ihre Manteltasche.

»Herr Dr. Merling, kann es sein, dass Sie jemanden decken wollen?«, sagte sie, noch immer mit ihrem Stift beschäftigt. »In diesem Fall muss ich Sie nämlich darauf hinweisen, dass ...«

Weiter kam Britta Merz nicht, denn der Schulleiter war zornig aufgesprungen und funkelte sie mit hochrotem Kopf an.

»Ich verbitte mir dies, Frau Merz! Solch eine Anschuldigung ist eine absolute Frechheit.«

Britta Merz war aufgestanden und lächelte den empörten Mann an.

»Ich mache auch nur meinen Job, Herr Dr. Merling. Sollte Ihnen noch etwas einfallen, rühren Sie sich. Wir werden uns sicher noch einmal sprechen.«

Was für ein Abgang, dachte sie wenig später, als sie die ausgetretenen Stufen zum Ausgang hinunterging. Sie hatte sich im Sekretariat noch die Adressen der beiden Mädchen und des Verbindungslehrers geben lassen. Als sie jetzt auf die Straße trat, war es schon fast dunkel geworden, und die Straßenlaternen waren angegangen.

7

Die Angst kam wie eine riesige Welle, überrollte ihn und drohte ihn zu verschlucken, nahm ihm den Atem. Sie schleifte ihn mit sich, und als sie ihn wieder ausspie, hatte er eine Ahnung, dass er bald sterben würde. Der Schmerz, den er in seinen Eingeweiden verspürte, war dumpf und ohne Anfang und Ende. Dabei pumpte sein Herz wie verrückt. Die eigene Hilflosigkeit machte ihn wütend. Es war nicht das erste Mal, dass Adolf Bichlmaier diese Erfahrungen machte, doch waren die Schmerzen bislang noch nie so heftig gewesen wie dieses Mal. Er vermutete, dass es der Krebs war, der in seinem Körper wütete, der ihm die Kraft aus den Knochen zog. Und doch war er sich nicht ganz sicher. Wollte es nicht sein. Warum sollte es denn gerade ihn treffen? Von all den Menschen – warum gerade ihn? Auf jeden Fall würde er nun endlich einen Arzt aufsuchen müssen. Es hatte keinen Sinn mehr, den Kopf in den Sand zu stecken, länger zu warten. Noch heute würde er sich einen Termin geben lassen.

»Du siehst ja völlig fertig aus«, sagte Mahr, der eben hereingekommen war. »Was ist denn los?«

»Nichts«, sagte Bichlmaier. »Vielleicht die Grippe. Die erwischt mich im Frühjahr immer. Und im Herbst auch. Das liegt an der Feuchtigkeit. Und an den überheizten Büros.«

Mahr nickte.

»Ruh dich noch ein bisschen aus. Wie wäre es mit einem heißen Tee mit Rum aus der Kantine? Der würde dir guttun.«

Bichlmaier grunzte zustimmend. Das Telefon klingelte. Mahr nahm ab.

»Für dich«, sagte er dann. »Deine Frau … Ich geh schon mal.«

Als Bichlmaier den Hörer nahm, spürte er, dass seine Hände schweißnass waren.

»Tut mir leid, wenn ich dich störe«, sagte Marianne. »Wie kommt ihr voran?«

»Gut«, sagte er.

Sie zögerte. Dann fragte sie: »Wirst du noch lange wegbleiben?«

»Warum fragst du?«

»Nur so.« Dann schwiegen sie. Er wusste nicht, was er sagen sollte. Das Schweigen zwischen ihnen dauerte. Er hörte das Knistern in der Leitung.

»Komm bald«, sagte sie dann. »Ich muss dir etwas sagen.«

Bichlmaier nickte. »Natürlich«, sagte er, aber da hatte sie schon aufgelegt.

Er bekam sofort ein schlechtes Gewissen. Er fragte sich, wie er ihr helfen sollte, jetzt, wo es ihm selbst nicht gut ging. Vielleicht würde es ihr besser gehen, wenn sich das Wetter änderte, wenn es wärmer wurde. Der Winter war lang gewesen. Die Menschen brauchen die Sonne, die Wärme, sonst werden sie schwermütig, gehen ein wie die Blumen, dachte er. Vielleicht aber hatte für Marianne die Sonne ja längst ihre Kraft verloren, und die Zeit der Traurigkeit war in ihrem Leben unwiderruflich angebrochen.

Bichlmaier blieb noch einen Augenblick mit dem Hörer in der Hand sitzen. Die Schmerzen in seinem Unterleib hatten etwas nachgelassen.

Wenig später kam Mahr zurück. Wie gewöhnlich rauchte er. Dazu hatte er in der einen Hand eine dampfende Thermoskanne und in der anderen eine große Flasche mit Rum. Er stellte beides auf den Schreibtisch. Seine Brillengläser waren leicht beschlagen.

»Ich werde das Gefühl nicht los, dass wir uns um den Zeitungsfritzen vom *Oberpfälzer Kurier* kümmern sollten«, sagte er.

»Hm, warum glaubst du das?«, sagte Bichlmaier ohne großes Interesse.

»Ich weiß nicht. Irgendetwas ist da eigenartig.«

Bichlmaier nickte. Dann stand er auf, streckte den

Rücken und trat ans Fenster. Er fühlte sich müde und verlassen. Was tat er nur hier in dem grauen, hingekotzten Polizeigebäude, eingesperrt mit einem schrulligen Witwer, der ihn bemutterte und sich systematisch zu Tode rauchte? Warum war er nicht zu Hause bei Marianne, die ihn so dringend brauchte? Eine ganze Weile stand er so vor dem Fenster und schaute auf die Straße hinaus, ließ seine Gedanken wandern. Dann drehte sich um. Er war allein im Raum. Mahr war gegangen.

Als er wenig später das Polizeigebäude verließ, war nur noch der krank aussehende Polizist anwesend, der ihn vor zwei Tagen empfangen und zu Mahr geschickt hatte. Er nickte ihm zu, doch der Mann blickte ihm nur griesgrämig hinterher. Bichlmaier zuckte mit den Schultern und schloss die Tür hinter sich. Dann ging er die Türlgasse hinunter zu dem überfüllten Parkhaus, in dem er seinen Wagen untergestellt hatte. Obwohl er noch immer von den Schmerzen, die ihn in Mahrs Büro überfallen hatten, benommen war, zwängte er sich hinter das Steuer und fuhr los. Eigentlich wollte er sofort ins Präsidium fahren, doch dann hielt er kurz hinter dem Ortsschild von Weiden, wählte die Nummer von Marianne und wartete. Als niemand abhob, fuhr er weiter. Wo sie nur war? Er beschloss, als Erstes nach Hause zu fahren und nachzusehen.

* * *

Als Walter Primus seine Wohnung in der Nähe des Alten Eichamts verließ, hatte er das Gefühl, jünger zu sein als jemals während der letzten zwanzig Jahre. Er schob sein Fahrrad aus der Haustür und blinzelte in die kalte

Frühlingssonne. Eine junge Frau mit einem Kinderwagen ging an ihm vorbei. Ihre Lippen waren grellrot bemalt, und für einen kurzen Augenblick trafen sich ihre Blicke. Sie lächelte ihn an. Da atmete er die kühle Luft ein, die fast ein wenig salzig roch, so wie am Meer, schwang sich auf sein Fahrrad und wurde Teil des stärker werdenden nachmittäglichen Verkehrsstroms. Er sah nicht, dass sich hinter ihm ein alter Skoda, in dem zwei junge Männer saßen, ebenfalls in den Strom der Fahrzeuge einreihte. Wahrscheinlich aber hätte er dem keine Bedeutung beigemessen, auch wenn es ihm aufgefallen wäre.

Als er wenig später die Stadtgrenze erreichte, hatte der Verkehr deutlich nachgelassen, und dann waren es nur noch einzelne Fahrzeuge, die ihn überholten oder ihm entgegenkamen. Wenige Kilometer hinter Weiden begann der Radweg, der parallel zur Bundesstraße verlief, die die Stadt mit dem nahen Hessenreuther Wald verband. Walter Primus bog auf den schmalen Weg ein, und bald schon fühlte er sich ganz allein. Rechts und links waren immer noch Spuren des Winters zu sehen, und hie und da reckten sich Schneeglöckchen der kargen Sonne entgegen. Die Straße vor ihm aber war weitgehend trocken, und so konnte er kräftig in die Pedale treten. Die Anstrengung tat ihm gut. Das war es, was er brauchte. Nicht die stupide Arbeit am Schreibtisch. Das eintönige Korrigieren von Schülerarbeiten, die öden Vorbereitungen auf einen Unterricht, der ihm längst keine Freude mehr machte. Er wusste, dass sich sein Leben nun ändern würde. Dass es sich bereits geändert hatte. Er musste grinsen. Wie unterwürfig der Mann gewesen war, als er ihn angerufen hatte. Er hatte ihm nur ein wenig von dem erzählen müssen, was ihm Agnes Güllner anvertraut hatte. Das hatte genügt. Nicht einmal mit der Presse hatte er ihm drohen müssen. Natürlich war er auch sofort bereit gewesen, sich mit ihm zu treffen. Walter Primus hatte das kleine Ausflugslokal im Hessenreuther Wald als Treffpunkt vorgeschlagen, hatte es ganz bewusst gewählt. Dort kannte er sich aus. Schließlich war er im Sommer fast an jedem Wochenende hier gewesen. Da kannte er jeden Weg, jeden der kleinen Fischweiher, die im Schatten der Fichten und Tannen still und bedrohlich vor sich hindümpelten. Er war oft mit Kerstin hier gewesen. Das war noch gar nicht so lange her. Noch kein ganzes Jahr. Und doch war es eine kleine Ewigkeit. Kerstin war seine Schülerin gewesen. Er hatte sie in seinem Leistungskurs unterrichtet, hatte den Kurs während des Schuljahres übernehmen müssen, da ein Kollege plötzlich erkrankt war und für längere Zeit ausfiel. Und schon während der ersten Unterrichtswochen hatte er bemerkt, dass er ihr gefiel, dass sie ihn mochte. Sie hatte ihn damals richtig angehimmelt. Und sie hatte ihm auch gefallen. Ihr junger, biegsamer Körper hatte ihn erregt, und während er über Goethe und Schiller dozierte, waren seine Blicke immer wieder über ihren Körper geschweift, war das Blut in seine Lenden geschossen. Einmal hatte sie bemerkt, wie seine Blicke ihre Brüste liebkosten, und da hatte sie ihn angelächelt, und er hatte gewusst, dass sie seine Gedanken kannte, und er war rot geworden, hatte sich im Satz verhaspelt. Die Schüler hatten gelacht, ohne so richtig zu wissen, warum, und er hatte etwas Belangloses gesagt, um seiner Verwirrung Herr zu werden. An diesem Tag war sie dann nach der Stunde etwas länger als ihre Mitschüler im Klassenzimmer geblieben, hatte herumgetrödelt, sodass er auf sie warten musste, um abschließen zu können. Er war an der Tür gestanden, ein bisschen ungeduldig und doch seltsam angespannt. Er hatte sich gefragt, ob sie ihn wegen des kleinen Vorfalls ansprechen würde, hatte gehofft, dass sie etwas sagen würde. Es war ihm in diesem Moment egal gewesen, was passieren würde. Natürlich war ihm bewusst gewesen, dass er drauf und dran war, Grenzen zu überschreiten, die er als Lehrer nie und nimmer verletzen durfte. Doch eine selbstzerstörerische Leidenschaft, eine Gier hatte ihn erfasst. Wenn sie ihm ein Zeichen geben würde, dann wäre er bereit, alles zu riskieren. Es war für ihn ein unbeschreibliches Gefühl gewesen damals an der Tür. Ein Augenblick, in dem er bereit war, die Sicherheit seines langweiligen Lebens wegzuwerfen für einen Moment der Hingabe, dem nur die bürgerliche Verdammnis würde folgen können. Dann war sie gekommen, war bei ihm stehen geblieben, und er hatte gesehen, wie sich ihre Brüste hoben und senkten, und sie hatte ihn ganz leicht am Arm berührt, hatte leise gelacht und war gegangen.

Walter Primus erhob sich aus dem Sattel, trat noch stärker in die Pedale, gleichsam, als wollte er die Erinnerung an jenen Tag mit seiner ganzen Physis niederwalzen. Zwei Gemeindearbeiter, die einige wenige Meter neben dem Radweg, von Bäumen verdeckt, ihrer Arbeit nachgingen, schauten etwas verdutzt hoch, als er mit verbissenem Gesicht an ihnen vorbeiradelte.

»Jessas, Maria und Josef«, sagte der eine und kratzte sich nachdenklich unter seiner Mütze. Der andere grinste nur, aber dann hatten sie den Radfahrer auch schon wieder vergessen. Walter Primus selbst dagegen hatte die beiden überhaupt nicht wahrgenommen.

Der folgende Tag war ein Freitag gewesen, und es war

ein ausgesprochen warmer Tag gewesen, zumindest für die Jahreszeit. Walter Primus hatte das Mädchen nach der letzten Stunde abgepasst, und dann waren sie eine ganze Weile in der Aula gestanden, und während die meisten Schüler allmählich das Gebäude verließen, hatten sie erst über irgendwelche schulischen Belanglosigkeiten geredet und dabei auch etwas herumgealbert. Dann hatte er sie plötzlich gefragt, was sie am Wochenende so treiben würde.

»Ich weiß nicht«, hatte sie gesagt und ihn fragend angesehen. Er hatte plötzlich einen ganz trockenen Mund gehabt und war sich ziemlich dämlich vorgekommen.

»Was machen denn Sie, Herr Primus?« Daraufhin hatten sie beide gelacht, und er hatte ganz kurz ihre Hand berührt.

»Wie wäre es denn mit einer kleinen Radtour? Heute Nachmittag. Irgendwohin, wo die Sonne scheint?« Er hatte so getan, als sei die Frage im Scherz gestellt. Doch zu seiner Überraschung war sie sofort einverstanden gewesen.

»Wo wollen Sie denn mit mir hinfahren?«, hatte sie gesagt. Er hatte nur mit den Schultern gezuckt und sie angesehen.

Sie hatten sich außerhalb der Stadt getroffen, auf einem Parkplatz, und waren dann in Richtung Hessenreuther Wald geradelt. Damals hatten sie einen anderen Weg gewählt als den Radweg neben der Bundesstraße, auf dem er heute unterwegs war. Doch auch auf diesem Weg, der in weitem Bogen um die Stadt führte, waren sie bald allein gewesen. Schon nach wenigen Kilometern waren sie von ihren Rädern gestiegen und hatten diese an einer kleinen Bank am Rand des Weges abgestellt. Dann waren sie ein Stück gelaufen. Er hatte viel geredet, und sie hatte die meiste Zeit nur gelächelt, hatte ihm zugehört, und dann hatte sie sich bei ihm untergehakt. Als sie dann vom Weg abgebogen und noch tiefer in den Schatten der Bäume eingedrungen waren und die Sonne bereits dunkelrot hinter den Hügeln des Hessenreuther Waldes zu verschwinden begann, da hatte er ihr einen Arm um die Schultern gelegt. Sie hatte sich nicht dagegen gewehrt, und wenig später dann waren sie ein Liebespaar geworden. Sie hatten sich auf dem rauen Boden des Waldes geliebt, hart und ungeschickt. Erst als es kühler zu werden begann und sie die Feuchtigkeit des Abends spürten, waren sie zu ihren Rädern zurückgegangen und stumm nach Hause gefahren.

Er hatte sie am nächsten Tag auf ihrem Handy angerufen. Hatte sich entschuldigt für das, was vorgefallen war. Er hatte ihr erklärt, dass sie sich nicht mehr treffen durften. Doch sie wollte nichts von einer Entschuldigung hören, hatte ein bisschen geweint, und dann hatten sie beschlossen, sich noch einmal zu treffen und über alles zu sprechen.

Er sah sie erst am Montag wieder. Am Morgen war sie nicht in der Schule gewesen. Wieder trafen sie sich auf dem Parkplatz. Diesmal war er mit dem Auto gekommen, weil das Wetter nicht mehr so schön war wie am Wochenende. Es regnete leicht, und es war deutlich kühler als bei ihrem ersten Treffen. Als er auf dem Parkplatz ankam, war sie schon da, zitterte im Regen und schlüpfte sofort zu ihm ins Auto. Er legte ihr Fahrrad hinten in den Kofferraum des Kombis, drehte dann die Heizung hoch. Sie fuhren ein Stück ohne rechtes Ziel und hielten abseits in einem kleinen Waldstück. Erst dort redeten sie miteinander. Wieder entschuldigte er sich, sagte, dass sie ihr Verhältnis beenden müssten, ehe es zu einer Katastrophe kam. Sie warf ihm daraufhin vor, feige zu sein, nur an sich und seine Schulkarriere zu denken. Dann liebten sie sich auf den engen Sitzen des Autos, wollten dazu wegen des Regens nicht aussteigen und befriedigten sich gegenseitig mit harten, spröden Lippen, Zungen, den Händen, umfassten sich mit verzweifelter Gier, als ahnten sie, dass ihnen nicht viel Zeit bleiben würde.

Als sie fertig waren, fuhr er weiter. Keiner von beiden sprach noch davon, dass sie sich nicht mehr sehen durften.

Es war an diesem Nachmittag, als sie das kleine Gasthaus inmitten des Hessenreuther Waldes für sich entdeckten. Das Wirtsgebäude war unscheinbar und von einigen Stallungen und Scheunen umgeben. Vor Jahren hatte einer der Pächter nebenbei noch ein kleines Sägewerk betrieben, und in den Ställen hinter dem eigentlichen Wohngebäude waren damals ein Dutzend Kühe und Kälber untergebracht.

Als Walter Primus und das Mädchen an jenem Montagnachmittag in die niedrige Wirtsstube traten, waren sie die einzigen Gäste. Die Wirtsfrau schaute sie mit neugierigen Augen an, hielt sie anfangs wohl für Vater und Tochter, bis ihr schließlich klar wurde, wie der Fall lag. Sie brachte ihnen Getränke und ließ sie dann allein, tauchte nur gelegentlich hinter dem Tresen auf.

Für Walter Primus hatte die Situation etwas Unwirkliches. Es war ihm, als würde er sich selbst aus weiter Entfernung beobachten. Dabei sah er mit staunender Verwunderung, wie er an dem klobigen Holztisch mit der karierten Decke saß, die Hände des Mädchens in den seinen hielt, und er nahm, innerlich grinsend, wahr, wie das Begehren nach ihrem Körper allmählich wieder in ihm erwachte. Dieses Gefühl der Gespaltenheit hielt an, und erst als sein Begehren übermächtig wurde, verschmolzen die beiden Figuren wieder, wurden eins.

Da stand er auf, zog sie mit sich zu der altmodischen Musikbox neben dem Eingang. Und während sie die Titel studierten, nach brauchbaren Stücken suchten, trat er hinter sie und drückte sich mit seiner steifen Männlichkeit gegen sie. Sie lachte, schmiss ein Geldstück in den Automaten, und der Plattenteller begann sich zu drehen, und als der Sänger mit wilder Verzweiflung die Tage der vergangenen Jugend beschwor, ergoss sich Walter Primus zuckend in seine Hose.

Er spürte, wie sie für einen Moment erstarrte, und als sie sich umdrehte, da glänzte etwas in ihren Augen, das, wie er ganz erschrocken meinte, vorher nicht da gewesen war. Es schien ihm, als habe sich in diesem winzigen Augenblick ihr Verhältnis fast unmerklich verändert. Er bat sie etwas verlegen um Entschuldigung, doch sie lächelte nur ganz leicht, nahm ihn an der Hand und zog ihn zum Tisch zurück. Da vergaß er diesen Blick, ging zur Toilette und säuberte sich notdürftig.

Wenig später zahlten sie und fuhren zurück nach Weiden. Er brachte sie bis kurz vor die Haustüre. Dort holte er ihr Fahrrad aus dem Kofferraum. Dann, als er sie zum Abschied küssen wollte, drehte sie sich schnell weg und ging mit ihrem Fahrrad um die Ecke. Er blieb noch eine Weile im Auto sitzen und versuchte ein paar Mal, sie auf dem Handy zu erreichen, doch sie hob nicht ab. Etwas stimmte doch nicht.

Er war sich der Absurdität der Situation bewusst, begann plötzlich, über sich selbst nachzudenken. Klar, er war schon irgendwie merkwürdig, musste dies selbst zugeben. Er war nicht wie die meisten seiner Kollegen. Die waren alle verheiratet oder hatten halbwegs normale Verhältnisse. Er selbst hatte nie groß das Bedürfnis verspürt, sich mit gleichaltrigen oder gar älteren Frauen abzugeben. Zumindest nicht während der letzten zehn Jahre. Natürlich hatte er einige Beziehungen während seines Studiums gehabt und während der sich daran anschließenden Referendarszeit, doch die hatten nie lange gehalten. Er hatte sich immer sehr schnell gelangweilt, hatte vorwiegend das Welkende der weiblichen Körper gesehen, die ihn in ihrer vereinnahmenden Mütterlichkeit abstießen. Seit er als Lehrer am Augustinus-Gymnasium fest angestellt war, waren es die Mädchen gewesen, die vormittags vor ihm saßen, die ihm mit aufreizenden Blicken, knappen, kaum verhüllenden Kleidern die Sinne verwirrten. Und zum ersten Mal hatte ihm nun Kerstin das gegeben, was er sich so sehr ersehnt hatte. Er würde alles dafür tun, dass ihre Beziehung weiterging. Er wusste, dass sie weitergehen würde. Walter Primus riss sich energisch aus seinen Gedanken. Er blickte noch einmal missmutig dorthin, wo das Mädchen vor wenigen Minuten verschwunden war. Dann startete er den Motor und fuhr nach Hause.

Als er sie am nächsten Tag in der Schule sah, war sie ständig von ihren Mitschülern umgeben. Erst am Ende der letzten Stunde kam sie wie zufällig an ihm vorbei und steckte ihm einen Zettel zu. »Heute um fünf auf dem Parkplatz«, stand darauf. Sie ging weiter, ohne seine Reaktion abzuwarten.

Von diesem Tag an trafen sie sich nahezu regelmäßig. Das Wirtshaus im Hessenreuther Wald wurde für sie zum vertrauten Treffpunkt. Wenn es die Witterung erlaubte, liebten sie sich abseits der Wege im Schatten der Bäume oder am Rande der dunklen Fischweiher, von denen es hier ungezählte gab. Wenn es regnete oder wenn es ihnen gefiel, dann gingen sie in die Wirtsstube, und die Wirtin gab ihnen bereitwillig die Schlüssel zu einem der leer stehenden Gästezimmer. Er war glücklich wie noch nie zuvor in seinem Leben. Immer war es nun jedoch das Mädchen, das bestimmte, wann sie sich treffen würden.

Irgendwie ging das so weiter. Dennoch, die Vormittage in der Schule waren ernüchternd. Wohl für beide. Er musste sich verstellen und konnte doch seine Blicke kaum von dem Mädchen wenden. Es fiel ihm schwer, sich wie gewohnt zu konzentrieren. Ihr selbst schien die Situation weniger Probleme zu bereiten, und manchmal hatte er den Verdacht, dass sie das Ganze genoss. So war es unausweichlich, dass ihre Mitschüler schon bald spitzkriegten, dass zwischen ihnen beiden etwas ablief. Es war den jungen, herausfordernden Gesichtern anzumerken, dass sie das eine oder andere wussten oder zumindest erahnten. Dennoch wagte es in dieser Zeit niemand, ihn auf das Verhältnis anzusprechen. Einmal hatte er Kerstin gefragt, ob ihre Eltern etwas von ihrer Beziehung ahnten. Da hatte sie aber nur verächtlich abgewinkt und gesagt, dass dies kein Problem sei. Ihre Eltern seien so sehr mit sich selbst beschäftigt, dass sie vom Leben ihrer Tochter nur wenig mitbekamen. Hauptsache, die Noten in der Schule stimmten.

Walter Primus war sich sehr wohl im Klaren darüber, was für ihn auf dem Spiel stand. Und doch reagierte er auf die Situation mit einer Gleichgültigkeit, die ihn selbst überraschte.

Viel mehr begann ihn hingegen die Tatsache zu belasten, dass er dem Mädchen immer stärker verfiel und sie immer offenkundiger mit ihm machen konnte, was sie wollte. Da bestellte sie ihn zu ihrem Parkplatz, ließ ihn dort oft stundenlang warten oder erschien gar nicht. Wenn er sie dann verärgert anrief und ihr Vorwürfe machte, nannte sie ihn einen verknöcherten Pauker und machte sie sich über seine altmodischen Vorstellungen lustig. Oft ließ sie ihn dann tagelang schmachten, ging ihm in der Schule aus dem Weg, verweigerte im Unterricht Antworten auf seine Fragen, grinste ihn dabei jedoch so herausfordernd an, dass die anderen Schüler immer lauter zu tuscheln begannen. Solchen Vorfällen folgten dann endlose Tage und Nächte tiefster Depression.

Wenn sie sich aber dann doch wieder trafen, dann war es fast so schön wie in ihrer ersten Zeit. Da machten sie endlose Spaziergänge durch die Wälder, und meist war es nun sie, die sich dabei für ihr Verhalten entschuldigte. Da wusste er dann nichts mehr zu sagen, und er ließ es nur zu gerne zu, dass sie ihn wieder an sich zog und ihm gab, was er immer stärker von ihr erflehte. Und dennoch wurde sein Begehren nach ihr immer verzweifelter, und mit zunehmend hilfloserem Zorn drang er, wenn sie sich liebten, in sie ein, von hinten, von vorn, nahm sie hart und ohne jede Zärtlichkeit. *I gave her my heart, but she wanted my soul,* weinte es in ihm nach den kurzen Augenblicken der Lust, wenn er erschöpft auf ihr lag.

Solch zweifelhafte Momente des Glücks wechselten in der Folgezeit immer häufiger mit denen tiefer, quälender Enttäuschung und vergeblichen Wartens.

An einem der frustrierenden Abende, als sie ihn wieder einmal versetzt hatte und er enttäuscht nach Hause zurückgekehrt war, fiel ihm der Text eines von ihm sehr geschätzten Autors in die Hände. Als er so, eher um sich abzulenken, durch die Seiten blätterte, stachen ihm plötzlich ein paar Zeilen ins Auge, die ihn in seinem damaligen labilen Gemütszustand aufs Heftigste bewegten. Von zwei Herzen, so schrieb der Autor, ist das eine immer warm und das andere immer kalt; das kalte Herz ist wertvoller als Diamanten; das warme Herz dagegen ist ohne Wert und wird weggeworfen. Die Worte trafen ihn bis ins Mark. War es denn nicht genau das, was seine Beziehung zu dem Mädchen ausmachte?

Seine Beziehung.

Genauer gesagt, die verbotene Tatsache, dass er, Walter Primus, sich die Zeit damit vertrieb, seine minderjährige Schülerin zu bumsen. Das Schlimme daran war, dass er nicht mehr davon lassen konnte und selbst den Zustand seiner Abhängigkeit noch als lustvoll empfand. Sollte sie ihn mit seinem blutenden Herzen ruhig wegwerfen. Du bist viel zu unerfahren, um zu verstehen, was du mit mir machst, dachte er. Vergeblich versuchte er, die trüben Gedanken beiseitezuschieben. Vielleicht sollte er nur versuchen, die Dinge anders anzupacken. Etwas begann, ihm Angst zu machen, und es war weit weniger die Angst, dass ihr Verhältnis entdeckt werden könnte, als vielmehr eine dunkle, drohende Ahnung, die ihm zeigte, dass er im Begriff war, sich selbst zu verlieren. Aber er hatte keine Lust gehabt, intensiver darüber nachzudenken. Zumindest nicht an diesem Abend. Er wusste nur, dass er jetzt sofort mit ihr sprechen musste. Sonst würde er verrückt werden.

Wenig später saß er in seinem Auto und fuhr die kurze Strecke zu dem Haus, wo sie mit ihren Eltern wohnte. Diesmal parkte er direkt vor dem Eingang. Als er aus dem Seitenfenster blickte, konnte er das beleuchtete Fenster sehen, das, wie er wusste, zu ihrem Zimmer gehörte. Er glaubte, hinter dem Vorhang ihren Schatten zu sehen, war sich aber nicht sicher. Dann wählte er ihre Nummer. Es dauerte eine Ewigkeit, bis sie abhob. Er bat sie, nicht gleich aufzulegen, fragte sie, ob sie etwas dagegen habe, ihn zu sehen und ein bisschen zu reden. Es gäbe doch einiges, was er ihr sagen wollte. Sie zögerte, schien mit jemandem zu sprechen. Dann sagte sie Ja. Sie würde nach unten kommen. Er solle sich etwas gedulden. Fünf Minuten später trat sie aus der Haustür. Das Licht im Eingangsbereich war hell genug, dass er sehen konnte, dass sie geweint hatte. Sie ging einige Schritte auf ihn zu und blieb dann einfach stehen. Da wusste er, dass etwas passiert war. Die Tür hinter ihr öffnete sich ein weiteres Mal, und ein Mann kam heraus, der energisch auf seinen Wagen zusteuerte. Einen kurzen Moment lang empfand Walter Primus so etwas wie Panik. Der Mann eilte mit langen Schritten an dem Mädchen vorbei, trat an die Fahrerseite von Primus' Wagen heran und begann dann, wie verrückt gegen die Seitenscheiben zu hämmern. Dabei beschimpfte er Walter Primus mit den übelsten Ausdrücken, drohte ihm mit Anzeige, wenn er seine Tochter nicht in Ruhe ließe. Walter Primus hatte in einem Reflex die Türen des Wagens verriegelt und vermied es im ersten Augenblick, den Mann anzusehen. Er schaute vielmehr an ihm vorbei auf das Mädchen, das etwa zehn Meter von ihm entfernt wie erstarrt dastand und sich nicht bewegte. Obwohl er nur sie anblickte, registrierte er, dass die Fenster der umliegenden Häuser reihenweise aufgingen und immer mehr neugierige Gesichter sichtbar wurden. Da wandte er schließlich den Kopf und sah zu dem tobenden Mann hoch. Dessen Gesicht war nur wenige Zentimeter von dem seinen entfernt, war wutverzerrt. Noch immer brüllte und gestikulierte er. Seine Stimme schien dennoch wie aus unendlicher Ferne zu kommen, und plötzlich erkannte Walter Primus die Hilflosigkeit in diesem Gesicht. Da startete er den Wagen und fuhr los, sodass der Mann zur Seite springen musste. Im Rückspiegel sah er das Mädchen. Sie blieb noch einen Augenblick lang stehen, drehte sich dann um und ging ins Haus zurück.

Seitdem hatte er sie nicht mehr gesehen, hatte nichts mehr von ihr gehört. Am nächsten Tag war sie nicht in der Schule erschienen und auch an den folgenden nicht. Jeder Versuch, sie auf dem Handy zu erreichen, war gescheitert. Am Ende der Woche war dem Kollegium dann ihr sofortiger Austritt aus der Schule durch einen Aushang am Schwarzen Brett im Lehrerzimmer mitgeteilt worden. Sie würde, so hieß es, ihre schulische Ausbildung an einem Internat irgendwo in Norddeutschland abschließen. Eine Erklärung für diesen Schritt wurde nicht gegeben, von den Kollegen wohl auch nicht erwartet.

Am Tag, nachdem dies bekannt gegeben worden war, war Walter Primus zum Schulleiter zitiert worden. Der hatte ihm unter größtem Missfallen, aber auch mit einem gewissen kindischen Stolz mitgeteilt, dass es ihm im Interesse aller Beteiligten, vor allem aber im Interesse der Schule, gelungen war, die ganze Affäre – von der er mittlerweile Kenntnis erhalten habe – unter den Teppich zu kehren. So würde der Vorfall der Schule keinen Schaden zufügen und somit auch keinerlei Konsequenzen für ihn, Walter Primus, haben. Er möge sich aber, so hatte Dr. Merling süffisant hinzugefügt, fürderhin solcher Sperenzchen enthalten.

Das war vor etwa einem Dreivierteljahr gewesen.

Was ihn in der Folgezeit am meisten verwundert hatte, war die Tatsache, dass ihn in den Wochen danach niemand auf seine Affäre mit dem Mädchen angesprochen hatte. Weder vonseiten der Schüler, noch vonseiten der Kollegen oder auch der Eltern hatte er in irgendeiner Weise unliebsame, peinliche Reaktionen erfahren müssen. Alles war so weitergegangen wie immer. Nur er selbst hatte eine tiefe Leere empfunden. Eine Zeit lang hatte er alles Mögliche versucht, um mit dem Mädchen in Verbindung zu treten, hatte sogar versucht, mit ihren Eltern zu sprechen. Die hatten jedoch jeglichen Kontakt verweigert.

Ziemlich bald darauf hatten dann auch in Bayern – später als in den anderen Bundesländern – die Sommerferien begonnen, und einige Wochen lang hatte die Zeit in der klirrenden Sonne des ungewöhnlich heißen Sommers stillgestanden. Als dann Mitte September das neue Schuljahr begann, waren die Momente seines zweifelhaften Glücks bereits in weite Ferne gerückt.

Dennoch war eine Sehnsucht in ihm geblieben, der er sich jetzt, als er den vertrauten Weg entlangradelte, schmerzhaft bewusst wurde. »Kerstin, Kerstin, Kerstin …«, dröhnte es in seinem Kopf zum Rhythmus seines gepressten Atems.

Trotz der Kälte des Frühlingstages lief ihm der Schweiß in die Augen, sodass er blinzeln musste. Als er nach vorne schaute, sah er etwas verschwommen nur wenige hundert Meter entfernt auch schon die kleine Gaststätte mit ihren Nebengebäuden auftauchen. Noch einmal trat er energisch in die Pedale. Er würde sein Leben verändern, den Schuldienst quittieren und nach dem Mädchen suchen. Wenn sie erst mal ihr Abitur hätte, dann stünde ihnen doch die Welt offen. Natürlich würde er sich neu orientieren müssen. Aber jetzt hatte sich ihm eine Möglichkeit geboten, dies zu tun. Wenn das stimmte, was ihm Agnes Güllner anvertraut hatte – und es gab keinen Grund, daran zu zweifeln –, dann würde Geld von nun an keine Rolle mehr spielen. Zuerst hatte er sich ja geschämt, war ihm der Gedanke unangenehm gewesen, einen anderen Menschen zu erpressen, doch die Möglichkeit, dadurch Kerstin zurückgewinnen zu können, hatte ihm die Entscheidung erleichtert.

Er war jetzt vor dem Gasthaus, hatte sein Fahrrad abgestellt. Die Fensterläden der Wirtsstube waren geschlossen, und das Gebäude machte zu seiner Überraschung einen völlig verlassenen Eindruck. Auch die Wohngebäude der Gastleute zeigten keine Spur von Leben, wirkten unbewohnt und leer. Bei Walter Primus stellte sich Enttäuschung ein. Damit hatte er nicht gerechnet. Rings um ihn herrschte absolute Stille, nur aus der Ferne war das dumpfe Geräusch des Verkehrs von der Bundesstraße zu vernehmen. Er hielt einen Moment inne und lauschte. Irgendwo knackte ein Ast. Dann war es wieder still. Er ging weiter, um das Wirtsgebäude herum. Plötzlich blieb er stehen. Hinter dem Gebäude stand im Schatten einer riesigen Tanne ein alter Skoda. Nach kurzem Zögern trat er auf das Fahrzeug zu und berührte die Motorhaube. Sie war noch warm. In seinem Kopf begann ein Warnsignal zu schrillen. Etwas stimmte nicht. Er blickte sich unsicher um und beschloss dann, zu seinem Fahrrad zurückzugehen. In dem Augenblick ertönte aus der Wirtsstube leise Musik. Er dachte unwillkürlich an das erste Mal zurück, als er mit Kerstin hier gewesen war. Kerstin …? Das konnte doch nicht sein. Wieder zögerte er. Als er die Klinke der Eingangstür drückte, merkte er, dass diese nicht verschlossen war. Auch die Tür zur eigentlichen Wirtsstube war unverschlossen. Er dachte, dass er lieber gehen sollte, doch seine Neugier gewann die Oberhand. Er öffnete die Tür, trat in das Halbdunkel des Raums. Die Musik war jetzt richtig laut. Durch die beiden Fenster mit den Fensterläden davor drang nur wenig Licht herein. Nur die flackernden Lichter der Musikbox neben dem Eingang erleuchteten das Zimmer für Bruchteile von Sekunden. Noch immer plärrte das Lied durch den Raum, aber es war nicht das Lied von damals. Walter Primus blieb abrupt stehen. Als das Lied zu Ende war, fuhr der Arm des Plattenspielers mit einem Surren in seine Ausgangsstellung zurück. Dann herrschte einen Moment lang absolute Stille. In diesem Augenblick fühlte Walter Primus, dass er nicht mehr allein im Raum war. Hastig drehte er sich um. Aber es war zu spät. Mit großer Gewalt traf ihn etwas mitten ins Gesicht und zerschmetterte sein Nasenbein und seine linke Gesichtshälfte. Die Wucht des Schlags war so groß, dass er sofort in ein tiefes Dunkel fiel, ohne irgendwelche Schmerzen zu empfinden.

Die Schmerzen kamen erst, als er aus seiner Bewusstlosigkeit erwachte. Sie waren so stark, dass er sofort wieder jegliche Wahrnehmung verlor, zurückglitt in barmherzige Dunkelheit. Etwas hatte ihn jedoch in dem kurzen Augenblick des Wachseins gewaltig gestört. Und als er dann nach einiger Zeit ein zweites Mal zu sich kam, war dieses Gefühl noch immer da. Es war nicht das stete, kaum zu ertragende Pochen und Hämmern in seinem Gesicht und auch nicht die Erkenntnis, dass er sich keinen Millimeter bewegen konnte, vielmehr war es das malmende Geräusch zu seinen Füßen, das ihn irritierte und in panische Todesangst versetzte. Verzweifelt versuchte er herauszufinden, was es war, das dieses entsetzliche, unmenschliche Vibrieren hervorbrachte. Und als er endlich mit letzter Kraft den Kopf nach unten gewendet hatte, da erkannte er durch einen Schleier aus Blut die gierigen Zähne einer Maschine, die ihn unaufhaltsam nach unten zogen, und er wusste, was ihn nun erwartete. Da versuchte er zu schreien, so laut er konnte, doch es kam nur ein Wimmern aus seinem Mund. Instinktiv richtete er seinen Blick nach oben, dorthin, wo Licht war, und einen Moment lang glaubte er dort ein Gesicht zu sehen, von einem Kranz hellen Lichts umflossen, glaubte, seine Kerstin zu sehen, und im selben Augenblick, als die Krallen und Messer des Häckslers mit einem trockenen Krächzen in seine Beine schlugen, trat ein letztes Mal ein glückliches Lächeln auf seine Züge.

Die beiden Waldarbeiter, die etwa einen halben Kilometer entfernt ihrer Arbeit nachgingen, lauschten dem ungewohnten Geräusch. »Jessas, Maria und Josef«, sagte der eine wieder und kratzte sich nachdenklich unter seiner Mütze. Dieses Mal grinste sein Kollege nicht.

8

Als Bichlmaier kurz vor halb eins nach Regensburg zurückkam, beschloss er, als Erstes zur Wohnung zu fahren, um dort nach Marianne zu sehen. Außerdem wollte er von zu Hause aus einige Telefonate erledigen. Er parkte sein Auto in einer Seitenstraße, wo er wider Erwarten einen Parkplatz fand, und ging die wenigen Schritte zum Jakobstor zu Fuß. Als er die Wohnungstür öffnete, erschrak er über das Chaos, das sich seinen Blicken bot. Überall im Flur standen Koffer und Taschen, und der Tisch im Wohnzimmer war mit Kleidungsstücken von Marianne belegt. Er setzte sich in die Küche und spürte, wie eine Woge von Schmerzen durch seinen Unterleib raste. Nach einigen Minuten erhob er sich mühsam und ging zum Kühlschrank. Der war fast völlig leer, nur einige Scheiben Käse und ein Paar Wiener lagen darin neben halbleeren Senf-, Marmelade- und Honiggläsern. Im unteren Fach standen eine angebrochene Flasche Cola und ein Tetrapack mit Milch. Er hatte Hunger und beschloss, sich die Wiener warm zu machen. Als er jedoch keinen geeigneten Topf fand, aß er die Wiener kalt und trank etwas von dem abgestandenen Cola dazu. Überraschenderweise ließen seine Schmerzen daraufhin schlagartig nach. Dann griff er sich das Telefon und wählte die Nummer seiner Schwiegermutter. Er war fast erleichtert, als niemand abhob.

Anschließend rief er bei seiner Autowerkstätte an.

Er bekam den Meister an den Apparat, einen knorrigen Oberpfälzer, der ihm riet, seinen alten Schrotthaufen schleunigst abzustoßen und sich nach etwas Neuem umzusehen. Bichlmaier versprach, sich seinen Rat durch den Kopf gehen zu lassen. Fürs Erste würde die Werkstatt aber den Wagen abholen lassen und die notwendigsten Reparaturen durchführen.

Dann zog er die Schuhe aus und legte sich auf die Couch im Wohnzimmer. Innerhalb einer Minute war er eingeschlafen. Als er aufwachte, saß ihm Marianne gegenüber. Er sah auf die Uhr. Er hatte etwa eine halbe Stunde geschlafen und fühlte sich wie gerädert.

»Ich werde zu Papa fahren«, sagte sie ohne Umschweife. Er starrte sie aus rotgeränderten Augen an. Er hatte einen trockenen Mund.

»Ich denke, du hast keinen Kontakt zu deinem Vater?«

»Das stimmt nicht. Wir haben immer mal wieder telefoniert. Außerdem hat er mich eingeladen. Ich kann so lange bleiben, wie ich will.«

Mariannes Vater lebte seit fast zwanzig Jahren in Rom. Er hatte in der Nähe der Piazza Navona ein kleines Maleratelier mit einer recht komfortablen Wohnung im ersten Stock und verdiente sein Geld mit dem Erstellen von Porträts, die er vorwiegend für Touristen anfertigte. Diese liefen ihm in Scharen zu, was weniger an der künstlerischen Qualität der Objekte lag als vor allem an der äußerst günstigen Lage seiner Malwerkstatt. Die Tatsache, dass er es darüber hinaus bestens verstand, sich das Äußere eines Künstlers und Bonvivants zu geben, tat ein Übriges. Bichlmaier sah in ihm einen Scharlatan, der den Leuten nur das Geld aus den Taschen zog. Tief in seinem Innersten musste er jedoch zugeben, dass er seinen

Schwiegervater wegen dessen Leichtlebigkeit beneidete. In den ersten Jahren seiner Ehe mit Marianne hatte er sich in seiner Anwesenheit immer unwohl gefühlt und die eigene Beschränktheit stärker empfunden, als dies im Zusammensein mit anderen Menschen der Fall war. So war er damals im Grunde froh gewesen, als dieser sich eines Tages ohne jedwede Vorwarnung von Mariannes Mutter trennte, um ein neues Leben unter südlicher Sonne zu beginnen. Seine Schwiegermutter hatte dieser gewaltsame Umbruch in ihrem bislang geradlinig verlaufenen Leben fast in den Wahnsinn getrieben, und Marianne und sie waren seit jener Zeit noch näher zusammengerückt, was wiederum seiner Ehe mit Marianne nicht gerade gutgetan hatte.

»Wann wirst du fahren?«, fragte er.

»Schon übermorgen«, sagte sie.

»Warum bleibst du nicht? Wenigstens, bis der Fall abgeschlossen ist.«

Sie schaute ihn traurig an. Er wusste, dass sie fahren würde. Sah es in ihren Augen.

»Du kannst nachkommen, wenn du willst«, fügte sie hinzu.

»Du weißt doch, dass ich den Süden nicht mag«, sagte er vage. »Wie lange wirst du bleiben?«

»Ich weiß es nicht.«

Aus der Wohnung oberhalb hörte man plötzlich das Kreischen einer Geige, die der halbwüchsige Sohn der Familie auf Geheiß seiner ehrgeizigen Mutter malträtierte. Marianne lächelte, und einen kurzen Augenblick lang entspannte sich die Situation.

»Weiß deine Mutter davon?«, fragte er.

»Ja«, sagte sie und lachte. »Sie meint, da kämen Vaters Gene durch.«

Er hatte sie schon lange nicht mehr lachen sehen. Es stand ihr gut. Fast wie früher, dachte er.

»Das denke ich auch«, brummte er.

Er überlegte kurz, ob er ihr erzählen sollte, dass er krank war. Aber er ließ es sein. Wollte nicht als jammernder Schwächling dastehen.

Wir haben kein Vertrauen zueinander, dachte er. Wir haben uns in unsere eigenen Welten geflüchtet. Haben es uns darin eingerichtet und uns dabei verloren.

Früher hatte sie ihn des Öfteren gefragt, ob er mit ihr verreisen würde. Sie hatte immer schon eine große Sehnsucht nach dem Meer gehabt. Er selbst hatte nie so recht gewollt, und meistens war dann auch zur rechten Zeit ein Fall dazwischengekommen, der eine längere Reise unmöglich machte. Die wenigen Male, wo sie dann doch gefahren waren, waren sie höchstens bis Südtirol gekommen. Da waren sie in den Bergen gewandert. Hatten abends Wein getrunken und Südtiroler Speck gegessen. Das war schön gewesen. Das Meer hatten sie aber nie gesehen. Dennoch hatte sie ihm keine Vorwürfe gemacht.

»Wirst du zurechtkommen, wenn du allein bist?«, fragte sie abwesend. Einen Moment lang blickten sie sich in die Augen. Er fühlte nichts. Er wusste, dass es vielleicht ein Abschied für immer sein würde, und doch bewegte sich nichts in ihm. Da war keine Panik, keine Angst vor dem Alleinsein, höchstens ein bisschen Traurigkeit und Wehmut. Ob es ihr auch so ging?

Dann wechselte er das Gesprächsthema.

»Ich muss später noch mal ins Präsidium«, sagte er. »Der Fall hält uns ganz schön in Trab.«

Sie nickte. »Ich muss auch noch einmal weg. Muss noch einiges besorgen.«

Sie zögerte. »Ich werde heute bei Mama übernachten. Du weißt schon, sie macht sich Sorgen …«

»Ja, ja«, sagte er. »Wir sehen uns dann morgen.«

Dann nahm er sie unbeholfen in die Arme, gab ihr einen Kuss. Er hatte Angst, dass sie anfangen würde zu weinen. Doch sie strich ihm nur über die Wange. Dann ging sie.

Als er wieder allein war, ging er als Erstes aufs Klo. Dann rief er bei seinem Hausarzt an, ließ sich einen Termin geben.

* * *

Es war gerade halb vier, als Britta Merz an Bichlmaiers Tür klopfte. Der hatte Max Hallmann am Telefon, der sich über den letzten Stand der Ermittlungen informieren wollte. Bichlmaier zeigte auf das alte Sofa in der Ecke und nickte Britta kurz zu. Er zog eine Grimasse, wirkte mürrisch. Hallmann stand ganz offensichtlich unter Strom, da er sich auf eine weitere Pressekonferenz vorbereiten musste. Das bislang vorliegende Material schien ihm etwas dünn, wie er vorsichtig sagte, doch Bichlmaier ließ sich auf keine Diskussion ein und unterbrach das Gespräch kurzerhand, nachdem er ihm die wesentlichen Ergebnisse der bisherigen Recherchen mitgeteilt hatte. Tief im Inneren musste er natürlich zugeben, dass sie mit ihren Ermittlungen bis zu diesem Zeitpunkt noch nicht sehr weit vorangekommen waren.

Die Besprechung der Ermittlungsgruppe war für vier Uhr angesetzt.

»Ich habe noch einmal über die Szene am Tatort nachgedacht«, sagte Bichlmaier. »Wir sind jetzt nicht mehr auf Vermutungen angewiesen. Wir wissen, dass beide Opfer mit derselben Waffe erschossen wurden. Zwischen den Tatzeitpunkten liegt jedoch eine Spanne von etwa vierundzwanzig Stunden. Und das Mädchen ist nicht in dem Büro erschossen worden.«

Bichlmaier stockte für einen kurzen Moment, und es sah aus, als erwartete er einen Kommentar. Als keiner etwas sagte, fuhr er fort.

»Güllner hat seine Tochter über alles geliebt. Sie war so etwas wie sein Augapfel. Das hat uns die Mutter des Mädchens bestätigt, aber auch von anderer Seite wurde das so gesehen. Vieles spricht also dafür, dass das Arrangement in Güllners Büro ganz bewusst so angelegt war, um Güllner über den Tod hinaus zu quälen. Vielleicht, um ihn in seinem Innersten zu treffen.«

Haimerl hatte sich etwas vorgebeugt und betrachtete Bichlmaier mit forschendem Blick. »Du meinst, das deutet alles auf Rache hin. Aber Rache wofür? Was muss ein Mensch angestellt haben, um solche Grausamkeit herauszufordern?«

Bichlmaier zuckte nur mit der Schulter. »Da muss etwas geschehen sein. Etwas, das für den Mörder von schrecklicher Tragweite gewesen ist, etwas, das vielleicht sein Leben zerstört hat. Ich weiß es nicht. Das muss nicht unbedingt gestern passiert sein. Vielleicht vor vielen Jahren.«

»Archaische Grausamkeit«, brummte Haimerl, der bereits an seinem dritten Krapfen kaute. »Oder so etwas wie Blutrache. Aber das hat ja auch etwas Archaisches, oder?«

Bichlmaier nickte. Der Ausdruck gefiel ihm. Das war das Bild, das er noch immer vor Augen hatte. Da war tatsächlich etwas gewesen, das nicht in die Zeit gepasst hatte. Er dachte an das Bild zurück, das ihn in dem Zimmer mit den beiden Opfern erwartet hatte. Der Eindruck eines bösen Rituals, einer grausam zelebrierten Hinrichtung hatte sich in ihm festgesetzt. Er hatte schon viele Mordfälle untersucht, aber noch keinen, bei dem der Mörder mit solch perfider Grausamkeit vorgegangen war.

»Mit anderen Worten, du meinst, wir sollten uns ganz auf die Vergangenheit von Güllner konzentrieren«, sagte Meier Zwo etwas zweifelnd.

»Das kann eine Möglichkeit sein.«

Eine Fliege krabbelte auf Bichlmaiers Bein entlang, blieb oberhalb des Knies herausfordernd stehen und wetzte die Hinterbeine. Er beobachtete die Fliege einen Moment lang, dann schlug er mit der flachen Hand auf seinen Oberschenkel, verfehlte sie aber.

»Wir müssen herausfinden, was es für eine ursächliche Verbindung zwischen den beiden Morden gibt«, sagte er. »Wir können bislang lediglich davon ausgehen, dass Vater und Tochter mit derselben Waffe getötet wurden und dass die beiden Leichen gemeinsam am selben Ort gefunden wurden. Die Frage ist, ob es neben diesen Fakten irgendeine weitere Verbindung gibt?«

Britta Merz sah zu Haimerl hinüber, der gerade völlig ungeniert in der Nase bohrte. Haimerl hatte eine ungewöhnlich große Nase, und Britta war fasziniert, mit welcher Inbrunst er sein Geruchsorgan bearbeitete. So kam es, dass sie kurzzeitig etwas abwesend war und sich einen Moment lang nicht so recht auf Bichlmaiers Frage konzentrierte. Dennoch nahm sie mit halbem Ohr die Frage auf und blitzte etwas in ihrer Erinnerung auf. Da war etwas gewesen, das sie den anderen hatte sagen wollen. Etwas, das in Zusammenhang mit genau dieser Frage stand. Der Augenblick ging jedoch vorüber. Sie wusste, es würde ihr schon wieder einfallen.

»Habt ihr euch nochmals mit dem kleinen Mädchen unterhalten und seiner Mutter?«

Meier Zwo nickte. »Sonderbares Kind. Aber intelligent. Wir haben zusammen mit ihr ein Phantombild erstellt. Das ging ganz gut. Am Anfang war sie ziemlich schüchtern, wollte nichts sagen. Hat aber dann gut mitgearbeitet. Das Bild ist auch ganz brauchbar. Hast du es denn noch nicht zu Gesicht bekommen?«

»Verdammt noch mal, nein«, schimpfte Bichlmaier. Ohne seinen Ärger unterdrücken zu können, nahm er das Telefon auf seinem Schreibtisch und wählte zum Sekretariat durch.

»Die Phantombilder?«, fauchte er. »Wo sind sie?«

»Sind auf Ihrem PC, und die Ausdrucke müssten bei Ihnen auf dem Schreibtisch liegen«, fauchte die Sekretärin, eine resolute Dame, die aus einem kleinen Dorf in der Nähe von Regensburg stammte, zurück.

»Tun sie nicht!«

Zwei Minuten später kam die Sekretärin und legte mit hochrotem Kopf einen Stapel Computerausdrucke auf Bichlmaiers Schreibtisch. Ihr mächtiger Busen wabbelte im schmucken Dirndl. Ohne ein Wort zu sagen, rauschte sie dann wieder hinaus. Bichlmaier murmelte etwas, das niemand verstand. Dann nahm er das oberste Bild vom Stapel und betrachtete es lange, ohne etwas zu sagen.

»Natürlich«, sagte er. »Jetzt verstehe ich, was das Mädchen gemeint hat. Mein Gott, seht euch dieses Gesicht an! Was ist nur mit der Frau passiert? Kein Wunder, dass die Kleine völlig verstört war.«

»Das erinnert mich an Verletzungen, wie man sie nach

dem Krieg häufig bei Verwundeten gesehen hat, die von der Front zurückgekommen sind«, sagte Meier Zwo, der Bichlmaier über die Schulter schaute. »Das waren grauenhafte Verstümmelungen. Die Leute wurden einfach nur zusammengeflickt. Da ging es nicht ums Aussehen.«

»Mmh, das stimmt«, sagte Haimerl. »Als ich noch ganz klein war, da hat bei uns in der Straße so ein Mann gewohnt, der hatte nur ein Bein und dem fehlte der halbe Unterkiefer. Ein Kriegsversehrter. Der stand immer bloß da mit seinen Krücken und hat uns Kindern zugeschaut. Eines Tages war er dann weg.«

»Wusste nicht, dass du schon so alt bist«, stichelte Rockinger. Haimerl ging nicht darauf ein, ignorierte ihn, ebenso wie die anderen.

»Sie muss einmal schön gewesen sein«, sagte Bichlmaier schließlich, nachdem er sich die verschiedenen Entwürfe angesehen hatte. Dann kramte er eine Weile in den Unterlagen, die seinen Schreibtisch bedeckten. Schließlich zog er ein kleines, vergilbtes Schwarz-Weiß-Foto aus einem Stapel hervor. Wieder studierte er es zuerst sorgsam, legte es dann neben die Phantombilder.

»Könnte das dieselbe Frau sein?«, fragte er dann in die Runde.

»Könnte«, sagte Britta.

»Definitiv«, sagte Meier Zwo. Haimerl nickte.

»Na ja, ich weiß nicht«, sagte Rockinger, aber wieder ging keiner auf ihn ein.

»Wie viele Jahre liegen wohl zwischen dem Bild und unserem Phantombild?«

»Woher hast du das Bild?«, fragte Haimerl.

»Von Güllners Frau.«

»Jemand, in den er verliebt war? Vor hundert Jahren, vielleicht in einem anderen Leben oder vielleicht auch nur vor fünf Jahren?«, fragte Britta. »Das Mädchen auf dem Bild kann nicht älter sein als höchstens achtzehn Jahre. Wenn sie mit der Frau identisch ist, dann liegen vielleicht vierzig Jahre dazwischen. Vielleicht auch etwas mehr.«

Bichlmaier gab ein zustimmendes Murmeln von sich. »Eigenartige Widmung«, sagte er dann und drehte das Foto um. »Seht mal!«

»Tschechisch«, sagte Haimerl ganz spontan. »Das ist ...«

»Unsinn!«, unterbrach ihn Rockinger. »Das ist aus einem deutschen Märchen. Von den Brüdern Grimm ...«

»Ja, schon, aber die Schrift ist die eines Tschechen oder einer Tschechin. Die Tschechen schreiben so. Für uns sehr schwer zu lesen.«

»Bist du sicher?«, unterbrach ihn Bichlmaier.

»Absolut«, sagte Haimerl mit Nachdruck. »Die Tante meiner Frau kommt aus Pilsen. Wir haben Hunderte von Briefen von ihr. Dieselbe Schrift. Keine Frage.«

»Gut. Wir lassen das noch genauer überprüfen. Warum aber zitiert ein tschechisches Mädchen aus Grimms Märchen?«, fragte Bichlmaier nachdenklich. »Noch dazu aus solch einem unbekannten Märchen?«

»Vielleicht waren sie ein Liebespaar und haben sich Märchen vorgelesen«, sagte Meier Zwo.

»Schwachsinn!«, sagte Rockinger. »Welches Liebespaar liest sich denn Märchen vor? Vielleicht vor dem Vögeln oder eher danach?« Er tippte sich an die Stirn.

»Na, was weißt denn du«, sagte Britta und zog die Stirn kraus. Wieder einmal musste sie an Peter denken, und sie verfluchte sich dafür.

»Wie kommt es eigentlich, dass du das Märchen kennst?«, fragte sie süffisant.

»Und worum geht es darin überhaupt?«

»Das habe ich vergessen«, sagte Rockinger ungerührt. »Ich habe mir nur einige Zeilen davon gemerkt.«

»Dann lass mal hören«, beschied Bichlmaier knapp, woraufhin Rockinger ansetzte:

Trommler, Trommler, hör mich an
Hast du mich denn ganz vergessen?
Hast du auf dem Glasberg nicht bei mir gesessen?
Habe ich vor der Hexe nicht bewahrt dein Leben …

Dann verstummte er. Einen Moment lang sagte keiner ein Wort. Bichlmaier nickte nachdenklich. »Vielleicht müssen wir einfach nur die Hexe finden«, sagte er dann dunkel.

Danach war es wieder lange still. Selbst Rockinger wusste nichts zu sagen.

So beschlossen sie die Sitzung mit der Planung der nächsten Schritte ihrer Ermittlung. Sie würden sich auf Leonhard Güllners Vergangenheit konzentrieren. Aber gleichzeitig nicht vergessen, auch noch andere Steine umzudrehen. Vor allem würden sie sich mit der Frage beschäftigen, wer der Vater von Agnes Güllners ungeborenem Kind war. Sie würden die DNA des Babys mit der von Männern aus dem Umfeld der Kindsmutter vergleichen. Dabei hoffen, dass ihnen, wie schon so manches Mal, der Zufall zu Hilfe kam. Kurz nach fünf brachen sie auf. Britta Merz verließ als Einzige das Präsidium. Sie musste nach ihrer Tochter sehen, wollte noch etwas zum Abendessen einkaufen. Die anderen kehrten in ihre Büros zurück.

Bichlmaier trat ans Fenster und blickte hinunter auf das hektische Treiben am Domplatz. Die Anspannung der letzten Stunde fiel etwas von ihm ab. Er wirkte grau und müde. Plötzlich spürte er wieder die Schmerzen im Unterleib. Als er sich vom Fenster abwandte, war ihm, als würde ein kalter Hauch durchs Zimmer wehen. Ihn fröstelte. Die Stadtverwaltung hatte die Heizung in allen öffentlichen Gebäuden pünktlich zum kalendarischen Beginn des Frühjahrs abgestellt. Die ließen da nicht mit sich reden. Da konnte es noch so kalt sein. Missmutig ging er zu seinem Schreibtisch zurück und widmete sich den Papieren, die dort auf ihn warteten.

Zehn Minuten später klingelte das Telefon. Britta Merz war am Apparat. Etwas war ihr eingefallen, was sie unbedingt noch loswerden wollte.

»Es gibt doch noch eine Verbindung zwischen den beiden Morden«, sagte sie. Sie stand irgendwo in der Stadtmitte, wie sie sagte, und Bichlmaier konnte sie nur schwer verstehen, obwohl sie gegen den dumpfen Verkehrslärm anzubrüllen versuchte.

»Schieß los«, sagte er.

»Es geht um eine Frau Zeller. Das ist die Oma von Agnes Güllners bester Freundin. Das Mädchen, diese Freundin, lebt bei ihr. Die Eltern selbst wohnen in Frankfurt. Sind Banker. Stinkreich wahrscheinlich. Das ist aber nicht so wichtig.«

»Mmh«, sagte Bichlmaier, der sofort ungeduldig wurde. »Was ist mit dieser Frau?«

»Frau Zeller ist Witwe. Und jetzt kommt es. Ihr verstorbener Mann war quasi Güllners Vorgänger in verschiedenen Parteifunktionen. Irgendwann in den siebziger Jahren.«

»Das heißt, dass sich Güllner und diese Frau Zeller aller Wahrscheinlichkeit nach kannten?«

»Genau.«

Bichlmaier versuchte sich klarzumachen, was Brittas Worte für die Ermittlung bedeuteten. Er machte sich eine Notiz, ging aber ansonsten nicht näher auf Brittas Informationen ein.

»Ich kümmere mich darum«, sagte er schließlich.

»In Ordnung«, brüllte Britta durchs Handy. Und dann, als er nichts mehr sagte, fragte sie: »Wie geht's dir?«

»Warum fragst du?«, sagte Bichlmaier.

»Ach, nur so«, sagte Britta und legte auf.

* * *

Der nächste Anruf kam etwa eine halbe Stunde später, exakt um siebzehn Uhr und dreiundfünfzig Minuten. Bichlmaier hatte gerade seine Jacke über die Stuhllehne gehängt und ein paar Aktenstapel auf dem Tisch beiseitegeschoben. Er wollte sich eine Tasse Kaffee aus dem Automaten holen, als das Telefon klingelte.

»Adolf?«, fragte eine Stimme.

»Ja!« Er räusperte sich. »Michael, bist du das?«, fragte er dann zurück, da er sich nicht ganz sicher war.

»Ja«, sagte Mahr, und seine Stimme kam wie aus weiter Ferne, klang etwas ungeduldig. »Gut, dass ich dich noch erwische. Du kommst am besten sofort her.«

»Wo bist du denn?«, fragte Bichlmaier überrascht.

»Im Hessenreuther Wald.«

»Was ist passiert?«

»Ein paar Waldarbeiter haben ganz in der Nähe in einem Waldstück einen Mann gefunden, der in einem

Häcksler zu Tode geschreddert wurde. Ziemlich unappetitliche Sache. Die Kollegen von der Streife sagen, da ist nicht viel übrig geblieben.«

Bichlmaier verzog das Gesicht und wusste einen Moment lang nicht, was er sagen sollte.

»War es ein Unfall?«, fragte er dann. »Was geht uns die Sache überhaupt an?«

»Es war kein Unfall. Jemand hat dem Mann die linke Gesichtshälfte mit ziemlicher Brutalität eingeschlagen, bevor er ihn in den Häcksler steckte.«

»Oh, verdammt!«, sagte Bichlmaier. »Ist es jemand, den wir kennen? Jemand von unseren Kunden?«

»Kann man noch nicht sagen«, meinte Mahr.

Bichlmaier überlegte einen Moment lang. »Kann der Mann überhaupt identifiziert werden?«, fragte er.

»Das musst du dir selbst anschauen. Wir sind noch nicht so weit. Die Leute vom Erkennungsdienst sind gerade erst gekommen. Der Körper des Toten steckt allem Anschein nach im Häcksler fest. Da ist nur noch ein Torso übrig, der nicht von den Messern erfasst wurde. Es scheint aber, dass der Mann noch lebte, als er in den Häcksler gesteckt wurde. Das Herz hat noch geschlagen. Als die ersten Schnitte erfolgten, war der Kreislauf noch nicht zusammengebrochen. Deshalb scheint überall unheimlich viel Blut zu sein. Da hat das Herz noch gepumpt. Eine richtige Schweinerei. Ob die Hände in die Messer geraten sind, weiß ich nicht. Wegen der Fingerabdrücke …, na ja. Der Kopf ist aber praktisch unversehrt, wie der Kollege von der Streife sagte. Der kotzt sich gerade irgendwo hinter einem Baum die Seele aus dem Leib.«

»Bist du denn schon vor Ort?«, fragte Bichlmaier, ohne näher auf Details einzugehen.

»Ja«, sagte Mahr. »Aber ich war selbst noch nicht auf dem Häcksler oben. Der Doc und die Spurensicherung lassen noch niemanden rauf. Übrigens, es ist verdammt ungemütlich hier. Zieh dich warm an.«

Verflucht, dachte Bichlmaier und atmete tief durch. Zu viel Fürsorge konnte manchmal lästig sein. Er versuchte, Mahrs letzte Bemerkung zu ignorieren, ging nicht darauf ein.

»Die Morde häufen sich in deinem Revier«, brummte er. Es klang sarkastisch. »Wie lange war es eigentlich her, seitdem jemand bei euch ermordet wurde?«

»Ah, das ist schon ewig her«, sagte Mahr humorlos. »Der Mord an Klankermeier in den siebziger Jahren. Seitdem hatten wir Ruhe.«

»Und jetzt drei Morde hintereinander. Denkst du, es besteht ein Zusammenhang zwischen den Güllner-Morden und unserem neuen Fall?«

»Hm«, sagte Mahr, und seine Stimme kam wiederum wie aus weiter Ferne. In der Leitung war nun ein starkes Rauschen zu vernehmen.

»Schwer zu sagen. Wir werden es aber sicher bald herausfinden. Als Erstes muss auf jeden Fall die Leiche identifiziert werden. Am besten kommst du selbst und machst dir ein Bild.« Wieder klang es ein bisschen ungeduldig.

Bichlmaier ließ sich den ungefähren Weg beschreiben, dann legte er auf. Anschließend blieb er noch eine Weile an seinem Schreibtisch sitzen und dachte nach. Draußen wurde es allmählich dunkel. Die Fliege, die bislang nervös durch den Raum gesurrt war, hatte sich mittlerweile auf dem Aktenstoß zu seiner Rechten niedergelassen. Sie bewegte sich nun nicht mehr, schien ihn aber unverwandt zu beobachten.

9

»Das sieht nicht schön aus«, war das Einzige, was Motsch sagte, als Bichlmaier wenig später am Tatort eintraf. Er stand oben auf einem riesenhaften Ungetüm von Fahrzeug, nickte Bichlmaier kurz zu und beugte sich anschließend wieder in das trichterförmige Innere des Fahrzeugs. Daraus ragte eine Leiter hervor. Bichlmaier blieb etwas unschlüssig stehen, wusste nicht so recht, an wen er sich wenden sollte. Rings um ihn wurde routiniert gearbeitet. Ein junger, kräftiger Bursche, der außerhalb der Absperrung neben Mahr stand, erläuterte diesem gerade, dass das Monster zum Zerkleinern von Baumabfällen verwendet wurde. Der junge Mann, der eine auffallend rote Gesichtsfarbe hatte, fuchtelte beim Reden energisch mit seiner linken Hand. Zu seinen Füßen saß ein kurzbeiniger Hund, der nervös mit dem Schwanz wedelte. Mit seiner Rechten kraulte der Mann den Hund hinter den Ohren. Er tat dies mit großer Hingabe, wie Bichlmaier fand, als er auf die beiden zuging. Das Gerät sei, so sagte der Mann gerade mit etwas lehrerhaftem Ton, mit einem Greifarm ausgerüstet, mit dessen Hilfe umherliegendes Baummaterial in einen am oberen Rand etwa drei mal drei Meter großen Trichter verfrachtet werden könne. Man konnte deutlich erkennen, dass der junge Mann sehr bemüht war, seinen ausgeprägten Oberpfälzer Dialekt vor den Polizisten etwas zu unterdrücken. Mahr nickte ihm wohl deswegen immer mal wieder aufmunternd zu. Bichlmaier dagegen schaute nachdenklich zu dem Trichter hoch, über den sich immer noch Motsch gebeugt hatte. Sein kräftiger Hintern ragte in den nächtlichen Himmel.

»Die Messer in diesem Trichter sind verdammt scharf«, sagte der junge Mann und fuchtelte wiederum mit seiner linken Hand herum. »Damit kannst Äste und Zweige bis zu einem Durchmesser von etwa dreißig Zentimetern zerkleinern.« Mahr blinzelte. Seine Augen hinter den dicken Gläsern waren ganz klein. Das lag wohl an der Kälte. Vielleicht war er aber auch nur müde.

»So ein Häcksler frisst sich durch den Wald wie ein großer Staubsauger«, fügte der junge Mann dann noch hinzu. Noch immer redete er intensiv auf Mahr ein, hatte dies schon getan, als Bichlmaier zur Gruppe am Tatort gestoßen war.

»Da bleibt wenig übrig. Wirklich saubere Sache«, meinte er ganz stolz, wobei er sich nun Bichlmaier zuwandte und diesen mit ins Gespräch zog. Weiterhin aber kraulte er dabei seinen Hund, der das sichtlich genoss.

»Im Wald darfst aber nicht rauchen, gell«, sagte er aber dann im selben Atemzug zu Mahr, der sich umgedreht hatte und sich ohne nachzudenken eine Zigarette angezündet hatte, diese daraufhin jedoch schleunigst wieder ausdrückte.

»Weißt schon, wegen der Brandgefahr.«

»Ja, ja«, sagte Mahr und rückte seine Brille zurecht. Bichlmaier war sich nicht ganz sicher, ob da bei der jahreszeitlich bedingten Feuchtigkeit des Waldes wirklich so große Gefahr bestand, verkniff sich aber eine Bemerkung.

»Das ist der Herr Biersack«, stellte Mahr den Mann dann etwas säuerlich vor.

»Herr Biersack ist der Stadtförster und wohnt hier ganz in der Nähe.«

Der Bursche reichte Bichlmaier seine kräftige Pranke, mit der er bislang den Hund gekrault hatte, und drückte zu, dass Bichlmaier Hören und Sehen verging.

»Schöne Scheiße«, sagte er und deutete vage ausholend auf den Häcksler und die Spezialisten in ihren weißen Overalls, die konzentriert bei der Arbeit waren. Bichlmaier und Mahr nickten beide zustimmend. Dem war nichts hinzuzufügen.

Die letzten Sonnenstrahlen verschwanden allmählich hinter den Bäumen, und die Kälte drang Bichlmaier und sicherlich auch den Polizisten, die ihrer Arbeit fast schweigend nachgingen, zunehmend unangenehm in die Knochen. Bichlmaier wünschte, er hätte sich Mahrs Ratschlag zu Herzen genommen und sich etwas wärmer angezogen. Er trug nur ein Jackett, hatte seinen Mantel im Auto gelassen und fror nun wie ein Schneider.

Die Kollegen vom Erkennungsdienst hatten, gleich nachdem sie eingetroffen waren, Scheinwerfer aufgestellt, die die makabre Szene in der nun immer stärker einsetzenden Dunkelheit in ein gleißendes Licht tauchten. Das Blaulicht eines Einsatzfahrzeuges zuckte dazu mit kalter, sinnloser Gleichförmigkeit und warf sein Licht über eine kurze Distanz in die Tiefe des Waldes. Eine Reihe von Generatoren, die Energie für die Scheinwerfer lieferten, ratterte verloren in der nächtlichen Stille. Neben dem Einsatzfahrzeug standen zwei ältere Männer in Arbeitskleidung, die von einem Polizisten in Uniform vernommen wurden. Wie es schien, nahm dieser gerade ihre Personalien auf. Bichlmaier sah, dass sich einer der Männer unentwegt unter seiner Mütze am Kopf kratzte.

Die beiden waren es wohl, die die Leiche gefunden hatten. Er würde sich später um sie kümmern, hören, was sie zu sagen hatten.

»Schaltet doch das verdammte Blaulicht aus!«, rief er unwillig, doch niemand reagierte. Daraufhin trat er einige Meter zurück aus dem Lichtkreis und betrachtete von dort aus das Geschehen innerhalb der rot-weiß-roten Absperrung, die von den Streifenpolizisten, die als Erste am Tatort eingetroffen waren, angebracht worden war. Er sah, wie Motsch den Fotografen nach oben auf den Häcksler rief und dort eine Zeit lang intensiv auf ihn einredete. Er gestikulierte dabei stark, schien aber mit seiner Arbeit weitgehend fertig zu sein, denn er zog, während er ohne Unterbrechung weiterredete, seine Gummihandschuhe aus. Aus der Entfernung wirkten seine Gesichtszüge angespannt, und er sah erschöpft aus.

Aus irgendeinem Antrieb heraus drehte sich Bichlmaier plötzlich um und ging ein paar Schritte in die Dunkelheit hinein. Erst hatte er Schwierigkeiten, sich zu orientieren, doch dann folgte er einem schmalen Pfad, der vom Tatort wegführte. Schon nach wenigen Schritten gelangte er auf eine größere Lichtung, auf der ein unbeleuchtetes Haus mit einigen niedrigen Stallungen stand. Obwohl er nur wenige Meter gegangen war, war von hier aus nichts mehr vom beleuchteten Einsatzort zu sehen oder zu hören. Der dichte Wald schluckte alles. Bichlmaier ging auf das Haus zu. Es war größer, als es aus der Entfernung geschienen hatte. Als er näher kam, sah er, dass es sich um ein Wirtshaus handelte. Er ging um das Haus herum. *Paradiesgarten* stand in blassen Buchstaben über dem niedrigen Eingang an der Vorderseite des Gebäudes. Er konnte die Schrift in der Dunkelheit nur schwer lesen. Dennoch war es hier auf der Lichtung bei Weitem nicht so finster wie in dem Waldstück, wo sie die Leiche gefunden hatten. Der kleine gepflasterte Platz vor dem Haus war leer, bis auf eine Reihe alter Wirtshausstühle und -bänke, die in einer Ecke standen und zusammengeklappt an der Mauer lehnten. Sie waren mit einer schweren Kette gesichert, an der sich ein großes Vorhängeschloss befand. Von dem Platz auf der Vorderseite führten zwei Wege von unterschiedlicher Breite weg. Beide waren geteert, entzogen sich aber schon nach wenigen Metern dem Auge des Betrachters, da sie in einem engen Bogen in den Wald hineinführten. Noch vor dieser Biegung stand, am Rand der breiten Zufahrtsstraße in einer Wiese geparkt, ein leeres Auto, ein Nissan Patrol Jeep. Die Motorhaube des Wagens war, wie Bichlmaier feststellte, noch warm, und während er damit beschäftigt war, den Wagen näher in Augenschein zu nehmen, hörte er plötzlich aus der Richtung, aus der er gekommen war, das kurze, scharfe Bellen eines Hundes. Er drehte sich etwas überrascht um und sah, wie zwischen den Bäumen die kräftige Gestalt des Stadtförsters heraustrat. Ihm voraus hechelte, an kurzer Leine gehalten, sein Jagdhund. Der Förster hatte Bichlmaier offensichtlich gleich gesehen und wies schon von Weitem mit dem Kopf auf den Geländewagen. »Der gehört mir«, sagte er eifrig, gleichsam, als wollte er Bichlmaier davon abhalten, weiter an dem Auto herumzuschnüffeln. Gleichzeitig versuchte er, den Hund zu beruhigen, der auf den Wagen zudrängte.

»Kommen Sie denn öfters hier heraus?«, fragte Bichlmaier, als der Mann an das Auto trat und die Kofferraumklappe öffnete.

»Ja, natürlich. Das gehört hier alles zu meinem Revier.« Der Förster gab seinem Hund einen Klaps und scheuchte ihn auf die Rückbank. »Alles Stadtwald«, fügte er dann noch hinzu.

»Dann gehört dies alles auch dazu?«, fragte Bichlmaier und deutete auf die Gebäude hinter sich.

»Ja, ja. Alles in städtischem Besitz.« Der Förster schlug die Tür des Kofferraums zu.

»Scheint ein bisschen heruntergekommen zu sein«, meinte Bichlmaier tastend. »Na ja, man sieht ja nicht viel …«

»Da hast schon recht.« Der Förster schien die Sache persönlicher zu nehmen, als Bichlmaier erwartet hatte, und war unversehens in das ihm vertrautere Du gewechselt. »Weißt, das liegt auch an den jeweiligen Pächtern.«

»Hm. Was meinen Sie damit?«

»Manchen Leuten geht's einfach zu gut. Und wenn's ihnen zu gut geht, dann fangen die das Spinnen an.«

Er tippte sich mit einer Hand an die Stirn. Bichlmaier nickte nur, was in der Dunkelheit aber nicht so recht zu sehen war.

»Das Haus steht seit Kurzem leer … Und dabei war das eigentlich eine Goldgrube … Die Gäste sind bis aus Berlin, aus Bayreuth und auch aus der Tschechei gekommen. Vor allem Großkopferte … Der Wahnsinn. Die Frau von dem Pächter war einfach genial. Die hat besser gekocht wie jeder Drei-Sterne-Koch … Ohne Übertreibung … Vor allem Fischgerichte.«

Der junge Mann schnalzte genießerisch mit der Zunge, und Bichlmaier, der seit Mittag nichts mehr gegessen hatte, merkte, wie sich sein Magen rührte.

»Was ist passiert?«

»Die beiden haben einfach alles hingeschmissen. Von heut auf morgen.«

»Und warum?«

»Na ja, der Mann hat plötzlich die Idee gehabt, auszuwandern. Nach Australien. Der wollte dort noch mal neu beginnen, etwas von der Welt sehen. Völliger Blödsinn, wennst mich fragst. Aber da kannst nichts machen.«

»Und seine Frau?«

»Die ist mit ihm mit. Auf und davon. Das ging alles sehr plötzlich.«

Bichlmaier überlegte, ehe er fortfuhr.

»Irgendetwas Außergewöhnliches im Zusammenhang mit dem Lokal ist Ihnen nicht bekannt? Andere Gründe vielleicht, warum die Pächter gekündigt haben?«

Er merkte sofort, dass der junge Mann etwas mit der Antwort zögerte, und wartete mit gespannter Aufmerksamkeit.

»Na ja«, begann der vorsichtig, als wollte er sich nicht den Mund verbrennen. »Es gab da schon Gerüchte. Bei uns in der Stadt hat es immer geheißen, dass die noblen Herrschaften hier draußen nicht nur den guten Karpfen geschätzt haben.«

Bichlmaier wartete auf eine Fortsetzung, die aber nicht kam.

»Was sollte das denn heißen?«

Der junge Mann zögerte wieder. »Es soll da Nebenzimmer gegeben haben, wo vor allem die potenten Herren nach einem guten Nachtmahl verwöhnt wurden.«

»Hm. Sie wollen sagen, dass hier Prostituierte gearbeitet haben?« Bichlmaier war darüber nicht sonderlich erstaunt. Er wusste, dass nach dem Fall der Mauer gerade im Grenzgebiet zu Tschechien solche Etablissements wie Pilze aus dem Boden geschossen waren. Die meisten auf tschechischer Seite. Warum also nicht auch hier auf deutscher Seite. Er blickte auf den jungen Förster, konnte in der Dunkelheit aber seine Gesichtszüge nur schemenhaft wahrnehmen.

»Ja … Nein …«, sagte der etwas widerstrebend. »Keine Profis. Nicht das Übliche. Eher Amateure … Aber mehr weiß ich nicht. Das waren alles nur Gerüchte. Da will ich auch nicht mehr dazu sagen.«

Bichlmaier sah ein, dass er im Moment nicht weiterkam. »Wenn Ihnen dazu noch etwas einfallen sollte, wäre ich dankbar, wenn Sie mich anrufen würden«, sagte er. »Wer ist denn jetzt überhaupt für die Gebäude zuständig?«, fragte er dann noch.

»Die Stadt. Ich komme nur ab und zu vorbei und schau nach dem Rechten, weil mich der OB persönlich darum gebeten hat. Aber zuständig ist die Stadt selbst. Soweit ich weiß, suchen die schon einen neuen Pächter.«

Bichlmaier nickte nachdenklich und drehte sich um. Er wollte zurück zum Tatort gehen. Der Erkennungsdienst würde nun fertig sein, und er würde einen Blick auf das Opfer werfen müssen. Etwas, wovor ihm graute. Der junge Förster stieg in seinen Wagen und startete den Motor. Er winkte Bichlmaier noch einmal zu und war im Begriff, loszufahren, als dem doch noch ein Gedanke kam.

»Herr Biersack, haben Sie eigentlich Schlüssel zu den Wirtsgebäuden und den anderen Gebäuden?«, schrie er, um das lärmende Nageln des Diesels zu übertönen. »Ich würde mich da gern einmal umsehen.«

»Die kriegst im Rathaus, in der Stadt«, sagte der lediglich und setzte dann den Wagen endgültig zurück, um auf der dunklen Wiese zu wenden. Bichlmaier schaute den Rücklichtern eine Zeit lang versonnen nach. So, so, dachte er. Ein Freudenhaus im Garten Eden also. Ob Güllner auch mal hier gewesen ist? Das muss ich herausfinden.

Er war mittlerweile total durchgefroren. Aber noch immer wartete eine Leiche auf ihn. Ein leichter Wind hatte eingesetzt. Gleichzeitig begann es, leise zu nieseln.

* * *

Als Bichlmaier zum Tatort zurückkehrte, warteten Motsch und die Mitarbeiter vom Erkennungsdienst schon auf ihn. Diese hatten beschlossen, die Spurensuche abzubrechen, als der Regen einsetzte. Sie wollten abwarten, bis das Wetter sich besserte, und bei Tageslicht weiterarbeiten. Da Bichlmaier die Leiche noch nicht gesehen hatte, hatten sie provisorisch Planen über den Trichter des Häckslers gebreitet und eine Leiter für ihn stehen lassen. Motsch saß in dem Streifenwagen und hatte einen Becher mit Kaffee aus einer Thermoskanne in der Hand. Der Kaffee dampfte. Er deutete mit einer Hand nach oben.

»Keine schöne Art, über den Jordan zu gehen«, sagte er ohne seine übliche zur Schau gestellte Arroganz. »Ich hab selten so eine Schweinerei gesehen wie das. Den Burschen haben sie wirklich durch den Wolf gedreht.«

»Irgendwelche Spuren?«

»Nicht wirklich. Aber es ist ziemlich klar, wie es abgelaufen ist. Der war schon halb tot, als sie ihn in den Schacht da steckten. Das waren perverse Schweine. Die hatten ihn wahrscheinlich gefesselt, und vermutlich hat er noch mitgekriegt, was mit ihm passierte.«

Motsch beschrieb kurz, wie der Mann bis zu den Beckenknochen verstümmelt in den Messern des Häckslers gesteckt hatte. Bichlmaier verzog angewidert das Gesicht. »Ist er hier niedergeschlagen worden?«, fragte er.

»Wahrscheinlich nicht. Er hat einen gewaltigen Schlag auf die linke Gesichtsseite bekommen. Backen- und Kieferknochen in diesem Bereich sind extrem frakturiert. Die Knochen sind zum Teil völlig zersplittert. Der Schlag wurde, wie es aussieht, mit einem stumpfen Gegenstand ausgeführt. Mit der Rückseite einer Axt vielleicht oder etwas Ähnlichem. Ich habe Metallteilchen in der Wunde gefunden. Dennoch hätten diese Verletzungen allein nicht unbedingt zum Tod führen müssen.«

Mahr war mittlerweile an das Polizeifahrzeug herangetreten und hatte dem Gespräch der beiden einen Moment lang zugehört. Er rauchte in hastigen Zügen, trat dann seine Zigarette aus und begrub sie mit dem Absatz im feuchten Waldboden. »Wir haben Schleifspuren gefunden«, sagte er. »Dort drüben.«

Bichlmaier blickte in die Richtung, in die er zeigte. Er nickte. »Weiter vorne in dieser Richtung sind einige Gebäude und eine Gaststätte«, sagte er. »Seid ihr bei eurer Suche so weit gekommen? Ich würde wetten, dass die Spuren dorthin führen.«

Mahr schüttelte den Kopf. »Nein, die Spurensicherung hat bis jetzt nur den unmittelbaren Bereich um den Häcksler untersucht. Eine genaue Untersuchung außerhalb des Bereichs der Scheinwerfer ist bei der Dunkelheit sowieso nicht möglich.« Er zögerte einen Moment. »Denkst du nicht auch, dass es besser wäre, wenn sich die Männer erst morgen bei Tagesanbruch um diese Gebäude kümmerten? Jetzt ist es einfach zu dunkel.«

Bichlmaier nickte müde. Mahr hatte recht. »Natürlich. Aber trotzdem müsste das ganze Areal noch jetzt in der Nacht abgesichert werden.«

»Ich werde mich darum kümmern«, erwiderte Mahr. Er zündete sich eine weitere Zigarette an und stapfte dann hinüber zum Einsatzleiter, der für die Tatortuntersuchung zuständig war.

Bichlmaier setzte sich zu Motsch auf den Rücksitz des Einsatzfahrzeugs. Im Auto war es etwas wärmer. Eine Zeit lang herrschte Stille zwischen den beiden.

»Wie geht's Marianne?«, fragte Motsch dann. Er schlürfte noch immer an seinem Kaffee. Jedes Mal, wenn er mich sieht, fragt er nach Marianne, dachte sich Bichlmaier.

»Geht so«, sagte er. »Stell dir vor, sie möchte in den Süden. Zu ihrem Vater. Hier ist es ihr zu kalt und ungemütlich.«

»Kann man verstehen«, brummte Motsch. »Du solltest mitfahren. Du schaust überhaupt nicht gut aus. Die Wärme würde dir guttun.«

In der Ferne war plötzlich das Geräusch eines Autos zu hören, das sich dem Tatort mit ziemlicher Geschwindigkeit näherte. Sicher der Wagen mit den Männern vom Leichenschauhaus, dachte Bichlmaier.

Aber er hatte sich getäuscht. Aus dem Auto, das kurze Zeit darauf hinter dem Streifenwagen zum Stehen kam, kletterten zwei junge Frauen. Die eine davon brachte hastig eine mobile Fernsehkamera in Anschlag, während die andere mit einem Mikrofon in der Hand ohne zu zögern auf die Absperrung vor dem Häcksler zueilte. Einer der Polizisten, der dort postiert war, trat ihr energisch in den Weg, wies auf das Polizeiauto, in dem Bichlmaier und Motsch saßen. Sofort machten die

Damen kehrt und bauten sich vor Bichlmaier auf, der sich bereits mühsam und etwas steif aus dem Auto gequält hatte. Starkes Licht richtete sich auf ihn, blendete ihn, sodass er die Person hinter der Kamera nur noch als schwarzen Fleck wahrnahm, der mit den Bäumen verschmolz.

»Herr Kommissar! Können Sie uns sagen, was hier passiert ist?« Die Stimme der Frau war überraschend warm und melodisch und hatte trotz der Kälte eine starke sinnliche Ausstrahlung, wie Bichlmaier irritiert feststellte.

»Gibt es schon Hinweise, wer das Opfer ist?«, fragte sie noch.

Irgendetwas störte Bichlmaier plötzlich an der ganzen Situation. Dabei war es nicht so, dass ihn die unersättliche Gier der Menschen nach möglichst brutalen Bildern abgestoßen hätte. Die Tatsache, dass der bizarre Tod eines Menschen herhalten musste, die Nerven eines abgestumpften Fernsehpublikums zu kitzeln, bereitete ihm längst kein Bauchgrimmen mehr. Das kannte er nur zu gut. Die wohligen Schauder, mit denen die Menschen auf solche Bilder zu reagieren pflegten, waren schließlich auch ihm nicht fremd. Was ihm aber bei den unterschiedlichsten Anlässen immer deutlicher zu Bewusstsein kam, war, dass er im Lauf der Jahre die Geduld mit den Menschen seiner Umgebung verloren hatte. Er explodierte öfter und schneller, meist ohne ersichtlichen Grund, hatte sich nicht mehr so stark unter Kontrolle, wie das früher der Fall gewesen war.

»Kommen Sie«, sagte er aus einem Impuls heraus. »Schalten Sie Ihre Kamera aus. Ich zeige Ihnen, was passiert ist.« Tatsächlich wurde die Kamera ausgeschaltet. Das starke Licht erlosch, und die junge Frau, die die

Fragen gestellt hatte, senkte das Mikrofon. Sie schaute Bichlmaier etwas verunsichert an. Der nahm sie an der Hand und zog sie fast gewaltsam unter der Absperrung hindurch vor den Häcksler, der noch immer von den starken Scheinwerfern angestrahlt wurde. Dann deutete er auf die Leiter. »Steigen Sie da hinauf«, sagte er, und er spürte seine eigene Anspannung. »Schauen Sie sich nur an, was hier passiert ist. Gehen Sie!«

Die junge Frau zögerte einen Moment, dann blickte sie Bichlmaier etwas vorwurfsvoll an, begriff, was er von ihr wollte. »Ich mache doch nur meinen Job«, sagte sie. Sie wirkte nun nicht mehr sonderlich beeindruckt.

»Scheißjob«, sagte Bichlmaier ungehalten.

Die Frau schaute noch einmal hoch.

»Ist denn Ihr Job besser?«, fragte sie dann und lachte ihn dabei ganz vorsichtig an. Da musste auch Bichlmaier lachen, und etwas von dem Stress der letzten Tage und Jahre fiel von ihm ab. Sie könnte meine Tochter sein, dachte er. So jung. Er schämte sich ein bisschen für sein unbeherrschtes Verhalten und schickte sie zu Mahr. »Mein Kollege wird Ihre Fragen beantworten«, sagte er. Als sie sich umdrehte und zurück hinter die Absperrung ging, schaute er ihr nach. Sie hatte einen süßen Hintern, den sie beim Gehen ganz leicht hin und her schwenkte.

Dann wandte er sich wieder um und stieg die Leiter hinauf. Am Rand des Trichters war eine starke Lampe angebracht, die das Innere ausleuchtete. Dennoch sah er zuerst nichts, keine Details. Der Mann, der ihn dann von unten her anblickte, wirkte nur ungewöhnlich klein. Von oben her sah man lediglich seinen Oberkörper. Seine linke Gesichtshälfte war merkwürdig verformt und dunkel verfärbt. Das Schlimmste aber waren seine Augen. Sie waren geöffnet und schienen nach oben zu blicken. Einen Moment lang hatte Bichlmaier das Gefühl, als würde der Mann lächeln.

Als dann schließlich der Leichenwagen kam, befand sich Bichlmaier gerade im Gespräch mit den beiden Gemeindearbeitern, die den Mord gemeldet hatten. Der Mitarbeiter des Leichenschauhauses hatte sich verfahren und war deswegen erst jetzt zum Tatort gekommen. Er war allein. Weil es schon so spät gewesen war, hatten seine beiden Kollegen bereits Feierabend gemacht. Wohl oder übel musste ihm also ein Mitarbeiter des Erkennungsdienstes zur Hilfe kommen. Die Bergung der Leiche gestaltete sich dabei außerordentlich schwierig, da in dem Trichter nur wenig Platz zur Verfügung stand und Teile der Oberschenkel des Leichnams noch in den Messern feststeckten. Als die beiden Männer schließlich den Torso auf ein weißes Laken betteten, das sie auf der freien Fläche vor dem Häcksler ausgebreitet hatten, verstummten sämtliche Gespräche. Bichlmaier hatte schon oft beobachtet, wie Leichen abtransportiert wurden, doch selten hatte er gesehen, dass diese Arbeit mit solch großem Widerwillen ausgeführt wurde. Selbst einem Mann wie dem Fahrer des Leichenwagens, der tagaus, tagein solche Tätigkeiten mit selbstverständlicher Gleichmütigkeit bewältigte, schien das Schicksal des unbekannten Mannes nahezugehen. Einer der beiden Gemeindearbeiter, ein älterer Mann, hatte seine Mütze abgenommen, als die Leiche über dem Rand des Trichters sichtbar wurde und dann vorsichtig heruntergehoben wurde. Er hatte einige Worte vor sich hingemurmelt und war an die Leiche getreten. Mit zittriger Hand hatte er dann ein Kreuz auf die Stirn des Toten gezeichnet. Die ganze Zeit über war die

Fernsehkamera gelaufen, hatte die junge Frau ihre Kommentare ins Mikrofon gesprochen. Erst als die Leiche in einem Plastiksarg verstaut war und der Fahrer sich mit dem Wagen rückwärts auf die Zufahrtsstraße getastet hatte, erlosch das grelle Licht an der Kamera. Bichlmaier hatte die beiden Frauen gewähren lassen. Er erhoffte sich, durch ihre Berichterstattung Aufschlüsse über die Identität des Toten zu erhalten. Noch heute Nacht würden die Bilder in den Spätnachrichten über den Bildschirm flimmern. Und er war sicher, dass auch die großen Anstalten diese Bilder übernehmen würden.

Er wandte sich wieder den beiden Männern zu, die die Polizei benachrichtigt hatten. Gemeinsam gingen sie zum Einsatzfahrzeug. Währenddessen begannen die Leute von der Spurensicherung damit, ihre Geräte abzubauen. Als sie die Generatoren abstellten, herrschte plötzlich eine ungewohnte Stille. Die starken Scheinwerfer erloschen im selben Augenblick, und einen Moment lang schien es Bichlmaier, als sei die Dunkelheit vollkommen.

»Wieso seid ihr eigentlich hierhergekommen?«, fragte er die beiden Männer.

Der ältere zuckte mit den Schultern und kratzte sich wieder unter seiner Mütze.

»Da war irgendein Geräusch«, sagte er bedächtig. »Wahrscheinlich von der Maschine. Ganz eigenartig. Als würde sich da etwas festfressen.«

»Ja?«, sagte Bichlmaier fragend. Er wartete ungeduldig.

»Es war komisch, dass die Maschine überhaupt angelaufen ist«, meinte nun der Jüngere der beiden. »Da war niemand, der im Wald gearbeitet hätte. Die ganze Zeit haben wir keine Menschenseele gesehen … Nur den Radfahrer. Dann haben wir ein Auto gehört, und die

Geräusche von der Maschine haben nicht aufgehört. Da wollten wir nachschauen.«

»Was war das für ein Auto?«

»Keine Ahnung. Wir haben das Auto nur gehört. Von dort, wo wir waren, sieht man die Straße nicht. Die Straße führt in die andere Richtung.«

»Und der Radfahrer …?«

»Der ist an uns vorbeigefahren.«

»Bevor die Maschine angelaufen ist?«

»Ja, ja.« Der Jüngere schaute seinen Kollegen an. »Etwa zwanzig Minuten davor, oder?«

Der ältere Mann nickte. »Komischer Kauz«, fügte er nachdenklich hinzu. »Der ist gefahren wie der Teufel. War wahrscheinlich einer von diesen Spinnern, die wegen ihrer Gesundheit radeln. Die meinen alle, dass sie dann auf ewig jung bleiben.«

Bichlmaier dachte für einen Moment an all die guten Vorsätze, die er in dieser Richtung schon gehabt hatte.

»Und als ihr dann bei der Maschine wart, habt ihr da sofort gemerkt, dass etwas nicht stimmte?«

»Ich weiß nicht«, sagte der Ältere etwas zögerlich. »Die Maschine ist gelaufen, aber da war niemand zu sehen. Da ist der Michel dann in die Fahrerkabine geklettert …«

»Und?«

»Die Zündung war kurzgeschlossen. Das hab ich sofort gesehen«, sagte der. »Dann bin zum Trichter hinauf und hab hineingeschaut. Warum, weiß ich nicht mehr so genau. Wahrscheinlich, weil da so ein komisches Geräusch war … ja, und dann hab ich den Mann gesehen. Alles war voll Blut, und der Bursche hat zu mir hochgestarrt.«

Die drei Männer schwiegen. Bichlmaier sah den Toten

vor seinem geistigen Auge. Das Ganze war eine Hinrichtung gewesen. Grausam und ohne jegliches menschliche Gefühl. Etwas erinnerte ihn an die Szene, zu der er vor wenigen Tagen erst gerufen worden war. Ein totes Mädchen und den zu ihren Füßen kauernden, im Schmerz versteinerten Vater. Auch dies eine Hinrichtung. Ob es hier einen Zusammenhang gab?

»Habt ihr irgendwann mitgekriegt, dass hier ein Auto vorgefahren ist?«, fragte er.

»Nein.« Die beiden Männer sahen sich in der Dunkelheit an. »Wir haben die ganze Zeit gearbeitet. Da haben wir nicht darauf geachtet.«

Bichlmaier nickte. »Danke. Das war alles«, sagte er. »Danke für eure Geduld.«

Ein Polizist nahm sich der beiden an, bat sie, im Streifenwagen Platz zu nehmen, um sie nach der langen Warterei heimfahren zu können.

Bichlmaier blieb noch einen Moment stehen, schaute den unruhig tanzenden Rücklichtern nach. Der Regen hatte nachgelassen, und hinter der Wolkendecke kam für einen Augenblick ein fahler Mond hervor.

10

In dem Augenblick, da er die Augen aufschlug, war Adolf Bichlmaier hellwach. Er blickte auf den Radiowecker neben seinem Bett. Halb acht. Durch das Fenster drangen vereinzelte Geräusche herein, der Lärm der Autos und das übliche Gewirr von Stimmen. Im oberen Stockwerk rauschte eine Toilette. Etwas war jedoch anders als sonst, und gleich fiel ihm ein, was das war: er lag allein im Bett, war allein aufgewacht. Marianne hatte ja bei ihrer Mutter übernachtet. Er wusste, dass er in nächster Zeit immer allein aufwachen würde.

Bichlmaier stand auf, ging ans Fenster und sah hinaus. Er hatte in der Unterhose geschlafen, hatte noch die Socken vom Vortag an. Als er spät in der Nacht nach Hause gekommen war, war er zu müde gewesen, den Schlafanzug anzuziehen. Er hatte sich einfach aufs Bett gelegt und war sofort eingeschlafen.

Das Wetter schien ganz passabel zu sein. Wenigstens regnete es nicht. Über den Dächern der gegenüberliegenden Häuserzeile spitzte sogar die Sonne hervor. Er machte sich schnell fertig, zog sich an und ging in die Küche. Er überlegte, ob er etwas frühstücken sollte, ließ es dann aber bleiben. Er hatte nie großen Wert darauf gelegt, morgens etwas zu essen. Meistens hatte er sich nur Mariannes wegen an den Frühstückstisch gesetzt und lustlos eine Semmel gekaut.

Kurz darauf verließ er die Wohnung. Wie fast jeden Tag ging er die wenigen Schritte vom Jakobstor über die mit Kopfsteinpflaster belegte Bismarckstraße zum Bismarckplatz und weiter zur Unteren Domgasse zu Fuß. Als er ins Polizeipräsidium trat, stieß er fast mit der üppigen Frau Sendlbeck zusammen, die auch heute wieder ihr fesches Dirndl trug. Sie schmollte offensichtlich noch immer, denn sie tat so, als habe sie ihn gar nicht bemerkt. Bichlmaier registrierte es mit einem verhaltenen Seufzer.

Als er die Tür zu seinem Büro öffnete, sah er, wie Britta den Gang entlang herangestürmt kam. Sie schien ein bisschen außer Atem zu sein.

»Hast du schon gehört?«, fragte sie. »Der Tote scheint ein Lehrer vom Augustinus-Gymnasium zu sein. Dr. Primus, der Verbindungslehrer.«

Bichlmaier blickte sie erstaunt an. »Woher weißt du das?«, fragte er.

»Wir haben bis jetzt mindestens zwanzig Anrufe hereinbekommen. Fast alle von Schülern.«

Einen Augenblick lang dachte Bichlmaier an den Toten, sah dessen verstümmelten Torso noch einmal vor sich. Er dachte an den alten Waldarbeiter, der versucht hatte, ein Gebet zu sprechen.

»Natürlich besteht da ein Zusammenhang zu den Güllnermorden«, sagte Britta. »Willst du meine Meinung hören?«

»Hm«, sagte Bichlmaier.

»Hundert zu eins, dass Agnes Güllner etwas mit ihm gehabt hat. Der Schulleiter hat schon so eigenartige Andeutungen gemacht … Wegen Mädchen und so … Irgendetwas ist da vorgefallen. Ich bin sicher, dass der sie geschwängert hat.«

»Kann schon sein. Das lässt sich ja herausfinden. Was aber, wenn er nicht der Vater ist?«

Britta zuckte mit den Schultern. Für sie stand der Sachverhalt fest. Männer waren Schweine und Lehrer, die ihre Schülerinnen vernaschten, eine Tatsache.

»Warum sollte ihn denn jemand umbringen?«, fragte Bichlmaier. »Nur, weil er dem Mädchen ein Kind gemacht hat? Das ergibt doch keinen Sinn.«

»Vielleicht jemand, der in Agnes verliebt war und damit nicht fertig wurde.«

»Das erklärt aber nicht die Morde an dem Mädchen und an ihrem Vater.«

»Ich weiß nicht«, sagte Britta und fuhr nach einer Weile fort. »Was wollte der überhaupt dort draußen in dem gottverlassenen Wald? Um diese Jahreszeit noch dazu?«

»Rad fahren?«

»Und dann dreht ihn jemand durch diesen Monsterhäcksler? Einfach so? Das wäre schon fast zu viel des Zufalls. Das Ganze war doch ein geplanter Mord.«

»Vielleicht wollte er sich mit jemandem dort draußen treffen.«

»Hm. Vielleicht. Das riecht aber dann gewaltig nach Erpressung.«

Bichlmaier nickte. »Könnte sein. Früher oder später werden wir die Wahrheit erfahren. Ganz sicher.«

Der Gedanke an Erpressung gefiel ihm. Zumindest ergab dies einen Sinn.

»Du sprichst am besten noch einmal mit dem Schulleiter. Der weiß sicher mehr, als er dir bislang gesagt hat. Nimm Rockinger mit.«

Britta verzog das Gesicht. Sie konnte Rockinger nicht so recht ausstehen. Er war ihr viel zu arrogant. Außerdem war er karrieregeil, wie sie fand.

»Fragt auch im Lehrerkollegium nach. Vielleicht wissen die mehr. Es könnte ja sein, dass der Anrufer unter den Kollegen von diesem Primus zu finden ist.«

Britta nickte. Sie dachte an ihren ersten Besuch bei dem kleinen Schulleiter und an seinen Wutausbruch. Etwas war eigenartig gewesen.

»Dieser Dr. Merling hat damals auch etwas davon erwähnt, dass Mädchen der Schule mit Drogen gefügig gemacht worden sind. Na ja, eigentlich hat nicht er das gesagt. Ich hatte den Eindruck, dass ihm das nur so herausgerutscht ist. Die Mutter eines der Mädchen scheint dies behauptet zu haben. Die Sache ist dann aber im Sande verlaufen.«

»Gut. Hört euch um. In einem Lehrerkollegium kursieren sicher eine ganze Menge von Gerüchten. Fragt auch nach dem *Paradiesgarten*. Vielleicht weiß einer der Herren mehr davon. Das sind ja auch nur Menschen ... Wir müssen einfach etwas auf den Busch klopfen und hoffen, dass wir in ein Wespennest stechen.«

Britta nickte verständnisvoll. Das Menschliche der Männerwelt war ihr längst nicht mehr fremd. Dennoch schien ihr die ganze Sache nur wenig Erfolg versprechend.

»Kannst du dir vorstellen, dass sich Mädchen aus dem Umfeld dieser elitären Schule zum Sex zwingen lassen? Die leben doch alle irgendwo in einer heilen Welt. Auch wenn vielleicht gelegentlich manches nicht so ist, wie es sein sollte.«

Bichlmaier schüttelte den Kopf.

»Manchmal denke ich, dass es diese heile Welt gar nicht mehr gibt. Vielleicht nur noch vereinzelt. Aber in den meisten Fällen haben die Eltern doch gar keine Vorstellung mehr davon, was in den Köpfen ihrer Kinder vor sich geht. Dazu sind sie doch viel zu sehr mit sich selbst beschäftigt. Der entscheidende Punkt ist, dass wir das nicht sicher wissen, was da womöglich abgelaufen ist.«

In dem Augenblick klingelte das Telefon. Hallmann war am Apparat. Bichlmaier verzog das Gesicht und bat Hallmann, kurz zu warten.

»Findet heraus, wo der Lehrer gewohnt hat, nehmt seine Wohnung auseinander. Sprecht mit seinen Nachbarn. Vielleicht ergeben sich dabei Hinweise, warum er in den Hessenreuther Wald geradelt ist, ob er jemanden treffen wollte.«

Britta nickte, und Bichlmaier gab ihr ein Zeichen, dass sie gehen könne. Dann nahm er den Telefonhörer ans Ohr.

»Wir haben neue Informationen über Güllner«, sagte Hallmann ohne Umschweife. »Vom BKA und aus Pullach. Hochinteressant. Kannst du kommen?«

»Das geht jetzt nicht«, sagte Bichlmaier. »Ich habe um halb zwölf einen Termin beim Arzt. Den kann ich nicht absagen.«

»Bist du krank?« Die Stimme klang ein wenig ungläubig.

»Nein. Nur ein Routinecheck. Du weißt ja, Männer ab fünfzig ...«

»Ja, ja. Klar doch.«

»Später dann.«

Hallmann legte auf. Er schien verärgert, was Bichlmaier aber ziemlich egal war. Er wollte jetzt erst einmal in Ruhe nachdenken.

* * *

Das Wartezimmer bei seinem Hausarzt war brechend voll. Er grüßte, als er eintrat, doch kaum einer der wartenden Patienten gab sich die Mühe zu antworten. Die meisten waren in seinem Alter oder älter. Bichlmaier setzte sich auf einen freien Stuhl am Fenster. Es machte ihm nichts aus, dass er warten musste. Er hatte den Eindruck, als habe die Zeit in diesem Raum ihre Bedeutung verloren. Schon nach kurzer Zeit begann er zu dösen. Plötzlich kam ihm sein Vater in den Sinn. Wahrscheinlich war es der alte Mann, der ihm gegenübersaß und rasselnd nach Luft rang, der die Erinnerung wachgerufen hatte. Er versuchte krampfhaft, den Mann nicht direkt anzustarren, und doch konnte er den Blick nicht abwenden. Er nahm die Qual wahr, die bei jedem Atemzug in seinen Augen stand, aber auch die Panik, die ihn immer wieder weiteratmen ließ. Er kannte diesen Blick.

Die Menschen in dem überheizten Raum vermieden es, wie er selbst auch, die Blicke der anderen zu suchen. Einige hatten sich in ihre billigen Zeitschriften versenkt, die auf einem Tisch in einer Ecke des Zimmers auslagen. Die meisten jedoch hatten ihre Augen auf einen beliebigen Punkt an den kahlen Wänden gerichtet, den sie fixieren konnten. Nur gelegentlich trafen sich fremde Blicke, dann meist ungewollt, die daraufhin sofort hastig und verschämt weiterhuschten.

Sein Vater war damals einen elenden Tod gestorben. Es war ein schleichender Tod gewesen, den die Familie stumm begleitet hatte. Hilflos hatten sie verfolgt, wie er Abend für Abend trotz zunehmender Schwäche versucht hatte, Schleim aus den verkrebsten Lungen zu spucken. Da war die Angst gewesen, am eigenen Atem zu ersticken, die Nacht nicht zu überstehen. Jetzt, nach all den Jahren, hatte Bichlmaier noch immer das dünne Bellen seines Hustens im Ohr. Das gierige Schnappen nach Luft. Das Keuchen. Am Schluss war nur die Angst geblieben und die Verzweiflung. Erst dann, als die Kraft nicht mehr gereicht hatte, war das Ende gekommen. Es war für alle eine Erleichterung gewesen.

Die Sprechstundenhilfe war jung und hübsch. Sie

führte Bichlmaier in ein freies Behandlungszimmer, ließ ihn dort allein. Wieder musste er warten. Sein Blick ging zu dem Monitor, der auf dem Schreibtisch des Arztes stand. Er musste sich ein wenig nach vorne lehnen, um etwas zu sehen. Er war jedoch enttäuscht. Der Bildschirm war fast leer. Nur sein Name stand darauf. *Bichlmaier, Adolf*. Und das Datum. Sonst nichts. Bichlmaier beobachtete den Cursor, der hinter seinem Namen bedrohlich aufleuchtete. Im Rhythmus seines Herzens. Was würde bald hinter diesem Namen stehen? Wie würde das Urteil lauten?

Plötzlich kam der Arzt, ein noch verhältnismäßig junger Mann, aus einem der anderen Behandlungszimmer hereingehetzt. Er strahlte Dynamik aus, aber Bichlmaier sah, dass er sehr müde war.

»Na, wie geht's?«, fragte er.

Bichlmaier beschrieb daraufhin seine Beschwerden. Der Arzt ließ ihn reden, nickte nur immer mal kurz dazwischen. Ob er rauche oder übermäßig viel Alkohol trinke, wollte er dann wissen. Bichlmaier schüttelte den Kopf.

»Alkohol schon, aber im Rahmen«, sagte er vage. Der Arzt nickte freundlich.

Blutdruck und Puls wurden gemessen. Dann musste er sich freimachen und auf einer Liege Platz nehmen. Er fühlte sich ausgeliefert. Das Zimmer wurde verdunkelt und sein Unterleib mit einem Ultraschallgerät untersucht. Der Arzt rückte den Monitor so, dass Bichlmaier den Vorgang verfolgen konnte. Er konnte aber nur schwarz-weiße Schlieren erkennen und drehte den Kopf weg. Das Gleitmittel auf seiner Haut war kühl und fühlte sich gut an. Er merkte, wie er sich allmählich entspannte.

»Die Prostata ist deutlich vergrößert. Zumindest für Ihr Alter«, sagte der Arzt. »Sehen Sie?« Auf dem Monitor blinkten kleine Cursorpunkte, die ein Viereck ergaben. Bichlmaier nickte. Dann gab ihm der Arzt Papiertücher, damit er sich abwischen konnte.

»Bleiben Sie noch liegen«, sagte er dann. »Ich möchte Ihre Prostata auch noch tasten.«

Bichlmaier lag völlig regungslos, als der Arzt ihn untersuchte. Der Vorgang war entwürdigend, dauerte aber zum Glück nicht lange. Dann durfte er sich wieder anziehen. Die Verdunklung wurde hochgefahren, und der Arzt lehnte sich gegen die Tischkante, stand Bichlmaier nun gegenüber. Er hatte die Fingerspitzen aneinandergelegt und schaute zu Boden.

»Ich rate Ihnen dringend, einen Urologen aufzusuchen. Der wird Sie genauer untersuchen. Die Prostata ist deutlich vergrößert. Ob es sich aber um etwas Bösartiges handelt oder um eine gutartige Veränderung, wird Ihnen der Kollege sagen.« Er schaute Bichlmaier fragend an. Als der nichts sagte, streckte er ihm die Hand entgegen. Auch Bichlmaier erhob sich. An der Tür blieb er noch einmal stehen und drehte sich um. Der Arzt tippte bereits den Befund in den PC und schaute nicht mehr hoch. »Gehen Sie aber bald«, sagte er nur noch.

Bichlmaier nahm den Bus und fuhr nach Hause. Er duschte und machte sich anschließend Kaffee. Marianne war noch nicht zurück, und noch immer standen ihre Koffer und Taschen in der Wohnung herum. Er setzte sich an den Küchentisch. Lange Zeit blieb er fast regungslos sitzen und lauschte dem Rauschen des Verkehrs, das von der Straße heraufdrang. Der Junge aus der Wohnung oberhalb hatte wieder angefangen, auf seiner Geige zu üben, und das unbeholfene Jaulen der Saiten vermischte sich mit den Geräuschen der Stadt.

Er fühlte sich in diesem Moment gänzlich allein und dachte, dass sein ganzes Leben eigentlich von Einsamkeit geprägt war. Das lag in seinem Wesen begründet. Er hatte sich schon immer schwergetan, auf andere zuzugehen. Da konnte man nichts machen. Und jetzt würde ihn auch Marianne verlassen. Eigentlich, dachte er, hatte sie ihn schon sehr viel früher verlassen. Irgendwann nämlich, als sie gemerkt hatte, dass er sie gar nicht brauchte. Nur ihm selbst war das erst sehr viel später bewusst geworden. Seine Gedanken kreisten, gingen zurück in die Vergangenheit. Wieder dachte er an seinen Vater. Sein Vater war ein bisschen so gewesen wie er. Er war ein Mensch gewesen, der nie viel geredet hatte.

Sein Kaffee war inzwischen kalt geworden, und angewidert stieß er die Tasse zur Seite, sodass die braune Brühe überschwappte. Bichlmaier verschränkte die Hände hinter dem Kopf. Er schloss die Augen, versuchte, sich auf den Fall zu konzentrieren. Sofort begannen wieder Bilder durch seinen Kopf zu laufen. Zuerst klar, doch bald ungeordnet, wirr, wenn auch seltsam ineinander verwoben. Marianne schaute ihn mit kalten Augen an, und gerade als er sie fragen wollte, warum sie ihn denn verlassen wolle, da erkannte er, dass sie in einem überdimensionalen Häcksler steckte und schrie und schrie. Er wollte ihr die Hände reichen, sie mit aller Kraft vor den tödlichen Messern, die unaufhaltsam auf sie zukamen, bewahren, doch hielt ihn jemand mit Riesenkräften zurück. Er konnte sich nicht bewegen, und als er sich voll Verzweiflung umdrehte, sah er, dass sein Hausarzt an seinen Beinen zerrte und ihn grinsend festhielt.

Er erwachte mit einem heftigen Ruck, brauchte einige Sekunden, bis er wusste, wo er sich befand. Es war in der Zwischenzeit fast dunkel in dem Raum geworden. Seine Stirn war schweißnass.

Er stand auf, ging zum Fenster und öffnete einen Flügel, drückte seine heiße Stirn gegen das kalte Glas. Etwas musste geschehen. Das Gefühl von Ratlosigkeit war sehr stark. Wie lange würde er noch durchhalten?

11

Britta Merz bereitete das Frühstück für sich und ihre Tochter. Jessica, die noch im Bett lag und so tat, als würde sie schlafen. Britta, die schon dreimal nach ihr gerufen hatte und allmählich nervös wurde. Es war dasselbe Spiel wie jeden Morgen. Jessica, die auf den letzten Drücker aufstand, ewig im Bad verweilte und sich dann doch mit immer noch wirren Haaren an den Frühstückstisch setzte. Jessica, die einen Happen Brot in sich hineinstopfte, ihre Schokolade trank und dazu provozierend schmatzte. Dasselbe Spiel.

Und danach war sie wieder allein.

Sie hätte es gern gehabt, wenn Peter jetzt neben ihr säße. Sie beruhigte, ihr sagte, dass mit Jessy schon alles in Ordnung sei. Dass Mädchen in dem Alter eben so seien. Aber Peter war nicht da. Das Leben war viel zu kompliziert.

Sie stand auf, räumte Teller, Tassen und Besteck in den Geschirrspüler, der schon fast wieder voll war. Dann stellte sie Butter, Marmelade und Honig in den Kühlschrank, wischte die Krümel vom Tisch. Sie brauchte Ordnung. Sie holte sich eine frische Tasse, goss sich noch einmal Kaffee ein, schwarz und ungesüßt. Der Kaffee war immer noch heiß. Dann gönnte sie sich zehn Minuten, um den Kopf freizukriegen. Saß einfach nur da und schlürfte das bittere Getränk.

Als sie auf die Straße trat, war es schon hell. Die Tage wurden bereits deutlich länger. Sie ging zu ihrem Auto, das sie am Haidplatz geparkt hatte. Als sie gestern spätabends nach Hause gekommen war, waren die Stellplätze vor dem Haus alle belegt gewesen. Sie war eine halbe Ewigkeit im Kreis gefahren, in der Hoffnung, dass jemand wegfahren würde. Vielleicht ein liebestoller Gockel, hatte sie gedacht, jemand, der nun müde und ausgelaugt heim ins Bett zu seiner ahnungslosen Frau schlich. Aber gestern hatte es keine liebestollen Gockel gegeben. Nur eine müde Kriminalbeamtin, die sich nach Liebe sehnte. Die war dann doch wieder zurück in Richtung Stadtmitte gefahren, hatte dort geparkt und war den langen Weg zu Fuß heimgetrabt.

Das Auto war kalt, als sie sich hineinsetzte. Die Polster der Sitze waren klamm und feucht. Die Sonne hatte noch keine rechte Kraft und hatte ohnehin erst die Autos auf der gegenüberliegenden Straßenseite erfasst.

Britta fuhr los. Sie fuhr in östlicher Richtung, stadtauswärts, an der Uni vorbei auf die Autobahn und dann Richtung Pfaffensteiner Tunnel. Dort hatte sich, wie jeden Morgen, ein Stau an einer Baustelle gebildet. Die Baustelle gab es dort schon seit ewigen Zeiten. Niemand wusste mehr so recht, was eigentlich gebaut wurde. Die Straße verengte sich, und die Fahrzeuge zwängten sich von beiden Seiten auf die eine verbliebene Spur. Wenige hundert Meter nach dem Tunnel löste sich der Stau dann ohne rechte Vorwarnung auf, war plötzlich nicht mehr da. Britta entspannte sich, stellte das Autoradio an. Einen Moment lang lauschte sie dem seichten Gebrabbel der Moderatoren, ohne dass deren Worte so richtig zu ihr durchdrangen. Als dann jedoch Musik ertönte, drehte sie das Gerät voll auf, ließ die Bässe hämmern und wummern, bis die Armaturen vibrierten. Die Landschaft glitt an ihr vorüber. Die kleinen Städte, Dörfer links und rechts der Autobahn.

Nach wenigen Kilometern fuhr sie von der Autobahn herunter, folgte der Landstraße, bis sie zu einem Parkplatz kam, an dem viele Pendler ihre Fahrzeuge abgestellt hatten, um von dort aus mit dem Bus zu ihren Arbeitsplätzen in der Stadt zu gelangen.

Rockinger wartete schon auf sie. Als sie in den Parkplatz einbog, stieg er aus seinem Corsa und stapfte missmutig auf sie zu. Er sah ziemlich durchgefroren aus.

Die beiden Mädchen warteten bereits, als Britta Merz und Walter Rockinger in das Café traten. Sie rauchten. Beide waren stark geschminkt. Hannah Cibelius wirkte auf Britta älter, als sie wirklich war, während das andere Mädchen, Susi Klein, fast noch ein bisschen kindlich und pummelig aussah. Britta hatte die Mädchen am Telefon gefragt, ob sie schon volljährig seien, und als beide dies bejaht hatten, hatte sie mit ihnen dieses Treffen in dem kleinen Café in unmittelbarer Nähe des Augustinus-Gymnasiums arrangiert. Sie hatte beide gefragt, ob sie mit ihren Eltern kommen wollten, doch hatten beide gleichermaßen fast erschrocken abgewehrt.

Britta stellte Rockinger kurz vor und kam dann ohne Umschweife zur Sache.

»Ihr habt gehört, dass es einen weiteren Mord gegeben hat?«

Hannah Cibelius nickte. Ihre Augen waren wachsam und voll Misstrauen. Das pummelige Mädchen schniefte etwas und nickte dann auch. Sie schaute an Britta vorbei auf die Straße.

»Wie war er denn? Als Lehrer?«

»Gut.«

»Und welche Fächer hat er bei euch unterrichtet?«

»Deutsch.«

»Kamt ihr gut mit ihm zurecht?«

Beide Mädchen nickten.

»Er hat die Mädchen gemocht«, sagte Hannah. Britta entging der leichte Unterton nicht. »Das hat man gemerkt.«

Susi, das pummelige Mädchen, kicherte albern. »Der hat immer richtig gegeiert.«

»Was meinst du damit?«

»Na, der hat immer den Mädchen nachgeschaut. Besonders, wenn man etwas frech gekleidet war. Das hat ihm gefallen. Richtig scharf war der.«

»Hat euch das etwas ausgemacht?«

»Nein. Er hat uns ja in Ruhe gelassen. Nur mit Kerstin …«

»Was war mit Kerstin?«

»Na ja, die …«

»… die hat er gevögelt«, sagte Hannah schroff und mit provozierender Härte, wobei sie Britta direkt anschaute.

»Wer ist Kerstin?«

»Kerstin Müller«, sagte Susi. »Die ging mit mir letztes Jahr in die Klasse … Irgendwann war sie dann einfach weg … Von heute auf morgen. Niemand hat genau gewusst, warum. Aber wir haben es uns denken können. Die hat was mit dem Dr. Primus gehabt. Das war allgemein bekannt.«

»Was haben denn ihre Eltern dazu gesagt? Haben die davon gewusst?«

»Keine Ahnung.«

Rockinger, der fleißig Notizen gemacht hatte, winkte der Kellnerin. Er bestellte Kaffee und für die beiden Mädchen Cola.

»Wart ihr mit Kerstin befreundet?«

»Nein, die hat geglaubt, sie sei etwas Besseres. Nur, weil sie mit dem Primus in die Kiste gestiegen ist.«

»Hmh?«

Britta wartete einen Moment, aber keines der beiden Mädchen fügte etwas hinzu. Hannah Cibelius kramte eine weitere Zigarette hervor, steckte sie sich affektiert in den Mund und wartete darauf, dass Rockinger ihr Feuer gab.

»Könnt ihr euch einen Grund vorstellen, warum euer Lehrer ermordet wurde?«

»Nein.«

Britta blickte zu Rockinger hinüber. Der zuckte nur mit den Achseln. Sie hatte den Eindruck, dass diese Frage die beiden Mädchen nicht sonderlich interessierte. Bei keiner von beiden nahm sie auch nur den Hauch von

Mitgefühl oder Betroffenheit wahr. Beide schienen eher gelangweilt.

»Na gut. Lasst uns von etwas ganz anderem sprechen«, fuhr sie fort. »Ihr wisst, wo Dr. Primus ermordet wurde?«

»Nicht so recht. In den Nachrichten hieß es, dass er im Hessenreuther Wald getötet wurde. Aber ...«

»Da gibt es ein kleines Lokal, den *Paradiesgarten.* Kennt ihr den?«

»Ja.«

Britta nahm eine fast unmerkliche Veränderung in der Stimme von Hannah Cibelius wahr. Einen Augenblick hatte sie gezögert. Da war sie sich sicher. »Wart ihr schon mal dort?« Sie blickte dabei Susi an. Aber wieder antwortete ihre Freundin.

»Ja, warum denn nicht?«

»Wart ihr gemeinsam dort?«

Die Mädchen nickten.

»Öfter?«

Wieder nickten die beiden.

»War Agnes Güllner auch dabei?«

»Manchmal. Nicht immer.«

Britta beschloss, nicht länger um den heißen Brei herumzureden. Sie wandte sich direkt an das pummelige Mädchen. Als sie sie ansah und sie die tiefe Unsicherheit in ihren Augen registrierte, fuhr ihr plötzlich der Gedanke durch den Kopf, dass sie hier einem verschreckten und verletzlichen Kind gegenübersaß, das seltsam verloren im aufreizenden Körper einer voll entwickelten Frau steckte.

»Deine Mutter hat behauptet, dass du an Partys teilgenommen hast, bei denen auch Drogen im Spiel waren. Fanden diese Partys vielleicht im *Paradiesgarten* statt?«

Die Antwort kam unerwartet heftig, und mit einer

nervösen Bewegung hätte das Mädchen beinahe ihr Colaglas vom Tisch gefegt.

»Das stimmt nicht! Meine Mutter hat diesen Blödsinn behauptet, aber das stimmt nicht.« Sie fing plötzlich an zu weinen.

»Das mit den Drogen ist Unsinn«, sagte Hannah Cibelius in das Schweigen hinein, das auf den Ausbruch des Mädchens folgte. »Aber wir waren ab und zu im *Paradiesgarten* und haben dort unseren Spaß gehabt.«

»Kam es dabei zu irgendwelchen sexuellen Übergriffen?«

»Übergriffen?«

Hannah Cibelius gab sich blasiert, wirkte belustigt, doch sie schaute an Britta vorbei, als sie auf die Frage reagierte. »Wir hatten Spaß, und manchmal ging es auch ein bisschen hoch her. Das war alles.«

Das andere Mädchen schüttelte etwas zögerlich den Kopf. Sie schien sich wieder gefangen zu haben, hatte sich nun aber in sich zurückgezogen.

»Da war nichts«, sagte sie, und ihr plötzlich verschlossener Gesichtsausdruck erinnerte Britta an die Art, wie ihre Tochter sie manchmal anschaute. Die war zwar einige Jahre jünger als die beiden Mädchen, die da vor ihr saßen, aber wie oft war es auch bei ihr in letzter Zeit, vor allem nach der Trennung von Peter, vorgekommen, dass sie ihre Mutter mit ebendiesem Blick angeschaut hatte. Trotzig und herausfordernd. Und Britta hatte dabei lernen müssen, dass es Situationen gab, in denen sie keinen Zugang mehr zu ihrem Kind hatte.

»Wart ihr mit euren Freunden dort?«, fragte sie und spürte im selben Moment, wie dämlich die Frage war. Sie bemerkte den spöttischen Blick ganz hinten in Hannah Cibelius' Augen und ahnte die Antwort.

»Natürlich«, sagte diese. »Mike und Ronny waren meistens dabei. Sonst wäre es ja langweilig gewesen, oder?« Sie lachte, aber das Lachen erreichte ihre Augen nicht.

»Sind das Schulkameraden von euch?«

»Aber nein!« Wieder lachte das Mädchen etwas zu laut, schien sich über Brittas Naivität zu amüsieren.

»Ich kenne Mike noch aus Frankfurt. Und Ronny ist sein Kumpel … Der kümmert sich ein bisschen um unsere Susi hier.«

Sie sah etwas spöttisch zu ihrer Freundin, die die Augen niedergeschlagen hatte und unruhig auf ihrem Stuhl herumrutschte. Sie verzog bei Hannahs Worten ganz leicht ihr Gesicht.

»Und Agnes? Hatte die auch einen Freund?«

»Agnes hatte viele Bekannte. Aber ob einer davon ihr Freund war, weiß ich nicht.«

»Wenn ihr jemanden vorschlagen solltet, der mit Agnes öfter zusammen gewesen ist – mit wem sollte ich dann am besten sprechen?«

Für einen Moment trat ein kleines Lächeln auf Susis Gesicht, verschwand aber sofort wieder. »Peter Wellmann«, sagte sie.

Rockinger schrieb den Namen auf.

»Warum hast du gelächelt?«, fragte Britta.

»Ach, ich weiß nicht … Peter ist völlig uncool … Der hat überhaupt nicht zu Agnes gepasst. Ich kann mir nicht vorstellen, dass die beiden etwas miteinander hatten. Sie wissen schon … Aber sie sind immer zusammengesteckt.«

»Wo finde ich diesen Peter?«

»Er geht in die K13 bei uns. Macht heuer sein Abitur. Sie finden seinen Namen im Telefonbuch.«

»War Peter auch dabei, wenn ihr im *Paradiesgarten* gewesen seid?«

»Nein. Da war Agnes immer allein. Eigentlich immer ohne Begleitung.«

Wieder wechselte Britta das Thema. »Habt ihr den Vater von Agnes auch gekannt?«

Einen Augenblick herrschte Stille.

»Natürlich«, sagte Hannah Cibelius dann, noch ehe ihre Freundin das Wort ergreifen konnte. »Natürlich habe ich ihn gekannt. Schließlich war er ja auch mein Vater.«

* * *

»Ja, ja«, sagte die alte Dame. »Eine recht ungewöhnliche Konstellation. Und doch nicht so selten, wie man vielleicht meinen möchte. Selbst in der deutschen Literatur wird dieses Phänomen doch auf höchst erotische Weise beschrieben ... Sie wissen vielleicht, was ich meine?«

Adolf Bichlmaier wusste natürlich nicht so recht, wovon die alte Dame, die da aufrecht und herrisch vor ihm saß, sprach.

»Na, dann lesen Sie doch mal bei Thomas Mann nach, junger Mann«, sagte sie, wobei sie Bichlmaier aus arroganten Augen musterte. »Fangen Sie mit dem *Felix Krull* an. Das ist eher leichte Kost.«

Bichlmaier ließ ihre Überheblichkeit an sich abgleiten. Er hatte schon immer viel und gerne gelesen, doch hatte er sich dabei nie auf die Klassiker der Literatur gestürzt. Die schienen ihm zu abgehoben. Er blickte sich in dem großzügig bemessenen Raum um. Überall standen Regale, die bis zur Decke mit Büchern befüllt waren. Ob sie all diese Bücher auch gelesen hat, dachte er bei sich.

Er war sofort, nachdem ihn Britta von der neuen Wendung in Kenntnis gesetzt hatte, aufgebrochen und nach Weiden gefahren. Dort hatte er sich durchgefragt zum Rehbühl, einem etwas abseits liegenden Villenvorort am Rande der eigentlichen Stadt. Er hatte von seinem Handy aus angerufen, und Maritta Zeller hatte ihn, ohne groß dagegen zu protestieren, sofort empfangen.

»Wann haben Sie Leonhard Güllner kennengelernt?«, fragte er nun und richtete sich in seinem Stuhl auf. Die Stühle waren tief und unbequem, und er hatte Mühe, Halt darin zu finden. Er blickte die Frau an. Sie war ihm vom ersten Augenblick an höchst unsympathisch gewesen. Vielleicht, weil sie trotz ihres Alters noch so viel zähe Kraft ausstrahlte.

»Das war Mitte der siebziger Jahre. Leo hat damals in der Kanzlei meines Mannes angefangen.« Sie nahm ihr Teeglas, trank einen Schluck und stellte dann das Glas zurück auf den Tisch. Selbst diese kurze Geste wirkte überheblich und affektiert.

»Leo war sehr talentiert, und mir war sofort klar, dass er es weit bringen würde.«

»Und Sie hatten ein Verhältnis mit ihm?«

»Natürlich … Ich wollte ihn von Anfang an. Mein Mann war schon älter und auch sehr beschäftigt … Na ja, da war es doch nur natürlich, dass ich mich nach Alternativen umgeschaut habe.«

»Sie waren deutlich älter als er.«

»Na und? Denken Sie, das war ein Problem? Leo war damals noch sehr unerfahren, was Frauen anging. Für ihn war das eine einmalige Gelegenheit, das Leben und die

Liebe kennenzulernen. Ich habe ihm alles gezeigt, was er wissen wollte. Und ich habe mir genommen, was ich brauchte. Ich denke, wir waren beide zufrieden.«

»Wie lange ging das Verhältnis?«

»Ach, junger Mann! Unser Verhältnis, wie Sie das ausdrücken, das hat bis zu seinem Tod gedauert … auch wenn das Körperliche in den letzten Jahren nicht mehr so wichtig war, so waren wir doch untrennbar miteinander verbunden.«

»… selbst, als er dann mit Ihrer Tochter ein Verhältnis anfing?«

»Meine Tochter ist ein Schaf. Es hat mich nie interessiert, was er mit ihr trieb.«

»Auch nicht, als dann ein Kind kam?«

»Nein.«

»Was passierte denn dann?«

»Ich habe meine Tochter nach Frankfurt geschickt. Dort hat sie das Kind zur Welt gebracht. Dann habe ich ihr einen passenden Mann besorgt … Das war alles.«

»Wie hat Güllner darauf reagiert?«

»Nun, Leo hat immer das getan, was ich für richtig hielt. Er hat sich auch in diesem Fall gefügt.«

»Hat er je Kontakt zu seiner Tochter aufgenommen?«

»Nein. Das hatte ich ihm verboten.«

»Warum haben Sie sie dann jetzt zu sich geholt?«

»Hannah wird allmählich eine junge Dame und braucht eine starke Hand. Die konnte ihre Mutter ihr nicht geben. Da schien es mir besser, sie hierher zu holen und sie ein bisschen unter meine Fittiche zu nehmen.«

Bichlmaier starrte die Frau an. Er fühlte, wie sich seine Abneigung in Wut verwandelte. Was bildete sich diese

Frau nur ein? Er konnte sich nicht erinnern, je einem Menschen gegenübergesessen zu haben, der mit solch überheblicher Arroganz das Schicksal von anderen bestimmte.

»Hat sich Ihre Enkelin Ihrem Willen auch so problemlos gefügt?«

Maritta Zeller lachte kurz und trocken. »Nein, das Mädchen ist aus anderem Holz geschnitzt als seine Mutter. Hannah ist wie ich … hart und böse.«

Sie schaute Bichlmaier mit amüsierten Augen an. Der wirkte verblüfft, ging aber nicht näher auf ihre Aussage ein.

»Dann gab es Schwierigkeiten?«

Wieder lachte die Frau, aber sie antwortete dieses Mal nicht auf Bichlmaiers Frage.

»Kennen Sie Frau Güllner?«

Die Frau griff wieder zu ihrer Teetasse und verzog den Mund geringschätzig.

»Natürlich kenne ich sie. Was denken Sie denn? Wir treffen uns manchmal im Golfklub …«

»Sie spielen Golf?«

»Nein. Natürlich nicht! Im Klub treffen sich die Menschen, die hier in der Stadt etwas zu sagen haben.«

»Hat Frau Güllner auch etwas zu sagen?«

»Nein. Ruth ist ein Lämmchen. Sie hat keine Ahnung, was um sie herum passiert. Leo hat sie vor einigen Jahren in den Klub gebracht. Sie organisiert gelegentlich eine Tombola, eine dieser Wohltätigkeitsveranstaltungen. Aber selbst damit ist sie im Grunde überfordert.«

»Weiß sie von den Verhältnissen ihres Mannes?«

»Nicht von allen. Ich denke auch nicht, dass sie ahnt, dass Leo Hannahs Vater ist.«

»Weiß sie, dass er ein Verhältnis mit Ihnen hatte?«

»Oh ja. Das weiß sie. Ich habe es ihr selbst gesagt.«

»Wie hat sie darauf reagiert?«

»Sie hat angefangen zu saufen …« Sie zog die Mundwinkel nach unten. »Ruth ist wirklich ein Lämmchen. Keine Haltung, kein Rückgrat.«

Sie schüttelte den Kopf, wirkte völlig ungerührt, als sie das sagte. Bichlmaier hielt inne und betrachtete die Frau stirnrunzelnd. Dann kramte er in seinen Taschen, holte einen Notizblock und einen Stift hervor. Er machte sich ein paar Aufzeichnungen, ohne so recht zu wissen, was er eigentlich aufschrieb. Er brauchte einfach nur Zeit, um das zu verdauen, was ihm da aufgetischt worden war. Er dachte an die Frau zurück, die ihn vor Kurzem in ihrem einsamen Haus empfangen hatte. Er erinnerte sich an ihre Verzweiflung und Abgestumpftheit. Er verstand jetzt, was sie so hatte werden lassen.

»Güllner hat ab und an die Dienste von Prostituierten in Anspruch genommen. Sagt Ihnen der Name Monika etwas? Eine Tschechin oder Slowakin.«

Maritta Zeller saß über eine Minute schweigend da. Bichlmaier wartete.

»Nein«, sagte sie dann. »Ich bin mir ziemlich sicher, dass Leo diesen Namen niemals erwähnt hat.«

»Warum hatte Güllner so viele Frauengeschichten?«

»Warum wohl? Er brauchte Frauen, und er brauchte die Abwechslung. Können Sie das nicht verstehen?«

Bichlmaier zuckte die Achseln. »War er denn ein guter Liebhaber?«

»Früher schon. Aber als er in die Jahre kam, da hat er natürlich nachgelassen … Vielleicht hat er ja auch deswegen die Abwechslung gesucht.«

Bichlmaier nickte. Der Gedanke schien ihm nicht abwegig zu sein.

»Können Sie mir etwas über seine sexuellen Vorlieben sagen?«

Zum ersten Mal während ihres Gesprächs sah Bichlmaier einen Hauch von Verlegenheit in den Augen der alten Dame.

»Nein, junger Mann«, sagte sie. »Das geht etwas zu weit. Da kann ich Ihnen keine Auskünfte geben. Ich bitte Sie!«

Bichlmaier beschloss, dennoch weiterzumachen, wollte sich nicht aus dem Konzept bringen lassen.

»Kennen Sie Güllners Folterkammer oberhalb seiner Büroräume?«

Die Frau zögerte einen Moment. »Ja«, sagte sie dann widerstrebend. »Er hat mir das Zimmer einmal gezeigt. Das ist noch nicht so lange her.«

»Und, was haben Sie dabei gedacht?«

»Na, was sollte ich denn dabei denken. Die Menschen sind nun mal verschieden und die Männer sowieso. Manche lieben es zart, die anderen eher hart. So ist das eben. Leo gehörte zu der Sorte, die den Schmerz gesucht haben. Fragen Sie mich nicht, warum.«

Sie verstummte für einen Moment, trank von ihrem Tee. Dieses Mal wirkte die Geste nicht so aufgesetzt wie vor einer Weile. »Leo war nie ein dominanter Mann. Zumindest nicht im sexuellen Bereich. Da hat er sich führen lassen. Er schien mir manchmal wie einer dieser mittelalterlichen Asketen, die sich ihre Verklemmtheiten selbst mit der Peitsche herausgeprügelt haben. Irgendetwas steckte da in ihm, das ich nie verstanden habe.«

Bichlmaier wartete, aber die Frau sprach nicht weiter. Sie hatte mehr gesagt, als sie hatte offenbaren wollen.

»Hatte er sich in der letzten Zeit in irgendeiner Weise verändert?«

Sie zuckte mit den Schultern. »Keine Ahnung. Wir haben uns in den Wochen vor seinem Tod kaum gesehen. Er war die meiste Zeit in Berlin. Nur … vor einer Woche etwa, da hat er angerufen. Er wollte mit Hannah sprechen, und ich sollte auch dabei sein. Das klang etwas eigenartig. So richtig förmlich. Das war sonst eigentlich nie seine Art gewesen. Komisch …« Sie wischte die Erinnerung mit einer kurzen, ärgerlichen Bewegung weg.

»Haben Sie eine Vorstellung, was er von Hannah wollte – und von Ihnen?«

»Nein. Ich habe nicht die leiseste Ahnung. Aber ich habe mir damals gedacht, er wollte sich von uns verabschieden. Ich weiß nicht mehr, warum ich das dachte. Ich habe wohl angenommen, dass er für längere Zeit verreisen wollte.«

Bichlmaier nickte. Er schaute einen Moment zum Fenster hinaus, als würden dort die Antworten auf seine Fragen verborgen liegen. Er ahnte, dass etwas an Frau Zellers Aussage wichtig war, konnte aber nicht erkennen, was das war. Eigenartigerweise hatte er im Verlauf der Ermittlungen schon mehrfach dieses Gefühl gehabt, etwas vor sich zu sehen, ohne dass er es hätte greifen können. Er fühlte sich plötzlich müde und leer, merkte, wie seine Konzentration nachließ. Plötzlich schossen die merkwürdigsten Dinge durch seinen Kopf, verflüchtigten sich jedoch sofort wieder. Was überraschenderweise blieb, war das Bild der jungen Reporterin aus dem Hessenreuther Wald. Er musste lächeln, als er an ihren süßen kleinen Hintern dachte. Als er hochblickte, sah er, dass ihn Frau Zeller aus kalten Augen beobachtete. Es schien ihm, als habe die Zeit einen kurzen Moment lang stillgestanden. Er schüttelte ganz leicht den Kopf, als wollte er damit den Zauber durchbrechen.

»Sie haben sicher auch Agnes Güllner gekannt?«

»Natürlich. Ich war sogar ihre Taufpatin. Aber sie mochte mich nicht besonders.«

»Was war sie für ein Mädchen?«

Die Frau zögerte kurz. »Man muss zugeben, sie war etwas Besonderes. Jeder mochte sie. Leo, vor allem, war ganz vernarrt in sie. Sie war sein Augapfel ... Sie hatte etwas Unschuldiges. Ganz anders als die meisten dieser jungen Dinger heutzutage. Ein bisschen wie Audrey Hepburn.« Sie lachte leicht, und Bichlmaier dachte an große dunkle Augen. *Eyes I dare not meet in dreams ...*

Dann griff er in die Tasche seines Jacketts und holte das Foto heraus, das ihm Frau Güllner gegeben hatte. Er legte es behutsam vor Frau Zeller hin.

»Kennen Sie dieses Mädchen?«

Sie schaute lange auf das Bild, ohne etwas zu sagen.

»Ich schlafe in letzter Zeit manchmal schlecht«, sagte sie schließlich. »Das ist vor allem eine Frage des Alters. Aber auch, weil mir viel im Kopf herumgeht. Wie ist das bei Ihnen? Können Sie gut schlafen, Herr Kommissar? Wenn ich mir vorstelle, was Sie in Ihrem Beruf alles zu sehen bekommen, was Sie alles so mitkriegen?«

»Das wird zur Gewohnheit«, antwortete Bichlmaier. Aber er wusste, dass das nicht stimmte.

»Wenn ich nachts nicht schlafen kann, denke ich oft an früher. Auch an die Zeit mit Leo. Wussten Sie, dass er vor einigen Jahren einen Selbstmordversuch unternommen hat? Ich habe ihn damals gefunden. Er hatte Tabletten genommen und war schon ohne Bewusstsein. Es ist mir gelungen, die Sache geheim zu halten. Das Ganze wurde als Unfall deklariert. Der behandelnde Arzt hat dichtgehalten, und auch in der Presse ist nichts davon erschienen ... Leo hat mir nie gesagt, warum er sich das Leben nehmen wollte.«

Wieder verstummte sie. Dann nahm sie die verblichene Fotografie vom Tisch und starrte seltsam abwesend auf das Bild.

»Irgendwann hat Leo von einem Mädchen gesprochen. Jemand aus seiner Vergangenheit. Ihr Name war Petra. Ist das das Mädchen?«

Bichlmaier zuckte mit der Schulter. »Wir wissen es nicht«, sagte er. »Vielleicht. Können Sie etwas mit den Worten auf der Rückseite anfangen?«

Frau Zeller drehte die Fotografie um, dann schüttelte sie den Kopf.

»Nein«, sagte sie. »Aber ich kann mich erinnern, was er damals über diese Petra gesagt hat. Es war nicht viel. Aber es war ziemlich eigenartig und hat gar nicht zu Leo gepasst.«

Bichlmaier blickte sie gespannt an.

»Er hat sie seine Prinzessin vom Glasberg genannt. Das war alles.«

12

Gegen halb vier war er wieder zurück in Regensburg. Er parkte den Dienstwagen im Hof des Polizeipräsidiums und ging als Erstes im Sekretariat vorbei, wollte wissen, ob irgendwelche Neuigkeiten hereingekommen waren. Frau Sendlbeck saß vor ihrem Monitor und schaute nur ganz kurz hoch. »Der Chef wartet auf Sie«, sagte sie. »Die anderen sind schon oben«, fügte sie dann doch noch bedeutsam hinzu.

Bichlmaier grunzte kurz und erinnerte sich plötzlich etwas schuldbewusst an Hallmanns Anruf. Den hatte er völlig vergessen. Er fluchte leicht vor sich hin und hastete die zwei Stockwerke zu Hallmanns Büro hoch. Als er oben ankam, war er völlig außer Atem. Auf seiner Stirn stand kalter Schweiß. Er blieb eine Weile stehen, damit sich sein Atem beruhigen konnte. Dann zog er ein Taschentuch heraus und wischte den Schweiß von der Stirn. Bevor er eintrat, versuchte er, seine Gedanken vor der kommenden Besprechung etwas zu ordnen. Er klopfte an die Tür, wartete aber nicht auf eine Reaktion, sondern trat gleich ein. Hallmann, Meier Zwo und Rockinger saßen an einem mit Kaffee gedeckten Tisch und schauten ihn etwas verwundert an. Er kam sich wie ein Eindringling vor. »Ich bin etwas spät dran«, sagte er. Hallmann wirkte angefressen und sah ihn vorwurfsvoll an, während Meier Zwo und Rockinger verlegen grinsten.

»Nun, was gibt's Neues?«, fragte er und ließ sich in einen der vornehmen Sessel fallen, mit denen Hallmann sein neues Büro ausgestattet hatte.

Der zog einen dünnen Aktenordner aus seiner Tasche und begann, in aller Ruhe darin zu blättern. Dann goss er sich noch etwas Kaffee ein, blickte in die Runde, und als niemand etwas bemerkte, fuhr er, an Bichlmaier gerichtet, fort.

»Na ja, wie schon gesagt, die Kollegen in Pullach haben Kontakt mit uns aufgenommen … Leonhard Güllner war denen anscheinend recht bekannt und ist wohl bald, nachdem er in der Bundespolitik Fuß gefasst hat, ins Fadenkreuz des BND geraten«, sagte er und machte eine kleine Pause, wie um in seinen Unterlagen zu studieren. Bichlmaier blickte eher gelangweilt aus dem Fenster. Sein Puls ging immer noch sehr schnell. Er hätte sich einfach mehr Zeit lassen sollen.

»Das war in den frühen achtziger Jahren«, fuhr Hallmann fort. »Damals stellten die Kollegen bei Routineüberprüfungen fest, dass Güllner relativ häufig Kontakte mit tschechoslowakischen Vertretern in Bonn hatte. Unter seinen Kontaktleuten war auch ein damals recht bekannter Mitarbeiter der StB, der damaligen tschechoslowakischen Staatssicherheit. Die Kollegen wurden also damals hellhörig, und Güllner wurde über einen längeren Zeitraum observiert, doch waren die Ergebnisse am Ende eher dürftig. Deshalb wurden auch die Ermittlungen wieder eingestellt – letztlich ergebnislos.«

»Ist das alles?«, fragte Bichlmaier, der etwas enttäuscht war und mehr erwartet hatte.

»Nicht ganz.« Hallmann zögerte etwas. »Die StB wurde vor etwas mehr als fünfzehn Jahren aufgelöst, und seit 1996 können die Akten der StB in Tschechien eingesehen werden … ganz offiziell und per Gesetz geregelt … und auch die Slowaken veröffentlichten vor ein paar Jahren ein mehr oder weniger komplettes Verzeichnis aller ehemaligen StB-Mitarbeiter. Damals kam eine Liste in Umlauf, auf der interessanterweise auch der Name Leonhard Güllner stand. In verschlüsselter Form natürlich. Das war eine inoffizielle Liste, von der sich die slowakische Regierung umgehend distanzierte. Diese Liste verschwand auch sofort wieder. Auf der offiziellen Liste dagegen …«

»… fehlte der Name Güllner«, ergänzte Bichlmaier.

»Genau so ist es.«

Eine Weile herrschte Schweigen im Raum.

»Warum wurde das Ganze nicht publik gemacht?«

»Weil die Kollegen zu wenig in der Hand hatten. Der Schuss wäre nach hinten losgegangen und hätte mehr geschadet als genützt. Außerdem hatten sie den Eindruck, dass Güllner nur ein kleiner Fisch gewesen ist, der irgendwann einmal vom StB umgarnt worden war, aber nie richtig für den Verein gearbeitet hat.«

»Na gut«, sagte Bichlmaier ein wenig ratlos. »Was machen wir nun mit dieser Information?« Er versuchte, sich Leonhard Güllner vorzustellen, wie er sich einem toten Briefkasten in der Innenstadt von Weiden näherte und, einem Maulwurf gleich, den dunklen Brüdern aus dem Osten brisantes Material zukommen ließ. Der Gedanke schien ihm doch etwas absurd. Meier Zwo schien es ähnlich zu gehen, und auch er schaute ziemlich skeptisch drein. Komisch, dachte Bichlmaier, wie lächerlich Geheimdienste wirken, wenn sie ihre Macht verloren haben. Er tauschte einen Blick mit Meier Zwo, der ein wenig ratlos die Schultern hob. Trotz aller Skepsis blieb jedoch die Frage unbeantwortet, ob Güllner sich nicht doch in politische Verstrickungen begeben hatte, die vielleicht etwas mit seinem gewaltsamen Tod zu tun hatten.

Wir können das nicht ausschließen, dachte Bichlmaier. Aber andererseits hatten sie auch keinerlei weitere Hinweise, die in diese Richtung deuten würden.

»Hätte es dann vielleicht einen Sinn, Kontakt mit tschechischen und slowakischen Dienststellen aufzunehmen?«, fragte Meier Zwo, der aufgestanden war und unruhig umherwanderte.

»An wen sollen wir uns da wenden? Die Polizei? An politische Vertreter? Die Mafia?« Bichlmaier winkte resigniert ab. »Ich denke nicht, dass wir von den Kollegen dort ergiebiges Material erwarten können. Die wissen entweder selbst nichts, oder sie mauern aus politischen Gründen … Und zu anderen Quellen haben wir keine Kontakte.«

Hallmann nickte zustimmend. »Über die offiziellen Kanäle läuft nichts«, sagte er. »Und selbst unsere inoffiziellen Kontakte haben bislang keine Informationen liefern können.«

»Das ist wie überall im Osten«, fügte Meier Zwo hinzu. »Die alten Seilschaften haben das Sagen. Die kontrollieren nach wie vor, was an Material freigegeben wird … und vor allem, was damit passiert.«

»Also, ich kenne da jemanden«, meinte Hallmann plötzlich. Alle blickten ihn fragend an. Hallmann blinzelte vielsagend.

»Eine Kollegin. Ich habe sie bei einem Seminar in Wien kennengelernt. Soweit ich mich erinnern kann, kam sie aus Bratislava. Die hat uns damals allen die Köpfe verdreht.«

»Worum ging es denn in dem Seminar?«, fragte Bichlmaier etwas skeptisch. Er wusste, dass sich Hallmann gern mit seinen angeblichen Erfolgen bei Frauen wichtig machte. Er kannte ihn allerdings gut genug, um zu wissen, dass das meiste dabei höchstens seinem Wunschdenken entsprang.

»Um Polizeiarbeit auf gesamteuropäischer Ebene. Irgend so ein bescheuerter Titel …«, fuhr Hallmann fort. »Das Rahmenprogramm war jedenfalls erste Sahne.«

»Na ja«, meinte Bichlmaier. »Du könntest ja Kontakt mit der Dame aufnehmen. Vielleicht kann sie uns wirklich mit Informationen aushelfen.«

Es klang nicht sehr überzeugt, und als niemand von den anderen Anwesenden etwas hinzufügte, wurde die Besprechung von Hallmann beendet. Der wirkte danach etwas frustriert und schoss als Erster aus seinem Büro hinaus. Die anderen folgten.

»Übrigens«, sagte Hallmann dann noch zu Bichlmaier, als sie sich an der Treppe trennten. »Güllner muss schon als Schüler einmal im Osten gewesen sein. In den Akten des BND stand etwas von einem Schüleraustausch Ende der sechziger Jahre.«

Bichlmaier nickte. Er würde auch das überprüfen.

Adolf Bichlmaier lehnte am Fenster und schaute hinunter auf den Domplatz. Es schien ihm, als huschten die Menschen, einem unbekannten Plan folgend, wie Ameisen von einer Seite des Platzes zur anderen und wieder zurück, ohne sich dabei zu berühren. Aus unerfindlichen Gründen schafften sie es dabei, ihre scheinbar ziellosen Bewegungen in einer Weise in Einklang zu bringen, dass ein Muster entstand, das wie ein gigantisches Netz über dem Platz zu liegen schien. Einen Moment lang sehnte er sich danach, sich in dieses Netz zu stürzen, darin aufgefangen zu werden, Geborgenheit zu finden. Die Schmerzen in seinem Unterleib waren wiedergekommen. Er schaute auf die Uhr. Halb fünf. Er sollte nach Hause fahren. Sich von Marianne verabschieden. Aber er wollte nicht. Er musste vielmehr an das Mädchen Petra denken, von der Frau Zeller gesprochen hatte. War sie wirklich Güllners Prinzessin vom Glasberg gewesen? Welche Rolle hatte sie in seinem widersprüchlichen Leben gespielt? Und wo hatte er sie kennengelernt? War sie Teil der geheimnisvollen Welt des Ostens gewesen, einer Welt, die offensichtlich für

Güllner von großer Bedeutung gewesen war? Ein Gedanke begann sich in seinem Kopf festzusetzen, nahm langsam Form an.

Das Mädchen war eigentlich kein Mädchen mehr. Sie war eine Frau, und sie war älter, als Britta das erwartet hatte. Ihr Gesicht war ungeschminkt und wirkte auf ernüchternde Weise nackt. Die Züge in diesem Gesicht strahlten Sinnlichkeit und Erotik aus, und doch sprachen die Spuren darin von zu vielen Zigaretten, zu viel Alkohol und von zu vielen Männern.

Monika hieß in Wirklichkeit Luba Hanclikova. Für die Beamten der Regensburger Mordkommission war es nicht schwierig gewesen, sie zu finden. Sie kam aus Pilsen und hatte den deutschen Vornamen wegen ihrer Kunden aus Deutschland angenommen. Die mochten den vertrauten Namen lieber …

Luba Hanclikova wohnte in der Nähe der Universität in einem der anonymen Apartmenthäuser, wo die Nachbarn sich nur von gelegentlichen gemeinsamen Fahrten mit dem Aufzug kennen. Britta Merz war erstaunt, als sie in die Wohnung trat und sah, in welchem Luxus die Frau wohnte. Die Zimmer lagen im obersten Stockwerk, und als Britta aus einem der riesigen Fenster sah, hatte sie einen beeindruckenden Blick über die Stadt. Sie war fast ein wenig neidisch, als sie an ihre eigenen bescheidenen vier Wände dachte. Die Frau schien in ihrem Gesicht zu lesen. »Gefällt Ihnen die Aussicht?«, fragte sie. »Vergessen Sie nicht, der Preis, den Sie dafür zahlen, ist sehr hoch.«

Es schien Britta, dass sie dabei nicht nur an die Kosten für die Miete dachte.

»Wie sind Sie an die Wohnung gekommen?«, fragte sie.

Die Frau zuckte mit der Schulter. »Einer meiner Kunden sitzt im Aufsichtsrat der Bank, der das Haus gehört …« Der Akzent in ihrer Stimme war kaum zu hören. Nur eine gewisse Härte, wie sie für Menschen aus Osteuropa typisch ist, schwang darin mit.

»Was wollen Sie eigentlich von mir?«, fragte sie dann. Sie schaute Britta fragend an, wartete aber die Antwort nicht ab, sondern ging in die Küche, holte Kaffee und ein Tablett mit kleinen Kuchenstücken. Sie stellte alles auf einen niedrigen Tisch. Dann goss sie Kaffee ein.

»Sie kommen wegen Leonhard, nicht wahr? Leonhard Güllner.«

Britta nickte. »Warum haben Sie sich nicht selbst bei uns gemeldet?«

Die junge Frau zuckte nur mit den Achseln. »Ich wollte nicht. Wer will schon mit der Polizei zu tun haben?«

»Wie haben Sie ihn kennengelernt?«

»Das ist schon lange her. Schon viele Jahre. Er hat damals auf eine Annonce geantwortet, die regelmäßig in den verschiedenen Tageszeitungen hier in der Region erschien. Da haben wir uns dann zum ersten Mal gesehen. Ich war noch nicht lange in Deutschland, und alles war sehr fremd für mich. Zu der Zeit habe ich in einem Klub gearbeitet. Das meiste Geld, das ich dort verdiente, musste ich meinem Beschützer abgeben … Eine schlimme Zeit. Mein Sohn war noch sehr klein …«

»Sie haben einen Sohn?«, fragte Britta etwas überrascht.

»Ja«, sagte die Frau leicht ironisch. »Stellen Sie sich bloß vor, auch Nutten bekommen Kinder … Ich liebe meinen Sohn über alles …«

»Wo ist Ihr Sohn jetzt? Lebt er bei Ihnen?«

»Nein, er ist in einem guten Internat. In der Nähe von Starnberg. Sehr teuer, aber auch sehr schön … Jan weiß nicht, wie ich mein Geld verdiene …«

Sie schwieg einen Moment, und auch Britta sagte nichts. Beide schienen sie nachzugrübeln über das Leben und über Kinder und über Männer mit dicken Brieftaschen, die in irgendwelchen Aufsichtsräten saßen.

»Wer ist der Vater Ihres Sohnes?«, fragte Britta nach einer Weile.

»Ach«, sagte die Frau. »Eine Jugendliebe, die es schon lange nicht mehr gibt.« Sie wollte offensichtlich nicht mehr dazu sagen. Britta trank von ihrem Kaffee und beschloss, das Thema zu wechseln und zum Kern zu kommen.

»Wie gut kannten Sie Leonhard Güllner?«

Die Frau zögerte. »So gut, wie man einen Mann nur kennen kann, der einem die Füße leckt, damit man ihn wie ein Stück Vieh schlägt und demütigt«, sagte sie dann. »Er hat mich dafür gebraucht all die Jahre lang. Immer mal wieder … In letzter Zeit besonders häufig. Da hat er oft alle vierzehn Tage angerufen … Aber richtig gekannt … richtig gekannt habe ich ihn nicht. Er hat mir nur einen kleinen Teil seines Lebens gezeigt. Und selbst da hat er mich nie ganz an sich herangelassen.«

»Haben Sie ihn immer in dem Haus getroffen, in dem er sein Büro hatte?«

»Ja, nur dort. Von Anfang an. Es musste alles sehr diskret ablaufen. Er war ja schließlich verheiratet und auch sehr bekannt …«

»Wie sind Ihre Treffen abgelaufen? Ging das immer nach demselben Muster?«

»Ja. Er rief mich an, und ich fuhr zu ihm. Meistens mit dem Taxi. Er hat alles bezahlt. Es spielte keine Rolle, wie teuer das war. Mit Geld war er immer sehr großzügig. Es bedeutete ihm wohl nichts ...«

»Was hat er dafür von Ihnen erwartet? Worauf stand er denn?«

»Zuerst wollte er immer bestraft werden. Ich musste ihn schlagen, so lange, bis er es nicht mehr ertragen konnte. Das war ein Spiel, das wir da spielten. Und es war jedes Mal dasselbe Spiel. Ein ziemlich widerwärtiges Spiel.«

»Er war ein sehr sonderbarer Mann? Oder war er krank?«

»Ich weiß es nicht ... Ich denke schon, dass er krank war.«

Sie saßen eine Weile schweigend da.

Britta fragte schließlich: »Wofür wollte er denn bestraft werden?«

»Das weiß ich nicht so genau. Ich habe ihn einmal danach gefragt, aber er hat mir damals verboten, ihm dazu Fragen zu stellen ... Ich habe ihn später niemals mehr danach gefragt ... Es hat mich im Grunde auch nicht mehr interessiert.«

Britta Merz und Luba Hanclikova schauten sich in die Augen. Lubas Augen waren dunkelbraun, fast schwarz. Brittas dagegen waren graublau. Sie hätte auch gerne dunkle Augen gehabt, dachte Britta ... Na ja, es gab da so vieles, was sie an sich nicht so recht mochte, was sie gerne anders gehabt hätte.

»Erzählen Sie mir von dem Spiel, das Sie mit Leonhard Güllner spielten«, sagte sie.

Luba Hanclikovas Gesicht veränderte sich. Der Ausdruck in ihren Augen war plötzlich nicht länger gleichgültig, zeigte nicht mehr nur Widerwillen. Mit einem Mal spiegelten sich in ihren Augen Betroffenheit und sogar etwas wie Anteilnahme.

»Ich habe viel mit Männern erlebt«, sagte sie. »Fast alle, die ich getroffen habe, waren schlecht, viele waren einfach nur primitiv …«

Britta musste an Peter denken, ihren Ex-Ehemann. Sie nickte, ohne etwas zu sagen.

»Einige waren aber auch nur einsam und haben nach etwas gesucht … Wonach sie gesucht haben, weiß ich nicht. Das ist auch egal. Ich glaube, dass Leonhard Güllner so ein Mann gewesen ist. Der, denke ich, hat nach einem Weg gesucht, um seiner Einsamkeit zu entfliehen … Aber das ist ihm nicht geglückt.«

»Warum aber …«

Die Frau schüttelte den Kopf, wollte sich nicht unterbrechen lassen.

»Stellen Sie sich vor, ich musste ihm vorlesen. Er wollte, dass ich ihm Märchen vorlese! Das war wirklich pervers. Dazu wollte er meinen tschechischen Akzent hören. Ich habe gelesen und gelesen, aber er hat mich nie zu Ende lesen lassen … Und da wollte er dann, dass ich ihn deswegen ausschimpfe, wie einen kleinen Jungen und … Na ja, Sie können sich den Rest vielleicht vorstellen. Er hat dabei geschrien und geheult, aber ich durfte nicht aufhören … Er wollte die Schmerzen wirklich spüren. Verstehen Sie, normalerweise arbeite ich nicht als Domina. Nur bei Leonhard, da war das anders. Warum ich mich überhaupt darauf eingelassen habe, weiß ich nicht mehr. Wahrscheinlich wegen des Geldes … Leonhard war ja wirklich sehr großzügig.«

»Haben ihn die Schläge auch sexuell stimuliert?«

»Nein. Das war ja das Abartige. Er wollte geschlagen werden, aber es erregte ihn nicht. Erst wenn er dann mich schlagen konnte und mich auf widerlichste Art demütigte, wurde er so erregt, dass er mich vögeln konnte.«

»Hm. Wie verhielt er sich hinterher, wenn er Sie verprügelt hatte?«

»Da hat er ein Taxi gerufen und mich weggeschickt. Das Geld für meine Dienste hat er dann in den folgenden Tagen überwiesen. Immer pünktlich.«

»Warum sind Sie immer wieder zu ihm gefahren?«

»Ich habe ja schon gesagt, dass er gut bezahlte.«

»Haben Sie je Freunde von ihm kennengelernt?«

»Nein. Nur einmal haben wir, als er mich hinausbrachte, einen Mann getroffen, der auch in dem Haus wohnte. Ein schmieriger alter Mann, der Sexfilme vorführte. Leonhard hat ihn als einen Freund vorgestellt. Aber sonst ...« Sie zuckte mit den Achseln.

Britta kam ein letzter Gedanke. »Sagt Ihnen der Name Petra etwas?«

»Ja«, sagte Luba Hanclikova etwas erstaunt. »Einmal, als ich ihn schlagen musste und er dann wie ein Hund um Gnade gewinselt hat, hat er mich Petra genannt. Das passierte allerdings nur einmal in all den Jahren ... Nur dieses eine Mal ... Aber ich habe es nicht vergessen.«

Als Adolf Bichlmaier schließlich nach Hause kam, war es schon spät. Es war früh dunkel geworden, und nur wenige Menschen waren noch unterwegs. Er sah zu den Fenstern im dritten Stock hoch. In sämtlichen Zimmern brannte Licht. Vor der Haustüre stand in zweiter Reihe Margits familienfreundlicher Zafira geparkt. Bichlmaier trat an den Wagen heran und warf einen Blick hinein. Er stellte fest, dass Mariannes Koffer bereits fein säuberlich darin verstaut waren. Der Nachtexpress nach Rom sollte kurz nach zehn Uhr vom Hauptbahnhof abfahren. Eine Gruppe Jugendlicher kam lärmend vorbei. »He, Alter«, pöbelte ihn einer der Burschen an. »Traust dich wohl nicht heim zu Mutti?« Der Junge hatte lange, ungepflegte Haare, die er zu einem Zopf zusammengebunden hatte. Die anderen lachten. Wie recht er nur hatte. Bichlmaier schaute noch einmal zu den beleuchteten Fenstern hinauf, dann drehte er sich um und ging den Weg zurück, den er gerade gekommen war. Er war müde, und er wusste nicht, wo er eigentlich hin wollte. Er wusste nur, dass er Marianne jetzt nicht sehen wollte. Er wollte sie nicht bitten, bei ihm zu bleiben. Als er an der kleinen Eckkneipe vorbeikam, die etwa hundert Meter von seiner Wohnung entfernt war, beschloss er, ganz gegen seine sonstigen Gewohnheiten, hineinzugehen und noch etwas zu trinken. Er öffnete die Tür, und ein Mief von Zigarettenrauch, schalem Bier und abgestandenem Fett schlug ihm entgegen. Der Gestank widerte ihn an. Trotzdem ging er hinein, und er setzte sich an einen der Tische in der Nähe des Eingangs. Es war nicht viel los. Der Wirt, der ihn vom Sehen her kannte, blickte von seiner Zeitschrift hoch und begrüßte ihn mit einem Nicken. Adolf Bichlmaier nickte ebenfalls und bestellte ein Weizen. Er war schon lange nicht mehr in dieser Kneipe gewesen. Der Wirt brachte das Bier und fragte, ob er noch etwas essen wolle. Bichlmaier schüttelte den Kopf. Er hatte keinen Hunger.

Lange saß er dann über seinem Glas und dachte nach. Seine Gedanken kreisten seltsam abwesend um Marianne und ihr gemeinsames Leben, den Abschied, der doch keiner gewesen war, aber schon bald schweiften seine Gedanken ab und gingen zu den laufenden Ermittlungen zurück. Aus irgendeinem Grund, den er selbst nicht ganz verstand, begann er, alles, was bislang geschehen war, neu zu durchdenken. Ganz automatisch fing er dabei mit Güllner an. So stieg er noch einmal in Gedanken die Treppe hoch, die zum Büro des Ermordeten führte, nahm noch einmal die Gerüche jenes Abends wahr. Noch einmal holte er das Bild des toten Mannes aus seinem Gedächtnis hervor. Er erinnerte sich vage, dass ihm schon damals ein Gedanke durch den Kopf gegangen war, der ihm wichtig erschienen war. Doch auch jetzt konnte er das, was in seinem Unterbewusstsein rumorte, nicht fassen. Nach einiger Zeit gab er es auf. Der Fluss der Gedanken drängte weiter, führte ihn zurück in den Hessenreuther Wald, dorthin, wo sie die verstümmelte Leiche des Lehrers gefunden hatten. Er hatte noch einmal das Flackern des Blaulichts vor Augen, hörte das Surren der Generatoren und spürte noch einmal die Kälte der Nacht. Wie ein Schatten stand er dann vor den Fenstern des *Paradiesgartens*, versuchte er zu erahnen, was sich in den Räumen des kleinen, heruntergekommenen Gasthofs ereignet hatte. Welche Rolle hatte Agnes Güllner in diesem Umfeld gespielt? Wie passte sie in das Bild? Er sah sie, die Verkörperung mädchenhafter Unschuld, wie sie sich in den geilen Armen alter Männer wand. Nur Spekulation oder doch Realität? Er stellte Fragen, gab Antworten, wog diese ab, verwarf sie wieder. Noch einmal rekapitulierte er seine Gespräche mit den Frauen und Männern aus dem Umfeld der drei Toten, hörte, was sie ihm erzählt hatten, was sie verschwiegen hatten.

Als er schließlich den Wirt rief, um zu bezahlen, war es nach zehn Uhr. Seine Augen schmerzten. Er vertrug den Zigarettenrauch nicht. Ein Gedanke hatte sich während der Rückschau in seinem Kopf festgesetzt. Die Suche nach den Wurzeln, die zu den Verbrechen geführt hatten, musste ihn noch weiter zurück in Leonhard Güllners Vergangenheit führen. Irgendwo dort war der Ausgangspunkt, an dem alles seinen Anfang genommen hatte. Nur dort, da war er sich sicher, würde er die Antworten auf die vielen Fragen finden, die bislang noch offengeblieben waren. Wenn es ihm nur gelänge, das Mädchen Petra zu finden. Ob sie überhaupt noch am Leben war? Vielleicht konnte sie ihm den Schlüssel in die Hand geben, ihn zu den Schatten der Vergangenheit führen. Was war es gewesen, das Hallmann zu ihm gesagt hatte?

Erst als er wieder auf die Straße trat, dachte er an Marianne, und er schaute dabei auf seine Uhr. Er nahm sich fest vor, sie morgen im Haus ihres Vaters anzurufen und mit ihr zu reden. Rom war ja zum Glück nicht aus der Welt. Vielleicht würde die räumliche Entfernung sogar helfen, ihr wieder näherzukommen. Vielleicht fiel es ihm dann auch leichter, ihr sein Verhalten zu erklären … Vielleicht, vielleicht …

Dann ging er zur Wohnung zurück. Seine Blase drückte seit geraumer Zeit, und er beschleunigte seine Schritte. Die Fenster im dritten Stock waren jetzt dunkel. Margits Wagen war weg. Bichlmaier sperrte die Haustüre auf. Ausnahmsweise funktionierte der Aufzug. Gott sei Dank! Er ging als Erstes aufs Klo. Als er dann in die Küche trat, sah er den Zettel, der auf dem Tisch lag. »Lebe wohl!« stand darauf.

Mehr nicht …

13

Er hatte wieder seinen Kindheitstraum geträumt und war gegen halb sechs schweißgebadet aufgewacht. Danach war er noch liegen geblieben und hatte vergebens versucht, wieder einzuschlafen. Um sechs Uhr hatte er aufgegeben und war aufgestanden.

Vielleicht vermisste er einfach Marianne im Bett neben sich, hatte er für einen kurzen Moment gedacht. Tief in seinem Innersten war ihm jedoch klar gewesen, dass das nicht der Fall war. Wenn er sich selbst gegenüber ehrlich war, musste er zugeben, dass sie ihm eigentlich gar nicht fehlte. Ganz im Gegenteil. Zum ersten Mal seit langer Zeit hatte er das Gefühl, nur für sich selbst verantwortlich zu sein. Er brauchte das. Ob Marianne das gefühlt hatte? Ob sie deswegen gegangen war?

Nachdem er aufgestanden war, hatte er lange und ausgiebig geduscht. Dann hatte er sich ein Frühstück zubereitet. Spiegeleier und Toast. Und Kaffee. Er war müde und fühlte sich wie gerädert, aber von dieser Müdigkeit abgesehen, ging es ihm überraschend gut. Die Schmerzen, die er am Vortag verspürt hatte, waren so gut wie weg. Vielleicht würde es doch noch aufwärtsgehen mit ihm. Zu seiner Überraschung empfand er sogar so etwas wie Freude auf den Tag, der vor ihm lag.

Die Werkstatt hatte ihm gestern am frühen Nachmittag seinen alten Saab vor das Haus stellen lassen.

»Alles wieder in Ordnung mit dem alten Wrack«, hatte der Meister am Telefon gebrummt. »Wir haben die größten Löcher zugeschweißt … Viel mehr war da nicht zu machen … Der Motor läuft ja noch … Fragt sich nur, wie lange das noch gut geht …«

Bichlmaier hatte in sich hineingelacht. Er schätzte die bärbeißige Direktheit des Mannes, der ihm zumindest kein X für ein U vormachte.

Er hatte dann beschlossen, den Sonntagvormittag für eine kleine Spritztour zu nutzen und dabei gleichzeitig einen Besuch zu machen, den er schon lange aufgeschoben hatte.

Wie immer sah er diesem Besuch mit recht gemischten Gefühlen entgegen. Er würde einen weiteren Abschied bedeuten. Das wusste er genau. Jedes Mal, wenn er seine Mutter in den vergangenen Jahren besucht hatte, hatte der Abschied etwas Unwiderrufliches, Letztmaliges gehabt. Im Laufe der Zeit hatte er sich daran gewöhnt. Es machte ihm nicht mehr so viel aus wie am Anfang. Da war es schlimmer gewesen. Dieses Mal jedoch würde er sich vielleicht für länger verabschieden. Dabei wusste er selbst nicht so genau, wie lange er weg sein würde. Er wusste nur, dass er auf der Suche nach Güllners geheimnisvoller Prinzessin vom Glasberg eine Reise in dessen Vergangenheit antreten musste. Wohin ihn jedoch die Reise führen würde und wie lange sie dauern würde, war ihm selbst noch nicht klar.

Es war Hallmanns Bemerkung gewesen, die ihn überhaupt erst darauf gebracht hatte. Lag der Schlüssel für den skurrilen Mord an Güllner vielleicht in dessen so lange zurückliegendem Besuch irgendwo im Osten, im alten Ostblock? In der ehemaligen Tschechoslowakei vielleicht?

Der Gedanke hatte ihn seit damals nicht mehr losgelassen. Er wusste, dass, wenn man von dieser These ausging, viele der bis jetzt aufgetretenen Fragen offenblieben. Wie passte dann beispielsweise der Mord an Agnes Güllner in ein Muster, das um die Vergangenheit des Vaters kreiste? Wie der Mord an dem Lehrer? Konnte man sich überhaupt eine Frau als Täterin bei den drei Morden vorstellen, die alle samt und sonders große physische Kraft erfordert hatten? Andererseits, musste sie überhaupt Täterin sein?

Adolf Bichlmaier beschloss, die Gedanken fürs Erste beiseitezuschieben, sich auf seinen Ausflug zu freuen. Natürlich ahnte er zu diesem Zeitpunkt noch nicht, dass mehr als drei Monate vergehen würden, ehe er seine Reise tatsächlich antreten konnte.

Kurz nach elf Uhr verließ er die Wohnung. Als er in seinen Wagen stieg, nahm er den strengen Geruch der kürzlich erfolgten Schweißarbeiten wahr. Er schloss die Tür, dann sog er die Luft tief ein, legte beide Hände auf das Lenkrad und verharrte so einige Minuten mit geschlossenen Augen. Es war ihm, als sei er für einen Moment wieder in den Mutterleib zurückgeschlüpft. Er fühlte sich leicht und völlig sicher.

Dann fuhr er los. Es war noch ziemlich frisch, doch er kurbelte die Scheibe herunter. Der Wind wehte durch seine Haare. Ihm fiel ein, dass er schon lange keinen Urlaub mehr gehabt hatte. Vielleicht sollte er doch einmal nach Rom fahren. Oder nach Paris. Was sprach dagegen? Der Verkehr in der Innenstadt war eher mäßig, und auch auf der Autobahn war nur wenig los. Ungewöhnlich wenig. So war das früher, in der Zeit vor dem Fall der Mauer, immer gewesen, erinnerte er sich plötzlich. Und nicht nur an den Sonntagen.

Es hatte sich sehr viel verändert seit damals. Das Klima war rauer geworden. Die Menschen härter und egoistischer …

Seine Mutter war in einem sündteuren Altenheim in einem der kleinen Orte an der Autobahn untergebracht. Schon seit einigen Jahren. Seit sie sich nicht mehr selbst hatte versorgen können. Es war damals für ihn und seine Schwester, die ein ganzes Stück weiter südlich lebte, die einzige Möglichkeit gewesen, ihr die notwendige Zuwendung zukommen zu lassen.

Eigenartigerweise fühlte er sich immer schuldig, wenn er an seine Mutter dachte. Dabei wusste er gar nicht so recht, warum. Natürlich, weder er noch seine Schwester hatten so richtig wahrgenommen, wie sich die Mutter in den Jahren verändert hatte, wie sie allmählich verfiel. Als sie dann ins Heim gekommen war, war der Verfall noch schneller vonstattengegangen.

In der letzten Zeit hatte sie ihn dann nicht mehr erkannt, wenn er sie besucht hatte …

Das Pflegepersonal hatte sie in ihrem Stuhl fixiert, sodass sie nicht herausfallen konnte. Dann hatten sie sie aus ihrem Zimmer hinaus auf den Gang gerollt, wo einige der anderen Bewohner in ihren Stühlen saßen und vor sich hinstarrten. Die wenigsten sprachen miteinander. Wie Schatten, die bereits in einer anderen Welt weilten, hockten sie da. Die Schwester hatte es gut gemeint. Sie hatte wohl gehofft, dass sie sich dann nicht so einsam fühlen würde.

»Hallo Mama«, sagte er, als er zu ihr hintrat. Aber sie zeigte nicht, dass sie ihn wahrgenommen hatte. Er ging sogar auf die Knie, um ihren Augen näher zu sein. Aber sie schaute nur durch ihn hindurch. Es schien, als seien ihre Augen bereits nach innen gerichtet. Er streichelte ihre Hand. Sie war kalt und ohne Leben.

Er setzte sich neben sie auf einen Stuhl.

Lange Zeit schwieg er.

Dann begann er zu erzählen. Er erzählte von sich und seinem Leben. Von Marianne, dass sie ihn verlassen hatte, und von seinem Beruf als Polizist. Und ganz am Schluss erzählte er ihr von seiner Angst …

Aber ihre Augen blieben tot.

Dann ging er. Er streichelte über ihre Haare. Wie Stroh, dachte er. Als er sich am Ende des Ganges noch einmal umdrehte, sah er, dass sie noch immer vor sich hinstarrte.

Er fuhr direkt zurück ins Büro. Er hatte seit dem Frühstück nichts mehr gegessen, aber er war nicht in der Stimmung, irgendwo zu halten, um etwas zu sich zu nehmen. Er kam etwa gegen fünfzehn Uhr im Büro an. Das Gebäude war wie ausgestorben. Lediglich die Kollegen, die Bereitschaftsdienst hatten, saßen im Konferenzraum und unterhielten sich. Keiner von ihnen bemerkte, wie Bichlmaier in sein Büro schlüpfte.

Er arbeitete etwa zwanzig Minuten, ging noch einmal die Akten und Berichte zum Fall Güllner durch. Dann kamen die Schmerzen wieder. Sie kamen mit großer Wucht und ließen ihm keine Möglichkeit, Hilfe zu rufen. Er schnappte nach Luft wie ein Fisch, der auf dem Trockenen liegt. Dann verlor er das Bewusstsein.

Im Grunde verdankte er es einem Zufall, dass er gerettet wurde. Und der Vorliebe von Frau Sendlbeck für Dirndl. Hätte sie nicht bemerkt, dass die Brosche, die sie zu ihrem Abenddirndl unbedingt brauchte, aus später nicht mehr nachvollziehbaren Gründen an ihrem Arbeitsplatz liegen geblieben war, wäre sie sicher nicht auf die Idee gekommen, noch einmal ins Präsidium zu fahren.

So aber kam es, dass sie auf dem Weg zum Sekretariat auch an Bichlmaiers Büro vorbeiging. Als sie sah, dass darin Licht brannte, klopfte sie an der Tür und, als niemand antwortete, öffnete sie diese vorsichtig. Erst auf den zweiten Blick nahm sie wahr, dass da jemand regungslos hinter Bichlmaiers Schreibtisch lag.

Nur wenige Minuten später wurde Bichlmaier mit Blaulicht und Martinshorn in die Universitätsklinik gebracht. Am späten Sonntagabend wurde er noch operiert. Von alldem nahm er aber nichts mehr wahr.

Epilog

In den Tagen und Wochen nach Bichlmaiers Zusammenbruch übernahm Meier Zwo mit großer Selbstverständlichkeit die Aufgaben, die Bichlmaier bislang wahrgenommen hatte. Es gab diesbezüglich keinerlei Diskussion. Auch nicht innerhalb des Teams. Man war sich grundsätzlich einig gewesen, dass im Moment Kontinuität das Wichtigste sei.

So konnten die routinemäßigen Arbeiten weitergeführt werden, ohne dass dabei ein Bruch erkennbar gewesen wäre.

Selbst die Presse schien die Gegebenheiten zu akzeptieren, sodass der Ruf nach Verlagerung der Kompetenzen hin zum BKA eigentlich nie richtig laut wurde. Schließlich begann auch das Interesse der Medien an dem Fall zu erlahmen, und andere Schlagzeilen verdrängten die Berichte über polizeiliche Fortschritte auf die hinteren Seiten.

Interessant war aber vor allem, wie schnell Meier Zwo in seine neue Rolle hineinwuchs. Er war plötzlich nicht mehr nur der Mann hinter dem Chef, sondern der, dem nun die Führungsaufgabe zugefallen war.

Dennoch fiel es ihm und den ermittelnden Beamten schwer, über gewisse Anfangserfolge hinauszugelangen. Der Fall stellte sich zunehmend als verzwickt dar, und sämtliche Ergebnisse, die sie sich durch Fleiß und Ausdauer erarbeiteten, führten sie in Sackgassen, aus denen sie nur schwer herausfanden.

Das Interesse an dem Fall kochte noch einmal für kurze Zeit hoch, als im Hessenreuther Wald die bereits stark in Verwesung übergegangenen Leichen zweier unbekannter Toten entdeckt wurden. Beiden waren die Köpfe abgetrennt worden, was ihre Identifizierung erschwerte. Letztlich war es aber nur eine Frage der Zeit gewesen, bis die beiden Toten als das ehemalige Pächterpaar des *Paradiesgartens* identifiziert werden konnten.

Auch die DNA-Tests, die Aufschlüsse hinsichtlich der Vaterschaft von Agnes Güllners ungeborenem Kind geben sollten, brachten letztlich keine verwertbaren Ergebnisse. Zwar wurden eine Vielzahl von Leuten aus dem schulischen Umfeld von Agnes Güllner, aber auch ehemalige Gäste des *Paradiesgartens*, um Speichelproben gebeten, doch konnten die Ermittler auch auf diese Weise keinen Treffer landen.

Ähnlich verhielt es sich mit den Spuren, die an den einzelnen Tatorten sichergestellt worden waren. Auch hier gelang es nicht, die Ergebnisse mit Einträgen in den Dateien der verschiedenen in- und ausländischen polizeilichen Organisationen zu verknüpfen.

So zog allmählich der Sommer ins Land. Nachdem der Frühling eher kalt und regnerisch gewesen war, versprach dieser einer der heißesten und trockensten der letzten Jahre zu werden. Die Menschen in Deutschland sehnten die Wärme herbei.

Marianne kehrte aus Rom zurück und verbrachte viele Tage und Nächte an Bichlmaiers Krankenbett. Als es ihm wieder besser ging, fuhr sie zurück zu ihrem Vater.

Der Arzt, der Adolf Bichlmaier vor Wochen erstmals untersucht hatte, starb zu Beginn des Monats Juni an den Folgen eines heimtückischen Infarkts.

Maja, die Tochter von Elena Schimanowski, fand eine Freundin in Weiden, die sie nun öfter besuchen durfte. Es schien, als würde sie in diesen Tagen wieder lernen zu lachen …

ZWEITES BUCH

Under the spreading chestnut tree
I sold you and you sold me – –

George Orwell, *1984*

14

Der alte Mann war am Zug. Er ließ sich Zeit damit. Es tat ihm gut, im Schatten der mächtigen Kastanie zu sitzen und dabei die Wärme des späten Nachmittags auf den mageren Schultern zu spüren. Das Summen der Insekten im trockenen Gras, das tanzende, flirrende Licht, das sich bis zum dunklen Band des Flutkanals erstreckte. Die warmen, verhaltenen Töne des Mississippi, die vor vielen Jahren ihren Weg auch nach Europa gefunden hatten. Sie schienen an diesem frühen Nachmittag in der Luft zu liegen, ließen ihn den Blues des Lebens noch einmal vernehmen, so wie damals, als er jung gewesen war. Sie trugen seine Gedanken zurück in jene Zeit, halfen ihm, sich daran zu erinnern, die Ereignisse von damals noch einmal einzufangen.

Seine Finger umschlossen eine Spielfigur, setzten sie behutsam auf ein neues Feld.

»Wissen Sie, warum kein anderes Volk so viele begnadete Schachspieler hervorgebracht hat wie das russische?«, fragte er. Der Mann, der ihm gegenübersaß, hatte den Blick auf das Schachbrett gerichtet. Er schaute nicht auf, schüttelte lediglich den Kopf.

»Schach, mein Freund«, fuhr daraufhin der alte Mann fort, »Schach erfordert totale Hingabe … Und glauben Sie mir, diese Hingabe finden Sie nur bei den Menschen im Osten.«

Sein Gegenüber wartete. Ließ ihn reden. Schickte sich in die Redseligkeit des einstigen Lehrers. Berufskrankheit. Einmal Lehrer, immer Lehrer. Der Beruf versaut den Menschen.

»Sie werden sich fragen, warum das so ist … Nun, die Menschen in Russland suchen ihre Seele noch immer tief in ihrem eigenen Inneren. Ganz anders als die Menschen im Westen … Die haben im Grunde vor mehr als zweihundert Jahren aufgehört, danach zu suchen. Ihre einzige Möglichkeit aber, die Leere, die ihnen seither geblieben ist, zu ertragen, ist es, sich zu betäuben … Verstehen Sie? Sich immer und immer wieder zu betäuben mit Äußerlichkeiten … Schachspieler aber …« Seine Worte wurden von der lauen Luft hinfortgeweht.

Sein Gegenüber schwieg noch immer. Er mochte den alten Mann. Er erinnerte ihn ein wenig an seinen Vater. Der hatte zwar nie Schach gespielt, aber auch der hatte so etwas wie eine russische Seele gehabt, hatte immer wieder in sich hineingehorcht. Ob er allerdings je eine Antwort gekriegt hatte?

»Und Bobby Fischer? Der war doch Amerikaner«, sagte er.

»Ja, aber er war total verrückt … Ein verrückter Amerikaner, das funktioniert gelegentlich auch.«

Adolf Bichlmaier lachte.

»Sind Sie denn selbst ein guter Schachspieler?«

»Nein, nein«, kicherte der alte Lehrer. »Wahrscheinlich bin ich dazu einfach nicht verrückt genug.«

Adolf Bichlmaier blickte den Flutkanal entlang in die Sonne. Er kniff die Augen zusammen. Von überall her schienen kleine Kugeln von Licht auf das Wasser zuzufliegen und, noch ehe sie es erreichten, zu zerplatzen. Er spürte seinen Körper. Schwer und aufgedunsen. Aufgeschwemmt von den Medikamenten, die er täglich schlucken musste. Er strich sich über die Stirn, wischte den Schweiß ab und fühlte den Flaum, der sich auf seinem Kopf mittlerweile wieder gebildet hatte. Die Ärzte hatten ihm Hoffnung gemacht. Aber bedenke, jeder Tag ist lediglich ein Geschenk! *Carpe diem.* Nütze den Tag! Erwarte nicht zu viel.

Die Operation war gut verlaufen. Dann die Therapie. Die Bestrahlungen. Er war hindurchgetaumelt wie ein Betrunkener. Hatte versucht, sich festzuhalten, wo es keinen Halt gab. Hatte gehadert, gelitten, gehofft. Eigenartigerweise waren es die Augen des toten Mädchens gewesen, die ihm schließlich den Weg gewiesen hatten. In seinen dunkelsten Stunden hatte er mit diesen Augen gesprochen, er hatte ihnen seine Ängste anvertraut wie niemandem, hatte sich entblößt vor diesen Augen, sodass er in völliger Nacktheit vor ihnen gestanden hatte ... *Let me be no nearer in death's dream kingdom ...* Warum gerade diese Augen? Er wusste es nicht. Und als er aufgetaucht war aus seinem Traum, da war er bereit gewesen, den immerwährenden Kampf zwischen Gut und Böse fortzuführen. *Every man to his work.*

»Wie war das damals?«, fragte er jetzt. Er schob seinen Läufer nach vorne. »Schach!«

Dr. Manfredi seufzte enttäuscht, wiegte den Kopf, so, wie er das vor viele Jahren bei seinen Schülern immer gemacht hatte.

»Das war aber ein ziemlich schlechter Zug«, sagte er dann nachsichtig. »Sehen Sie, Herr Kommissar! Matt in zwei Zügen.«

»Mmh.« Bichlmaier wartete. Wusste, dass er ihn nicht drängen durfte. Es machte ihm nichts aus zu warten. Er hatte Zeit. Schließlich räusperte sich der alte Herr.

»Es waren die Schüler, die alles organisiert haben ... Eine außergewöhnliche Gruppe ... Ich durfte damals die Schule nach außen hin vertreten. Obwohl ich nur dieses eine Jahr an der Schule gewesen bin. Von den etablierten Kollegen wollte keiner fahren … Das ist fast vier Jahrzehnte her. Ich war noch ziemlich jung damals.« Er kicherte wieder, schwelgte wohl in seinen persönlichen Erinnerungen. »Können Sie sich noch an die Zeit erinnern?«

Bichlmaier nickte. Damals, das war die Zeit des Prager Frühlings gewesen. Ja! Er konnte sich noch erinnern. An den kleinen traurigen Mann vom Prager Hradschin. Und an die vielen Panzer auf dem Wenzelsplatz. Das Bild des kleinen Mannes hatte sich aus irgendwelchen Gründen tief bei ihm eingebrannt. Die traurigen Augen, das leise Lächeln. Ein Popstar der Politik. Wieder die Augen! Auch an die Panzer in den Straßen der Stadt konnte er sich noch erinnern. An den brennenden Jungen. Den Studenten. Wie hieß er gleich wieder? Sein Name war um die Welt gegangen. Jan Palach. Komisch! Manche Sachen und Bilder vergisst man nicht. Sein ganzes Leben lang nicht.

»Können Sie sich noch an die Schüler von damals erinnern?«

Dr. Manfredi lächelte kurzsichtig, zuckte mit den Schultern. »Es sind so viele Jahre vergangen«, sagte er bedauernd. »So viel ist in dieser Zeit passiert.«

Bichlmaier zog ein Taschentuch aus seiner Hosentasche und wischte sich erneut den Schweiß von der Stirn. Die Hitze setzte ihm zu. Sein Körper war noch nicht sehr widerstandsfähig. Ein Wunder, dass er überhaupt schon wieder auf den Beinen war.

»Sagt Ihnen der Name Güllner etwas?«

»Natürlich«, nickte der alte Mann. »Der Politiker … Gott ja … Aber nicht mein Fall«, fügte er hinzu. »Ich mochte immer die Sozis lieber.«

Bichlmaier musste lächeln. »War Güllner damals einer der Schüler, mit denen Sie nach Bratislava fuhren?«

Wieder schüttelte der alte Lehrer den Kopf. »Schon möglich. Aber Sie verstehen …? Ich bin nicht sicher. Wer hat Ihnen eigentlich von der Sache von damals erzählt?«

»Wir haben in den Archiven der Schule recherchiert. Das war ganz einfach. Außerdem hat uns der jetzige Schulleiter davon erzählt.«

»Ah, Dr. Merling.« Es klang nicht gerade begeistert. Bichlmaier schien es, als würde sein Gegenüber plötzlich das Interesse an der Vergangenheit verlieren. Beide schwiegen sie eine ganze Weile, hingen nun ihren Gedanken nach. Nach geraumer Zeit fürchtete Bichlmaier, der alte Herr würde wegdösen. Er räusperte sich diskret. Dr. Manfredi öffnete die Augen und lächelte ein bisschen.

»Es war Herbst, als wir fuhren«, sagte er dann. »Ich glaube, es war ein sehr sonniger Tag damals. Fast so wie heute … Aber auch da bin ich mir nicht mehr ganz sicher … Ich kann mich aber noch sehr genau an das Gefühl erinnern, als wir über die Grenze fuhren … Das war nicht weit von hier … Wir fühlten uns alle total ausgeliefert. Es war für mich und auch für die meisten der Schüler das erste Mal, dass wir in den Ostblock fuhren. Ich war davor noch nicht einmal in Westberlin gewesen. Man hatte einfach das Gefühl, die können dich jederzeit verhaften, nur weil du aus dem Westen kommst. ›Willkommen in der Tschechoslowakei – Sie sind verhaftet.‹ An der Grenze wimmelte es von Soldaten mit Maschinenpistolen. Ich glaube, alle im Bus hatten damals Angst …«

»Wie kam es denn überhaupt zu dem Austausch?«

»Ja, wie kam es dazu?«

Der alte Mann lehnte sich zurück, streckte die Füße von sich. Seine beiden Hosenbeine rutschten dabei ein Stück hoch. Bichlmaier blickte auf seine Knöchel und

Waden. Sie waren weiß und haarlos. Wie bei einem Toten, dachte er. Einen Moment lang blitzte eine Erinnerung in ihm auf. An Gebeine von Märtyrern in Glasschreinen. An eine Kirche, hoch droben auf einem Berg. Der Blick auf den Fluss unten im Tal. Der stumme Schrei der Kindheit, der die unermessliche Spanne des Lebens auf eine kurze Sekunde zusammendrängt.

»Es war einfach eine Frage der Zeit. Irgendwo musste so etwas passieren. Es lag damals in der Luft. Die politische Großwetterlage ... Sie verstehen ...? Ein laues Frühlingslüftchen ... und schon waren die Kontakte geknüpft. Völlig unkompliziert. Die Schüler haben es damals den Erwachsenen vorgemacht. Wichtig war nur, dass auch die politischen Stellen mitgespielt haben ... Und die haben mitgespielt. Der damalige Bürgermeister, das Auswärtige Amt, das Ministerium, ... alle. Es war ja auch wirklich etwas Außergewöhnliches. Selbst das Fernsehen hat davon berichtet.« »Warum gab es eigentlich damals keinen Gegenbesuch?«, fragte Bichlmaier. »Warum blieb es bei dem einen Treffen in der Slowakei?«

»Ganz einfach. Es ging nicht mehr. Die politischen Verhältnisse hatten sich bald wieder verändert. Als wir damals unsere Reise antraten, waren die Sowjettruppen bereits in Prag einmarschiert. Wir konnten nur fahren, weil wir die Einreisevisa bereits in unseren Pässen hatten.«

Bichlmaier dachte an die Zeit zurück, als er so jung gewesen war wie die Schüler, von denen der alte Mann sprach. Versuchte, sich an den Jungen zu erinnern, der vor fast vierzig Jahren mit großen, staunenden Augen in die Welt hinausgetreten war. Hatte er damals auch geglaubt, ein neues Zeitalter würde heranbrechen? Hatte er versucht, ins Rad der Geschichte zu greifen, so, wie diese Jungen und Mädchen? Er wusste es nicht mehr. Die

Zeit von damals hatte keine bemerkenswerten Spuren bei ihm hinterlassen. In seinem tiefsten Inneren ahnte er aber, dass er die Welt nie in dieser Weise hatte verändern wollen. Sein ureigenstes Bestreben war es schon immer gewesen, Ordnung zu bewahren. Er brauchte die Sicherheit, das Vertraute. Vielleicht war er ja auch deshalb Polizist geworden.

»Können Sie sich an dieses Mädchen erinnern?«, fragte er dann. Er reichte Dr. Manfredi das Foto mit dem geheimnisvollen Mädchen, das ihm Güllners Frau gegeben hatte. Der studierte das Bild lange. Die grelle Nachmittagssonne schien ihn jedoch zu blenden, denn nach einer Weile schloss er die Augen und senkte das verblichene Foto.

»Ein sehr schönes Mädchen«, sagte er schließlich. Er zögerte, fuhr aber doch fort. »Es gab damals tatsächlich ein Mädchen, das unsere Jungs verrückt gemacht hat … Daran kann ich mich doch noch erinnern. Ob es dieses Mädchen auf dem Foto war, kann ich allerdings nicht mehr sagen. Eine Slowakin auf jeden Fall. Ich weiß noch, dass sie wunderschöne schwarze Augen gehabt hat. So, wie dieses Mädchen auf dem Foto … Ja, ja, auch ich war von ihr beeindruckt … Na ja, ich war auch noch sehr jung damals …«

Wieder schloss er die Augen. »Irgendetwas ist damals passiert. Aber ich kann mich nicht mehr erinnern, was es war. Etwas, das uns Angst gemacht hat …«

Bichlmaier schaute fragend auf den alten Herrn, wartete, dass er weitersprach, doch der war verstummt.

»Sagt Ihnen der Text auf der Rückseite etwas?«

Der alte Lehrer drehte das Foto um. Las. Er schüttelte den Kopf.

»Nein«, sagte er bedauernd. »Aber es klingt sehr schön. Nach junger Liebe. Sehr unschuldig. Wissen

Sie, dass einige der deutschen Schüler Nylonstrümpfe in ihrem Gepäck hatten? Heimlich gekauft. Ihre Eltern durften davon nichts wissen.«

Bichlmaier schüttelte den Kopf. »Wozu?«

»Es ging das Gerücht, die Mädchen im Osten wären für ein Paar Nylonstrümpfe zu allem bereit.«

Er zuckte leicht die Schultern und gab Bichlmaier das Foto zurück.

»Amerikanische Jeans sollen sogar noch gefragter gewesen sein. Die Originale. Aber die waren den Jungs zu teuer.«

»Hatten denn Sie welche dabei?«, fragte Bichlmaier.

Der alte Lehrer lachte. Er war zu alt, um gekränkt zu sein. Sein Blick schweifte zum Wasser hinunter. Folgte der kaum wahrnehmbaren Strömung. Ein Weidenzweig trieb vorbei, verschwand langsam in der Ferne.

»In der Zeitung stand, dass ein anderer Kommissar die Leitung in dem Fall übernommen hat.«

»Ja, das ist richtig. Ein guter Mann. Aber er steht gewaltig unter Druck.«

»Und Sie?«

»Ich mache einfach da weiter, wo ich vor einigen Wochen aufgehört habe«, sagte Bichlmaier. »Pure Neugier … Außerdem, zum Schachspieler tauge ich noch nicht.« Er lachte. Es klang wie ein heiseres Husten …

28. September 1968

»Mein Stich«, sagt der Junge lässig. Er sammelt die Karten der anderen ein, legt sie auf einen Stapel neben sich auf dem Sitz. Die Atmosphäre im Bus ist angespannt. Es wird kaum gesprochen. Die vier Jungen sitzen ganz hinten. Natürlich sie! Wer sonst. Sie spielen Karten seit einer ganzen Ewigkeit. Im Grunde, seit sie Weiden hinter sich gelassen haben. Die Eltern, die Freunde, die Presse ... Die Gesichter sind bleich. Das kommt daher, dass sie und die anderen vergangene Nacht kaum geschlafen haben. Sie haben die letzten Stunden bis zum Morgen draußen vor der Schule verbracht. Schließlich ist es warm gewesen. Eine Spätsommernacht. Sie haben ihre Schlafsäcke ausgerollt. Zwei von ihnen haben Gitarren dabeigehabt. *The times they are a-changin'* und *Universal Soldier* und natürlich *Blowin' in the wind*. Dieselben Songs, immer wieder. Einfache Akkorde. Dazu eine Zweiliterflasche Rotwein und später dann noch eine und etwas zum Rauchen. Von den Amis im Lager. Kein Problem. Sie haben sich gegenseitig vorgelesen. Geschichten von *Bukowski*. Gedichte von *Dylan Thomas* und *Allen Ginsberg*, sogar Volksmärchen von *Anderson* und den *Grimms* – und natürlich Statements von *Dutschke*. Apodiktisch. Lange Sätze, Hypotaxe pur. Ernste Gesichter.

Der Bus nähert sich dem Wald aus Fahnen, Wachtürmen und Baracken. Davor Soldaten mit Maschinenpistolen, Grenzbeamte. Sie müssen aussteigen, sich am Straßenrand aufstellen. Jetzt nur nicht lachen, nur nicht auffallen. Dann werden ihre Pässe, ihr Gepäck, ihre Habseligkeiten einer peinlich genauen Kontrolle unterzogen. Auch der Bus wird gründlichst untersucht, Spiegel werden unter das Fahrzeug gefahren. Nichts bleibt verborgen. Man spürt ihre Angst, ihre Hilflosigkeit. Verwirrte Kinder. Dazu knappe, kurze Kommandos in einer harten, unzugänglichen Sprache. Schließlich dürfen sie dann doch zurück in den Bus. Endlich. Die Spielkarten liegen am Boden. Der Schlagbaum hebt sich.

15

Das Erste, was ihm auffiel, war, dass es hier noch viel heißer war als zu Hause in Deutschland. Als er das Zugabteil nach der langen Fahrt verließ und auf den Bahnsteig trat, traf ihn die Hitze wie ein Keulenschlag. Es war später Nachmittag, doch noch immer war ein Flimmern in der Luft, das ihm nahezu den Atem raubte. So muss es sein, wenn man ans Meer fährt, dachte er. Oder wenn man in Rom lebt.

Der Bahnhof von Bratislava war überraschend klein. Zumindest hatte er ihn sich größer vorgestellt. Nicht so provinziell.

Er ging die wenigen Stufen des Eingangsbereichs hinunter und trat durch eine Glastür auf den Vorplatz. Ein junger Mann kam auf ihn zu, nahm seinen Koffer und winkte ihn zu seinem Taxi, einem alten, zerbeulten Lada. Er lachte freundlich. »Wohin wollen Sie?«, fragte er in bestem Deutsch mit leichtem Wiener Einschlag. Bichlmaier gab ihm die Adresse seines Hotels im Zentrum von Bratislava.

»Kyjev Hotel, Zamocka 38.«

Der junge Mann lachte wieder. Bichlmaier war froh, dass er sitzen konnte. Er schwitzte. Sämtliche Fenster im Auto waren geöffnet, und als der junge Mann losfuhr und mit halsbrecherischem Tempo durch die Straßen der Stadt raste, blies der Fahrtwind, dass Bichlmaier nun erst recht Mühe hatte, frei zu atmen. Er fühlte sich dennoch wohl und seltsam leicht.

Die Fahrt zum Hotel dauerte nur wenige Minuten. Sie fuhren eine lange, breite Straße entlang, die fast schnurgerade verlief. *Štefánikova.* Es herrschte wenig Verkehr um diese Zeit. Einige Male sah man zwischen den Häusern die Burg, die hoch über der Stadt thronte, hervorspitzen. Ein mächtiger, viereckiger Koloss mit vier gedrungenen Türmen.

Das Hotel, ein von außen ebenso schmuckloser Kasten aus den späten sechziger Jahren, strahlte gediegene Uniformität aus und hätte genauso gut in München, Paris oder London stehen können.

An der Rezeption unterhielten sich zwei Engländer, die gerade auscheckten, lautstark über die explodierenden Bierpreise in der Stadt, als Bichlmaier, der sich nach einer Erfrischung sehnte, plötzlich spürte, wie ihn jemand von hinten an der Schulter berührte. Er zuckte zusammen. Als er sich überrascht umwandte, stand eine Frau in einem etwas streng wirkenden Kostüm vor ihm. »Herr Bichlmaier?«, fragte die Frau. Ihre Hand lag noch einen Augenblick lang leicht auf Bichlmaiers Schulter.

»Ich bin Maria Ondruchova. Major Ondruchova von der Polizeidienststelle in Bratislava. Herr Hallmann hat uns informiert, dass Sie kommen würden. Herzlich willkommen in der Slowakischen Republik.«

Sie sprach ausgezeichnet Deutsch. Bichlmaier dachte an den jungen Taxifahrer von eben und fragte sich, ob alle Slowaken über solch gute Deutschkenntnisse verfügten.

»Ist das Ihr erster Besuch in Bratislava?«, fragte sie.

»Ja«, sagte Bichlmaier. »Ich reise nicht viel ... Leider.«

Die Frau nickte. Sie lächelte leicht. Ihre Zähne waren makellos weiß. Nur an einem ihrer Eckzähne war etwas Lippenstift.

»Ich hoffe, Ihre Reise war nicht zu anstrengend?«, fügte sie hinzu. Ohne dann jedoch auf Bichlmaiers Antwort zu warten, winkte sie einem Hoteljungen, der müde in der Nähe der Rezeption herumstand. Der Junge kam sofort herbei, und sie sprach ein paar kurze Sätze zu ihm. Für Bichlmaiers Ohren klangen ihre Worte recht barsch. Der Junge eilte daraufhin hastig zurück zur Rezeption. Es schien, als habe er Angst.

»Ihr Zimmer ist im obersten Stockwerk. Da werden Sie einen ausgezeichneten Blick über die Stadt haben.«

»Ich danke Ihnen«, sagte Bichlmaier. »Ich freue mich darauf, Ihre Stadt und Ihr Land näher kennenzulernen. Man hat mir gesagt, dass sich in den letzten Jahren sehr viel verändert hat.«

»Viele Dinge ändern sich nur sehr langsam«, antwortete darauf die Frau. »Manche gar nicht.«

Die Worte schienen nicht einfach nur so dahingesagt zu sein. Bichlmaier wartete darauf, dass sie weitersprach, aber sie ging nicht näher darauf ein.

»Vielleicht wollen Sie sich in Ihrem Zimmer etwas von den Anstrengungen der Reise erholen«, sagte sie stattdessen.

»Ich werde Sie gegen sieben Uhr abholen. Wenn Sie wollen, werde ich Ihnen ein kleines bisschen von Bratislava zeigen. Dabei können wir dann auch über Ihr Anliegen sprechen.«

Wieder wartete sie nicht darauf, dass er antwortete. Sie nickte ihm kurz zu und richtete dann wiederum einige knappe Worte an den Pagen, der mittlerweile die Chipkarte geholt hatte, mit der Bichlmaier Zugang zu seinem Zimmer und zum Hotel erhielt. Der Junge antwortete, schaute dabei aber an der Frau vorbei zu Boden. Ein paar Mal blickte er kurz auf Bichlmaier. Schließlich eilte er zurück zu seinem Platz an der Rezeption. Für Bichlmaier schienen keine weiteren Formalitäten an der Anmeldung mehr nötig zu sein. »Wie geht es Herrn Hallmann?«, fragte Major Ondruchova. Sie lächelte dabei leicht. Und noch ehe Bichlmaier antworten konnte, reichte sie ihm die Hand. »Bis heute Abend«, sagte sie. Ihre Hand war angenehm kühl.

Als Bichlmaier zum Aufzug ging, kamen ihm zwei groß gewachsene Männer entgegen. Sie wirkten auf ihn wie Zwillinge, wären ihm aber nicht weiter aufgefallen, wenn da nicht ihre seltsam leblosen Augen gewesen wären, mit denen sie ihn eine kurze Sekunde lang musterten. Obwohl ihn die beiden direkt anblickten, schienen ihre Blicke durch ihn hindurchzugehen und in weite Ferne gerichtet zu sein. Dieser Ausdruck in ihren Augen war ihm, ohne so recht zu wissen, warum, unangenehm.

Noch ehe er jedoch den Aufzug betrat, hatte er die beiden schon wieder aus seinen Gedanken verdrängt. Diese kreisten noch immer um Maria Ondruchova. Hallmann hatte recht gehabt. Sie war in der Tat eine äußerst attraktive Frau.

Sein Zimmer im achtzehnten Stockwerk des Hotels war größer, als er es erwartet hatte, die Ausstattung komfortabler. Die Aussicht über die Dächer der Stadt war dazu atemberaubend. Er stellte sich eine Weile vor das riesige Fenster und blickte hinunter auf die Straßen und Gassen, die unter ihm lagen. Der Verkehr war zunehmend stärker geworden, das Leben pulsierte. Noch immer schien ein Flimmern in der Luft zu liegen. Dies drang jedoch nicht zu ihm herein, ebenso wenig wie die Geräusche der Stadt. Er fühlte sich wie in einem Glaskasten. Eingesperrt. Es war ihm, als würde er hier oben schweben und sich dabei immer weiter von der Erde entfernen.

Er ging zur Minibar und nahm sich eine Flasche Bier heraus. *Pilsener Urquell.* Er öffnete die Flasche und trank mit gierigen Zügen. Das Bier war viel zu kalt. Es schmerzte beim Trinken. Dann legte er sich aufs Bett. Innerhalb einer Minute war er eingeschlafen.

Er schlief unruhig und wälzte sich hin und her. Kurz vor halb sieben wachte er auf. Es war gänzlich still im Zimmer. Nur das leise Surren der Klimaanlage war zu hören.

»Die schönste Zeit in Bratislava ist der Herbst. Sie sind leider ein paar Wochen zu früh gekommen, Herr Kommissar.«

Major Ondruchova lachte. Ihr Lachen war tief und kehlig und sinnlich. Bichlmaier hatte solch ein Lachen schon seit langer Zeit nicht mehr gehört. Es erregte ihn, wie er ganz überrascht feststellte. »Im Sommer ist es viel zu heiß hier. Da kann man es eigentlich nur aushalten, wenn man hinaus aufs Land fährt.« Sie lächelte.

»Gefällt Ihnen Bratislava?«, fragte Maria Ondruchova dann. Ein Versuch, Konversation zu betreiben? Sie sah ihn von der Seite an. Wieder hatte sie ihre Hand auf seinen Arm gelegt. Bichlmaier nickte. Die Leichtigkeit des frühen Nachmittags war noch nicht verflogen.

Allmählich verschwand die Sonne hinter den Häusern und hinter den Weinbergen, die die Stadt umgaben. Er verspürte plötzlich Hunger.

»Wie kommt es, dass Sie so gut Deutsch sprechen?«, fragte er.

»Ich habe in Deutschland studiert«, antwortete sie. Er sah sie etwas erstaunt an.

»In Ostberlin«, lachte sie. »Damals, in der DDR …

Nicht in Ihrem schönen und reichen Deutschland natürlich ... Aber es war trotzdem eine aufregende Zeit. Leider ist das schon sehr lange her.«

Er konnte das Parfüm riechen, das sie aufgelegt hatte. Er mochte den Geruch. Es schien ihm, als sei der ganze Wagen davon erfüllt.

»Es gibt jetzt nur noch ein Deutschland«, sagte er. »Und manchmal weiß ich nicht, ob es wirklich meines ist.«

Sie zuckte mit den Schultern, und beide schwiegen einen Moment. »Ich möchte Sie mit einem Freund bekannt machen«, fuhr sie dann, ohne weiter auf seine Worte einzugehen, fort.

»Er ist Schriftsteller. Er schreibt vorwiegend Kriminalromane ... Natürlich auf Slowakisch ... Sie werden seinen Namen noch nicht gehört haben. Aber er ist ein großer Patriot. Die Menschen in der Slowakei mögen ihn. Er war mit Dubček befreundet ... Allerdings war das in der Zeit, als Husák an der Macht und Dubček ein Niemand war.«

»Dann war er wohl ein guter Freund«, sagte Bichlmaier.

Maria Ondruchova nickte. Sie richtete ein paar Worte an den Chauffeur. Wieder klangen diese in Bichlmaiers Ohren hart und unfreundlich.

Wenig später hielt der Wagen.

»Wir können den Rest zu Fuß gehen. Das Restaurant ist nicht weit von hier.«

Bichlmaier nickte. Sein Magen knurrte.

Zdenek Rehor schaute ihn aus melancholischen, vom Wein geröteten Augen an. Er hatte schwere Augenlider und buschige dunkle Augenbrauen, die einen seltsamen Kontrast zu seiner Blässe bildeten.

»Koscheres Essen ist nirgendwo so gut wie hier bei

Chez David«, sagte er. Bichlmaier nickte höflich. Das Fleisch und die Beilagen hatten ihm nicht so recht geschmeckt, aber er war satt geworden. Das slowakische Bier dagegen war sehr gut. Ein herbes Pils, das sehr kalt serviert wurde. Er hatte schon zwei Gläser getrunken und spürte die Wirkung des Alkohols.

»Wir trinken«, hatte Zdenek Rehor ganz lakonisch gemeint, gleich nachdem Maria Ondruchova ihn und Bichlmaier miteinander bekannt gemacht hatte. Eine Aussage, die keinen Widerspruch duldete. Er hatte dann auch sofort Schnaps bestellt. *Demänovka*. Noch vor dem Essen. Bichlmaier hatte getrunken. Im Grunde hatte er keine Wahl gehabt. Daraufhin hatte ihm Zdenek Rehor das Du angeboten, und sie hatten wieder getrunken.

»Trinken ist gut für die Seele. Und es tötet die bösen Zellen im Körper«, hatte Zdenek gesagt. Bichlmaier hatte genickt. Und er war bereit gewesen, die letzten der bösen Zellen, die da vielleicht noch immer in seinem Körper tobten, auszurotten. Besser als der ganze Chemozauber, hatte er gedacht.

Jetzt war er müde. Maria Ondruchova hatte sie vor ein paar Minuten allein gelassen. Hatte, wie sie erklärte, noch ein wichtiges Telefongespräch zu führen. Was konnte um diese Zeit überhaupt so wichtig sein?

Sie hatte Bichlmaier mit keinem Wort angedeutet, in welchem Verhältnis sie zu Zdenek Rehor stand, hatte ihn nur als einen guten Freund vorgestellt. Sie hatte ihm auch nicht gesagt, warum sie die beiden Männer zusammengebracht hatte. Bichlmaier hatte auch nicht danach gefragt. Sie hatten gegessen und getrunken und hatten sich dabei über alle möglichen Dinge unterhalten.

»Warum schreibst du ausgerechnet Kriminalromane?«, fragte er nun träge. Das Du war ihm zu seiner eigenen Überraschung von Anfang an nicht schwergefallen. Das hatte wohl am Alkohol und an seiner gelösten Stimmung gelegen.

»Der Grund sind meine Leser«, sagte Zdenek Rehor, und er lachte schallend. »Die sind schuld daran. Die haben mich zu ihrem Märchenonkel gemacht. Ich habe ihnen einmal gegeben, was sie hören wollten, und jetzt muss ich es ihnen immer wieder erzählen. Sie sind wie Kinder …«

»Was wollen sie denn hören?«, fragte Bichlmaier.

»Ganz einfach. Dass die Welt noch immer in Ordnung ist und dass das Gute auf ewig siegreich sein wird. Kriminalromane sind wie Märchen …«

»Warum wollen sie denn das hören?«

»Weil sie genau wissen, dass es so nicht ist.« Wieder lachte er.

»Wie sieht denn deine Welt aus, Kommissar? Bist du ein ordentlicher Polizist? Schaffst du Ordnung? Bist du der Gute in deiner Welt?«

»Ich versuche es zu sein«, sagte Bichlmaier. »Aber es ist nicht so leicht. Manchmal weiß man nicht so recht, was gut und was böse ist.«

Zum ersten Mal an diesem Abend dachte er wieder an die Gründe, die ihn hierher gebracht hatten. Es war, als würde ihn die Erinnerung ernüchtern. Er stand auf, entschuldigte sich. Er musste zur Toilette. Seit sie ihn operiert hatten, verspürte er nicht mehr den Drang, ständig Wasser lassen zu müssen. Doch hatte er beim Essen so viel Flüssigkeit zu sich genommen, dass ihn nun die Blase drückte. Ganz normal, dachte er. Als er ging, rief ihm Zdenek Rehor noch etwas hinterher, was Bichlmaier nicht verstand. Wahrscheinlich ein deftiger Scherz über die Auswirkungen von Bier auf die Blase. Er grinste dabei diabolisch, und Bichlmaier grinste zurück.

Er verließ den Speisesaal und folgte den Schildern, die den Weg zur Toilette wiesen. Der Kontrast zu dem freundlichen Ambiente des Speiseraums war frappierend. Er trat in einen düsteren Vorraum, von dem aus verschiedene Treppen und Gänge weiterführten. Plötzlich hatte er das Gefühl, sich in einem Labyrinth zu befinden. Er folgte einem der dunklen Korridore, an dessen Ende sich zwei beleuchtete Schilder befanden. Als er näher kam, bemerkte er drei Personen, zwei Männer und eine Frau, die dort im Halbdunkel heftig aufeinander einredeten. Das Gespräch verstummte sofort, und die beiden Männer gingen eilig in der entgegengesetzten Richtung davon. Die Frau kam auf ihn zu. Es war Maria Ondruchova. Sie lächelte und sagte etwas Belangloses, als sie an ihm vorbeiging. Bichlmaier konnte ihr Parfüm riechen.

Die beiden Männer waren in einem der Korridore verschwunden. Irgendwie waren sie ihm bekannt vorgekommen, ohne dass er im Moment hätte sagen können, wo er sie schon mal gesehen hatte. Erst als er wieder ins Lokal trat, erinnerte er sich an die zwei Männer, die ihm im Hotel auf dem Weg zum Fahrstuhl entgegengekommen waren.

Maria Ondruchova und Zdenek Rehor schienen ihn, als er von der Toilette zurückkam, nicht zu bemerken. Einen Augenblick lang beobachtete Bichlmaier die beiden, ehe er die Tür, die zurück ins Lokal führte, hinter sich zuzog. Aus der Entfernung sah es aus, als würden sie heftig miteinander streiten. Als er an den Tisch trat, stellten die beiden ihre Unterhaltung ein.

»Herr Bichlmaier, kommen Sie«, sagte Maria Ondruchova. »Wir dachten schon, Sie seien verloren gegangen.« Sie lachte. Zdenek Rehor legte Bichlmaier eine Hand auf die Schulter. »Wir trinken«, sagte er und winkte die Bedienung an den Tisch. Dann bestellte er Bier für Bichlmaier und Wein für Maria Ondruchova und sich selbst. Dazu Slivowitz. Bichlmaiers Magen krampfte sich zusammen.

Eine Weile wusste dann keiner mehr etwas zu sagen.

»Es ist schön, dass du hier bist, Adolf«, meinte Zdenek Rehor dann unvermittelt. »Maria hat mir gesagt, warum du nach Bratislava gekommen bist ... Du willst jemanden finden, von dem du glaubst, dass er dir bei der Aufklärung eines Verbrechens helfen könnte, nicht wahr?«

Bichlmaier nickte überrascht. Er begriff, dass Zdenek Rehor ihm etwas Wichtiges zu seinem Fall mitteilen wollte. Er hatte sich schon länger gefragt, wann Maria Ondruchova das Gespräch auf sein Anliegen bringen würde, war sich aber nicht sicher gewesen, ob Zdenek Rehor überhaupt davon wusste, ob ein Gespräch darüber in seiner Anwesenheit überhaupt möglich sein würde. Umso verblüffter war er jetzt, als dieser von sich aus das Thema aufgriff. »Ja, ich suche jemanden, der vielleicht eine Rolle bei einer Mordserie in meinem Dienstbereich gespielt haben könnte«, sagte er vorsichtig. Es klang ein bisschen hölzern, wie er fand.

»Du suchst eine Frau, nicht wahr? Maria hat mir davon erzählt.«

Bichlmaier nickte.

»Hast du ein Foto von ihr? Ich würde es gerne sehen, wenn du erlaubst.«

Bichlmaier langte in seine Jacketttasche und zog das Foto hervor, das ihm Güllners Frau vor vielen Wochen gegeben hatte. Er legte es vor Zdenek Rehor auf den Tisch. Auch Maria Ondruchova beugte sich nach vorne, um die Aufnahme näher zu betrachten.

»Ja, das ist Petra Hafnerova«, sagte Zdenek Rehor sofort.

»Die schöne Petra.«

»Du kennst sie?«

»Ich kannte sie. Wir sind zusammen in die Schule gegangen ... Petra Hafnerova ist aber schon lange tot. Soweit ich weiß, starb sie bei einem Unfall. Es tut mir leid ...«

»Das kann nicht sein«, sagte Bichlmaier. Er war enttäuscht. Dann zog er einen Bogen Papier aus der Tasche mit dem Phantombild der Frau, die mit Güllner kurz vor seiner Ermordung gesprochen hatte. Er legte das Computerbild ebenfalls vor Zdenek Rehor auf den Tisch.

»Könnte das Petra Hafnerova sein? Vierzig Jahre später?«

Zdenek Rehor schaute lange auf das Phantombild.

»Diese Frau kenne ich nicht«, sagte er dann. »Natürlich sind Ähnlichkeiten erkennbar, aber ... Was ist mit der Frau passiert?«

Er deutete auf die seltsamen Vernarbungen in ihrem Gesicht.

»Wir wissen es nicht. Das Bild wurde nach den Angaben eines Kindes gemacht. Das lässt natürlich viele Fragen offen.«

Bichlmaier zuckte mit den Schultern. Er fühlte sich plötzlich müde und ausgelaugt. Eine Weile wusste er nichts zu sagen.

»Das alles deckt sich auch mit unseren Recherchen«, sagte Maria Ondruchova dann in das Schweigen hinein. »Nachdem uns Herr Hallmann um Amtshilfe gebeten hat, haben wir versucht, Näheres über den damaligen Austausch herauszufinden. Dabei sind wir auch auf den Namen Petra Hafnerova gestoßen. Laut unseren Unterlagen ist das Mädchen kurz nach dem Besuch der deutschen Gäste bei einem Autounfall getötet worden ...«

»Gibt es Hinweise auf den Fahrer des Unglücksfahrzeugs?«

Maria Ondruchova schien einen Moment zu zögern, dann schüttelte sie den Kopf. »Leider nein. Der Fahrer beging damals Fahrerflucht und wurde nie ermittelt ...«

»Gibt es Eltern, die man befragen könnte?«

Wieder schüttelte Maria Ondruchova den Kopf. »Ihre Eltern sind bereits vor Jahren verstorben. Sie waren schon relativ alt, als sie das Mädchen bekamen. Auch Verwandte konnten wir nicht ermitteln ... Leider.«

Sie blickte auf Zdenek Rehor. »Das war der Grund, warum ich Zdenek um Mithilfe gebeten habe. Sein Name tauchte in den Unterlagen der Schule auf, und da wir uns schon geraume Zeit kennen, habe ich ihn gebeten, heute bei uns zu sein ...«

Bichlmaier nickte. Das Gespräch brach ab. Maria Ondruchova und auch Zdenek Rehor schienen auf seine Reaktion zu warten.

Etwas stimmt hier nicht, dachte Bichlmaier. Was verschweigen die beiden? Und warum verschweigen sie es?

Er war enttäuscht. Und doch gab es da neben seiner Enttäuschung etwas, das ihm Hoffnung machte. Wenn ihm etwas verschwiegen wurde, dann musste das einen Grund haben. Und diesen Grund galt es herauszufinden.

Er spürte, dass er über die offiziellen Kanäle nicht weiterkommen würde. Dennoch würde er seine Suche nach dem Mädchen nicht aufgeben.

»Was für ein Mädchen ist Petra gewesen?«, fragte er. Er wusste, dass er sich mit seiner Frage vom Kern der Angelegenheit entfernte. Die Anspannung, die er bei Zdenek Rehor und Maria Ondruchova bemerkt hatte, ließ nach.

»Sie hat uns damals alle verzaubert mit ihrer Schönheit und ihrer ganzen Art«, meinte Zdenek Rehor.

»Hm«, brummte Bichlmaier nachdenklich. Wie hatte Güllner sie genannt? Seine Prinzessin vom Glasberg.

»Ich würde morgen gerne einen Besuch an ihrer früheren Schule machen«, sagte er dann.

»Selbstverständlich«, antwortete Maria Ondruchova. »Ich hoffe, Sie kriegen dort Antworten auf Ihre Fragen.«

Wenig später brachen sie auf. Zdenek Rehor ließ es sich nicht nehmen, die Rechnung auch für Bichlmaier zu begleichen.

»Wenn ich einmal nach Deutschland komme, dann werde ich dich besuchen. Dann gehen wir trinken, und du kannst mich einladen«, sagte er und er wirkte dabei leicht angeschlagen. »Das wird verdammt teuer werden, mein Freund.« Dann umarmte er Bichlmaier zum Abschied und lachte noch einmal schallend.

Maria Ondruchova hakte sich bei Bichlmaier unter, und sie gingen die kurze Strecke bis zum Hotel zu Fuß. Weder Bichlmaier noch Maria Ondruchova sprachen sehr viel. Jeder hing seinen Gedanken nach. Kurz bevor sie in den hellen Schein der Lampen vor dem Hotel traten, blieb Maria Ondruchova plötzlich stehen. In einer unvermittelten Geste des Abschieds drückte sie sich an Bichlmaier, der einen Moment lang verblüfft war, sie aber dann auch an sich zog. Sie hatte ihre Arme um ihn gelegt. Er konnte ihre schweren Brüste spüren, und wieder merkte er, wie ihn das erregte. »Sei vorsichtig, Kommissar«, flüsterte sie ihm ins Ohr. »Stell nicht zu viele Fragen.« Er roch ihr Parfüm und dazu einen Hauch von Wein und Sommer.

In seinem Zimmer war es kalt. Die Klimaanlage leistete ganze Arbeit. Er ging als Erstes zur Minibar und nahm sich eine kleine Flasche Mineralwasser heraus. Er trank sie in einem Zug aus. Das Wasser schmeckte scheußlich.

Wie Medizin. Obwohl er müde war, wusste er, dass er jetzt noch nicht würde schlafen können. Zu sehr hatten ihn die Ereignisse des Abends aufgewühlt. Er dachte an Maria.

Dann ging er zum Telefon und rief zur Rezeption hinunter. Der Nachtportier wirkte verschlafen. Bichlmaier bestellte ein Taxi. »Kein Problem«, meinte der Portier.

Zehn Minuten später rollte er dann durch die nächtlichen Straßen. Es waren nur noch wenige Autos unterwegs, und je weiter sie aus dem Stadtzentrum hinauskamen, umso einsamer und verlassener wurden die Straßen. Der Taxifahrer war ein älterer Mann. Er sprach kein Deutsch, und Bichlmaier hatte sein Schulenglisch hervorgekramt. »Cementary«, hatte er gesagt und dann noch »Dubček«. Der Taxifahrer hatte ihn zuerst verständnislos angeschaut, dann aber gelacht.

»Slávičie udolie«, hatte er gesagt und gleich noch eine Übersetzung hinzugefügt. *»Valley of the nightingale«*. Der Mond schien, und es war noch immer warm. Die Fenster des Taxis waren geöffnet, und der warme Wind blies Bichlmaier ins Gesicht. Die Häuser huschten an ihm vorbei. Die Fahrt dauerte etwa zehn Minuten, und er hatte längst die Orientierung verloren. Dann bogen sie in eine lang gezogene Straße ein. Zur Linken tauchte eine Mauer auf mit Büschen und Bäumen dahinter. Der Friedhof. Tal der Nachtigall. Ein schöner Name für einen Friedhof, fand Bichlmaier. Das Taxi hielt, und er stieg aus. *»Please, wait for me.«* Er ging über die Straße zum Eingang. Das Tor war noch offen. Nur wenige Schritte vom Eingang entfernt, das Grab. Größer als die Nachbargräber, aber doch schlicht. Unter der Bronzebüste lediglich der Name: *Alexander Dubček*. Bichlmaier musste plötzlich an den alten Gemeindearbeiter denken, der vor den sterblichen Überresten des ermordeten Lehrers

gebetet hatte. Er hätte jetzt auch gerne gebetet, aber es fielen ihm keine passenden Worte ein. So blieb er einfach einen Augenblick lang stehen. Seine Gedanken wanderten. Von dem kleinen Mann, dessen Überreste hier zu seinen Füßen lagen, hin zu Petra Hafnerova, Güllners Prinzessin vom Glasberg. Beide waren sie an den Folgen mysteriöser Verkehrsunfälle gestorben, dachte er. Welch seltsames Spiel des Zufalls. Was steckte dahinter?

Als er wenig später den Friedhof verließ und über die Straße zu dem wartenden Taxi ging, fiel sein Blick auf eine große schwarze Limousine, die etwa hundert Meter hinter dem Taxi geparkt hatte. Es war wohl auch ein Spiel des Zufalls, dass er in dem Moment auf das Auto blickte, als im Inneren die Glut einer Zigarette rot aufleuchtete. Jemand saß darin und wartete. Als sie dann losfuhren, sah er im Rückspiegel, dass sich das andere Fahrzeug ebenfalls in Bewegung setzte. Es folgte ihnen bis zum Hotel.

Er wurde also beschattet. Plötzlich und ohne Vorwarnung überfiel ihn ein eigenartiges Gefühl von Beklommenheit.

16

28. September 1968, 23 Uhr 10

Die Aula der Höheren Lehranstalt des Jura-Hronca-Gymnasiums im Herzen Bratislavas ist riesig, wirkt aber verwahrlost und heruntergekommen. Der Raum ist nahezu leer. In einer Ecke ein notdürftig abgedecktes Klavier. Daneben ein paar Stühle und Tische, ausrangiertes Schulmobiliar. Dazu hängt noch jetzt, kurz vor Mitternacht, ein scharfer, durchdringender Geruch von billigem Weißkohl aus der nahen Schulkantine in der Luft. Dies fällt allerdings weder den versammelten Schülern noch deren Eltern unangenehm auf. Es ist die ihnen vertraute Umgebung.

Sie haben sich an diesem Abend herausgeputzt, tragen ihre beste Kleidung, die meisten haben Blumen und Geschenke in der Hand, und sie alle warten voll Ungeduld auf das erste Zusammentreffen mit den Jungen und Mädchen aus dem Westen, die sie bislang nur aus Briefen kennen. Es ist ein banges Warten, das von den politischen Spannungen der vergangenen Tage überschattet wird. Es ist auch ein trotziges Warten. Sie alle haben natürlich im Rundfunk von den Panzern ihrer sogenannten Befreier gehört, die vor wenigen Wochen durch ihr Land gerollt sind, haben gelesen, was in der *Rudé Právo*, der Parteizeitung, über das »Moskauer Protokoll« geschrieben wurde. Dennoch sind sie jetzt hier versammelt. Denn noch lebt der Traum vom politischen Frühling. Trotz der Befreier.

»Kedy konečně prijedete?«, sagt ein Mädchen. »Wo sie nur bleiben?«

Sie alle warten schon seit geraumer Zeit. Eigentlich schon seit sehr langer Zeit. Dann schließlich fährt der Bus aus dem Westen vor. Wieder dauert es unendlich lange, eine kleine Ewigkeit, bis sich die Türen öffnen. Müde Gesichter, gezeichnet von der schier endlosen Fahrt über schlechte Straßen. Einer nach dem anderen kommen sie aus dem Fahrzeug, treten sie in den Raum.

Die Luft in der Aula ist trotz der späten Stunde und geöffneter Fenster und Türen stickig. Sie nehmen Aufstellung. Die Jungen und Mädchen stehen sich gegenüber. Stumm. Unsicher. Wie sollen sie sich verhalten? Der Direktor schreitet zum Rednerpult. Auch er wirkt unsicher. Er hat einige Sätze vorbereitet. Auf Deutsch. Noch ehe er jedoch dazu kommt, etwas zu sagen, tritt ein Mädchen aus der Reihe der slowakischen Gastgeber hervor, geht auf die deutschen Schüler zu. Das Mädchen ist von ungewöhnlicher Anmut. Die Blicke der Versammelten richten sich auf sie. Eltern, Schüler und Lehrer sind überrascht. Auch der Schulleiter hält inne. Es ist nichts abgesprochen gewesen.

»Es ist schön, dass ihr endlich da seid«, sagt sie ganz laut. Ihr Akzent ist unüberhörbar. Sie hält eine blutrote Rose in der Hand. Sie lächelt, verharrt einen Augenblick, dann wendet sie sich an eine Gruppe von vier deutschen Schülern, die in der Nähe des Rednerpults stehen. Ihre Blicke mustern die vier. Einen nach dem anderen. Es scheint, als wolle sie in ihren Gesichtern lesen. Dann, als habe sie eine Wahl getroffen, geht sie auf einen der Schüler zu, reicht ihm die Rose und schließt ihn in ihre Arme. Es dauert einen Augenblick. Dann bricht plötzlich Jubel los. Deutsche und slowakische Schüler eilen aufeinander zu …

Als Bichlmaier am nächsten Morgen erwachte, fühlte er sich so schlapp und zerschlagen, wie schon lange nicht mehr. Er hatte starke Kopfschmerzen und wäre am liebsten im Bett liegen geblieben. Lediglich der fade Geschmack in seinem Mund veranlasste ihn schließlich dazu, aufzustehen. Er ging ins Bad und putzte sich als Erstes die Zähne. Auf seiner Zunge war ein dicker weißer Belag, den er angewidert wegschabte. Er ekelte sich vor sich selbst und wünschte, er hätte am vorherigen Abend nicht so viel Alkohol getrunken.

Geraume Zeit betrachtete er dann sein Gesicht im Spiegel, was seine Stimmung nicht gerade hob. Er fühlte sich aufgedunsen und hässlich – und alt. Und er sehnte sich nach starkem Kaffee. Vielleicht würde ja der seine Lebensgeister wecken.

Eine halbe Stunde später, nachdem er geduscht hatte, ging er dann hinunter in den Speisesaal. Er bestellte Kaffee und nahm sich reichlich Orangensaft vom Büfett. Er hatte großen Durst und kippte mehrere Gläser in sich hinein. Hunger verspürte er dagegen keinen. Das Gefühl von Angst und Beklommenheit, das er vor wenigen Stunden empfunden hatte, war gewichen. Die Schatten der Nacht waren fürs Erste verschwunden.

Wenig später stand er auf und verließ den Speisesaal. Als er in die Hotelhalle trat, erwartete ihn dort zu seiner Überraschung der junge Polizist, der ihn gestern zusammen mit Maria Ondruchova durch das nächtliche Bratislava kutschiert hatte. Der Mann grüßte ihn ausgesprochen steif und höflich. Bichlmaier glaubte einen Moment lang, er würde vor ihm salutieren. Dann reichte er ihm aber doch nur die Hand. Noch immer trug er seine schlecht sitzende Uniform. Wahrscheinlich hatte er nur die eine. »Ich werde Sie in die Schule fahren«, sagte er. Sein Deutsch war nicht besonders gut, und Bichlmaier beschloss, die Schroffheit seiner Worte darauf zurückzuführen.

»Frau Major hat mich gebeten, Ihr Chauffeur zu sein. Wenn Sie es wünschen, kann ich auch Ihr Dolmetscher sein«, fügte er dann noch hinzu. Bichlmaier nickte zustimmend. Zumindest wusste er auf diese Weise, wer ihn überwachte.

»Frau Direktor Fajkusova erwartet Sie. Sie freut sich darauf, mit Ihnen zu sprechen.«

»Natürlich«, sagte Bichlmaier. »Wir können gleich fahren. Weiß Frau Fajkusova, warum ich mich mit ihr unterhalten möchte?«

»Ja. Frau Major hat heute Morgen mit ihr am Telefon gesprochen. Sie wird Ihnen sicher helfen können.«

Bichlmaier genoss die Fahrt durch die Stadt. Noch war es nicht so heiß wie am Tag zuvor, doch schien die Sonne bereits jetzt von einem wolkenlosen blauen Himmel. Er blickte aus den offenen Fenstern, versuchte, sich zu orientieren. Die Straßennamen mit den vielen Akzenten und Konsonanten hätten aber ebenso gut Chinesisch sein können. Links und rechts neben ihm verbeulte alte Skodas, die ihre Abgase ungefiltert in die Luft stießen, aber auch eine ganze Reihe protziger westlicher Nobelmarken, in denen Geschäftsleute mit wichtigtuerischer Miene saßen. Die meisten davon hatten ihre Handys am Ohr. Statussymbole. Ein Land im Umbruch. Altes und Neues in unmittelbarer Nähe.

Sie kamen trotz des Verkehrs gut voran. Lediglich in der Nähe eines riesigen Wochenmarktes geriet der Strom der Fahrzeuge für kurze Zeit etwas ins Stocken. Wieder war Bichlmaier überrascht, wie missmutig die Menschen wirkten, die dort, mit Plastiktüten und Taschen bewaffnet, ihre Einkäufe tätigten.

Das Schulgebäude lag unmittelbar an einer stark befahrenen Straße. Gegenüber davon eine moderne Tankstelle einer österreichischen Betreiberkette. Bichlmaier blickte zur Schule hoch. Die Fenster, die zur Straße hinführten, waren geschlossen. Es war sicherlich für Lehrer und Schüler bei den herrschenden Temperaturen nicht gerade leicht, sich auf den Unterricht zu konzentrieren.

Aber auch hier standen ja die Sommerferien kurz bevor. Was hatte Maria Ondruchova gesagt? »Im Sommer kann man es nur aushalten, wenn man hinaus aufs Land fährt.« Das war wohl wahr.

Als Bichlmaier zusammen mit dem jungen Polizisten das Schulgebäude betrat, war gerade Stundenwechsel, und Horden von Schülern unterschiedlicher Altersgruppen strömten aus den Zimmern. Sie alle schauten erstaunt auf den Polizisten in Uniform und betrachteten auch Bichlmaier mit Argwohn. Er fühlte sich fremd und fehl am Platz und registrierte etwas wie Ablehnung, das ihm entgegenschlug.

Das Jura-Hronca-Gymnasium war eine alte und traditionsreiche Schule, und das Gebäude machte den Eindruck, als sei seit Jahren und Jahrzehnten nichts gegen den steten Verfall unternommen worden. Die Wände in den Gängen, von denen an manchen Stellen der Putz bröckelte, waren teilweise mit Schülerarbeiten beklebt worden, was den desolaten Eindruck etwas milderte. Über alldem lag ein penetranter Essensgeruch. Ganz in der Nähe musste eine Schulkantine sein. Ob sich hier seit den Tagen, als Petra Hafnerova Schülerin gewesen war, viel verändert hatte? Einen Moment lang dachte Bichlmaier an das Mädchen auf dem Foto, und ohne, dass er es wollte, begann dieses Bild zu leben, und er glaubte, zwischen den vorbeihastenden Schülern das fremde Mädchen wahrzunehmen. Doch dann verschob sich dieses Bild mit einem Mal, und es war nun Agnes Güllner, die mit toten Augen im Strom der anderen an ihm vorbeischritt. Es schien ihm, als würde sie dabei mit stummem Vorwurf zu ihm aufblicken.

Susanna Fajkusova, die Direktorin, war eine kleine, rundliche Frau mit großen Brüsten und einem überraschend schlaffen Händedruck. Sie wirkte unsicher und verlegen, begrüßte Bichlmaier aber mit ausgesuchter Höflichkeit. Sie bedauerte, wie der junge Polizist sagte, dass sie der deutschen Sprache nicht mächtig war, obwohl sie Deutschland nach dem Fall der Mauer bereits zweimal besucht hatte. Bichlmaier bemerkte, wie der Polizist, während er ihre Worte übersetzte, auf ihre Brüste starrte, und grinste in sich hinein. Er dankte ihr, dass sie sich für ihn Zeit nehmen wollte. Sie quittierte dies, ohne auf eine Übersetzung zu warten, mit einer kleinen Verbeugung. Dann führte sie Bichlmaier in ihr Büro, in dem schon ein weiteres Mitglied der Schulleitung auf ihn wartete. Der Mann wirkte äußerst athletisch und durchtrainiert und strahlte Vitalität und Virilität aus. Mit seinen kurz geschnittenen grauen Haaren und den kantigen Gesichtszügen hatte er etwas Militärisches an sich. Susanne Fajkusova stellte ihn als Jan Faber, ihren Stellvertreter, vor. Sie blickte dabei fast schüchtern zu ihm auf. Anders als die Schulleiterin begrüßte dieser Bichlmaier mit einem recht kräftigen Händedruck.

»Guten Tag«, sagte er mit hartem Akzent. »Willkommen am Jura-Hronca-Gymnasium.« Er lächelte dabei nicht. Es schien, dass er schlechter Laune war. Auf Bichlmaier wirkte er zudem arrogant und vor allem nicht wie ein Lehrer.

»Welche Fächer unterrichten Sie denn?«, fragte er darum eher aus Neugier, denn um Konversation zu machen.

»Sport«, sagte dieser darauf knapp, ohne dem etwas hinzuzufügen. Die Antwort wirkte in ihrer Kürze fast verletzend, und Bichlmaier schaute ihn einen Moment lang verblüfft an. Er fühlte die Zurückweisung und beschloss, ihm keine weiteren persönlichen Fragen zu stellen.

»Sie wissen, warum ich gekommen bin?«, fragte er

nach einem Moment des Schweigens und wandte sich dabei an die Direktorin. Er war nicht sicher, welcher von den beiden Männern seine Frage übersetzen würde, war aber nicht erstaunt, als der junge Polizist nach einem Blick auf Faber diese Aufgabe übernahm. Faber hatte sich seinerseits zurückgelehnt und schien dem Gespräch eher distanziert folgen zu wollen. Susanna Fajkusova nickte, wartete aber dann ganz offensichtlich, dass Bichlmaier mit seinen Fragen fortfuhr.

»Ich bin auf der Suche nach einer Schülerin, die vor vielen Jahren dieses Gymnasium besucht hat«, sagte er tastend. »Es kann sein, dass dieses Mädchen … diese Frau, die mittlerweile ja schon fast sechzig Jahre alt sein müsste, in einen Mordfall verwickelt ist, an dem wir gerade arbeiten …« Er brach ab, wartetet darauf, dass seine Worte übersetzt wurden. Wiederum tat dies der junge Polizist. Die Direktorin nickte mehrmals eifrig, zuckte dann jedoch bedauernd mit den Achseln. Dann sprach sie eine Weile lang gestenreich auf den jungen Mann ein, der dabei angestrengt lauschte.

»Frau Direktor bedauert«, sagte der dann schließlich. »Die Unterlagen der Schule reichen nicht so weit zurück. Vielleicht zwanzig Jahre oder ein paar Jahre mehr. Es ist bedauerlich, aber es sind so viele Dinge passiert in all den Jahren … Damals gab es auch noch keine Computer …«

»Ordnung ist eine Tugend, die wir in unserem Land manchmal vermissen«, meldete sich Faber plötzlich zu Wort. »Sehr schade übrigens. Ich glaube verstanden zu haben, dass der Erfolg Ihres Landes darauf beruht, dem Leben eine feste Ordnung zu geben, nicht wahr?«

Bichlmaier fiel keine passende Antwort ein, und Faber sprach weiter.

»Wir haben in unseren Archiven gesucht, aber nur dieses alte Foto gefunden«, sagte er. »Vielleicht hilft es Ihnen bei Ihren Ermittlungen.«

»Was ist das für ein Foto?«

Faber zog aus den Papieren, die vor ihm lagen, ein vergilbtes Schwarz-Weiß-Foto hervor und schob es über den Tisch zu Bichlmaier hinüber.

»Diese Aufnahme wurde im Jahr 1968, im Herbst, während der Begrüßung der deutschen Gäste gemacht. Sie sehen darauf den damaligen Direktor, Dr. Pavel Jodas …«

Bichlmaier blickte mit zusammengekniffenen Augen auf die Aufnahme. Die Gesichter waren nur schlecht zu erkennen. Neben einem älteren Mann, offensichtlich dem damaligen Direktor, konnte er ein dunkelhaariges Mädchen ausmachen. Ihre Gesichtszüge waren, dessen war er nach einem langen, intensiven Blick sicher, mit denen des Mädchens auf dem Foto, das Güllner so viel bedeutet hatte, identisch. Wie es schien, hatte sie eine Rose in der Hand, die sie wie ein Schild vor sich hertrug. Ihre Blicke waren auf eine Gruppe von vier Jungen gerichtet, die mit dem Rücken zur Kamera standen.

»Kann ich das Foto behalten?«, fragte Bichlmaier.

»Natürlich.« Faber nickte.

Bichlmaier legte die Aufnahme sorgsam zu dem anderen Foto und dem Computerausdruck und steckte dann alle drei in seine Jackentasche. Es wäre interessant zu wissen, wer die vier Jungen auf dem Foto waren, dachte er.

Einen Augenblick lang herrschte Schweigen. Bichlmaier setzte gerade wieder zu einer Frage an, als die Tür vorsichtig geöffnet wurde. Eine ältere Frau mit streng zu einem Knoten gebundenen grauen Haaren, wohl die Sekretärin der Schule, kam mit einem Tablett in der Hand herein. Sie brachte Kaffee und Kuchenstücke und, wie Bichlmaier mit einem schnellen Blick feststellte, auch eine Flasche mit einem giftig aussehenden alkoholischen Getränk. Augenblicklich zog sich sein Magen krampfartig zusammen. Die Direktorin wies die Frau an, an einem Nebentisch zu decken. Bichlmaier bemühte sich, den Blick von der Flasche zu lösen.

»Gibt es denn überhaupt keine Unterlagen mehr über den Austausch von damals?«, versuchte er dann, den Faden wieder aufzunehmen. Wieder übersetzte der junge Polizist seine Worte ins Slowakische. Frau Fajkusova schüttelte den Kopf und setzte zu einer längeren Erklärung an. Daraufhin wieder die holprige Übersetzung ins Deutsche.

»Die politische Lage hat sich kurz nach dem Besuch der deutschen Schülergruppe schnell wieder verändert. Kontakte zum Westen waren dann auf einmal nicht mehr erwünscht ...«

»Sie wissen ja, das Ende des Prager Frühlings kam damals sehr schnell«, warf Faber ein. Er sagte es ohne Zufriedenheit, aber auch ohne Bedauern. Bichlmaier nickte.

»Deswegen hat man auch die Unterlagen über die Begegnung schnell wieder vernichtet. Niemand hatte ein Interesse daran ...« Der Polizist zuckte, während er die Worte der Direktorin übersetzte, mit den Achseln, als wollte er die Verantwortung für die politischen Zustände von damals von sich weisen. Die Blicke der beiden Schulleiter waren auf den deutschen Polizisten gerichtet. Was sie nur dachten? Was spiegelte sich in ihren Mienen? Zufriedenheit? Desinteresse? War es gar Ablehnung? Bichlmaier ahnte, dass er bei seiner Suche nach dem Mädchen auf jeden Fall nicht mit der Hilfe der beiden würde rechnen können. Offensichtlich wurde auch hier massiv gemauert, und wie bereits am gestrigen Abend, hatte er auch jetzt das Gefühl, dass da etwas ganz und gar nicht stimmte. Was konnte er jedoch tun? Die Mauern, die die Welt über Jahrzehnte in zwei Teile geteilt hatten, waren zwar eingerissen, und die Slowakei war dabei, ein Teil des modernen Europas zu werden. Doch noch immer war dieser Teil der Welt fremd und funktionierte nach ganz eigenen Gesetzen. Ihm waren die Hände gebunden. Das Unbehagen, das er am gestrigen Abend verspürt hatte, kehrte zurück. Er ahnte, dass der deutsche Polizeibeamte Adolf Bichlmaier hier völlig hilflos war. Er gehörte nicht zu dieser Welt. Wie nur sollte er einen Weg durch dieses unbekannte Dickicht finden?

Susanna Fajkusova lächelte. »Frau Direktor möchte Sie gerne zu Kaffee und Kuchen einladen«, sagte der junge Polizist. Auch Jan Faber nickte aufmunternd. Jetzt lächelte auch er leicht. Man wusste, dass das Gespräch zu Ende war. Bichlmaier bedankte sich. Er war enttäuscht, und er war keinen Schritt weitergekommen. Natürlich würde er gerne einen Kaffee trinken. Vorher vielleicht einen kleinen Schluck vom Zwetschgenschnaps? Natürlich. Warum denn nicht? Dann entschuldigte er sich jedoch. Er musste erst mal zur Toilette, erst mal raus hier.

Als er durch das Sekretariat auf den Gang hinaustrat, waren sämtliche Türen zu den Klassenzimmern geschlossen. Im ganzen Schulhaus herrschte nun gespenstische Ruhe. Er ging einfach los, und es dauerte eine ganze Weile, bis er die Toiletten auf dem Stockwerk gefunden hatte. Die waren ebenso heruntergekommen wie das ganze Schulhaus. Er trat in eine der Schülertoiletten. Der Gestank, der darin herrschte, war ekelerregend. Dennoch genoss er für einen Augenblick die Ruhe, das Alleinsein. Irgendetwas ist hier viel komplizierter, als ich mir das vorgestellt habe, dachte er. Dann, nach einiger Zeit, als er sich abwischen wollte, merkte er, dass Papier fehlte. Zum Glück hatte er Papiertaschentücher dabei.

In dem Augenblick, als er die Hose hochzog, ging die äußere Tür ganz vorsichtig auf und fiel dann ganz sacht wieder ins Schloss. Bichlmaier bewegte sich nicht und lauschte einen Moment, konnte aber dann nichts mehr hören. Keine Schritte. Wahrscheinlich ein Schüler, dem der Gestank zu groß gewesen war, dachte er. Er verharrte noch einen Moment in seiner Kabine, dann spülte er. Als er die Tür öffnete und heraustreten wollte, blieb er völlig überrascht stehen. Vor ihm stand mit einem ängstlichen und gehetzten Gesichtsausdruck die Sekretärin, die ihnen vor einer Weile Kaffee und Kuchen gebracht hatte. Sie sagte etwas auf Slowakisch und legte dann einen Zeigefinger auf die Lippen. Bichlmaier sah sie verständnislos an. In ihrer anderen Hand hielt sie einen kleinen Zettel, den sie ihm nun hinstreckte. »Bitte, nehmen«, sagte sie. Er nahm den Zettel und las die Worte, die flüchtig daraufgekritzelt waren. Es schien sich um einen Namen und eine Adresse zu handeln. Keine Telefonnummer. Er schaute sie fragend an. Sie deutete auf den Zettel. »Professor«, sagte sie und dann noch etwas auf Slowakisch, das wie ein Name klang. Bichlmaier nickte unsicher. »Gehen«, sagte sie noch und nickte ihm mit großem Nachdruck zu, so als wollte sie ihm zeigen, wie wichtig es war, dass er ihren Worten folgte. Dann öffnete sie vorsichtig die Tür und huschte hinaus. Als Bichlmaier wenig später ebenfalls aus der Toilette trat, war sie fort. Noch immer herrschte Schweigen in den Gängen.

Er kam erst im Hotel dazu, den Zettel genauer zu studieren. Davor hatte er mit Susanna Fajkusova und Jan Faber noch Kaffee getrunken und Kuchen gegessen. Dazu hatten sie auch einige Gläser von dem Zwetschgenschnaps getrunken. Beide hatten sich dann sehr herzlich von ihm verabschiedet. Faber, der immer mehr aufgetaut war, hatte bedauert, dass sie ihm nicht mehr hatten helfen können. Anschließend hatte ihn sein Schatten, der junge Polizist, ins Hotel zurückgefahren. Dort war er sofort auf sein Zimmer gegangen und hatte sich aufs Bett gelegt. Ihm war speiübel gewesen.

Die Schrift auf dem Zettel war nur schwer leserlich. Es schien sich aber tatsächlich um eine Adresse irgendwo in Bratislava zu handeln. Der Name, den Bichlmaier nach einer Weile mühsam entziffert hatte, Dr. Jindrich Jinrich, sagte ihm, wie er befürchtet hatte, überhaupt nichts. Er fuhr daraufhin hinunter zur Rezeption und ließ sich ein Telefonbuch von Bratislava geben, aber seine Suche blieb ohne Erfolg. Der ungewöhnliche Name tauchte darin nicht auf. Es würde ihm also nichts anderes übrig bleiben, als sich ein Taxi zu nehmen und sich zu der angegebenen Adresse kutschieren zu lassen.

Das Erlebnis des gestrigen Abends, als er von Unbekannten beschattet worden war, machte ihm allerdings klar, dass er versuchen musste, ungesehen an ein Taxi zu kommen. Er wusste nicht, wer ihm nach seinem Friedhofsbesuch zum Hotel gefolgt war, vermutete aber, dass es sich um Kollegen der slowakischen Polizei gehandelt hatte, war sich allerdings dessen nicht ganz sicher. Wer aber sonst hätte ein Interesse an ihm haben können? Vor allem war es ihm völlig unverständlich, warum er überhaupt beschattet worden war. Wer außer Maria Ondruchova wusste überhaupt von seiner Anwesenheit in Bratislava? Auf jeden Fall musste er versuchen, seine Beschatter abzuschütteln. Er erinnerte sich an den ängstlichen Blick der Sekretärin, als diese ihm die Adresse zugesteckt hatte. Wovor hatte sie Angst gehabt? Der Fall wurde immer mysteriöser. Wieder dachte er an Maria Ondruchova, dachte daran, wie sie sich von ihm verabschiedet hatte. Es war ihm, als könnte er ihren Körper noch immer auf seiner Haut spüren.

Es war später Nachmittag, als Adolf Bichlmaier das Hotel verließ. Als er aus den gekühlten Räumen heraustrat, traf ihn die Hitze mit großer Wucht. Sofort brach ihm der Schweiß aus, und er zog schnell sein Jackett aus und nahm es unter den Arm. Er schlenderte die kleine Seitenstraße entlang, die hinunter zur Hauptstraße führte. Dann bog er links ab. Er erinnerte sich, dass er gestern aus dieser Richtung vom Bahnhof her gekommen war. *Štefánikova.* Wenn er der Straße folgte, würde er sicher in der Nähe des Bahnhofs ein Taxi finden. Er reihte sich ein in den Strom der Menschen, die wie er entlang der Mauern im Schatten der Markisen voranstrebten. Immer wieder blieb er vor den großen Schaufenstern stehen und betrachtete die Menschen, die im Spiegel der Glasscheiben hinter ihm vorüberhuschten. Noch hatte er nichts Auffälliges bemerkt. Natürlich nicht. Schließlich hatte er es, wenn er wirklich beschattet wurde, nicht mit irgendwelchen Amateuren zu tun. Er ließ sich Zeit.

Die meisten Geschäfte wirkten modern und hatten selbst teuerste europäische Markenwaren in der Auslage. Er war darüber etwas erstaunt. Aber was hatte er denn erwartet? Westlicher Lebensstil verbreitete sich nun mal in diesem Tempo. Wie wuchernder Efeu, dachte er.

Vor ihm tauchte plötzlich ein riesiges Kaufhaus auf. Beinahe hätte er es nicht bemerkt, da ihm die tief hängenden Markisen die Sicht darauf genommen hatten. *Prior* stand in riesigen Buchstaben über dem Eingangsbereich. Die Menschen strömten in Massen durch die Drehtür. Ein mächtiger Konsumtempel. Beeindruckend. Aus einem Impuls heraus folgte Bichlmaier dem Sog der Drehtür, ließ sich hineinziehen in die künstliche Kühle des Raumes. Für einen kurzen Moment war er versucht, einfach loszulaufen und das Kaufhaus durch einen Hinterausgang wieder zu verlassen. Dann sah er jedoch unmittelbar neben dem Eingangsbereich zwei martialisch aussehende Sicherheitskräfte in Uniform herumlungern, die ganz in der Nähe einer kleinen Geldwechselstube Position bezogen hatten. Deren Aufmerksamkeit wollte er auf keinen Fall auf sich ziehen. Er schlenderte langsam weiter. Trotz der Klimaanlage schwitzte er. Plötzlich ging direkt neben ihm eine Tür auf, und eine Angestellte kam mit einem sperrigen Kleiderständer, an dem Unmengen von Sommerkleidern hingen, aus einem Lagerraum heraus. Wieder folgte er einer Eingebung und schlüpfte im Schutz des Kleiderständers vor der zufallenden Tür in den Raum. Der war riesig und mit Kleidung auf Ständern und mit Pappkartons und sonstigen Waren vollgestopft. Zwei Angestellte standen in einer Ecke herum und unterhielten sich angeregt. Sie rauchten. Von Bichlmaier nahmen sie keinerlei Notiz. Am anderen Ende des Raums war, ganz versteckt, eine weitere Tür. *Exit* stand in grüner Schrift darüber. Wohl ein Notausgang. Bichlmaier öffnete die Tür und befand sich plötzlich auf der Treppenanlage des Hauses. Hastig eilte er zwei Stockwerke hinunter. Die Treppen führten direkt zu einer Parkgarage. Er durchquerte, so schnell er konnte, das

Parkdeck, behielt dabei aber immer die Treppe im Auge. Offensichtlich war ihm niemand gefolgt. Er blieb noch einige Minuten regungslos hinter einem kleinen Lieferwagen stehen. Als niemand kam, tastete er sich an einer Rampe entlang zu einem Ausgang und war Sekunden später wieder im Freien. Die Gasse, in der er sich befand, war nahezu menschenleer und abseits der belebten Hauptstraße. In der Ferne hörte er das Rattern einer Straßenbahn. Die Geräusche des Verkehrs drangen nur noch gedämpft an sein Ohr. Bichlmaier ging die Gasse entlang. Als er um die Ecke bog, kam er in eine andere Gasse. Wie es schien, befand er sich nun parallel zur Hauptstraße. Er ging einfach weiter, versuchte, wieder zur Ruhe zu kommen. Sein Puls jagte, und er fühlte sich gehetzt. Für solche Abenteuer war er eigentlich schon zu alt, dachte er. Immer wieder schaute er zurück, aber niemand schien ihm zu folgen.

Nach einer Weile wollte er wieder zur Hauptstraße zurück, aber er musste feststellen, dass er sich mittlerweile völlig verlaufen hatte. Ein Gefühl totaler Fremdheit überkam ihn. Das Unbehagen des gestrigen Abends war zurückgekehrt.

Er zwang sich, ruhig zu bleiben, und ging einfach weiter. Nach etwa hundert Metern stieß er dann auf ein Taxi. Es stand einfach da. Er öffnete die Tür und ließ sich in den Sitz plumpsen. Er zeigte dem Fahrer die Adresse.

»Ah, *Petržalka*«, sagte der. Und dann fügte er noch einen ganzen Schwall auf Slowakisch hinzu.

29. September 1968

Die erste Nacht ist vorüber. Er hat tief und fest geschlafen. Eingehüllt in die fremden Düfte und Gerüche der kleinen Kammer, die ihm die Gasteltern liebevoll und mit großer Herzlichkeit vorbereitet haben, in das steife Leinen des frischen Bettes, war sein Schlaf getragen vom Nachhall der Stöße einer abenteuerlichen Busfahrt über holprige Straßen.

Das Leben ist schön, denkt er nun, ohne sich des Gedankens überhaupt bewusst zu werden. Er blickt aus dem Fenster, direkt in die milde Sonne des Herbstmorgens. Er weiß es noch nicht. Das Leben ist voll Unschuld und birgt doch bereits die Sünde in sich. *Tyger! Tyger! Burning bright …* Selbst Gottes Glanz braucht die Dunkelheit der Nacht, um zu strahlen.

Seine Gedanken gehen zurück zum gestrigen Abend. Noch einmal taucht er tief ein in die unergründlich dunklen Augen des Mädchens. Sie hat ihn verzaubert. Mit einem Mal kann er nur noch an sie denken. Er, der sich bislang selbst genügte, der ohne Erfahrung ist mit dem anderen Geschlecht, der lediglich seine nächtlichen Fantasien hatte. Er fiebert danach, sie wiederzusehen. Noch einmal und immer wieder soll sie ihm zeigen, dass sie ihn auserwählt hat vor allen anderen. Gerade ihn. Er braucht Bestätigung für den Blick, mit dem sie ihn gestern bei ihrer Ankunft herausgehoben hat aus der Menge der Kameraden. Er ahnt es, nein, ist sich sicher, sie alle wären bereit gewesen, ihr Seelenheil für diesen einen Blick zu geben. Aber nur ihm hat er gegolten. Und dennoch hat ihn jetzt auf einmal tiefe Unsicherheit erfasst. Gleichzeitig ist da aber auch eine überschwängliche Freude in ihm, zitternde Erwartung.

Jugendliches Feuer, erstes ungestümes Begehren oder gefühllose, ichbezogene Eitelkeit? Wer weiß es?

17

Die Plattenbauten von *Petržalka* tauchten schon bald am Horizont auf, doch dauerte es geraume Zeit, ehe das Taxi die Trabantenstadt am rechten Ufer der Donau erreichte. Sie hatten die Neue Brücke überquert und waren ein Stück entlang des Flusses in östlicher Richtung gefahren und dann nach Süden abgebogen. Bichlmaier, der im Fond des Wagens Platz genommen hatte, hatte anfangs immer wieder aus dem Rückfenster geblickt, hatte aber kein Fahrzeug wahrgenommen, das ihnen gefolgt war. Irgendwann hatte er dann die Augen geschlossen, hatte versucht, sich zu entspannen.

Als er nun aus dem Fenster schaute, sah er die riesigen grauen Betonblöcke in ihrer ganzen Kahlheit vor sich aufragen. Einen neben dem anderen. Reihe für Reihe. Karger, kalter Raum für mehrere Hunderttausend Menschen. Es schien ihm auf Anhieb unmöglich, sich in dem weitläufigen Areal zu orientieren. Alle Gebäude sahen, zumindest auf den ersten Blick, gleich aus, unterschieden sich allenfalls durch die Motive der Graffitischmierereien in den Eingangsbereichen. Die Wege zwischen den einzelnen Gebäudekomplexen waren verdreckt und mit Abfall übersät. Der gesamte Wohnbereich machte einen desolaten, heruntergekommenen Eindruck. Halbwüchsige lungerten auf den spärlichen, verdorrten Grünflächen herum. Eine Aura von Hoffnungslosigkeit umgab die Menschen. Selbst die Sonne schien wie durch einen Dunstschleier auf die Öde herunterzubrennen.

Der Taxifahrer hatte Schwierigkeiten, die gesuchte Adresse zu finden. Er kurvte mehrere Male hin und her. Dabei schimpfte er vor sich hin. Dann erst, nach einigen Manövern und nachdem er einige Male im Kreis gefahren war, deutete er auf einen der Betonklötze. Er wirkte jedoch unsicher. Weder eine Hausnummer noch ein Straßenname waren zu erkennen. Vor dem Gebäude standen einige Jugendliche, fast noch Kinder. Sie alle rauchten, und ihre Gesichter wirkten schon sehr alt. Der Fahrer rief ihnen etwas auf Slowakisch zu, aber sie reagierten nicht. Drehten sich einfach weg. Wieder schimpfte der Mann und machte eine obszöne Geste in ihre Richtung.

Bichlmaier stieg aus und bezahlte. Der Betrag erschien ihm lächerlich gering. Er gab reichlich Trinkgeld. Der Taxifahrer bedankte sich nicht einmal dafür, sondern brauste einfach davon. Bichlmaier sah dem Auto hinterher. Wie würde er nun wieder zurück ins Hotel kommen? Na ja, dachte er, es würde sich eine Lösung finden. Es war ihm im Moment auch egal.

Er ging auf die Jugendlichen zu, hielt ihnen den Zettel mit der Adresse hin, nach der er suchte. Ein Mädchen deutete wortlos auf den Häuserblock, vor dem sie standen. Sie hatte ein hübsches Gesicht. Einen Moment lang glaubte Bichlmaier, sie würde lächeln. Dann zog sie aber nur an ihrer Zigarette.

Er nickte ihr und den anderen zu und überquerte die Straße. Während er dem Eingang des Hauses zustrebte, zählte er die Stockwerke des Gebäudes. Er kam auf sechzehn. Dann blickte er auf seine Schuhe hinunter. Sie waren voll Staub. Seine Füße schmerzten. Ob es hier einen Aufzug gab?

Ehe er das Treppenhaus betrat, drehte er sich noch einmal um. Die Jugendlichen starrten hinter ihm her.

Er winkte ihnen kurz zu, aber sie bewegten sich nicht. Nur das Mädchen hatte ihr Handy am Ohr. Sie sprach, und nun lachte sie sogar. Ihr Blick war dabei auf eines der oberen Stockwerke gerichtet.

Bichlmaier ließ sich Zeit, schaute sich genauer um. Es gab tatsächlich einen Aufzug. In dem Moment, als er ihn erblickte, konnte er auch plötzlich sein Rattern hören. Anscheinend war er gerade in Betrieb gesetzt worden.

Direkt neben dem Aufzug befanden sich die Klingeln zu den einzelnen Wohnungen. Bichlmaier bückte sich und versuchte, die Namen auf den Schildern zu entziffern, die aber teilweise verblichen waren, teilweise sogar ganz fehlten. Was sollte er tun? Einfach irgendwo läuten?

In dem Augenblick kam der Aufzug unten an, und die Türen öffneten sich kreischend. Ein betagter Mann mit für die Sommerzeit viel zu dicken Hausschuhen trat heraus. Obwohl er einen Gehstock benutzte, hielt er sich sehr aufrecht. Er schaute sich suchend um und wandte sich dann an Bichlmaier.

»Herr Kommissar«, sagte er in perfektem, etwas altmodischem Deutsch. »Gestatten Sie mir. Ich bin Dr. Jinrich. Meine Enkelin hat mich soeben benachrichtigt, dass Sie auf dem Weg zu mir sind.« Seine Stimme war brüchig, und er wirkte leicht angespannt. Er zeigte mit der Hand auf die Gruppe der Jugendlichen vor dem Haus, als wollte er damit die Situation erklären.

»Kommen Sie«, sagte er dann und zog Bichlmaier, ehe der antworten konnte, zum Aufzug. »Ich wohne im zehnten Stock. Es ist ein großes Glück, dass wir den Aufzug haben«, fügte er noch hinzu, ohne sich dabei umzudrehen. »Leider funktioniert er nicht immer.« Er lachte heiser und fing an zu husten. Es schien, als könne er damit nicht mehr aufhören.

Bichlmaier musste mit einem Mal an das alte Haus in der Nähe des Jakobstors im Zentrum von Regensburg denken ... Wie weit weg das war ... und doch auf einmal so nahe. Er dachte an den altersschwachen Aufzug dort und sah sich plötzlich, wie er in wenigen Jahren als alter Mann die Stufen hinabschlurfte. Würde er dann auch solch dicke Hausschuhe tragen? Er wischte die Gedanken beiseite. Wer konnte schon sagen, was das Leben noch bringen würde. Sie traten in den Aufzug, ratterten langsam nach oben.

Dr. Jindrich Jinrich lebte bei seiner Tochter und ihrer Familie in einem kleinen Zimmer, in das er, wie er zu Bichlmaier sagte, die Erinnerungen seines langen Lebens gestopft hatte. Eigentlich hätten die jungen Leute das Zimmer dringend benötigt, doch waren sie angewiesen auf das, was der alte Mann zum gemeinsamen Lebensunterhalt beisteuerte. Aber so wie ihnen ging es schließlich vielen Familien.

Jetzt saßen sie im Wohnzimmer. Adolf Bichlmaier, der bayerische Polizist, und Dr. Jinrich, ein alter Mann, dessen ganzes langes Leben in einem kleinen Zimmer Platz fand. Bichlmaier blickte sich um. Der Raum, in den ihn Dr. Jinrich geführt hatte, war ebenfalls klein und schäbig, mit billigen Möbeln eingerichtet. Er schämte sich plötzlich, ohne selbst so recht zu verstehen, warum.

»Woher wussten Sie, dass ich komme?«, fragte er, obwohl die Antwort auf der Hand lag.

»Frau Mandlikova hat mich heute Morgen angerufen ... Sie haben sie kurz kennengelernt, nicht wahr?« Bichlmaier nickte. »Sie ist Sekretärin an meinem ehemaligen Gymnasium ... Ich war dort Deutschlehrer ...« Der alte Mann sagte es mit Stolz. Die Schule war anscheinend sein Leben gewesen. »Viele Jahre lang. Aber das ist schon eine halbe Ewigkeit her.« Bichlmaier wollte gerade etwas dazu bemerken, da kam die Tochter des alten Lehrers herein. Sie hatte ein ebenso hübsches Gesicht wie das Mädchen, das er vor dem Haus getroffen hatte, aber die breiten Hüften einer alten Frau. Sie brachte Kaffee und den unvermeidlichen Schnaps. Dann ging sie wieder.

Dr. Jinrich war, wie er sagte, in Bratislava geboren und aufgewachsen. Er hatte in Prag Germanistik studiert und war dann Lehrer in seiner Heimatstadt geworden. Kein aufregendes Leben, wie er mit einem Achselzucken bemerkte. Er schenkte Kaffee in die Tassen ein. Dazu reichte er Bichlmaier ein Glas mit klarem Schnaps. Hochprozentigen Wodka.

»Weswegen suchen Sie nach Petra?«, fragte er ganz unverblümt, nachdem sie getrunken hatten. Bichlmaier griff in die Tasche seines Jacketts.

»Bei uns wurde ein Mann ermordet. Zusammen mit seiner Tochter. Eine grauenvolle Tat … Der Mann hatte ein Bild in seinem Besitz, an dem ihm, wie wir herausgefunden haben, sehr viel gelegen war.«

Bichlmaier nestelte die Fotografie aus seiner Jackentasche und legte sie vor den alten Mann auf den Tisch.

»Dieses Bild«, sagte er.

Dr. Jinrich nahm es und betrachtete es einige Sekunden. Dann legte er es wieder auf den Tisch und lehnte sich zurück, die Hände gefaltet.

»Ja, das ist Petra«, nickte er bestimmt. »Die kleine Petra. Petra Hafnerova. Ein außergewöhnliches Mädchen. Ich kann mich noch sehr gut an sie erinnern.«

»Auf dem Bild ist sie kein kleines Mädchen mehr«, sagte Bichlmaier vorsichtig.

»Sie war ein kleines Mädchen, als ich sie kennengelernt habe, damals, als sie zu uns an die Schule kam. Ich habe sie so in Erinnerung behalten … Sie ist dann eine hübsche junge Dame geworden. Das stimmt. Für mich ist sie aber immer die kleine Petra geblieben. Eigenartig, nicht wahr?«

»Können Sie sich an alle Ihre Schüler so genau erinnern?«

Der alte Mann lachte heiser. »Nein, natürlich nicht. Mein Gedächtnis ist schon lange nicht mehr so gut … Aber Petra war etwas Besonderes.«

Wie Agnes Güllner, dachte Bichlmaier.

»Was ist mit ihr passiert?«

»Ich weiß es nicht. Sie war auf einmal nicht mehr da.«

Bichlmaier warf ihm einen Blick zu. Das konnte nicht alles sein. Warum hätte ihm die Sekretärin sonst seine Adresse gegeben. Er musste mehr wissen.

»Warum hat mich Frau Mandlikova überhaupt zu Ihnen geschickt?«

»Sie hat gehört, wie Sie nach Petra und Unterlagen über ihren Unfall gefragt haben. Die Direktorin hat nicht die Wahrheit gesagt. Die Unterlagen der Schule gehen sehr viel weiter zurück, als sie behauptet hat. Auch über den Schüleraustausch gibt es Dokumente … Frau Mandlikova hat diese Dokumente schon einmal gesehen. Das ist aber schon lange her … Sie hat gedacht, dass ich Ihnen mehr zu den Vorfällen sagen kann.«

»Und«, fragte Bichlmaier. »Können Sie mir etwas dazu sagen?«

Der alte Mann wiegte den Kopf.

»Das waren damals sehr unruhige Zeiten in unserem Land«, fuhr er dann fort. Er trank einen Schluck von seinem Kaffee. Seine Hand, die die Tasse zum Mund führte, zitterte etwas.

»Die Menschen haben damals Angst gehabt, und es sind viele Dinge passiert, die eigenartig waren. Aber verstehen

Sie, niemand hat nachgefragt. Was immer auch passierte. Man wusste ja nicht, wem man trauen konnte ...«

»Was ist mit dem Mädchen geschehen?«, hakte Bichlmaier noch einmal nach.

»Das weiß ich wirklich nicht. Es hat geheißen, dass sie von einem Auto überfahren worden ist ...« Er zuckte mit den Achseln, drückte so seine Zweifel an dieser Tatsache aus. »Ich glaube aber, dass sie noch am Leben ist.« Eine Zeit lang schwieg er. Er schien mit seinen Gedanken weit weg. Bichlmaier wartete.

»Es fand damals ein Besuch an unserer Schule statt«, fuhr er dann fort. »Eine Art Austauschprogramm mit Schülern aus Deutschland. Wohlgemerkt, aus der damaligen Bundesrepublik. Das war höchst ungewöhnlich. Wir befanden uns ja im Kalten Krieg.«

Er sah Bichlmaier an, der schweigend nickte. »Ich habe davon gehört«, meinte der dann nur. Er wollte den alten Mann nicht unterbrechen. Er hatte keine Eile.

»Petra hat an diesem Programm teilgenommen. Daran kann ich mich noch sehr gut erinnern. Ich glaube, die deutschen Schüler und auch unsere Schüler hatten sehr viel Spaß miteinander ... Sie sind aber nicht die ganze Zeit in Bratislava geblieben. In den letzten Tagen ihres Besuchs sind sie alle zusammen weggefahren. Sie haben unsere Feriengebiete in der Ostslowakei besucht ... Sie müssen wissen, die Gebiete in der Hohen Tatra sind einzigartig ...«

Bichlmaier blickte zum Fenster. Der Wohnblock von gegenüber nahm einen Großteil der Sonne weg. Er dachte an die Steinwüste, in der der Mann lebte. Von einer Fahrt der Schüler ins Grüne hatte er bislang noch nichts gewusst.

»Soweit ich weiß, sollte das ein besonderer Abschluss sein. Als die Schüler dann wieder zurückkamen, da hat

Petra gefehlt, und es herrschte eine eigenartige Stimmung. Es hat geheißen, dass sie einen Unfall gehabt hat ... aber nicht, dass es ein tödlicher Unfall gewesen ist ... Davon war erst später die Rede. Die deutsche Gruppe ist dann am nächsten Tag abgereist ...«

»Hm. Haben Sie Petra je wiedergesehen?«

»Nein.«

Bichlmaier zog den Computerausdruck mit dem Phantombild aus seiner Tasche. »Kennen Sie diese Frau? Könnte das Petra Hafnerova sein?«

Der alte Mann betrachtete das Bild sehr genau, schüttelte aber dann den Kopf. »Diese Frau kenne ich nicht. Ich weiß auch nicht, ob das Petra sein könnte. Was ist mit dieser Frau passiert? Ihr Gesicht ...«

»Wir wissen es leider auch nicht. Irgendein schrecklicher Unfall. Wer weiß?«

Bichlmaier nahm das Foto und das Phantombild wieder an sich.

»Kannten Sie ihre Eltern?«, fragte er dann.

»Ihre Eltern? ... Ja, die kamen einmal an die Schule. Haben gefragt, wie sich ihre Tochter im Unterricht so macht. Sie waren schon ziemlich alt, sehr besorgt ... Nach dem Unfall habe ich sie aber nicht mehr gesehen.«

»Warum glauben Sie, dass Petra noch lebt?«

»Nun, sie hat mir einen Brief geschrieben. Etwa ein Jahr nach dem Unfall.«

Adolf Bichlmaier saß einen Moment schweigend da, versuchte, seine Überraschung halbwegs zu verbergen. Schließlich fragte er: »Haben Sie den Brief noch?«

»Nein.« Der alte Lehrer schüttelte den Kopf. »Es ist schon so lange her ... Leider. Ich habe damals nicht gewusst, dass jemand mal danach fragen würde.«

»Was stand in dem Brief?«

»Nun, dass es ihr nicht sehr gut geht. Dass sie lange Zeit im Krankenhaus verbringen musste. Dass sie nicht darüber sprechen wolle, was ihr zugestoßen sei. Und dass sie Sehnsucht nach ihrer Schule habe, aber nicht mehr zurückkommen würde.«

»Und das war alles?«

»Ja.«

»Warum hat sie gerade Ihnen einen Brief geschrieben?«

»Das weiß ich natürlich nicht genau, aber ich denke, dass ich so etwas wie ihr Lieblingslehrer gewesen bin. Wir haben uns von Anfang an gut verstanden, und sie hat sich sehr stark für mein Fach, für deutsche Sprache und Literatur, interessiert. Später, als sie dann schon etwas älter war, hat sie auch versucht, deutsche Literatur zu lesen ... Sie liebte vor allem die Romantiker ... Ich habe ihr dabei gelegentlich geholfen, wenn sie allein nicht zurechtkam ...«

»Hmm. Wissen Sie noch, woher der Brief damals kam? Können Sie sich noch erinnern, wo er abgesendet worden war?«

»Ja. Sie werden überrascht sein, aber daran kann ich mich noch sehr gut erinnern. Sie schrieb nämlich am Ende ihres Briefes, sie lebe jetzt in einem richtigen Märchenschloss. Ich habe mich damals gefragt, was das für ein Schloss sein könnte, und ich habe auf dem Briefumschlag nachgesehen. Es stand kein Absender darauf. Aber dann habe ich gesehen, der Brief war in Bojnice abgestempelt worden. Verstehen Sie? Bojnice, das ist in der mittleren Slowakei. Dort gibt es tatsächlich ein altes Schloss. Es ist sehr bekannt, eine richtige Attraktion für Touristen ... Fast wie Neuschwanstein bei Ihnen ... Deswegen habe ich mir das sehr gut merken können ... Sie hat dann noch etwas hinzugefügt, was ich nicht verstanden habe. Sie schrieb, ein böser Zauber sei über sie gekommen und sie müsse dort auf ewig leben, weil ihr Prinz sie verraten habe … Es klang sehr traurig und auch ein bisschen eigenartig.«

»Haben Sie ihr auch geschrieben?«

»Nein, ich hatte ja keine Adresse.«

»Und haben Sie später noch einmal Post von ihr bekommen?«

»Nein.«

»Sind Sie irgendwann danach in Bojnice gewesen?«

Der alte Mann schüttelte den Kopf. Er wirkte nun sehr müde. Es schien, als habe er alles gesagt, was er zu sagen gehabt hatte.

Wie auf ein geheimes Kommando öffnete sich in dem Augenblick die Tür, und seine Tochter schaute vorsichtig herein. Sie sagte etwas auf Slowakisch, aber ihr Vater schüttelte wiederum nur den Kopf.

Bichlmaier erhob sich. »Ich muss mich jetzt leider verabschieden«, sagte er. Dr. Jinrich nickte. »Meine Tochter wird für Sie ein Taxi bestellen … Mehr kann ich Ihnen leider nicht mehr berichten.«

»Sie haben mir sehr geholfen. Ich danke Ihnen dafür.«

»Grüßen Sie Petra von mir, wenn Sie sie finden.«

»Das verspreche ich Ihnen. Natürlich.« Bichlmaier streckte ihm die Hand hin. Die Hand des alten Mannes war ganz weiß und kalt. Als er sie drückte, fühlte es sich an, als habe er den zerbrechlichen Körper eines kleinen Vogels in der Hand. Er hatte Angst, etwas kaputt zu machen.

»Ich bin mir jetzt ziemlich sicher, dass ich sie finden werde.« Er sagte das, als wollte er damit den alten Mann trösten. Dabei wusste er nicht so recht, weswegen.

»Aber ich habe noch eine Frage. Was haben denn eigentlich die anderen Schüler über den Unfall berichtet?«

Dr. Jinrich dachte einen Moment nach. »Nichts«, meinte er. »Die wussten überhaupt nicht, was passiert war. Anscheinend war niemand bei Petra gewesen, als der Unfall passierte. Lediglich einige der deutschen Jungen sind damals von der Polizei verhört worden … Aber auch die hatten hinterher wenig zu sagen. Sie wirkten aber alle recht verstört …«

Es war kurz vor achtzehn Uhr, als Bichlmaier den Wohnblock verließ. Die jungen Leute von vorhin waren nicht mehr zu sehen. Er ging einige Schritte und blickte dann noch einmal zurück, versuchte, die Fenster auszumachen, die zu der Wohnung des alten Mannes gehörten. Aber er war sich nicht sicher. Das Taxi stand an genau der Stelle, wo ihn das andere vor einer knappen Stunde abgesetzt hatte. Bichlmaier stieg ein und lehnte sich in dem Sitz zurück. Dieses Mal nahm er die große schwarze Limousine, die in kurzer Entfernung am Straßenrand geparkt hatte, nicht wahr. Als das Taxi dann davonbrauste, stieg eine Wolke von Staub auf. Erst als diese sich wieder gelegt hatte, öffneten sich die Türen des schwarzen Wagens, und zwei junge Männer, die wie Zwillinge aussahen, stiegen aus. Sie gingen ohne Hast auf den Wohnblock zu, den Bichlmaier gerade verlassen hatte.

03. Oktober 1968

Wieder sitzen sie im Bus. Ganz hinten haben die drei deutschen Jungen die begehrtesten Plätze besetzt. Sie sind es, die in ihrer Gruppe das Sagen haben. Ein Platz ist allerdings frei geblieben. Die Gespräche sind mittlerweile verstummt, sind ohnehin mühsam gewesen. Die Blicke gehen hinaus auf die Landschaft, die gedankenlos an ihnen vorbeizieht. Sie alle sehnen sich danach, endlich an ihr Ziel zu gelangen.

Die Gegend wird hügeliger, die enge, schlechte Straße windet sich durch immer dunkler werdende Wälder. Längst haben sie die Ebene entlang des Flusses Vah verlassen, der sich parallel zu den Kleinen Karpaten an ihnen vorbei nach Süden schlängelt, und sind in die Bergwelt der Niederen und der Hohen Tatra eingetaucht. Es beginnt, allmählich Nacht zu werden.

Ganz vorne im Bus haben die beiden ihren Platz. Der Junge und das Mädchen. Die hohen Lehnen des Busses schützen sie vor den Blicken der anderen. Sie sitzen seit geraumer Zeit so, eng aneinandergeschmiegt, die Wärme des anderen suchend. Es scheint, als hätten sie die Welt um sich herum vergessen.

Während der letzten Tage haben sie sich häufig gesehen, sind aber doch niemals allein geblieben. Immer sind die anderen um sie herum gewesen. Sie haben verstohlene Blicke getauscht und zufällige Berührungen, haben sich angelächelt, an den Händen gehalten. Jetzt, zum ersten Mal, haben sie das Gefühl, nur für sich zu sein. Die anderen sind weit weg. Der gleichförmige Singsang des Motors ist wie eine Glocke, die sie einhüllt, ihnen Schutz bietet vor den Augen und Ohren der Welt. Ungeschickt tasten ihre Hände, suchen sich ihre Lippen und verschmelzen im rauen Rhythmus der Straße. Erschrocken spüren beide, wie das Begehren in ihnen wächst.

Einen Moment lang wandern die Gedanken des Jungen nach hinten, dorthin, wo die Freunde sitzen. Was sie wohl denken? Ein Gefühl von Triumph durchzuckt ihn – und lässt ihn schuldig werden.

Stunden sind vergangen. Sie sind in ihrem Quartier angelangt. Irgendwo am Rande einer kleinen Stadt liegt es. Von Wald und Natur umgeben. Manchmal verbringen hier die Mitglieder von Polizei- und Armeesportvereinen mit ihren Familien einen billigen Urlaub. Gelegentlich nutzen auch verdiente Parteimitglieder das Haus zur Erholung. Der Schule wurde es auf Vermittlung eines Funktionärs der Stadtverwaltung zur Verfügung gestellt. Zurzeit sind die slowakischen Schüler zusammen mit den Freunden aus Bayern die einzigen Gäste. Ferien- und Urlaubszeit sind ohnehin vorbei.

Die Jungen und Mädchen sind müde, gezeichnet von der langen Fahrt und den anstrengenden Tagen und Nächten, die hinter ihnen liegen. Dennoch haben sie sich im Gemeinschaftsraum versammelt. Sie sitzen in kleinen Gruppen, diskutieren, sprechen über Politik, die allgemeine Lage und die Welt und trinken dabei Wein, Bier und auch Schnaps. Sie verstehen sich prächtig.

Etwas abseits, außerhalb des Kreises, haben die beiden Platz genommen. Er liest ihr vor. Aus einem deutschen Märchen. Sie lauscht dem Klang seiner Stimme, versucht, die Laute und Bilder der fremden Sprache in sich aufzusaugen. Sie sehen sich an, und auf einmal ist er der junge Trommler aus dem Märchen und sie ist die verwunschene Königstochter, die eine böse Hexe auf den Glasberg gebannt hat. Wird ihr Held sie retten können? Wird er ihr auf immer treu sein, sie heimführen in ewige Zweisamkeit? Sie weiß es nicht.

Dann, als er aufhört zu lesen, steht sie auf, nimmt ihn an der Hand und führt ihn hinaus in den lauen Abend des frühen Herbstes.

Die Blicke der drei Freunde folgen ihnen …

Sie gehen, ohne sich anzusehen. Schweigend. Halten sich an den Händen. Der Weg führt vom Haus weg, hinein in ein düsteres Waldstück. Sie umfassen sich enger nun, spüren den Körper des anderen. Und immer weiter treibt es sie. Die Geräusche der Nacht. Die Stille ist lauter, als es die Gespräche im Haus gewesen sind.

Mit einem Mal öffnet sich der Wald vor ihnen, und sie treten auf eine Lichtung. Vom fahlen Mondlicht seltsam beleuchtet, eine Anhöhe. Das Licht verwischt sämtliche Konturen und Einzelheiten, lässt die Steigung wie einen blanken Spiegel erscheinen.

Der Glasberg … Es ist ihr Glasberg.

Sie blicken sich an, dann hetzen sie hinauf wie getrieben, und oben im harten Licht des Mondes umschlingen sich ihre Körper, werden eins und sinken mit einem Stöhnen auf den dampfenden Boden des Waldes …

18

Er hatte schlecht geschlafen, Wirres geträumt. Jetzt am Morgen konnte er sich jedoch nicht mehr an die Gespenster erinnern, die ihn in der Nacht heimgesucht hatten. Dennoch wusste er, dass sie da gewesen waren. Er ging zum Fenster, blickte hinunter auf die Stadt. Wieder empfand er eine unermessliche Distanz, die ihn von dem Leben dort unten trennte. Er fühlte sich eingeschlossen in seinem Zimmer. Mehr noch – ausgeschlossen von den Menschen dort unten.

Es klopfte. Er blickte auf seine Uhr. Kurz vor acht. Etwas überrascht ging er zur Tür, öffnete. Vor ihm stand Maria Ondruchova. Sie lächelte. »Ich hoffe, ich habe Sie nicht geweckt«, sagte sie. Bichlmaier war für einen Moment verwirrt und wusste nicht so recht, wie er sich verhalten sollte.

»Nein, ich stehe meistens sehr früh auf«, meinte er etwas lahm. Er versuchte dabei, seine Verlegenheit so gut es ging zu verbergen.

»Wollen Sie nicht hereinkommen?«, fragte er dann.

Sie lachte etwas.

»Aber Herr Kommissar. Ich bin doch eine anständige Frau.« Sie schüttelte den Kopf und sah ihn dabei aus ihren dunklen Augen an. »So war das nicht gemeint«, sagte er ganz erschrocken. Sie lachte.

Ob sie verheiratet war? Er hätte es gerne gewusst, wagte aber nicht zu fragen. Einen Augenblick lang glaubte er, etwas vom Zauber des gestrigen Abends zu spüren. Er war sich aber nicht sicher. Dann legte sie ihre Hand auf seinen Arm. Das Lächeln in ihren Augen war verschwunden.

»Seien Sie vorsichtig, wenn Sie die Stadt verlassen«, sagte sie ernst.

Bichlmaier war überrascht. Warum warnte sie ihn ein weiteres Mal?

»Ich möchte nur etwas von Ihrem Land kennenlernen«, fügte er dann noch hinzu. »Ich habe einen Leihwagen bestellt …«

»Die Slowakei ist wirklich sehr schön«, sagte sie. »Fahren Sie, wohin Sie wollen, aber stellen Sie nicht zu viele Fragen. Ich kann Sie nicht überall beschützen – und ich möchte nicht, dass Ihnen etwas passiert.«

Er lachte. Welche Ungeheuer lauerten da im Verborgenen? Wovor sollte sie ihn denn beschützen wollen? Er sah auf sie hinunter. Sie war viel kleiner als er … Und doch wollte sie ihn beschützen. Ein absurder Gedanke.

Später, sehr viel später, würde er sich darüber wundern, dass er ihre Warnungen nicht ernster genommen hatte.

Der Leihwagen war ein schwarzer *Hyundai Santa Fe*. Der Portier rief kurz nach neun Uhr an und entschuldigte sich wortreich wegen der Verspätung. Aber jetzt sei der Wagen da. Vollgetankt. Der Herr Kommissar bräuchte nur noch einzusteigen …

Er hatte auf die Karte geschaut und versucht, sich die Strecke von Bratislava über Trnava bis nach Trenčin einzuprägen. Erst dort würde er sich dann neu orientieren müssen, um weiter in Richtung Osten nach Bojnice zu gelangen.

Bereits wenige Kilometer, nachdem er Bratislava hinter sich gelassen hatte, begann die Straße schlecht und holprig zu werden. Der Wagen schluckte jedoch die vielen Unebenheiten, und er kam zügig voran. Der Verkehr war ungewöhnlich gering und bestand vorwiegend aus altersschwachen Lastwägen, die ihren Ruß ungefiltert in die Luft schleuderten. Er war ständig gezwungen, zu überholen. Die Straße verlief die meiste Zeit parallel zu einem schmalen Fluss, der entgegen seiner Fahrtrichtung nach Süden floss und dessen Wasser im trägen Licht der Sonne glänzte.

Je weiter er sich von Bratislava entfernte, umso ärmlicher und verlorener wurden die Dörfer und kleinen Ortschaften links und rechts der Straße, die in unregelmäßigen Abständen auftauchten. Er musste immer wieder mit der Geschwindigkeit heruntergehen, da sich das Leben oftmals in unmittelbarer Nähe der Straße abspielte. Viele, meist ältere Menschen saßen vor ihren Häusern direkt neben der Hauptstraße und beobachteten die vorbeifahrenden Fahrzeuge. Daneben spielten Kinder. Überall auf die Gebäude und selbst auf die Menschen, die in sich versunken davor saßen, hatte sich, so schien es ihm, feiner, grauer Staub gelegt.

Zum ersten Mal seit langer Zeit dachte er wieder an Marianne. Als er aber versuchte, sich ihre Gesichtszüge vorzustellen, gelang ihm dies nicht. Einen Moment lang empfand er deshalb ein Gefühl von Panik. Doch je mehr er sich anstrengte, umso weniger wollte es ihm gelingen, Herr über die Bilder in seinem Kopf zu werden. Immer wieder tauchten die Gesichter von anderen Frauen auf, nicht aber das von Marianne. Erst als er resigniert aufhörte, sich zu quälen, sah er sie wieder vor sich.

Kurz nach zwölf Uhr erreichte er Trenčin. Bereits von Weitem konnte er die Burganlage hoch über dem eigentlichen Ort erkennen. Er hatte Hunger und beschloss, eine Pause einzulegen. Er parkte in der Innenstadt und ging dann zu Fuß weiter. Er spazierte die Straße entlang. Es war heiß, und er sah kaum andere Menschen, die unterwegs waren. Die Stadt schien wie ausgestorben.

In einer Seitenstraße fand er schließlich eine Kneipe. Sie erinnerte ihn ein wenig an das Lokal in Regensburg, in dem er am Abend seines Zusammenbruchs gesessen hatte. Erst zögerte er, dann ging er aber doch hinein. Schließlich war er nicht abergläubisch.

Das Lokal war nur mäßig besetzt, und er fand einen freien Platz am Fenster. Er bestellte ein Bier und auch noch etwas zu essen von einer schmuddeligen Karte, ohne so recht zu wissen, worauf er sich damit einließ. Er hatte auf das teuerste Gericht gedeutet, aber nur einen gelangweilten Blick des Kellners geerntet. Was sollte er tun? Er würde sich überraschen lassen.

Das Bier kam sofort, und er trank in gierigen Zügen, bestellte gleich noch ein zweites. Die Hitze draußen hatte ihm zugesetzt. Auch in dem Lokal war es drückend heiß. Dann stellte er das leere Glas ab, wischte sich den Schaum von den Lippen und begann, vor sich hinzudösen. Es gefiel ihm, hier zu sitzen. Ein völlig Fremder, der aus einer anderen Welt gekommen war. Die Gespräche in der harten, unbekannten Sprache schlugen über ihm zusammen …

Es schien, als würden die Menschen um ihn herum keine Notiz von ihm nehmen. Es machte ihm nichts aus. Er war es gewohnt, und er hatte das Alleinsein gern. Nur manchmal machte es ihm Angst, dass er so war. Marianne hatte nie begreifen wollen, warum er die Gesellschaft von anderen so wenig brauchte. Der Mensch soll nicht allein sein. Fand sie. Da hatte ihn nur sein Vater verstanden. Er war so gewesen wie er. Hatte den Hang zur Einsamkeit ebenso in sich gehabt wie er. Das Leben besteht aus zunehmender Vereinsamung, dachte er.

Das Essen war gut, und er fühlte sich danach angenehm müde. Noch immer schien niemand Notiz von ihm zu nehmen. Als er allerdings etwas später einen Moment lang aus dem Fenster blickte, traf sein Blick unversehens auf die leeren Augen eines Mannes, der ihn durch die geschlossene Fensterscheibe musterte. Bichlmaier zuckte zusammen. Der Mann verschwand sofort, aber bei Bichlmaier stellte sich ein unangenehmes Gefühl ein. Verwirrt lehnte er sich zurück. Ein Zufall? Oder wurde er auch hier beschattet? Er rief den Wirt zu sich und bezahlte.

Es war kurz nach halb zwei, als er Trenčin in östlicher Richtung verließ. Vor die Sonne hatten sich einige Wolken geschoben, aber noch immer schien die Luft stillzustehen. Er war froh, als er die Klimaanlage in seinem Wagen einschalten konnte ...

Sie lauerten ihm am Ende eines Waldstückes, wenige Kilometer vor Bojnice auf. Eine erste Kugel schlug in die Windschutzscheibe seines Wagens ein und ließ diese in Abertausende von kleinen Glassplittern zerplatzen. Der heftige Knall und der plötzliche Schwall warmer Luft, der daraufhin ungehindert auf sein Gesicht traf, führten dazu, dass Bichlmaier das Lenkrad in einer Panikreaktion scharf nach rechts riss. Daraufhin verlor er die Kontrolle über den Wagen. Der raste über die Böschung der Straße hinab und prallte dort gegen einen Baum. Allein die Tatsache, dass der Airbag auslöste, verhinderte Schlimmeres.

03. Oktober 1968,
kurz vor Mitternacht

Die beiden, der Junge und das Mädchen, liegen erschöpft im weichen, nächtlichen Gras des beginnenden Herbstes. Tief atmen sie den sauren Duft des Waldbodens ein. Ihre Körper berühren sich und sind doch bereits wieder unendlich weit voneinander entfernt. Ihre Seelen, die für einen kurzen Moment eins gewesen sind, sind zurückgekehrt in ihre angestammte Enge.

Das Mädchen sieht hinauf zu den dahintreibenden Wolken. Anders als der Junge neben ihr, schwingt bei ihr eine Ahnung von den Schmerzen nach, die mit der Liebe einhergehen. Sie bemerkt auch als Erste die Kälte, die vom Boden hochsteigt, und ein Schauder geht durch ihren Körper. Mit einer jähen Bewegung greift sie nach ihren Kleidern und bedeckt ihre Blöße. Sie steht auf.

Das Brennen zwischen ihren Schenkeln bleibt.

Wenig später erhebt sich auch der Junge. Er ist müde und fühlt sich doch stark und kräftig. Am liebsten würde er seinen Triumph hinausschreien, ihn aller Welt kundtun. *Did you score?* Das Mädchen sieht ihn an. Ahnt sie, dass er sie in seinem Herzen bereits vergessen hat?

Trommler, Trommler, hör mich an ...

Dann hasten sie den Abhang hinunter. Wieder halten sie sich an den Händen. Der Mond hat jedoch seinen Zauber verloren, und sie straucheln und verheddern sich in Wurzelwerk und Gestrüpp. Mal er, mal sie. Da sind sie froh, als sie schließlich aus ihrem Märchenwald heraustreten und die nun bedrohliche Dunkelheit hinter sich lassen können ...

Im Haus brennt noch Licht. Doch die meisten der deutschen und slowakischen Schüler haben mittlerweile den Gemeinschaftsraum verlassen und die Schlafräume aufgesucht. Sie sind müde und wollen nach dem langen, anstrengenden Tag nur noch schlafen.

An einem der Tische sitzen die drei Freunde. Die Unterhaltung ist schleppend, was am Alkoholgenuss liegt und an der Tatsache, dass ihre Gedanken weit von dem entfernt sind, worüber sie sprechen. Dennoch sind sie geblieben. Etwas hält sie davon ab, ebenso wie die anderen ins Bett zu gehen. Immer wieder schweifen ihre Blicke zur Tür ...

Sie ahnen zu diesem Zeitpunkt noch nicht, dass die wenigen Stunden der Nacht, die jetzt noch vor ihnen liegen, ihr Leben und das von einigen anderen Menschen grausam und schmerzvoll verändern werden.

Er war nur einen kurzen Augenblick ohne Bewusstsein gewesen. Als er die Augen öffnete, wusste er sofort, was passiert war. Obwohl er den Schuss nicht gehört hatte, war ihm instinktiv klar gewesen, dass man auf ihn geschossen hatte. Hinterher würde er sich oft fragen, ob er nicht die ganze Zeit auf so etwas gewartet hatte.

Der Airbag drückte auf seine Brust, und plötzlich spürte er die Schmerzen, die wie Wellen durch seinen Körper schwappten. Überraschenderweise empfand er kein Gefühl von Panik. Bichlmaier wusste nur, dass er den Wagen schnellstmöglich verlassen musste, ehe die dort draußen noch einmal auf ihn schießen konnten. Er hatte Angst, aber es war eine total unaufgeregte Angst, die von ihm Besitz ergriffen hatte. Er versuchte, den Gurt zu lösen, konnte sich aber wegen des Airbags kaum bewegen. Er fluchte, und schließlich gelang es ihm, das Schloss des Gurtes zu ertasten und die Verriegelung zu lösen. Mit Mühe schob er seinen Oberkörper am Airbag vorbei, der zum Glück schon etwas schlaffer geworden war, und öffnete vorsichtig die Tür. Er wartete. Einen Moment lang passierte nichts. Dann, gerade, als er sich nach draußen ins Gras fallen lassen wollte, pfiff eine Kugel an ihm vorbei und bohrte sich in den Stamm des Baumes vor ihm. Wieder verharrte er, duckte sich in seinen Sitz so gut es ging. Er hoffte, dass er so für die Schützen, die dort draußen auf ihn lauerten, nicht zu sehen war. Dann drehte er sich vorsichtig um, versuchte, seine Situation einzuschätzen. Die Muskeln im Nackenbereich schmerzten dabei höllisch. Bichlmaier merkte, dass ihn der hohe Aufbau des Wagens vor den Blicken seiner Gegner schützte. Das Heck des Wagens ragte zudem hoch auf, da dieser sich mit der Schnauze nach vorne tief in den Graben hineingebohrt hatte. Wenn es ihm gelang, durch die herausgebrochene Windschutzscheibe zu klettern, hatte er vielleicht eine Chance, ungesehen zu entkommen.

Es ging leichter, als er gedacht hatte, da der Abstand zum weichen Waldboden nur sehr gering war. Vom eigenen Gewicht gezogen, rollte er über die zerbeulte Motorhaube ins hohe Gras. Nichts passierte. Er blieb eine Weile liegen. Aus dem Kühler vor ihm tropfte Wasser. Es zischte, als es am Boden auftraf. Er fragte sich, warum sie nicht einfach zu ihm herunterkamen. Es wäre so einfach für sie. Vielleicht glaubten sie, dass er bewaffnet war. Die Sekunden vergingen quälend langsam. Kein Geräusch war zu hören außer dem Zirpen der Zikaden rings um ihn. Ich bin zu alt für so etwas, dachte er zum zweiten Mal innerhalb weniger Tage. Ich sollte zu Hause sein und Schach spielen, oder vielleicht sollte ich auch bei Marianne in Rom sein. Auf jeden Fall nicht hier. Sein Atem hatte sich mittlerweile etwas beruhigt. Er wusste, dass er aus der unmittelbaren Nähe des Wagens gelangen musste. Es blieb ihm keine Wahl. Ganz vorsichtig kroch er auf allen vieren von dem Wrack weg, versuchte, hinter den Baum zu gelangen, der seine Fahrt in den Graben gestoppt hatte. Er merkte schon nach wenigen Bewegungen, dass er wieder keuchte. Das ist die Angst, dachte er. Ständig erwartete er, dass ein Schuss fallen würde. Ob man den Schuss noch hört, ehe man getroffen wird? Erst als er hinter dem Baum in Sicherheit war, wagte er es, nach oben zu spähen. Er musste dabei direkt in die gleißende Sonne blicken und war einen Augenblick lang wie geblendet. Erst nach einer Weile nahm er schräg oberhalb die Silhouetten von zwei Männern wahr, die dort nahezu unbeweglich standen und auf das Wrack starrten. Offensichtlich hatten sie nicht bemerkt, dass er sich aus dem Fahrzeug hatte befreien können. Der eine der beiden Männer hatte ein Gewehr in der Hand, das er in dem Moment hochnahm. Es schien Bichlmaier, als würde er damit direkt auf ihn zielen. Sofort zog er seinen Kopf zurück, wartete auf den Einschlag. Eine Weile passierte nichts. Dann ertönten zwei Schüsse. Der erste traf das Fahrzeug, und die Kugel prallte mit einem singenden Geräusch von der Karosserie ab und klatschte irgendwo ins Gebüsch. Nach dem zweiten Schuss explodierte der Benzintank des Hyundai. Der Wagen stand sofort in Flammen, und dicker Rauch quoll aus dem Motorraum hervor. Die Dämpfe und die ungeheuere Hitze, die sich daraufhin entwickelte, waren schier unerträglich, und Bichlmaier, der nur durch den Baum vor dem brennenden Wrack geschützt war, robbte, so schnell es ging von den Flammen und dem Rauch weg. Die Rauchentwicklung war so stark, dass er, ohne von oben von den beiden Männern bemerkt zu werden, etwa zwanzig Meter bis zu einer kleinen Mulde gelangen konnte. Seine Augen tränten, und seine Lungen waren voll der beißenden Dämpfe. Er warf sich zu Boden, presste sein Gesicht ins warme Gras und versuchte dann, seine Atmung unter Kontrolle zu bringen. Noch immer war er erstaunlich gelassen. Nach einiger Zeit reckte er vorsichtig den Kopf und spähte aus seiner neuen Position zur Straße hinauf. Nach wie vor war alles ruhig. Die beiden Männer waren verschwunden.

Minuten später hörte er, wie sich aus einiger Entfernung eine ganze Anzahl von Fahrzeugen mit Martinshorn näherte. Als das erste Fahrzeug auf der Straße oben ankam, stand er auf, drehte sich um und entleerte seine Blase hinter einem Baum. Anschließend ging er auf die Polizisten zu, die erstaunt zu ihm herunterblickten.

»Ich bin Polizist!«, rief er. »Man hat auf mich geschossen.«

Dann brach er zusammen.

Als er erwachte, lag er in einem weißen Raum. Sein Bett stand in der Nähe eines großen Fensters, das allerdings geschlossen war. Sämtliche Muskeln in seinem Körper schmerzten. Er hatte vor allem Schwierigkeiten, den Kopf zu drehen. Nachdem er sich etwas aufgerichtet hatte, sah er, dass zu seiner Linken noch zwei weitere Betten standen. Beide waren mit alten Männern belegt, die mit geschlossenen Augen vor sich hindämmerten. Einer der beiden Männer gab eigenartige Geräusche von sich. Wahrscheinlich hatte ihn das geweckt. Neben der Tür saß auf einem viel zu kleinen Stuhl ein ungewöhnlich feister Polizist in Uniform. Der Mann hatte den Kragen seines Uniformhemdes geöffnet, schien aber trotzdem unter der stickigen Luft in dem Raum zu leiden. Als er sah, dass sich Bichlmaier bewegte, wuchtete er sich aus seinem Stuhl hoch und blickte zu Bichlmaier hin. Dann sagte er etwas, was Bichlmaier nicht verstand. Er blieb noch einen Moment stehen, als würde er auf eine Reaktion warten. Als Bichlmaier nicht antwortete, drehte er sich um und verließ wortlos das Zimmer.

Wenig später öffnete sich die Tür, und ein Arzt und eine Krankenschwester kamen herein und traten an Bichlmaiers Bett. Der dicke Polizist blieb draußen vor der Türe stehen. Der Arzt war noch sehr jung und begrüßte Bichlmaier mit einem festen Händedruck.

»Wie fühlen Sie sich?«, fragte er.

Er sprach gut Deutsch, und Bichlmaier glaubte den breiten Wiener Dialekt herauszuhören. Vielleicht hatte er ja in Wien studiert.

Bichlmaier zuckte mit den Schultern und spürte sofort wieder die Schmerzen, die durch seinen Körper wallten.

»Bombastisch«, sagte er etwas verkniffen. Der Arzt grinste.

»Das wird bald besser werden«, meinte er. »Der Notarzt hat Ihnen etwas zur Beruhigung gespritzt. Deshalb haben Sie geschlafen. Wir haben Sie in der Zwischenzeit schon mal durchgecheckt. Sie haben großes Glück gehabt. Nur eine leichte Gehirnerschütterung … Aber sonst … Sämtliche Knochen sind heil geblieben.«

Er schrieb etwas auf das Krankenblatt an Bichlmaiers Bett. Dann wandte er sich wieder zur Tür.

»Was ist übrigens passiert?«, fragte er noch.

»Auf mich ist geschossen worden«, sagte Bichlmaier.

»So, so«, meinte der Arzt. Er lachte. Es schien ihn nicht besonders zu beeindrucken.

»Wenn Sie zurück nach Deutschland kommen, sollten Sie bald einen Arzt aufsuchen. Etwas ist nicht in Ordnung mit Ihrem Blut«, sagte er dann noch. »Wir konnten leider nur einen Schnelltest machen … Sie verstehen?«

Er nickte Bichlmaier noch einmal kurz zu und verließ dann das Zimmer. Die Schwester folgte ihm.

Adolf Bichlmaier blickte zur Decke des Zimmers hoch. Es war ein sehr hohes Zimmer, in dem er da lag, wahrscheinlich ein Altbau, und die Decke war so weit weg, dass es ihm schien, als würde er in einen wolkenverhangenen, unendlich fernen Himmel blicken.

Verdammte Scheiße, dachte er.

Er hatte die Augen geschlossen, als Maria Ondruchova an sein Bett trat. Er nahm ihren Duft wahr, noch ehe er sie sah. Sie hatte wieder dieses Parfüm aufgelegt, das ihn so sehr an den Sommer erinnert hatte und an das Leben. Ein Duft, der längst vergangenes Verlangen in ihm wachgerufen hatte. Er wollte die Augen nicht öffnen. Wollte einfach nur liegen und träumen und träumen …

Eine Weile stand sie nur da und schaute auf ihn herab.

»Haben Sie Kinder?«, fragte sie dann, ohne ihn näher zu begrüßen. Ihre Stimme klang hart und spröde. Bichlmaier schüttelte erstaunt den Kopf. Sie setzte sich auf sein Bett. Es quietschte ganz leicht. Die Geräusche, die der alte Mann im Nachbarbett machte, verstummten für einen kurzen Augenblick.

»Nein …?« Dann fuhr sie fort: »Ich habe einen Sohn. Er ist neunzehn Jahre alt und möchte nächstes Jahr anfangen zu studieren. Ein guter Sohn. Ich habe mir immer gewünscht, dass er in einem freien Land aufwächst, so, wie die Kinder in Deutschland … Ich werde ihn jetzt aber nach Wien schicken oder nach München oder vielleicht nach Amerika, weil die Slowakei kein freies Land ist. Noch immer nicht. Das ist traurig …«

Bichlmaier hatte ihr verwundert zugehört.

»Ich kenne die Männer, die Sie überfallen haben. Aber ich komme nicht an sie heran. Diese Männer sind unangreifbar. Sie gehören zu denen, die früher hier das Sagen hatten. Die alte Garde der Kommunisten. Viel zu viele einflussreiche Personen stehen hinter diesen Männern. Diese Menschen haben auch heute noch das Sagen. Sie verstecken sich hinter neuen, unbekannten Gesichtern, aber es sind dieselben Gauner, die die Dinge diktieren, die unser Leben bestimmen. Darum habe ich versucht, Sie zu warnen, verstehen Sie?«

»Warum will man mich denn aus dem Weg räumen?«

»Die Morde, die Sie untersuchen, stehen in Verbindung mit dem alten System. Man will nicht, dass bestimmte Dinge ans Tageslicht kommen.«

»Was sind das für Dinge?«

»Das weiß ich selbst nicht genau. Und ich bin nicht sicher, ob wir das je ganz herausfinden werden.«

»Ich muss aber alles erfahren«, sagte Bichlmaier. »Alles, was damals passiert ist. Die Hintergründe. Ich muss mit Petra Hafnerova sprechen.«

Sie saß einen Moment schweigend da, bevor sie nickte.

»Morgen«, sagte sie. »Morgen werden Sie mit ihr sprechen.«

»Dann lebt sie also?«

»Natürlich lebt sie. Aber das wussten Sie doch schon lange. Sonst wären Sie doch nicht hierhergekommen, oder?«

Er nickte. »Ich habe es vermutet.«

Dann beugte sie sich zu ihm herab und küsste ihn ganz leicht auf die Wange.

»Wenn Sie wieder nach Bratislava kommen, dann möchte ich, dass Sie mich besuchen. Dann werde ich Ihnen meinen Sohn vorstellen.« Ihre Stimme war jetzt ganz weich, und Bichlmaier schaute sie mit großen Augen an. »Wollen Sie das?«

»Ja«, sagte er. Dann ging sie. Ehe sie das Zimmer verließ, öffnete sie das große Fenster. Es wurde allmählich Abend, und die Wolken hatten eine rötliche Farbe angenommen.

Ganz weit weg, in der Ferne, sah Bichlmaier ein mächtiges Gebäude auf einer Anhöhe. Es sah aus wie ein Schloss ...

19

»Mein Trommler ist in den Tod gegangen wie ein richtiger Soldat«, sagte Petra Hafnerova. »Obwohl er eigentlich nicht sehr tapfer war.«

Ihre Augen waren völlig leblos, als sie es sagte. Es schien ihm, als sei all dies für sie ohne Bedeutung. Nichts, das für diese Augen von irgendeiner Bedeutung mehr sein konnte. Sie erinnerten ihn ein bisschen an die seiner Mutter. Tote Augen, die nach innen gekehrt waren.

Zum Krankenhaus gehörte ein kleiner Garten. Bänke standen darin im Schatten alter Bäume. Ein gepflegter Garten. Hier herrschte Stille. In diesem Garten trafen sich die Menschen, die noch fest im Leben standen, mit denen, die bereit waren, Abschied zu nehmen. Es war noch sehr früh am Morgen, und die Düfte der vergangenen Nacht lagen in der Luft. Der Tag würde wieder heiß werden, und bereits jetzt zeigte das Thermometer knapp unter zwanzig Grad. Man konnte Stimmen hören vom Haus her, und ein kurzes Lachen hüpfte über den verdorrten Rasen.

»Haben Sie ihn getötet?«, fragte Bichlmaier. Er sah sie nicht an dabei. Eine ganze Weile sagte sie nichts, und er glaubte schon, dass sie seine Worte nicht wahrgenommen hatte. Plötzlich kramte sie jedoch in ihrer Tasche, und dann nestelte sie eine Fotografie heraus, die sie ihm hinhielt. Das Foto war ebenso verblichen und zerknittert, wie das Foto, das Bichlmaier seit vielen Wochen mit sich herumtrug. Es zeigte einen jungen Mannf mit schulterlangem Haar im Stil der späten sechziger Jahre.

»Dieses Foto hat er mir damals geschenkt«, sagte sie. Dann schwieg sie wieder, als sei damit Bichlmaiers Frage bereits hinreichend beantwortet. Der junge Mann auf dem Foto lächelte. »Mein Trommler vom Glasberg«, fügte sie schließlich doch noch hinzu. »Ich habe ihn vor langer Zeit sehr geliebt. Er war der erste Mann in meinem Leben. Der einzige ... Aber er hat mich vergessen ... Mit den Jahren ist er mir gleichgültig geworden ... Ich hatte ihn ja auch schon fast vergessen. Doch dann hat mich der Oberst geholt, und ich durfte ihn noch einmal sehen, noch einmal mit ihm sprechen ... Es hat ihm alles sehr leidgetan ... Ich habe es in seinen Augen gesehen ... Aber es war zu spät.«

Wieder dauerte es, bis sie weitersprach.

»Jemand hat auch seine Tochter getötet ... Dabei ist sie sein Leben gewesen. Sie haben gesagt, dass er den Verstand verloren hat, als er sein totes Kind sah ... Sie wollten ihm damit wehtun ... Manchmal ist der Tod allein eine zu geringe Strafe ... Das hat zumindest der Oberst gesagt.«

Ihre Stimme war ausdruckslos.

»Warum haben sie ihm das alles angetan?«, fragte er. »Warum wurde das Mädchen getötet? Was hatte sie denn Böses getan?«

Die Frau mit dem zerstörten Gesicht schaute in die Ferne. Er wusste nicht, was sie dort sah. Dann zuckte sie mit den Schultern.

Bichlmaier erhob sich. Er wollte ein paar Schritte gehen. Das Sitzen strengte ihn an. Er hatte noch immer Schmerzen. Er wusste, dass sie nicht weggehen würde. Sie war gekommen, um seine Fragen zu beantworten.

Maria Ondruchova hatte sie am frühen Morgen gebracht. Sie waren am Fenster seines Krankenzimmers gestanden, Maria und er. Und sie hatten hinunter in den Garten geblickt auf die kleine Gestalt, die nahezu unbeweglich, wie versteinert, auf der Gartenbank gesessen hatte.

»Warum darf ich jetzt mit ihr sprechen?«, hatte er gefragt. »Gestern wollten sie mich doch noch töten, um das zu verhindern ...«

»Es ist an der Zeit, dass die alten Geschichten ans Licht gebracht werden. Die Männer, die dich gestern töten wollten, haben versagt. Wahrscheinlich ahnen sie, dass ihre Zeit abläuft ...«

Sie hatte ihn geduzt, und es hatte ihm gefallen. Sie waren ganz nahe nebeneinandergestanden, und ihre Arme hatten sich leicht berührt.

Als er nun zurückblickte, schien es ihm, als habe sich die alte Frau nicht einen Millimeter bewegt. Wie festgefroren saß sie da in der Wärme des Sommermorgens. Eiseshauch umgab sie.

Er war bereit, sich ihre Geschichte anzuhören, und er wusste, dass auch sie bereit war für ihn. Langsam ging er zurück zu der Bank und setzte sich ganz vorsichtig, so, als wollte er sie nicht in ihren Gedanken stören. Sie hatte ihm ihr Profil zugewandt, und zum ersten Mal sah er ihr zerstörtes Gesicht ganz, ohne dass sie es zu verbergen suchte. Die blau vernarbte Wunde, die tote, ledrige Haut, die sich stark spannte, die fehlenden Knochenteile darunter. Sie hatte ihr Haar zu einem Knoten im Nacken zurückgebunden, so, als wollte sie ihm zeigen, dass sie bereit war, ihm ihre innersten Geheimnisse zu offenbaren. Lange Zeit schaute er darauf, musste sich dazu zwingen, versuchte sich vorzustellen, welche Schmerzen diese Wunde bereitet hatte. Er erinnerte sich plötzlich an Haimerls Geschichte von dem Kriegsheimkehrer, dessen Unterkiefer gefehlt hatte. Er dachte an die kleine Elena. Mit welcher Genauigkeit sie das Unvorstellbare beschrieben hatte.

Dann, als er genug gesehen hatte, wandte er den Blick. Er ahnte, dass sich ihm hier das Dunkle der menschlichen Seele zeigte. *Das Herz der Dunkelheit*. Er hatte genug gesehen …

»Wollen Sie mir von Ihrem Leben in Bojnice erzählen?«

Noch wagte er es nicht, sie nach den Ereignissen von damals zu fragen. Sie nickte eifrig, fast als könne sie es nicht mehr erwarten, davon zu berichten.

»Stellen Sie sich vor«, sagte sie. »Ich habe mehr als dreißig Jahre in meinem Zauberschloss gelebt … Zuerst waren noch meine Eltern bei mir. Aber sie sind bald nach dem schlimmen Ereignis gestorben. Zuerst mein Papa und zwei Jahre danach auch meine Mama. Sie haben unter alldem sehr gelitten. Dann war ich allein. Nur der Oberst hat mich ab und zu besucht … Und irgendwann bin ich ein Teil des Schlosses geworden, und die Menschen, die kamen und gingen, haben mich gar nicht mehr richtig wahrgenommen. Ich habe kleinere Arbeiten verrichtet, immer irgendwo, wo mich die Menschen nicht sehen konnten …«

Sie unterbrach sich, und Bichlmaier merkte, dass es ihr schwerfiel, weiterzusprechen.

»Erzählen Sie mir von dem Oberst.«

»Ach, der Oberst, das ist der gute Geist in meinem Leben. In meinem zweiten Leben, verstehen Sie? Als ich ihn das erste Mal getroffen habe, da war er noch kein Oberst ... Das war im Krankenhaus. Da war er noch ganz jung. Er hat mir geholfen und hat mich, als ich das Krankenhaus verlassen durfte, in mein Schloss gebracht. Damit ich Ruhe hatte ... Er war so eine Art Polizist. Aber ohne Uniform. Er war sehr gut zu mir ...«

»Und besucht er Sie noch immer, Ihr Oberst?«

»Oh ja«, sagte sie. »Jetzt ist er natürlich schon ziemlich alt, aber er hat mich nicht vergessen.«

»Hat er Leo Güllner getötet?«

»Das weiß ich nicht. Kann sein ...«

»Haben Sie nie versucht, herauszufinden, wer ihn getötet hat?«

»Nein. Das hat für mich keine Rolle gespielt.«

Wie tief musste diese Frau verletzt worden sein, um so hart geworden zu sein? Bichlmaier drehte den Kopf. Sie saß da, und ihr Blick war nach wie vor starr in die Ferne auf ein unsichtbares Ziel gerichtet. Ihre Hände waren verknotet, spielten mit einem dünnen silbernen Ring an einem ihrer Finger.

»Wie sind Sie eigentlich damals, an dem Tag, als Güllner getötet wurde, nach Weiden gekommen?«

»Ach, das war einfach. Der Oberst ist an dem Morgen zu mir gekommen. Es war sehr früh am Morgen. Er hat nur gesagt, dass etwas passiert sei. Und wenn ich wollte, könnte ich noch einmal mit Leo sprechen und ihn sehen ... Wir sind dann mit dem Auto gefahren. Viele Stunden lang.«

»Haben Sie gewusst, dass er getötet werden sollte?«

»Ja, das habe ich gewusst. Zuerst nicht, aber dann hat es mir der Oberst gesagt.«

»Haben Sie denn nicht versucht, das zu verhindern? Es war doch eine Hinrichtung?«

Die alte Frau schüttelte den Kopf.

»Und wussten Sie, dass auch Agnes Güllner getötet werden würde?«

»Aber nein!«, sagte sie nun plötzlich ganz aufgebracht. »Sie war doch schon tot. Noch ehe wir nach Weiden kamen.« Zum ersten Mal wandte sie den Kopf und suchte Bichlmaiers Blick. »Das müssen Sie mir glauben.«

Bichlmaier nickte. »Ich verstehe«, sagte er, obwohl er eigentlich nichts so recht verstand. Noch immer war ihm nicht klar, warum Agnes Güllner getötet worden war.

»Warum wurde ihre Leiche denn überhaupt in Güllners Büro gebracht? Und warum wurde sie auf derart widerliche Weise zur Schau gestellt?«

Wieder zuckte Petra Hafnerova nur hilflos mit den Schultern.

»Das weiß ich nicht. Vielleicht, um Leo noch einmal zu bestrafen, für das, was er mir angetan hat. Sie haben ihm das Liebste genommen, das er hatte … Und sie haben es ihm gezeigt.«

»Hat das der Oberst gesagt?«

»Ja.«

»Hm. Sie haben gerade gesagt, Leo Güllner sei noch einmal bestraft worden. Was haben Sie damit gemeint? War er denn schon einmal bestraft worden?«

Die Frau nickte. »Oh ja, alle sind sie bestraft worden … Alle vier. Leo und die drei anderen auch … Mein Oberst hat dafür gesorgt.« Und dann, als sie seinen fragenden Blick spürte, fügte sie noch hinzu: »Sie haben ihre Freiheit verloren. Von jenem Tag an sind sie nie mehr frei gewesen …« Sie sagte es ganz trotzig.

Bichlmaier hätte gerne gewusst, was sie damit meinte, beschloss aber, sie erst später danach zu fragen.

Er sah zum Krankenhaus hinüber. Dort, am Fenster,

wo er heute Morgen mit Maria gestanden hatte, bewegten sich die Vorhänge. Ob sie sie beobachtete? Er fragte sich, was Maria über die Vorfälle von damals wusste. Ob sie den geheimnisvollen Oberst kannte, der in Petra Hafnerovas Erzählung immer wieder auftauchte?

Was war damals vor achtunddreißig Jahren passiert? Und in den Tagen und Wochen, die darauf folgten? Bichlmaier schaute auf seine Schuhspitzen. Sie waren staubig und grau. Er wartete einen Moment, dann wandte er den Blick zu Petra Hafnerova.

»Was hat sich in jener Nacht zugetragen? Wollen Sie mir das sagen? Was haben Ihnen die vier angetan?«

Zu seiner Überraschung schien sie nur auf seine Frage gewartet zu haben, denn sie fing sofort an zu reden, und dann redete sie, so, als wollte sie nie mehr damit aufhören.

»Ich habe viele Jahre lang nicht darüber sprechen können«, sagte sie. »Auch nicht mit meiner Mama und mit meinem Papa. Es war einfach zu schrecklich gewesen. Erst viel später habe ich mit dem Oberst darüber gesprochen. Da waren meine beiden Lieben dann schon tot. Ich habe ihm alles erzählt ... Ihm habe ich es erzählen können ...«

Sie blickte zu ihm hoch, während sie weitersprach, und in dem Moment schien es ihm, als säße da ein verschrecktes Mädchen neben ihm, mit großen Augen, die die Welt nicht verstanden.

»Es war so ein schöner Abend gewesen. Ich war schrecklich verliebt in meinen Leo, und wir sind hinaus in den Wald, weg von den anderen. Wir waren beide ganz aufgeregt, und dann haben wir uns geliebt, im Gras. Leo war ziemlich ungeschickt, und es hat ein bisschen wehgetan. Aber ich war glücklich ...«

»Und dann?«

»Dann wurde es kalt und wir wollten zurück in das Gästehaus … Aber wir sind nicht bis dorthin gekommen.«

»Warum denn nicht?«

»Da waren plötzlich die drei Freunde von Leo. Sie haben nach uns gesucht. Aus irgendeinem Grund habe ich Angst bekommen, und ich wollte mich mit Leo verstecken. Hinter dem Gästehaus war ein alter Stall mit Geräten für die Feldarbeit. Ein alter Traktor war auch darin … und eine Leiter, die nach oben unter das Dach führte …«

04. Oktober 1968
früher Morgen

»Da sind sie.«

»Wo? … Meint ihr, er hat sie …?«

»Logisch. Die Kleine war doch richtig heiß …«

»Denkt ihr, was ich denke …?«

Die beiden anderen antworten nicht, wissen nicht, was sie sagen sollen, grinsen lediglich albern. Die Sätze bleiben unvollendet. In ihren Stimmen schwingt Bewunderung, aber da ist noch etwas anderes. Etwas, das an ihnen nagt. Die Frage, die sie die ganze Zeit schon beschäftigt hat. Warum gerade er? Warum nicht sie?

Alle drei rauchen sie. Ungeschickt halten sie die Zigaretten in der hohlen Faust, wie einen Joint. Sie ziehen gierig daran und stoßen den Rauch theatralisch in die kühler werdende Nacht. Kinder, die von Alkohol und Müdigkeit gezeichnet sind. Sie sehnen sich nach Schlaf und sind doch ungewöhnlich wach.

Ihre Blicke folgen den beiden. Sie sehen, wie das Mädchen sie bemerkt und daraufhin den Jungen mit sich zieht, weg von ihnen. Und instinktiv fühlen sie die Angst, die sich um das Mädchen gelegt hat, und es hat etwas zutiefst Animalisches, wie sie daraufhin die Fährte der beiden aufnehmen.

Die huschen in das Halbdunkel eines alten Stalls, der sich hinter dem Gästehaus befindet. Drinnen riecht es nach Diesel und Heu und Leder und ranzigem Maschinenfett, und über allem liegt der strenge Geruch von tierischem Kot. Sie stolpern über längst nicht mehr benutzte Geräte, alte Pflugscharen und rostige Eggen, die an den hölzernen Wänden lehnen oder einfach nur in den Weg gestellt sind, zwängen sich an einem uralten Bulldog vorbei, hin zu einer Leiter, die nach oben auf eine Art Tenne führt. Droben ist Heu aufgeschüttet. Das duftet und knistert, durchdringt alles und wird sofort Teil des Atems und legt sich alsbald schwer auf die Brust der beiden. Die sitzen da, eng aneinandergekauert, wollen glauben, dass alles nur ein Spiel ist, und ahnen doch die Bedrohung, die sich ihnen nähert.

Er hat seine Arme um sie gelegt, spürt, wie sie zittert. Da geht unten das Tor auf, kreischt in den rostigen Angeln. Sie hören, wie die drei denselben Weg entlangstolpern, den sie soeben gegangen sind, hören, wie sie die Leiter entdecken und nun langsam nach oben steigen …

Einer nach dem anderen klettern sie hinauf, steigen sie über die Brüstung. Stumm stehen sie endlich da, starren in das Halbdunkel vor ihnen. Dann gehen sie auf die beiden zu.

Der Junge steht auf, sagt etwas Belangloses, versucht, die Spannung zu lösen. Die drei beachten ihn nicht. Einen kurzen Augenblick scheint es, als wolle er sich ihnen in den Weg stellen, doch dann tritt er zur Seite und lässt die Freunde an sich vorüber. Seltsam passiv steht er da, weiß nicht, wie er sich verhalten soll. Das Mädchen blickt flehentlich zu ihm hin, dann ruft sie etwas auf Slowakisch. In diesem Augenblick ist sie der fremden Sprache nicht mehr mächtig.

Dann fallen sie über sie her …

Als sie fertig sind, hört man nur noch das Keuchen der drei und das tiefe, nie mehr endende Wimmern des Mädchens.

»Komm schon, Leo«, sagt einer der Jungen nach einer kleinen Ewigkeit. Sie haben von dem Mädchen abgelassen und hocken nun wie Tiere auf allen vieren rings um ihre Beute. Nur Leo steht noch immer an seinem Platz. Er hat sich nicht bewegt, hat den Freunden, den Vergewaltigern, zugesehen, ohne eine Hand zu heben.

»Komm schon, Leo.«

Da endlich bewegt er sich, geht auf das Mädchen zu.

»Fick sie!«

»Fick die Schlampe!«

Er stakst die wenigen Schritte und geht dann auf die Knie nieder, streckt die Hand nach ihr aus. Er sieht, wie sich ihre Augen weiten, und er hört das entsetzliche Wimmern. Er weiß nicht, was sie in seinen Augen liest, sieht nur, wie sie vor ihm zurückweicht, kriecht und stolpert und sich erhebt und weiterstolpert und kriecht. Nur weg von ihm. Keiner der anderen versucht, sie aufzuhalten. Und plötzlich ist sie an der Brüstung, und er weiß, was nun passieren wird, und da hebt er die Hand in einer hilflosen Geste, als könne er sie damit zurückhalten, und dann stürzt sie in die tiefe Dunkelheit. Jetzt endlich hört das Wimmern auf.

»Ich weiß nicht, was in jener Nacht dann noch passiert ist. Der Oberst hat mir einiges erzählt, aber alles ist sehr weit weg und ohne Bedeutung. Es ist, als hätte ich darüber in einem Buch gelesen.«

Petra Hafnerova erhob sich mühsam, und als sie dann vor ihm stand, sah Bichlmaier, wie schief und verwachsen sie war. Es schien, als seien ihre Knochen willkürlich zusammengesetzt.

»Gehen Sie ein Stück mit mir?«, fragte sie und griff nach seinem Arm. Er nickte, und dann stand auch er auf. Sie hängte sich bei ihm ein. Beide bewegten sie sich unsicher und fast vorsichtig. Aus der Ferne sahen sie sicher wie ein uraltes Paar aus, das träumerisch durch einen der Welt entrückten Garten wandelte, dachte er mit leiser Wehmut. Und als er so neben der Frau ging, spürte er plötzlich die leblose Kälte, die von ihr ausging.

»Sind Sie schon einmal am Meer gewesen?«, fragte er sie. Er wusste in dem Augenblick nicht einmal, warum er ihr diese Frage stellte. Eine Weile lang sagte sie nichts, dann schüttelte sie den Kopf. »Nein«, sagte sie. »Aber es muss sehr schön sein. Ein Ort, wo man frei ist, nicht wahr?«

»Ja«, nickte er. »Aber eigentlich ist das Meer, das ich meine, ein Ort, der nur in unserem Kopf existiert. Ein Ort, der nichts mit dem wirklichen Meer zu tun hat. Das glaube ich zumindest ...«

Er ließ die Worte verklingen, schämte sich plötzlich, kam sich sentimental vor.

»Warum sind Sie so ein trauriger Mann, Herr Kommissar?«, fragte sie ihn nach einer Weile.

»Ich weiß es nicht«, sagte er. »Vielleicht liegt es an meinem Beruf.«

»Nein, das glaube ich nicht. Wahrscheinlich haben Sie diesen Beruf nur gewählt, weil Sie da so schön traurig sein können, nicht wahr?«

Da musste er lachen. »Vielleicht haben Sie recht«, sagte er und dachte dabei an seine verfluchten Blutwerte.

»Wie kam es denn, dass Sie überlebt haben? Der Sturz …?«

»Einer der Jungen hat den Hauswirt geweckt und hat ihn in den Stall geschickt. Er hat ihm gesagt, dass dort ein Unfall passiert sei … Ich habe nie herausgefunden, welcher der Jungen das gewesen ist … Es hätte aber nichts geändert.«

Bichlmaier schaute auf sie hinunter. Blickte in ihr zerstörtes Gesicht. Es schien, als habe sie diesen Blick bemerkt.

»Als ich von dort oben heruntergestürzt bin, habe ich mir sämtliche Knochen gebrochen, die sich ein Mensch nur brechen kann«, sagte sie mit ihrer toten Stimme. »Das Schlimmste aber war, dass ich bei meinem Sturz in die Tiefe einen Eimer umgestoßen habe, in dem sich Säure von alten Autobatterien befand. Der stand dort einfach herum. Mein Gesicht hat dann eine ganze Zeit lang in dieser Säure gelegen … Die vier haben mich ja dort unten zurückgelassen, sind weggelaufen … Das hat die Haut und zum Teil auch die Knochen weggefressen. Die Ärzte haben später zu mir gesagt, dass es ein Wunder gewesen sei, dass die Säure nicht auch mein Auge zerstört hat … Von alldem habe ich aber erst sehr viel später erfahren … Das war an dem Tag, als ich mich zum ersten Mal wieder in einem Spiegel gesehen habe …«

Sie strich mit ihrer rechten Hand über die verunstaltete

Wange. Es schien, als müsste sie sich wieder und wieder an diesen Moment in ihrem Leben erinnern.

Sie gingen dann noch einige Schritte schweigend weiter, bis sie am Ende des Gartenweges angelangt waren. Zwischen den Bäumen versteckt befand sich ein kleines Tor, das auf eine staubige Straße hinausführte. Durch die Blätter konnte Bichlmaier in einiger Entfernung eine große schwarze Limousine sehen, die am Rand der Straße geparkt war. Davor wartete ein älterer Mann in einem, wie es schien, recht schäbigen Anzug. Er hatte sein Gesicht Bichlmaier und der Frau zugewandt. Als sich Bichlmaiers Blick und der seine trafen, verneigte er sich ganz leicht. Einen Augenblick glaubte Bichlmaier, den Mann schon einmal gesehen zu haben, doch konnte er nicht sagen, wo.

Petra Hafnerova löste ihren Arm und blickte Bichlmaier mit ihren seelenlosen Augen an. Sie verharrte einen Moment, dann strich sie ihm mit einer Hand sanft über die Wange, sodass er sich plötzlich wie ein kleiner Junge vorkam.

»Ich muss jetzt gehen«, sagte sie. »Zurück in mein Zauberschloss.« Bichlmaier wollte protestieren, aber ihr Blick sagte ihm, dass es zwecklos war. Da schloss er sie in seine Arme und drückte sie an sich, was ihn selbst ein wenig überraschte, da er solche Gesten sonst tunlichst vermied.

Dann ging sie. Der fremde Mann am Auto kam ihr nicht entgegen, aber er öffnete die Tür für sie und half ihr beim Einsteigen. Bichlmaier hatte den Eindruck, dass er sich sehr um sie sorgte. Ehe sie abfuhren, blickte er dann noch einmal zu Bichlmaier zurück. Wieder verneigte er sich ganz leicht.

»Was ist mit den vier Jungen passiert? Damals, am nächsten Morgen?«

Maria Ondruchova zuckte mit den Achseln. »Nicht viel. Sie wurden von der Polizei vernommen, und dann durften sie nach Hause fahren.«

Bichlmaier blickte sie überrascht an. Das konnte natürlich nicht die ganze Wahrheit sein. Er nippte an seinem Kaffee, den ihm eine Krankenschwester vor einigen Minuten hingestellt hatte. Sie hatte ihn dabei freundlich angelächelt. Der Kaffee war stark und ungesüßt, fast bitter.

»Das war alles?«, fragte er ungläubig.

»Nein«, sagte sie nach einer Weile. »Da war noch etwas.«

Sie zögerte. »Ich weiß nicht, woher die Polizisten damals wussten, wer Petra vergewaltigt hatte. Auf jeden Fall haben sie aber die vier Jungen als Verdächtige mit aufs Revier genommen. Die anderen Schüler haben davon kaum etwas mitbekommen … Auch nicht vom Sturz des Mädchens und ihrer Vergewaltigung … Ihnen wurde am nächsten Tag nur mitgeteilt, dass Petra nach einem Unfall ins Krankenhaus gebracht worden sei. Die meisten glaubten an einen Autounfall oder etwas Ähnliches …«

04. Oktober 1968
ca. 7 Uhr 45

Die Vergewaltiger sitzen allein in vier dunklen Zellen. Kauern auf hartem, kaltem Steinboden. Sie zittern vor Kälte und Müdigkeit und Angst. Noch immer klebt das Blut des Mädchens an ihren Jungenschwänzen, und sie ahnen immer stärker, was sie angestellt haben. Jetzt, da sie allein mit sich sind, gibt es keine Möglichkeit mehr, sich zu verstecken, mit dem Finger auf die anderen zu deuten.

Immer wieder hören sie Stimmen, seltsam fern, das Klappern von Schlüsseln. Dann wieder Stille. Eine Stille, die sie ins Mark trifft. Die Zeit bleibt stehen. Lässt Raum für Gedanken. Das seltsam verwundene Bündel am Fuß der Leiter. Die Panik beim Davonlaufen. Der rüde Ton, als sie aus den Betten gerissen werden …

Dann, nach endlosem Warten, plötzlich harte Schritte, Schlüssel, die sich im Schloss drehen. Laute Kommandos in einer fremden Sprache, die ihnen Angst macht. Polizisten mit militärisch kurzem Haarschnitt, groben, kantigen Gesichtszügen und derben Händen. Händen, die, wie sie ahnen, bereit sind zu prügeln, zu bestrafen, Schmerzen zu bereiten. Einzeln werden sie in ein verrauchtes Verhörzimmer gezerrt. Müssen nebeneinander auf harten Holzstühlen Platz nehmen. Ins grelle Licht der Schreibtischlampen starren.

Wieder müssen sie warten.

Schließlich öffnet sich eine Tür. Ein junger Mann in ziviler Kleidung, kaum älter als fünfunddreißig Jahre, kommt herein. Er setzt sich, liest in den Papieren, die vor ihm liegen. Dann hebt er den Blick. Er löscht das grelle Licht. Dann betrachtet er die vier Jungen, die angespannt und verängstigt vor ihm sitzen.

»Ich bin Leutnant Faber«, sagt er schließlich in klarem, präzisem Deutsch. Er lächelt ganz leicht, aber in seinen Augen zeigt sich kein Verständnis, spiegelt sich lediglich seine Verachtung für die vier jämmerlichen Gestalten.

Seine Worte sind unmissverständlich, als er ihnen dann erklärt, was er von ihnen erwartet …

20

Als Adolf Bichlmaier am frühen Abend des folgenden Tages zusammen mit Maria Ondruchova nach Bratislava zurückkehrte, erlebte er die Stadt zum ersten Mal unter einem stark bewölkten Himmel. Die Temperaturen waren über Nacht gefallen, und aus östlicher Richtung blies ein böiger, kräftiger Wind. Die Straßen der Stadt waren feucht, und es hatte wohl vor kurzer Zeit erst geregnet. Trotz der Abkühlung war die Luft noch immer schwer und drückend.

Maria Ondruchova hatte während der Fahrt meist geschwiegen und nur gelegentlich kurze Sätze mit dem Fahrer des Wagens gewechselt. Auch Bichlmaier war in seine Gedanken versunken gewesen. Irgendwann hatte er sie dann nach dem mysteriösen Oberst gefragt.

»Glaubst du, dass der Oberst Leo Güllner erschossen hat?«

Maria Ondruchova hatte nur mit den Schultern gezuckt. Sie hatte müde und unglücklich gewirkt. Er hatte an ihren Ausbruch an seinem Krankenbett zurückgedacht.

»Wer weiß«, hatte sie dann gesagt. »Die ganze Wahrheit werden wir nie erfahren.«

»Wir sind noch nicht am Ende unseres Weges angelangt«, hatte er widersprochen, aber sie war nicht näher darauf eingegangen. Da hatte er beschlossen, fürs Erste nicht weiter in sie zu dringen.

Und dennoch gab es noch so viele Fragen, die er ihr stellen wollte. Er dachte an das Gespräch mit Petra Hafnerova zurück. Für kurze Zeit hatte sich ein Fenster geöffnet, und man hatte ihm einen kleinen Blick in die Vergangenheit gestattet. Warum das geschehen war, wusste er nicht, und er vermutete, dass er dies auch niemals erfahren würde. Zumindest hatte er einen Teil der Zusammenhänge begriffen, und er war sich ziemlich sicher, dass er Leo Güllners Mörder in die Augen gesehen hatte. Auch hatte er eine vage Ahnung von den Motiven bekommen, die zu Güllners Hinrichtung geführt hatten. Aber hatte er die ganze Wahrheit gesehen? Da gab es etwas, das über eine Bestrafung für ein Verbrechen hinausging, das fast vierzig Jahre zurücklag. Er war sich nach dem, was ihm Maria erzählt hatte, mittlerweile fast sicher, dass das eigentliche Motiv in der Gegenwart zu suchen war.

Noch immer wusste er jedoch nicht, warum Agnes Güllner getötet worden war. Wie passte das Mädchen in dieses Mosaik von längst vergangener Bösartigkeit und einer Serie kaltblütiger Morde, die sich daraus entwickelt hatte?

»Werde ich noch einmal mit Petra Hafnerova sprechen können?«, fragte er nun.

Maria Ondruchova schüttelte den Kopf. Sie musterte ihn mit einer Spur von Mitleid. Dann wandte sie den Blick und schaute aus dem Seitenfenster. Er spürte, dass sich etwas verändert hatte. Es schien, als sei ihre Vertrautheit mit einem Mal nicht mehr da. Etwas hatte sich zwischen sie geschoben.

»Petra Hafnerova existiert schon lange nicht mehr«, sagte sie. »Sie wurde vor vielen Jahren von einem Auto überfahren. Genau genommen, vor fast vierzig Jahren … Der Fahrer konnte leider nicht ermittelt werden …«

»Und der Oberst …?«

»Den hat es nie gegeben.«

»Und Bojnice? Würde man denn dort keine Spur von den beiden finden?«

Sie zuckte nur mit den Schultern.

Bichlmaier nickte. Er hatte verstanden. Das Fenster hatte sich geschlossen.

»Dann enden alle Wege hier?«

»Ja«, nickte sie. »Es ist besser, wenn du die Slowakei verlässt. Du musst in deinem Land weitersuchen. Hier wirst du deinen Mörder nicht finden.«

Was sie damit nur meinte? Gab es denn noch einen weiteren Schuldigen, jemanden, der neben dem geheimnisvollen Oberst zum Mörder geworden war, jemanden aus Güllners Umfeld?

Er versuchte, einen letzten Trumpf auszuspielen, obwohl er ahnte, dass er verloren hatte.

»Dann wirst du mir deinen Sohn nicht vorstellen?«, fragte er.

»Eines Tages. Vielleicht«, sagte sie müde. »Dann werde ich dir alles erklären, und du wirst alles verstanden haben.«

Wenig später kamen sie an seinem Hotel an. Es hatte angefangen, leicht zu regnen. Maria stieg mit aus, und gemeinsam flüchteten sie unter ein schützendes Vordach.

»Es tut mir sehr leid …«, sagte sie, und dann drückte sie sich noch einmal an ihn, so, wie am ersten Abend ihrer Bekanntschaft. Wieder spürte er ihren warmen, erregenden Körper. Dann war sie weg.

Am nächsten Morgen verließ er Bratislava. Die Gewitterwolken des gestrigen Abends hatten sich verzogen, und vom Himmel brannte wieder eine unbarmherzige Sonne …

DRITTES BUCH

… Die Menschen sind wie grober bunter Sand
Im linden Spiel der großen Wellenhand.

Oskar Loerke

21

Am Tag nach seiner Rückkehr, einem Dienstag, stand Adolf Bichlmaier zeitig auf, zog den Bademantel an, rasierte sich und ging in die Küche. Er wollte sich gerade eine Tasse Kaffee machen, als ihm einfiel, dass es besser wäre, nüchtern zu bleiben. So setzte er sich an den Küchentisch und begann, etwas verloren die Morgenzeitung zu überfliegen. In Afghanistan war eine Deutsche entführt worden, und in Washington hatte der amerikanische Präsident die Bedeutung des Kriegs im Irak betont. Und irgendwo in Ostdeutschland hatte ein viel zu junges Elternpaar seinen drei Monate alten Säugling zu Tode geprügelt ... Der Fall Güllner war längst in Vergessenheit geraten. Bichlmaier legte die Zeitung weg. Er starrte aus dem Fenster.

Wenig später rief er im Klinikum an, um sich einen Termin zur Blutentnahme geben zu lassen. Die Schwester war sehr freundlich und sagte ihm, dass er umgehend vorbeikommen könne. Er bedankte sich fast überschwänglich. Anschließend zog er sich fertig an und machte sich dann auf den Weg in Richtung Uniklinik.

Von seiner Angst erzählte er niemandem. Schließlich gab es auch niemanden, dem er davon hätte erzählen können. Einen Moment lang hatte er erwogen, Marianne anzurufen, hatte es aber sein lassen. Er würde sie später anrufen. Am Abend oder morgen. Die ganze Zeit über musste er immer wieder an Maria denken.

Ehe er die Wohnung verließ, hatte er noch mit Hallmann telefoniert und ihm gesagt, dass er am Nachmittag ins Präsidium kommen und Bericht erstatten werde. Hallmann hatte ihn ermahnt, sich nicht zu viel zuzumuten und sich keinesfalls unter Zeitdruck zu setzen. Er war sehr rücksichtsvoll gewesen und hatte ihn gefragt, ob alles in Ordnung sei. Nach dem Unfall und überhaupt …

Der Arzt, der bei der Blutentnahme dabei war und ihn kurz untersuchte, begrüßte ihn wie einen alten Bekannten. Er sah wohl, dass Bichlmaier Angst hatte, und bemühte sich, ihn zu beruhigen.

»So ein Schnelltest muss nicht unbedingt etwas bedeuten«, sagte er. »Auch wenn man natürlich das Rückfallrisiko kennt …« Er wirkte ganz betrübt, als er das sagte, und Bichlmaier nickte ihm zu.

»Die Ergebnisse liegen Ende nächster Woche vor. Machen Sie sich nicht zu viele Sorgen«, meinte er dann noch, als sie sich verabschiedeten.

Bichlmaier verließ das Krankenhaus und fuhr mit dem Bus in die Innenstadt. Dort reihte er sich ein in den Strom der Menschen, ließ sich mit forttreiben und wurde Teil der anonymen Masse.

Erst als er nach einiger Zeit an einem Buchladen vorbeikam, folgte er einem plötzlichen Impuls und ging hinein. Er erkundigte sich bei einer recht resolut aussehenden Dame an der Kasse nach den Kriminalromanen eines slowakischen Autors namens Zdenek Rehor. Die Dame wirkte einen Moment lang etwas irritiert, war aber sehr hilfsbereit und verwies ihn an einen jungen Kollegen, der auch sofort seinen Computer bemühte. Der junge Mann gab sich kompetent und war sehr ernst. Er tippte den Namen mehrere Male in unterschiedlicher Schreibweise ein, aber der Computer kannte Zdenek Rehor nicht …

»Na, dann ist ja alles klar«, fasste Hallmann ganz euphorisch zusammen, nachdem Bichlmaier von seinem Gespräch mit Petra Hafnerova berichtet hatte. Er hatte die Hände auf seinen Bauch gelegt und schaute zufrieden in die Runde. Dann nahm er seine Pfeife und begann, sie zu stopfen.

»Was ist klar?«, brummte Meier Zwo. Er hatte an der Stirnseite des Konferenztisches Platz genommen und leitete die Sitzung. Er kaute an einem Stück Kaugummi und wirkte reichlich verdrossen. Es war extrem stickig im Raum, und alle außer Hallmann schienen angespannt und gereizt. Missmutig verfolgte Meier Zwo, wie Hallmann nach einer Weile dicke Rauchwolken ausstieß. Der Tabak roch nach Kirsche.

»Na, wer Güllner auf dem Gewissen hat ... Dieser Oberst ... Es liegt doch auf der Hand. Die Morde an dem Lehrer und an den Langs. Das war professionelle Arbeit ... Kein Wunder, dass wir da nicht weitergekommen sind.«

»Und das Mädchen ...?«

Hallmann ließ sich nicht beirren. »Dito«, sagte er.

Er schaute auffordernd in die Runde. »Die StB hat doch schon immer Geheimkommandos unterhalten. Da gibt es Dokumente, die darüber Auskunft geben. Sind alle irgendwann in den letzten Jahren aufgetaucht. Zum Teil waren StB-Leute darauf trainiert, im Kriegsfall deutsche Politiker, Wissenschaftler und Militärs zu liquidieren ... Und für einen Teil dieser Leute herrschte immer Krieg ... Das waren Elitesoldaten, bestens ausgebildet, mehrsprachig und dem Regime gegenüber absolut loyal ...«

Bichlmaier machte eine abwehrende Geste.

»Das mag sein. Aber wenn ich mich nicht irre, werden

wir an diesen Oberst niemals herankommen. Er existiert für uns nicht. Genauso wenig wie Petra Hafnerova.«

Meier Zwo nickte, ohne etwas zu sagen.

»Außerdem beantwortet das noch lange nicht die Frage, warum dieser Phantomoberst und die Schatten, die hinter ihm stehen, Güllner getötet haben. Da muss es noch einen weiteren Grund geben. Einen Grund, den mir Petra Hafnerova verschwiegen hat ...«

»Und was, wenn wir diesen Grund nicht finden?«, fragte Rockinger.

»Wir werden ihn finden«, sagte Bichlmaier bestimmt. »Früher oder später. Wisst ihr, ich glaube, jemand möchte, dass wir an das Rachemotiv glauben. Aber das war kein Mord aus Rache für eine Tat, die ein halbes Menschenalter zurückliegt. Güllner und seine Tochter sind zu einem bestimmten Zweck getötet worden, aus ganz bestimmten Gründen.«

Er machte eine Pause, um den anderen die Möglichkeit zu geben, Kommentare abzugeben. Aber keiner hatte etwas zu sagen.

Er war in dem Moment selbst darüber erstaunt, mit welcher Sicherheit er diese These vertrat. Und er ließ seine Gedanken weiter kreisen. Aus irgendeinem Grund, den er selbst nicht genau kannte, begann sich der Nebel in seinem Kopf allmählich etwas zu lichten. Noch einmal sah er das tote Mädchen und ihren Vater vor sich, so, wie sie vorgefunden worden waren. Schon damals war ihm aufgefallen, mit welcher Akribie die beiden Leichen gleichsam in Szene gesetzt worden waren. Das war wie eine Inszenierung gewesen. Wem aber hatte sie gegolten? Ob die Ermittler nur daran glauben sollten, dass hier jemand Rache genommen hatte? Und plötzlich schien ihm alles ganz einfach zu sein. Da musste es jemanden geben, der etwas vertuschen wollte, jemanden, der sie auf eine falsche Fährte locken wollte. Jemanden aus dem Umfeld von Güllner.

Seine Gedanken wanderten zurück zu dem Anschlag, der auf ihn verübt worden war. Warum hatten die zwei Killer ihre Arbeit nicht zu Ende gebracht? Es wäre doch so einfach gewesen. Hatte es gar nicht in ihrem Interesse gelegen, ihn zu töten? Wer hatte damals die Einsatzfahrzeuge von Polizei und Feuerwehr informiert? Die waren verdammt schnell da gewesen. Bislang war er davon ausgegangen, dass er bei der ganzen Sache großes Glück gehabt hatte. Was aber, wenn dies alles so geplant gewesen war?

In dem Moment räusperte sich Meier Zwo. »Was ist eigentlich mit den drei Jungen passiert, die das Mädchen vergewaltigt haben?«, fragte er.

Bichlmaier nickte. Genau das war der springende Punkt. Sie mussten die Jungen finden, die damals das Mädchen vergewaltigt hatten. Petra Hafnerova hatte ihm ihre Namen nicht gesagt. Er wusste nicht mehr, warum er sie nicht danach gefragt hatte. Wahrscheinlich, weil alles sehr schnell gegangen war. Ihr Gespräch, der Abschied an der Pforte des Gartens, der Oberst …

Überhaupt, warum nur hatte Petra Hafnerovas Existenz solch märchenhafte Züge angenommen, warum war ihr ein Leben in der Realität verwehrt? Wer hatte ein Interesse daran, sie in ihrem Schloss zu verstecken, sie lebendig dort zu begraben? Er hatte sich diese Fragen natürlich schon des Öfteren gestellt, doch hatte er die Situation eher hingenommen, als dass er weiter nachgehakt hätte.

Er erinnerte sich, was Maria Ondruchova gesagt hatte, als er sie gefragt hatte, was mit den vier Jungen passiert war. Sie sind vernommen worden und durften dann nach Hause fahren. Wie konnte das aber sein? Etwas stimmte da ganz und gar nicht.

Er saß eine Weile ganz still da und ließ seine Gedanken treiben, während die anderen lebhaft weiter diskutierten. Plötzlich war ihm klar, wie sie künftig vorgehen mussten. Es war beinahe peinlich, wie einfach es war. Verärgert schlug er mit der Faust auf den Tisch. Hallmann schaute ihn ganz erschrocken an, und die Gespräche verstummten schlagartig.

»Was ist los?«, fragte Britta Merz.

»Wir haben unsere Hausaufgaben nicht gemacht«, sagte er. »Verdammt noch mal, wir haben die einfachsten Fragen nicht gestellt.«

»Was schlägst du vor?«

»Wir müssen die drei Jungen finden. Dann werden wir weitersehen. Ich bin sicher, irgendwo werden wir auf etwas stoßen, das mit unseren Ermittlungen in Zusammenhang steht. Darauf verwette ich meinen Allerwertesten.«

Rockinger, Britta Merz und Haimerl nickten. Es schien, als sei das Wesentliche gesagt worden. Meier Zwo verteilte die einzelnen Aufgaben, und dann gingen sie auseinander. Sie alle fühlten, dass die Jagd nun wieder richtig begonnen hatte. Die Zeit des hilflosen Wartens war vorbei.

Hallmann und Bichlmaier blieben noch einen Moment sitzen.

»Übrigens, Maria lässt dich grüßen«, sagte Bichlmaier. »Major Ondruchova«, fügte er hinzu, als er Hallmanns erstaunten Blick wahrnahm. Hallmann nickte nur. Schließlich ging auch er. Er ließ einen Duft nach Kirsche und Missmut im Raum zurück.

Es dauerte weniger als vierundzwanzig Stunden, bis sie eine Liste mit Namen in der Hand hatten. Die Namen standen in alphabetischer Reihenfolge, säuberlich getrennt in weibliche und männliche Teilnehmer des Austausches. Fünfzehn Namen insgesamt. Den ersten Namen, den er kannte, fand er sofort. Leonhard Güllner. Dann fand er zu seiner Überraschung, obwohl er insgeheim auf so etwas gehofft hatte, noch zwei weitere, die ihnen bekannt waren. Alfred Lamprecht und Günther Merling. Der Journalist und der Schulleiter. Sieh an! Das mussten die beiden sein. Zumindest konnte man davon ausgehen. Keine Frage.

Bichlmaier blickte Meier Zwo und Britta Merz an. Beide waren bleich und wirkten angespannt. Gemeinsam gingen sie noch einmal die Liste durch.

Einen vierten Namen, den sie kannten, fanden sie nicht.

»Woher habt ihr die Liste?«, fragte Bichlmaier.

»Ein Referent im Kultusministerium hat sie ausgegraben. Das hat allerdings seine Zeit gedauert … Er hat übrigens versprochen, auch noch eine Liste der slowakischen Teilnehmer zu faxen.«

»Gut«, sagte Bichlmaier zu Britta. »Ruf Merling an und frag ihn, warum er uns verschwiegen hat, dass er damals mit Güllner und den anderen am Austausch teilgenommen hat. Fass ihn ruhig etwas härter an.« Dann wandte er sich an Meier Zwo. Ohne groß zu überlegen, hatte er wieder die Führung übernommen, und niemand stellte dies infrage.

»Mahr soll sich um Lamprecht kümmern. Am besten, ihr bringt die beiden hierher ins Präsidium.«

Als Britta Merz und Meier Zwo gegangen waren, sah er noch einmal die Liste mit den Namen durch. Wer war nur damals der Vierte im Bunde gewesen? Einer von denen, die da auf der Liste standen, musste es ja wohl sein. Nun, er wusste, sie würden auch das herausfinden. Er spürte, dass sie sich dem Ende des Falles näherten …

Kurz nach sechs riefen Britta Merz und Michael Mahr innerhalb weniger Minuten an. Weder Dr. Merling noch Fredi Lamprecht waren aufzufinden.

»Macht trotzdem weiter«, sagte Bichlmaier ungeduldig. »Wir brauchen die beiden unbedingt.« Er fühlte sich plötzlich wieder mutlos, und die Zweifel, ob sie sich auf dem richtigen Weg befanden, kamen zurück. Konnte er denn überhaupt sicher sein, dass gerade diese beiden die Vergewaltiger von damals waren?

Eine Stunde später saß er noch immer am Telefon und versuchte, die anderen Teilnehmer, die auf der Namenliste aufgeführt waren, ausfindig zu machen. Es schien jedoch, als hätten sie sich in Luft aufgelöst.

In seiner Not wollte er gerade Dr. Manfredi, den alten Lehrer, der die Schüler damals nach Bratislava begleitet hatte, anrufen, als Rockinger in der Tür erschien. Bichlmaier legte schnell wieder auf. Er konnte an Rockingers Gesicht sehen, dass etwas passiert war.

»Wir haben gerade einen Anruf vom Bezirkskrankenhaus erhalten. Susi Klein, du erinnerst dich, eines der Mädchen aus Agnes Güllners Klasse, ist dort eingeliefert worden. Sie hat versucht, sich das Leben zu nehmen …«

»Warum rufen die deswegen bei uns an?«

»Ihre Mutter wollte das …«

Bichlmaier sah ihn einen Augenblick schweigend an. Eigenartig, warum passierte das gerade jetzt? Dann sprang er auf. »Komm«, sagte er. »Wir müssen mit dem Mädchen sprechen.«

Gerade als sie Bichlmaiers Büro verlassen wollten, kam Meier Zwo mit einem Faxausdruck ins Zimmer. »Hier ist die Liste mit den slowakischen Teilnehmern«, sagte er. Er schaute ganz überrascht, als er sah, in welcher Eile Bichlmaier und Rockinger waren, stellte aber keine Frage.

Bichlmaier warf einen kurzen Blick auf die eben hereingekommene Liste. Etwas abwesend suchte er nach dem Namen von Petra Hafnerova, vergewisserte sich, dass er auf der Liste stand. Dann, als er ihn gefunden hatte, legte er den Ausdruck auf seinen Schreibtisch. Beim Hinausgehen hatte er den Eindruck, dass etwas mit der Liste nicht stimmte. Doch er war zu sehr in Eile, um genauer darüber nachzudenken. Er würde dies tun, wenn er wieder zurück war.

»Worüber wollen wir eigentlich mit dem Mädchen reden?«

Die Frage kam von Rockinger, und sie war berechtigt.

»Ich will sie fragen, warum sie ihr Leben wegwerfen wollte«, sagte Bichlmaier. »Und wer sie dazu getrieben hat.«

Das Bezirkskrankenhaus, abseits der Stadt, in einem der Vororte gelegen, bestand aus einer Reihe unterschiedlich großer Häuser, die sich alle um ein nüchternes, efeubewachsenes Hauptgebäude scharten. Eine Mauer umgab das parkähnliche Areal, und eine breite Straße führte auf das zentrale Gebäude zu.

Sie hielten auf einem für Ärzte ausgewiesenen Parkplatz. Bichlmaier zögerte, aber nur einen Moment. Dann stieg er aus, ging um die Giebelseite des Gebäudes und betrat die Eingangshalle. Er nannte seinen Namen an der Information und wies sich als Polizist aus. Dann fragte er nach Susi Klein.

Sie war in der Kinderpsychiatrie gelandet.

Zusammen mit Rockinger ging er die wenigen Schritte durch den Park, die zu dem angegebenen Gebäude führten. Der Eingang war abgesperrt, und er betätigte eine Glocke. Wieder musste er seinen Namen nennen. Er bat um Einlass. Als sie eintraten, kam ihnen bereits eine Frau entgegen. Er sah ihrem Gesicht an, dass sie beunruhigt war und vor Kurzem erst geweint hatte. Er lächelte, um sie aufzumuntern. Aber sie schien es nicht zu bemerken.

Sie führte sie in ein Schwesternzimmer. Ein Pfleger saß darin. Er trank eine Tasse Kaffee, die er mit beiden Händen umfasst hatte, und er sah sehr müde aus. Er erhob sich, als er die Frau und die Polizisten sah.

»Kommen Sie nur«, sagte er und verschwand.

Bichlmaier lehnte sich gegen einen Tisch. Die Frau hatte sich in den Sessel gesetzt, den der Pfleger soeben frei gemacht hatte. Rockinger hatte sich einen Stuhl am anderen Ende des Tisches geschnappt.

»Sie können mit meiner Tochter jetzt nicht sprechen«, sagte die Frau. Eine Wanduhr über ihrem Kopf zeigte drei Minuten vor halb sechs. Bichlmaier konnte das Ticken der Zeiger hören. Er nickte. »Wie geht es ihr?«, fragte er.

»Es ist nicht so schlimm«, meinte die Frau. »Sie wird überleben. Aber sie hat viel Blut verloren. Und natürlich das Psychische …« Sie hatte Schwierigkeiten, das Wort auszusprechen. Dann begann sie zu weinen, hörte aber gleich wieder auf.

»Ich habe sie zu oft allein gelassen. Ich habe keinen Mann und …« Sie sprach nicht weiter.

»Warum wollte sie sich das Leben nehmen?«

Die Frau zuckte mit den Schultern. »Sie hat darüber nicht mit mir gesprochen. Aber da war etwas. Etwas Schlimmes. Ich glaube, sie schämt sich zu sehr.« Sie zögerte. Bichlmaier wartete geduldig.

»Verstehen Sie, meine Susi ist ein bisschen unter die Räder gekommen«, sagte sie dann stockend.

»Was meinen Sie damit?«

»Jemand hat sie gezwungen, mit fremden Männern zu schlafen und Dinge zu tun …« Wieder verstummte sie.

Bichlmaier wartete, dass sie weitersprechen würde, aber sie sagte nichts mehr.

»Wissen Sie, wer sie dazu gezwungen haben könnte?«

Die Frau nickte. Es fiel ihr aber ganz offensichtlich schwer, die Frage zu beantworten. »Ja«, sagte sie dann widerstrebend. »Ich glaube, es war der Direktor von ihrer Schule. Aber, verstehen Sie, ich weiß es nicht sicher …« Sie sah ihn fast flehend an. »Es gibt keine Beweise, und Susi spricht nicht mit mir darüber …«

»Sie meinen Dr. Merling?« Das konnte doch nicht sein, und doch.

Er sah sie verblüfft und ein wenig ungläubig an.

Wieder nickte die Frau.

»Wie kommen Sie denn darauf?«

»Ich habe einmal in ihrem Tagebuch gelesen. Da stand so etwas darin. Aber ich habe es damals nicht geglaubt. Wissen Sie, Mädchen in ihrem Alter erfinden oft Dinge … Ich wollte das einfach nicht glauben.«

»Haben Sie denn mit Dr. Merling darüber gesprochen? Waren Sie bei ihm?«

»Ich wollte in seine Sprechstunde gehen, aber dann hat mir Susi verboten, auch nur das Geringste zu unternehmen. Sie ist richtig ausgerastet, als ich sie gefragt habe, was da los sei … Ich bin aber dann trotzdem gegangen … Der war eiskalt und hat mich wie eine hysterische Kuh behandelt …«

»Haben Sie denn eine Vorstellung, wie er Ihre Tochter zu so etwas zwingen konnte?«

»Ich weiß es nicht.« Bichlmaier runzelte die Stirn. Das alles klang sehr eigenartig.

»Und haben Sie von anderen Mädchen gehört, denen Ähnliches zugestoßen ist?«

Wieder schüttelte die Frau den Kopf. Was sie ihnen da erzählte, war schwerer Tobak, war im Grunde nicht zu glauben. Ein Schulleiter, der seine Schülerinnen auf den Strich schickte? Bichlmaier warf einen Blick zum Fenster hinaus. Es war noch immer hell. Er dachte unwillkürlich an das zurück, was ihm Petra Hafnerova erzählt hatte. Doch konnte man von dem, was damals passiert war, so einfach auf die Gegenwart schließen? War Merling überhaupt einer der damaligen Vergewaltiger gewesen? Und schließlich, gab es denn einen Zusammenhang zwischen damals und heute? War das Böse eine feste, die Zeit überdauernde Größe?

Er blickte hinüber zu Rockinger. Der war die ganze Zeit still geblieben, hatte sich nicht in das Gespräch eingemischt. Auch sein Gesicht drückte aber Ungläubigkeit und Skepsis aus.

»Wir müssen mit dem Mädchen, mit Ihrer Tochter, sprechen«, sagte er nun, halb an Bichlmaier, halb an die Frau gewandt. Es klang sehr energisch, und die Frau nickte ergeben. Es schien, als habe sie keine Kraft mehr, sich dagegen aufzulehnen.

»Sie müssen aber die Ärztin fragen«, sagte sie, und dann begann sie, wieder zu weinen.

Das Mädchen hatte den Blick zur Wand gerichtet. Ihre beiden Unterarme waren bandagiert und lagen auf der Bettdecke, als gehörten sie nicht zu ihr. Rockinger hatte sich einen Besucherstuhl genommen und sich an ihr Bett gesetzt, während Bichlmaier im Hintergrund blieb. Die Ärztin hatte sie gebeten, äußerst vorsichtig mit dem Mädchen umzugehen, da sie sich psychisch in einem sehr labilen Zustand befand. Bichlmaier hatte genickt und beschlossen, erst mal Rockinger das Verhör führen zu lassen, da ihn das Mädchen bereits kannte.

»Erinnerst du dich an mich?«

Das Mädchen nickte. Offensichtlich war sie bereit, mit ihnen zu sprechen. Rockinger wartete einen Moment.

»Wir werden dafür sorgen, dass man dir nicht mehr wehtut«, begann er dann vorsichtig. Wieder wartete er. Aus einem der anderen Krankenzimmer drang plötzlich ein lang gezogener Schrei eines Kindes, ein Weinen, das die Stille einen Augenblick lang unterbrach. Die beiden Polizisten hielten den Atem an. Nichts passierte jedoch. Alles blieb ruhig.

»Am Anfang war alles gar nicht so schlimm«, sagte das Mädchen dann ganz unvermittelt. Ihre Stimme war kaum zu hören, und sie hatte ihren Blick noch immer gegen die Wand gerichtet.

»Hannah hat mich einmal in den *Paradiesgarten* mitgenommen. Hannah Cibelius … Das ist schon lange her … Wir haben damals eine Menge Spaß gehabt. Hannah hat einige von den Männern gekannt, die dort waren. Die meisten waren schon älter … Die haben uns Drinks spendiert, und wir haben gefeiert. Einer von ihnen hatte Geburtstag …«

»Und was ist dann passiert?«

»Nichts. Hannah hat mich noch ein paar Mal mitgenommen. Das war immer recht lustig … Einmal war auch Agnes dabei. Ihr hat es aber nicht gefallen, glaube ich.«

»Warum denkst du das?«

»Ach, ich weiß nicht. Nur so ein Gefühl …«

»Wie lange ging das Ganze?«

»Einige Wochen lang.«

»Und da ist nichts weiter passiert?«

Das Mädchen schwieg. Das Sprechen schien sie anzustrengen.

»Doch! … An einem Abend ging's mir nicht besonders gut. Da hat mir Ronny, das ist Hannahs Freund, etwas zum Schlucken gegeben, ein Pulver … Das hat auch geholfen, aber dann war alles ganz komisch, und ich kann mich nicht mehr erinnern, was dann passiert ist …«

Bichlmaier merkte, wie er zur Zimmerdecke starrte. Er ließ den Blick über die kahlen, weißen Wände des Raumes wandern. Er wusste, wie die Geschichte des Mädchens weitergehen würde. Schließlich war er schon lange genug im Geschäft. Es ekelte ihn an. Die Menschen ekelten ihn an. Es lief fast immer nach demselben Muster. Da würde dann plötzlich ein Videoband auftauchen oder etwas Ähnliches. Darauf würde man das Mädchen sehen bei der Ausübung perversester sexueller Handlungen. Meistens genügte es dann, das Opfer mit dem Bildmaterial zu konfrontieren. Man war dabei nicht zimperlich. Es war so einfach, einen Menschen, noch dazu ein halbes Kind, gefügig zu machen …

»Und Dr. Merling?«, fragte er. »Welche Rolle hat er dabei gespielt?«

Zum ersten Mal drehte das Mädchen das Gesicht von der Wand weg. Sie schaute aber an Bichlmaier vorbei.

Wieder ließ sie sich lange Zeit, bis sie zu einer Antwort ansetzte.

»Er hat mich ein paar Tage später zu sich bestellt. Am Nachmittag, nach dem Unterricht …«

»Und?«

»Da hat er mir gesagt, dass jemand von mir Sexaufnahmen gemacht hat. Ich habe ihm das zuerst nicht geglaubt … Da hat er mir die Aufnahmen auf seinem Computer gezeigt … Es war schrecklich … Ich habe mich so geschämt …«

Die Stimme des Mädchens war fast nur noch ein Flüstern, und Bichlmaier musste sich anstrengen, um sie zu verstehen. Das Ganze erinnerte ihn an die Art und Weise, wie Petra Hafnerova gesprochen hatte. Völlig leblos und schrecklich verloren.

»Er hat gesagt, dass ich die Schule verlassen muss … Aber dann hat er gesagt, dass er mir helfen wird …«

»Und hat er dir geholfen?«

Das Mädchen schüttelte den Kopf. Wieder dauerte es geraume Zeit, bis sie antwortete. »Nein. Zuerst habe ich es schon geglaubt. Er hat mich zu dem Pächter vom *Paradiesgarten* geschickt, zu dem Herrn Lang … Der hat mir dann gesagt, was ich tun muss …«

Eine Zeit lang sagte keiner etwas, und es war sehr still im Raum.

»Am Anfang war es gar nicht so schlimm. Ich musste mich vor den Männern ausziehen und mich begrapschen lassen. Aber bald wollte er mehr … Am schlimmsten war es aber, als Dr. Merling mich eines Abends im *Paradiesgarten* besuchte. Er wollte, dass ich …«

Die Erinnerung schien zu viel für das Mädchen zu sein. Sie drehte den Kopf wieder zur Wand, und nach einer Weile sah Bichlmaier, wie ihr Körper von Weinkrämpfen geschüttelt wurde. Wie hatte sie dies all die Zeit nur ausgehalten? Und warum, fragte er sich, warum war ihr Zusammenbruch nicht schon viel früher erfolgt? Die traumatischen Erlebnisse, von denen sie da berichtet hatte, lagen bestimmt schon viele Wochen zurück. Oder war ihr Martyrium nach dem Tod der Langs weitergegangen?

Er nickte Rockinger zu, und gemeinsam verließen sie den Raum. Das Mädchen brauchte Ruhe, und es schien sinnvoll, eine Pause zu machen. Vor der Tür saß ihre Mutter. Sie schaute sie mit angstvollem Blick an. Rockinger setzte sich neben sie.

Bichlmaier ging auf eine Toilette und wusch sich das Gesicht mit kaltem Wasser. Er fühlte sich schlapp und war entsetzt, als er seine blutunterlaufenen Augen im Spiegel sah. Er sehnte sich nach etwas mehr Zeit. Es gab da so viele Dinge, über die er nachdenken wollte.

Kurz nach sechs Uhr ging Bichlmaier noch einmal in das Zimmer des Mädchens. Die Ärztin hatte ihm grünes Licht gegeben, ihn lediglich gebeten, es kurz zu machen.

»Gab es da noch andere Mädchen von deiner Schule im *Paradiesgarten*? Jemanden, den du kanntest?«

Das Mädchen nickte. Sie nannte ihm die Namen von drei weiteren Mädchen. »Und natürlich Hannah und Agnes«, fügte sie dann noch hinzu.

»Hat Agnes gewusst, was sie mit dir gemacht haben?«

Wieder nickte sie. »Ja, ich habe es ihr erzählt.«

»Hat sie auch mit Männern schlafen müssen?«

»Nein.«

»Warum war sie dann dort?«

»Ich weiß nicht genau. Aber ich glaube, sie hat nur Hannah ab und zu begleitet. Die beiden waren Freundinnen …«

»Hat Agnes versucht, dir zu helfen?«

»Ja. Aber dann ist sie doch umgebracht worden …« Sie schüttelte langsam den Kopf. Aber sie sagte nichts mehr. Bichlmaier fürchtete, dass sie zusammenbrechen könnte, doch dann schaute sie ihn an. Zum ersten Mal während ihres Gesprächs.

»Agnes hat ihrem Papa davon erzählt … Sie hat gesagt, dass er fürchterlich wütend gewesen ist, als sie ihm das erzählt hat … Sie hat gesagt, dass er sich den Dr. Merling kaufen wollte … Ich glaube, er hat etwas Schlimmes über ihn gewusst … und Agnes hat es auch gewusst …«

Ein blasses Licht fiel durch das Fenster des Krankenzimmers, in dem er mit dem Mädchen sprach. Er ahnte, dass das, was ihm das Mädchen soeben anvertraut hatte, der Schlüssel zur Lösung ihres Falles sein konnte.

»Etwas Schlimmes, sagst du. Weißt du, was das gewesen ist?«

»Nein.«

»Aber er konnte dir nicht mehr helfen, nicht wahr?«

»Nein.«

Nun, in gewisser Weise hatte er ihr wohl doch geholfen.

Bichlmaier blickte auf das blasse Gesicht in dem weißen Kissen. Manchmal möchte man töten, dachte er.

Als sie nach Hause fuhren, dachte er über das nach, was ihnen das Mädchen erzählt hatte. Er war sicher, dass sie die Wahrheit gesagt hatte. Wie es schien, waren sie auf der richtigen Spur. Der Schulleiter war ihr Mann. Bei ihm liefen die Fäden zusammen. Er hatte ein Motiv, das

Mädchen und auch ihren Vater zu töten. Beide hatten sie offensichtlich etwas gewusst, das ihn belastet hatte. Was das gewesen war, war ihm noch nicht ganz klar, aber er vermutete, dass es mit der Vergewaltigung vor so vielen Jahren zu tun hatte. Was genau dahintersteckte, würden sie herausfinden.

Jetzt brauchten sie ihn nur noch zu finden.

22

Sie begannen am frühen Morgen mit der erneuten Untersuchung der Gebäude im Hessenreuther Wald. Gleichzeitig war ein Team der Spurensicherung unterwegs zu Dr. Merlings Privatwohnung im Zentrum von Weiden. Merling war geschieden und lebte allein in einer Altbauwohnung mit Blick auf den Unteren Markt. Beide Teams wussten genau, wonach sie suchten. Bichlmaier hatte Mahr gebeten, bei der Spurensuche im *Paradiesgarten* anwesend zu sein und ihn sofort zu informieren, falls sie auf etwas stoßen würden. Er war sich fast sicher, dass sie über kurz oder lang fündig werden würden.

Dr. Merling und Lamprecht wurden in der Zwischenzeit bereits mit internationalem Haftbefehl gesucht.

Er selbst arbeitete zusammen mit Haimerl und Britta Merz daran, die Teilnehmer des damaligen Austausches aufzuspüren. Gegen Mittag hatten sie mithilfe des Einwohnermeldeamts die aktuellen Adressen der meisten der ehemaligen Teilnehmer am Austausch herausgefunden. Diese lebten mittlerweile über das gesamte Bundesgebiet verstreut und im Fall von zwei Ehemaligen, die ein Paar geworden waren und geheiratet hatten, auch im europäischen Ausland. Wie es schien, waren also nur Dr. Merling, Lamprecht und – in gewisser Weise – auch Güllner ihrer Geburtsstadt Weiden treu geblieben. Auch das ein Hinweis auf eine Verstrickung dieser drei Personen?

Die meisten, mit denen Bichlmaier am Telefon sprach, hatten nur noch vage Erinnerungen an die damaligen Ereignisse. Alle erinnerten sich jedoch noch an die Ankunft am Jura-Hronca-Gymnasium und an die herzliche Begrüßung, die ihnen dort zuteilgeworden war. Auch an ein ungewöhnlich schönes Mädchen konnten sich die meisten noch erinnern. Von einer Vergewaltigung wusste jedoch keiner etwas.

Bichlmaier beschloss, es vorerst bei der oberflächlichen telefonischen Befragung zu belassen. Keiner der Teilnehmer, mit denen er gesprochen hatte, hatte sich in irgendeiner Weise verdächtig geäußert oder ungewöhnlich benommen. Er wusste, dass er damit ein gewisses Risiko einging, doch war er felsenfest davon überzeugt, dass mit großer Wahrscheinlichkeit Merling und Lamprecht als zwei der Vergewaltiger infrage kamen. Ob sie damit automatisch auch als Verantwortliche am Mord an Leo Güllner und seiner Tochter in den Kreis der Verdächtigen rückten, war eine andere Sache. Wenn sie der beiden erst habhaft waren, wäre es zumindest kein großes Problem, auch den Namen des dritten Mannes, der damals vor so vielen Jahren zum Vergewaltiger geworden war, herauszubekommen. Sollte sich dies dann wider Erwarten als falsch erweisen, so konnten sie die Männer und Frauen immer noch intensiver befragen.

Das Haus am Rehbühl wirkte auf ihn so kalt und abweisend wie bei seinem ersten Besuch. Er läutete. Lange Zeit passierte nichts. Dann öffnete Hannah Cibelius. Sie schaute ihn an, ohne etwas zu sagen. Er stellte sich vor. Sie wirkte nicht sonderlich überrascht.

»Ich muss mit dir reden. Über Susi Klein und die anderen Mädchen und das, was im *Paradiesgarten* gelaufen ist.«

Er betrachtete ihr Gesicht. Sie sah älter aus, als sie wirklich war. Sie trug einen knapp sitzenden Rock und ein enges Oberteil, das ihre Brüste betonte. Ihr Gesicht war stark geschminkt. Es schien ihm, als wollte sie hinter all ihrem Make-up etwas verstecken. Etwas, vor dem sie Angst hatte, dass man es sehen könnte. Dennoch strahlte sie auf den ersten Blick Arroganz und Überheblichkeit aus.

Sie zögerte kurz, bevor sie die Tür freigab und ihn hereinließ.

»Du weißt, dass sich Susi Klein das Leben nehmen wollte?«

Sie zuckte mit den Schultern und setzte eine gelangweilte Miene auf. »Nein, wusste ich nicht.«

»Kannst du dir trotzdem den Grund dafür vorstellen?«

»Keine Ahnung.«

»Du hast sie zum ersten Mal in den *Paradiesgarten* mitgenommen, nicht wahr? Hast du gewusst, dass das Lokal auch als Bordell genutzt wurde?«

»Natürlich nicht«, sagte sie. Bichlmaier betrachtete

forschend ihr Gesicht. Er konnte nicht den Hauch von Schuldbewusstsein darin erkennen. Das Mädchen erinnerte ihn immer mehr an die Frau, mit der er vor Wochen im selben Zimmer gesessen hatte. Dieselbe Härte und Gefühlsarmut. Was steckte hinter dieser Fassade an Arroganz und Blasiertheit?

»Kennst du die anderen Mädchen, die im *Paradiesgarten* gearbeitet haben?« Er nannte ihr die Namen der Mädchen, die ihm Susi Klein verraten hatte. »Sie gehen alle ans Augustinus?«

»Natürlich kenne ich die, aber ich wusste nicht, dass sie im *Paradiesgarten* gearbeitet haben. Was hatten sie denn für einen Job?«

Bichlmaier erkannte, dass er mit dem Mädchen so nicht weiterkam. Ihre Kaltschnäuzigkeit und Abgebrühtheit ließen seine Fragen an ihr abprallen. Sie schien sich über ihn lustig zu machen.

»Agnes war auch einige Male mit dir in dem Lokal. Hast du sie mitgenommen?«

»Vielleicht.«

»Wolltest du ihr auch einen Job verpassen? So wie Susi?«

»Nein. Was soll das?« Sie reagierte aggressiv. Zum ersten Mal nahm er eine Gefühlsregung bei ihr wahr.

»Und deine Freunde aus Frankfurt, Ronny und Mike? Hast du die auf Agnes losgehetzt?«

»Natürlich nicht. Agnes war meine beste Freundin … und meine Halbschwester.« Sie sah ihn empört an. Bichlmaier ließ sich davon nicht beeindrucken. Er dachte an das bleiche Mädchen in dem weißen Krankenbett. Seine Stimme blieb dennoch ausdruckslos, ohne Emotion. Er lehnte sich in seinem Sessel zurück.

»Wir suchen bereits nach den beiden. Es ist nur eine

Frage der Zeit, bis wir sie gefunden haben. Wir werden sie dann verhören, und sie werden reden … Das kannst du mir glauben … Du bist achtzehn Jahre alt und damit strafmündig …«

Er beendete den Satz nicht. Einen Moment lang glaubte er, ein Flackern in den überheblichen Augen des Mädchens zu sehen.

»Ich kann Ihnen nicht weiterhelfen. Ich weiß nichts«, sagte sie dann. Es klang ein bisschen unsicher. Sie betrachtete forschend sein Gesicht. Er spürte, dass sie bei Weitem nicht so selbstsicher war, wie sie sich nach außen hin gab. Er beschloss, nachzuhaken.

»Du sagst, Agnes war deine Freundin. Hat sie dir vielleicht irgendwann gesagt, dass sie etwas über Dr. Merling wusste? Etwas aus seiner Vergangenheit?«

»Nein«, sagte sie. »An so etwas kann ich mich nicht erinnern.«

In diesem Augenblick nahm Bichlmaier ein sekundenschnelles Zögern an ihr wahr. Sie spürte, dass er es gesehen hatte.

»Vielleicht doch«, sagte sie. »Aber ich kann es nicht genau sagen.«

Bichlmaier nickte ihr zu.

»Agnes hat einmal davon gesprochen, dass unser Vater, also mein richtiger Vater, und Dr. Merling vor vielen Jahren etwas angestellt haben … Irgendein Jugendstreich …«

Bichlmaier sah, dass sie sich anstrengte, um hilfreich zu sein.

»Und du weißt nicht, was die beiden damals getan haben?«

»Nein. Aber es muss etwas ziemlich Beschissenes gewesen sein.«

Bichlmaier dachte einen Augenblick darüber nach. Wie es schien, hatte Agnes Güllner tatsächlich über das Bescheid gewusst, was ihr Vater damals während seines Aufenthalts in Bratislava angestellt hatte. Und sie hatte auch gewusst, dass Merling an der Tat beteiligt gewesen war. Er fragte sich, ob sie Merling damit erpresst hatte. Vielleicht hatte sie ja bloß ihrer Freundin Susi helfen wollen.

Er sah Hannah Cibelius wieder an. »Sonst nichts?«

»Nein.«

»Woher wusste Agnes denn von diesem … Jugendstreich?«

»Keine Ahnung, aber ich denke, unser Papa hat es ihr gesagt. Der war richtig verliebt in Agnes. Ich glaube, er hat mit ihr über viele Dinge gesprochen. Ganz anders als mit ihrer Mutter übrigens. Die wusste von nichts …«

Bichlmaier betrachtete sie nachdenklich. Auf ihrem Gesicht zeigte sich ein Anflug von Verachtung, wie er ihn bei ihrer Großmutter schon beobachtet hatte, als das Gespräch auf Frau Güllner gekommen war.

»Gibt es sonst noch etwas, von dem du meinst, dass es wichtig für die Polizei sein könnte?«

Sie schüttelte den Kopf. »Na ja, etwas war eigenartig«, fügte sie dann noch hinzu. »Agnes hat mich damals gefragt, ob ich mir vorstellen könne, dass unser Vater ein Spion ist …«

Bichlmaier legte die Stirn in Falten. »Was hast du da gesagt?«

»Ob mein Vater ein Spion ist. Ich habe sie natürlich ausgelacht. Agnes hatte einen ganz schrägen Humor. Die meisten haben sie für eine Heilige gehalten, weil sie so süß aussah, aber sie war ganz schön gerissen. Sie hat oft solche Dinge erfunden und hat damit die anderen hochgenommen … Na ja. Auf jeden Fall war sie ziemlich cool. Die Einzige an der ganzen Schule …«

Sie sagte es ganz trotzig, und plötzlich hatte Bichlmaier Mitleid mit ihr. Wie ein verlorener kleiner Vogel saß sie da unter all ihrer Schminke und zur Schau gestellten Weiblichkeit.

»Hat Dr. Merling Agnes ermordet?«, fragte sie nach einer Weile. Bichlmaier zuckte mit den Schultern.

»Hatte Agnes denn einen Freund? Jemanden, mit dem sie zusammen war? Du weißt, dass sie schwanger gewesen ist?«

»Ich weiß nicht. Sie hing oft mit Peter Wellmann herum. Aber ich glaube nicht, dass die beiden miteinander geschlafen haben … Peter war nur ein guter Freund …«

Bichlmaier stand auf. »Dann will ich dich nicht weiter stören«, sagte er.

Sie brachte ihn zur Haustür. Ehe er das Haus verließ, blieb er noch einmal stehen.

»Denkst du, Agnes hat mit Peter Wellmann über ihren Vater gesprochen?«

»Woher soll ich das wissen?«, antwortete sie patzig. Sie wirkte jetzt wieder so trotzig wie am Anfang des Gesprächs.

Nachdem er das Haus verlassen hatte, blieb Bichlmaier in der warmen Luft des frühen Nachmittags stehen. Der Himmel war klar und ohne Wolken. Nicht der Hauch eines Lüftchens war zu spüren.

Er dachte, dass sie sich langsam dem Ziel näherten, dem, wonach sie schon so lange gesucht hatten. Und doch wussten sie noch nicht alles.

Der Mann, den sie im Visier hatten, Merling, bekam jedoch immer deutlichere Konturen. Die Zusammenhänge einer Tat, die vor vielen Jahren begangen worden war, mit der Gegenwart zeigten sich zunehmend klarer. Er war sich in der Zwischenzeit sicher, dass alles damit zusammenhing, was damals in jenen kalten, grauen Stunden eines heranbrechenden Morgens mit den vier Jungen passiert war, als sie von tschechoslowakischen Polizisten verhört worden waren. Da musste etwas geschehen sein, das ihr Leben in eine verhängnisvolle Bahn gelenkt hatte. War es wirklich denkbar, dass man sie in den hysterischen Tagen des Kalten Krieges gezwungen hatte, sich dem namenlosen Heer der Informellen Mitarbeiter in Ost und West einzufügen? Hatte man sie zu Spionen, zu Agenten gemacht? Merling, den späteren Schulleiter? Lamprecht, den Journalisten? Und Güllner, den Politiker, der immerhin Jahre später ein prominentes Mitglied des Deutschen Bundestags werden sollte? Das waren doch damals Schulkinder gewesen. Wie lächerlich das klang. Und doch!

Und wer war der Vierte im Bunde gewesen?

Der Abend brach herein, und er setzte sich auf die kleine Veranda mit Blick auf den See. Weiter vorne, in östlicher Richtung, dort, wo die ersten Häuser des kleinen Ortes zu sehen waren, stieg eine Wasserfontäne in den klaren Himmel hinauf. Selbst auf die Entfernung sah er, wie die herniederfallenden Tropfen in der blutroten Sonne glitzerten und lautlos in den Badeweiher eintauchten.

Er hatte die letzten beiden Tage in dem kleinen Bootshaus verbracht, hatte dort geschlafen, wie schon so oft. Er besaß seit vielen Jahren einen Schlüssel, obwohl er nicht als der eigentliche Besitzer des Häuschens registriert war. Die kleine Stadt vermietete diese Häuschen, die sich eins an das andere entlang des Seeufers reihten, an die betuchteren Familien des Ortes. Offizieller Mieter war sein Freund Richard, der aber schon seit Jahren kein Interesse mehr daran hatte, die Sommerabende am Wasser zu verbringen. »Zu viele Mücken«, hatte er gemeint. So hatte er ihm den Schlüssel überlassen, und niemand hatte sich bislang an diesem Arrangement gestört.

Er ahnte, dass sie nun bald kommen würden. Es war nur eine Frage der Zeit, bis sie ihn hier aufgespürt hatten. Es war ihm egal. Natürlich hätte er es wie Fredi machen können. Zeit genug, um sich aus dem Staub zu machen, hatte auch er gehabt. Mithilfe der »Freunde« aus dem Osten und dem Oberst wäre es zudem kein Problem gewesen. Doch zu gut wusste er, was es für ihn bedeutet hätte. Sie hätten ihn in einen ihrer sicheren Rückzugsräume gesteckt, wie sie das nannten, ohne dass er je wieder Kontakt mit seiner Umwelt, seinem gewohnten Leben, gehabt hätte. Irgendwo an der Grenze zur Ukraine vielleicht. Es wäre das Leben eines lebendig Begrabenen gewesen. Eines Untoten. Ein Leben, wie es Petra geführt hatte und wie es Fredi Lamprecht nun bevorstand.

In letzter Zeit hatte er oft an Petra gedacht. Wie wäre sein Leben verlaufen, wenn sie ihm und den anderen nicht begegnet wäre?

Was wäre gewesen, wenn er diese eine Nacht aus seinem Leben hätte löschen können? Sie alle hatten damals eine moralische Grenze überschritten. Fredi, Hans und er. Und Leo.

Das hatte ihnen die Abhängigkeit vom Oberst eingebracht. Aber das hatte sie auch frei gemacht. Frei von den Zwängen einer bürgerlichen Moral. Er blickte hinüber zu den Häusern in der Ferne. Seit jener Zeit hatte er die Menschen verachtet, die von ihren erbärmlichen Regeln und Normen beherrscht wurden. Er hatte sich davon frei gemacht, wie die Freunde auch. Angesichts dessen, was sie in jener Nacht getan hatten, war alles andere verblasst. Für sie hatte es seitdem keine Regeln mehr gegeben.

Das hatte Erfolg bedeutet in einer Gesellschaft, die einerseits Moral als Hindernis und Schwäche verachtete, in der sich die Menschen andererseits aber ihren Regeln unterwarfen. Weil sie Schiss hatten.

Verdammt noch mal! Sie waren alle erfolgreich gewesen. Leo und Hans und er … Nur Fredi nicht. Der war aber immer nur ein Mitläufer gewesen.

Dr. Merling, der Mann mit dem ernsten Titel, starrte über das Wasser des Sees. Die Sonne hatte es blutrot gefärbt. Blut. Blut. Blut.

Sollten sie nur kommen. Dieses Gefühl konnten sie ihm nicht mehr nehmen. Dieses einzigartige Gefühl.

Seine Gedanken wanderten zurück zu einer kalten Frühlingsnacht, vermischten sich mit den Erinnerungen an das, was vor vielen Jahrzehnten passiert war. Wieder war es ein Mädchen gewesen, das ihn angesehen hatte aus großen, schrecklichen Augen. Augen, die nicht begreifen wollten, dass er das Recht in seiner Hand hielt. Wie hatte sie es wagen können, ihn zu erpressen? Ihm zu drohen? Und wie dumm sie gewesen war. Er hatte sie hierher bestellt, und sie war gekommen. War einfach gekommen … Hatte mit ihm reden wollen … Und dann war sie frech geworden …

Natürlich hatte er sie töten müssen … Es war ganz einfach gewesen. Nur das viele Blut. Überall Blut. Auf dem Tisch, dem Stuhl, dem Boden. Er hatte Blut an den Händen gehabt. Da hatte er sich geekelt.

Aber dann waren die Freunde gekommen. Er hatte sie zur Hilfe gerufen, und sie waren gekommen. Sie hatten das Blut weggewischt, und sie hatten das Mädchen mitgenommen, und dann hatten sie auch noch Leo getötet. Es war Hans gewesen, der gesagt hatte, dass Leo sterben müsse, weil er sie verraten wolle …

Sie hatten auch die Pistole mitgenommen. Mit der hatten sie Leo erschossen.

Jetzt lag die Pistole auf dem Tisch drinnen. Sie hatten sie ihm wiedergebracht. In einer Plastiktüte …

Bichlmaier war nach dem Gespräch mit Hannah Cibelius nach Regensburg an seinen Schreibtisch zurückgekehrt. Er fühlte sich erschöpft und kraftlos.

Gegen sieben Uhr rief Mahr an. Die Untersuchungen im *Paradiesgarten* hatten keine neuen Erkenntnisse gebracht. Einen Hinweis, dass Agnes Güllner dort ermordet worden war, hatten die Spezialisten nicht gefunden.

Bichlmaier fühlte seine Ungeduld wachsen. Gleichzeitig überkam ihn wieder das Gefühl, das ihn schon seit längerer Zeit quälte. Die Furcht, etwas Wesentliches übersehen zu haben.

Um halb acht rief er bei den Kollegen in Weiden an, die Merlings Wohnung unter die Lupe genommen hatten. Auch ihre Suche war ohne greifbaren Erfolg geblieben.

Bichlmaier unterdrückte seine Ungeduld und Irritation nicht. Er sah unentwegt auf die Uhr.

Der entscheidende Hinweis kam kurz vor halb neun. Meier Zwo war am Apparat. Bei seinen Recherchen hatte er eher durch Zufall erfahren, dass sich Merling häufig in einem Bootshaus an einem kleinen Badeweiher ganz in der Nähe von Weiden aufhielt. Auf Nachfrage bei der örtlichen Polizeidienststelle war ihm mitgeteilt worden, dass in dem fraglichen Bootshaus Licht zu sehen war. Das hatte genügt ...

Bichlmaier war aufgesprungen. Zum ersten Mal seit langer Zeit nahm er seine Dienstwaffe aus dem Schreibtischfach, überprüfte sie flüchtig und steckte sie ein. Britta Merz, die gerade in sein Büro gekommen war, starrte ihn überrascht an.

»Komm!«, sagte er.

»Was tun wir?«, fragte sie.

»Wir nehmen unseren Freund Merling fest«, erwiderte Bichlmaier. »Wir wissen jetzt, wo er steckt.«

Sie hatten ihre Fahrzeuge auf einem kleinen Parkplatz etwa zweihundert Meter von dem fraglichen Bootshaus entfernt abgestellt und waren das letzte Stück zu Fuß herangekommen. Schon aus einiger Entfernung sahen sie, dass Licht aus den Ritzen der Fensterläden und Türen nach draußen drang.

Während der Fahrt zu dem kleinen Badesee hatte Bichlmaier befürchtet, Merling könne schon wieder aufgebrochen sein, doch jetzt war er beruhigt.

Sie handelten nun schnell, und jeder wusste, welche Position er einzunehmen hatte. Meier Zwo und Britta Merz sicherten die Tür zu dem Bootshaus, während die zwei Beamten in Uniform, die sie zum Bootshaus geführt hatten, die Veranda, die in den See ragte, überblickten. Es war ein eigenartiges Gefühl, das Bichlmaier nun beschlich, als er so nahe an sein Ziel gerückt war. Er wusste, dass die anderen ungeduldig darauf warteten, dass es endlich losging. Es schien, als würde die ganze Welt um ihn herum den Atem anhalten.

Dann ging alles ganz schnell. Bichlmaier hämmerte mit der Faust an die verwitterte Holztür und trat dann einen Schritt zurück. »Polizei! Öffnen!«, rief er, und er kam sich dabei etwas albern vor. Nichts passierte. Nur einen Atemzug später, noch ehe er ein weiteres Mal klopfen konnte, ertönte jedoch ein lauter Knall, unmittelbar neben der Tür. Bichlmaier sprang in Panik zurück, trat dabei auf ein loses Stück Holz und wäre beinahe in eine Pfütze neben dem Haus gefallen. Mit Mühe hielt er sich aufrecht.

»Polizei!«, rief er noch einmal, aber nichts geschah.

Vorsichtig und zögerlich bewegte er sich wieder auf die Eingangstür zu. Ein Gefühl von Unwirklichkeit hatte ihn erfasst, und es war ihm, als würde er sich selbst aus der Ferne beobachten. Dabei hatte er ein brennendes Bedürfnis, laut herauszulachen.

Irgendwie hatte er dann plötzlich seine Dienstwaffe in der einen Hand, während die andere das Schloss ergriff. Er spürte, wie er am Griff drehte und die Tür nachgab. Er riss die Tür nach außen auf und starrte in das Zimmer. Das Licht im Raum blendete ihn einen Augenblick lang, sodass er wie angewurzelt stehen blieb. In diesem Moment fühlte er eine absolute Hilflosigkeit. Er ahnte, dass etwas total falsch gelaufen war.

Erst nach einigen Sekunden sah er den Mann, der leblos über einem Tisch, der direkt neben der Eingangstür stand, hingestreckt lag. Bichlmaier merkte, dass er, als er in den Raum hineingeplatzt war, instinktiv seine Waffe hochgerissen hatte, und ließ die Arme fallen. Dann spürte er, wie sein linkes Auge zu zucken anfing und er nichts dagegen tun konnte …

Dr. Merling hatte sich in die Stirn geschossen. Sein Kopf lag seltsam verdreht auf dem Tisch. Bichlmaier wunderte sich, dass nur sehr wenig Blut ausgetreten war. Nur eine kleine Lache, die schwarz auf der Holzfläche glänzte. Erst als sie die Eingangstür schlossen, sahen sie daran Klumpen von Blut und Hirnmasse, die träge zu Boden sackten.

Bichlmaier hatte daraufhin die Tür wieder geöffnet und war in die Nacht hinausgetreten. Er war ein paar Schritte gegangen und hatte dann an einer freien Stelle zwischen den Bäumen hindurch auf den See gestarrt. Sein Auge hatte nicht aufhören wollen zu zucken.

Nach einer Weile kam Meier Zwo und stellte sich neben ihn. »Schau, was wir gefunden haben«, sagte er. Er hatte ein Stück Papier in der Hand. Bichlmaier konnte im Halbdunkel nur erkennen, dass es sich um eine Namenliste handelte.

»Was ist das?«, fragte er.

»Das haben wir am Boden unter dem Tisch gefunden. Das musst du dir ansehen.«

Gemeinsam gingen sie zu dem Bootshaus zurück. Als sie ins Licht traten, erkannte Bichlmaier, worum es sich bei der Liste handelte. Auf dem Blatt Papier standen Namen, die er vor kurzer Zeit erst gesehen hatte. Namen, alphabetisch geordnet. Die Namen der deutschen Teilnehmer am Schüleraustausch mit dem Jura-Hronca-Gymnasium.

Es genügte ihm nur ein Blick, um zu begreifen, dass auf dieser Liste ein Name stand, den er auf der Liste, die er in der Hand gehalten hatte, nicht gelesen hatte. Jetzt verstand er auch, warum ihn die Liste mit den Namen der slowakischen Schüler hatte stutzen lassen. Da waren sechzehn Namen gestanden. Auf der Liste aus dem Ministerium dagegen nur fünfzehn …

Jetzt wusste er, wer der vierte Vergewaltiger gewesen war.

23

Am Nachmittag des 2. September, einem Donnerstag, traf Adolf Bichlmaier dann zum ersten Mal auf den Mann, nach dem sie so lange gesucht hatten, von dem sie nur geahnt hatten, dass es ihn geben musste. Er empfand dabei keinerlei Triumph, nur eine gewisse Neugier. Als er ihm gegenübersaß, ihn, der hinter einem mächtigen Schreibtisch Platz genommen hatte, mit den Augen maß, wurde ihm bewusst, dass es an der Zeit war, einen Schlusspunkt hinter den Fall zu setzen. Er spürte, dass er mit seiner Kraft am Ende war.

Am Morgen hatte ihn der Arzt aus der Uniklinik angerufen und ihn gebeten, ihn möglichst rasch aufzusuchen. »Am besten gleich«, hatte er gemeint und aufgelegt, sodass Bichlmaier nicht einmal protestieren konnte. Da war ihm klar geworden, dass etwas nicht stimmte. Doch das hatte er ohnehin die ganze Zeit über geahnt.

»Wie steht es nun mit mir?«, hatte er gefragt, als er wenig später dem Arzt gegenübersaß.

»Wir müssen sofort operieren. Nur dann haben Sie eine Chance.«

»Ich fühle mich aber wohl. Nur etwas schwach.«

Der Arzt hatte den Kopf geschüttelt. »Am Montag werden wir Sie operieren.«

»Drei Tage habe ich also noch Zeit. Drei Tage. Und dann?«

Da hatte der Arzt die Augen gesenkt.

Er hatte Hallmann gebeten, bei dem Gespräch anwesend zu sein, ihm gleichsam Geleitschutz zu geben. Er wusste, dass er außer Vermutungen nicht sehr viel an belastendem Material in der Hand hatte. Im Grunde hatte er nichts in der Hand.

Hans Wellmann, der Oberbürgermeister, ließ seinen Anwalt für sich sprechen, einen eitlen, geckenhaften Mann, der sofort alle Anschuldigungen gegen seinen Mandanten ins Reich der Fabeln verwies. Der OB hatte sie in sein Büro gebeten, ein Erscheinen im Polizeipräsidium hatte er strikt abgelehnt. Hallmann taktierte äußerst vorsichtig, druckste fast verlegen herum, sodass der Anwalt immer mehr Oberwasser bekam, Hallmann immer tiefer in sich zusammensank.

Es waren die beiden, die einen Dialog führten, während Bichlmaier und Wellmann sich wortlos gegenübersaßen. Der eine klein und von uneingestandenen Schmerzen gebeugt, der andere mächtig und unantastbar, von nahezu monarchischem Gehabe. Nach einer Weile schien es, als würde Wellmann den Kommissar, den er wie belustigt beobachtete, in ein stummes Gespräch ziehen.

»Da sitzt du nun, du braver Polizist«, sagten seine vom guten Leben klein und wässrig gewordenen Augen. »Sieh dich nur an! Was ist das für ein Leben, das du führst. Schlägst dich tagaus, tagein herum mit überheblichen Vorgesetzten, mit armseligen Dieben und Mördern, mit armen Schluckern, die ein Leben am Rande führen, kriechst herum im Dunkeln. Ich dagegen habe mir genommen, was immer ich wollte, lebe im Licht glänzender Positionen, werde geachtet, mit Orden behängt … Mein Leben ist ein einziges Abenteuer. Was willst du von mir? Gib auf, es hat keinen Sinn. Auf dich wartet eh der Tod.«

»Und doch werde ich dich besiegen, du Stück Vieh«, antworteten darauf die Augen des Kommissars unbeweglich. »Nein. Nicht das Böse soll triumphieren. Es gibt eine Gerechtigkeit in dieser Welt, sonst wäre doch alles umsonst …«

Da ließ der Mann hinter dem mächtigen Schreibtisch seine Rechte auf das Holz fallen, schnitt durch das Gespräch mit einem einzigen, grausamen Schlag und erhob sich. »Danke, meine Herren«, sagte er. Hallmann und Bichlmaier erhoben sich ebenfalls. Sie wussten, die Audienz war beendet.

Dann, als Bichlmaier die Tür hinter sich zuziehen wollte, traf ihn noch einmal die Stimme des Mannes, der bereits wieder hinter seinem Schreibtisch Platz genommen hatte.

»Wandern Sie, Herr Bichlmaier? Lieben Sie Gottes freie Natur?«

Bichlmaier drehte sich herum, nickte.

»Dann kommen Sie mit mir. Übermorgen. Am Samstag. Der Herbst ist eine gute Zeit, um zu wandern. Da ist der Himmel immer am klarsten und Gott am nächsten. Vielleicht können wir dann ein bisschen plaudern.«

Wieder nickte Bichlmaier. Er konnte das spöttische Lachen in den Augen des Bürgermeisters erkennen.

Der Samstag versprach noch einmal ein warmer Spätsommertag zu werden. Sie waren in der Dunkelheit aufgebrochen. Ein Fahrer hatte sie mit dem Dienstwagen des OB zur Talstation des Berges gebracht. Es war eine schweigsame Fahrt gewesen. Fast zwei Stunden lang. Wellmann hatte vorne neben dem Fahrer gesessen, während Bichlmaier im Fond Platz genommen hatte. Sie waren die meiste Zeit in sich versunken gewesen, hatten sich allenfalls über Belanglosigkeiten unterhalten.

»Wir können mit der Gondelbahn nach oben fahren«, sagte Wellmann nun, als sie angekommen waren. »Von der Bergstation bis zum Gipfel sind es dann noch etwa hundert Höhenmeter.«

»Gut«, sagte Bichlmaier, der froh war, dass er nicht den langen, beschwerlichen Weg von der Talstation bis zum Gipfel nehmen wollte.

»Dort oben, beim Gipfelkreuz, da gibt es eine Stelle, die ich Ihnen zeigen möchte.«

»Was ist das für eine Stelle?«, fragte Bichlmaier.

»Warten Sie nur. Sie werden sehen.«

Dann fuhren sie nach oben. Die Bergstation lag über der klimatischen Baumgrenze, und sie hatten, als sie in der Gondel nach oben schwebten, einen klaren Blick auf den gewaltigen, einem abgeflachten Kegel gleichenden Gipfel des Berges. Vier steile Felsgrate ragten aus dem Kegel heraus, erhoben sich noch ein Stück weit über das Gipfelkreuz.

Der Anstieg von der Bergstation aus war nicht sehr steil und erlaubte es ihnen, trotz der ungewohnten körperlichen Belastung ein Gespräch zu führen. Sie waren die einzigen Wanderer weit und breit, und nur das Knirschen ihrer Stiefel auf den Steinen und dem Geröll des Weges war zu hören.

Bichlmaiers erste Frage betraf den Mord an Güllner. Was hatte sich an jenem regnerischen Frühlingsnachmittag abgespielt? Was war damals geschehen?

Als er Wellmann ohne Umschweife fragte, ob er Güllner ermordet habe, war dieser nicht einmal überrascht. Er ging wohl davon aus, dass Bichlmaier über die Hintergründe der Tat Bescheid wusste.

»Natürlich habe ich Güllner nicht selbst getötet, und doch bin ich zu seinem Mörder geworden«, begann Wellmann. Seine Stimme war sonor, und es war kein Zaudern und Zögern darin zu erkennen. Wieder schien er sich über den Polizisten neben sich zu amüsieren. Hier in der Abgeschiedenheit der Bergwelt gab es keine Zeugen. Das wussten sie beide. Fast hatte es den Anschein, als habe Wellmann das Bedürfnis, jemandem von seiner dunklen Seite zu erzählen. Ob er ihn deswegen hierher in diese Einöde mitgenommen hatte?

»Die Drecksarbeit haben andere erledigt«, fuhr er fort. Er lachte. »Ich habe nur das Urteil gesprochen … Verstehen Sie, Güllner ist plötzlich unberechenbar geworden, ist zu einem Risiko geworden … Da mussten wir handeln.«

»Warum wurde er getötet?«, wiederholte Bichlmaier.

»Er wollte vor die Presse treten. Das konnten wir doch nicht zulassen?«

»Was wollte er denn der Presse erzählen?«

Der Weg war etwas steiler geworden, und die Sonne war herausgekommen. Wellmann schwieg eine ganze Weile. Nur das Atmen der Männer und das Knirschen ihrer Wanderstiefel waren zu hören.

»Sie wissen, was damals passiert ist …? Die Sache mit Petra …?« Er blickte einen Moment lang zu Bichlmaier, suchte seine Augen. »Natürlich wissen Sie davon. Man hat mir berichtet, dass Sie mit Petra gesprochen haben. Nicht wahr, Herr Kommissar?«

Bichlmaier nickte. Sein Atem war flach, und er war froh, nicht sprechen zu müssen.

Und dann schilderte der Mann neben ihm, wie er und seine Freunde in die Abhängigkeit des tschechoslowakischen Geheimdienstes geraten waren. Er erzählte von dem Oberst, der damals noch ein junger Leutnant gewesen war, und er erzählte, wie sie sich damals in den nackten Zellen des kleinen Gefängnisses gefühlt hatten, wie sie sich vor Angst in die Hosen gemacht hatten.

Bichlmaier dachte später oft darüber nach, ob es diese Angst gewesen war, die die vier Jungen zu dem gemacht hatte, was sie geworden waren, oder ob das Böse bereits davor in ihnen angelegt war.

Aber er schwankte. Manchmal glaubte er, dass es die Umstände gewesen waren, die sie verformt hatten, dann wieder dachte er, dass von Anfang an etwas Grausames und Menschenverachtendes in ihnen gesteckt hatte. Er kam in diesem Punkt zu keiner Klarheit.

Warum hatte man sie damals ausreisen lassen? Warum hatte man ihr Vergehen nicht zu einem Schauprozess genutzt? Auch in dieser Hinsicht gab es offene Fragen.

»Wir hatten damals einfach Glück. Die Tschechoslowakei war in einem Umbruch. Da gab es Kräfte, die wollten zurückrudern, und es gab andere, die wollten eine Liberalisierung. Alles war offen …«

»Sie sind also an Kräfte geraten, denen ein Schauprozess nicht in den Kram gepasst hat?«

Der Mann neben ihm nickte. Auch sein Atem ging mittlerweile schwer, und er steuerte auf eine Bank zu, die neben dem Weg stand.

»Ja«, sagte er. »Wir hatten wirklich Glück.«

»Und Petra?«

Der Mann zuckte mit der Schulter. »Wir waren doch noch halbe Kinder … Sie hatte eben Pech …«

Bichlmaier fragte nicht weiter, weil er einsah, dass er dem Mann mit seinen Vorstellungen von Moral nicht beikommen würde. Der hatte seine ganz eigene und nur schwer fassbare Wahrheit.

So blieb er stumm, doch Wellmann schien ihn bei seiner Lebensbeichte nicht mehr zu brauchen. Er erzählte von den Jahren unmittelbar nach ihrer Rückkehr aus Bratislava. Das Leben war einfach weitergegangen, so, als ob nichts passiert wäre. Dann waren die ersten Aufträge gekommen, die sie für den Leutnant zu erledigen hatten. Es waren kleine Aufträge gewesen. Informationen über Kommilitonen, die Professoren an der Uni mussten beschafft werden. Im Grunde war alles einfach und banal gewesen.

Der Leutnant war dann bald zum Hauptmann befördert worden. Güllner und er, Wellmann, hatten in der Folgezeit ihren Weg in die Politik gefunden, während Merling nach akademischen Erfolgen strebte und schließlich in den Schuldienst eintrat.

Die neuen Freunde hatten ein Interesse daran gehabt, dass sie Karriere machten, und hatten sie in vielfältiger Weise unterstützt. Da wurden Wege geebnet, unliebsame Konkurrenten diskreditiert und gelegentlich auch mit härteren Bandagen aus dem Weg geräumt. Irgendwann war es ihm auch gelungen, seinen Namen auf jedwedem belastenden Dokument zu löschen.

»Gab es denn in all den Jahren nie Probleme?«

»Nein. Nur die Zeit, als die Sache mit Guillaume und Brandt ans Licht kam, war schwierig. Das war ziemlich am Anfang. Da haben wir uns alle unsere Gräben gebaut und haben uns versteckt, so gut es ging … Auch die Freunde blieben damals in Deckung …«

Über das Verhältnis zu Güllner, Merling und Lamprecht hatte er wenig zu sagen. Offensichtlich hatte man sich arrangiert. Vor allem Güllner jedoch hatte den Kontakt mit ihm und den zwei anderen in der Folgezeit weitgehend gemieden.

»Güllner ist zeit seines Lebens ein Schlappschwanz gewesen ... Keine Courage ... Das hat sich schon damals gezeigt, in jener Nacht. Das Mädchen ist eigentlich nur seinetwegen in die Tiefe gefallen ...«

Bichlmaier dachte zurück an das, was ihm Petra Hafnerova damals, im Garten des kleinen slowakischen Krankenhauses, erzählt hatte. Ihn schauderte, als er die entsetzliche Gefühlskälte des Mannes, der da neben ihm auf der Bank saß, spürte. Was ist der Mensch nur, dachte er. Wie tief kann er fallen?

»Warum wollte er vor die Presse treten?« Bichlmaier wiederholte seine Frage von vorhin, blieb hart, tastete sich vor zum Kern des Falles. Schritt für Schritt.

»Seine Tochter hat ihm von Merlings kleinen Privatsauereien im *Paradiesgarten* erzählt. Das hat er wohl in die falsche Kehle bekommen.«

Er zuckte gelangweilt mit der Schulter. »Was für ein erbärmlicher Idiot.«

Wellmanns Geschichte war aber auch eine Geschichte, in der der unergründliche Zufall eine Rolle spielte. So war ihm erst durch eine Bemerkung, die Peter, sein Neffe, in einem gelegentlichen Gespräch gemacht hatte, klar geworden, dass Güllner an die Öffentlichkeit treten wollte. Erst daraufhin hatten sie Lamprecht auf Güllner angesetzt und dann zusammen mit dem Oberst seine Hinrichtung vorbereitet.

Nachdem sie eine Zeit geschwiegen hatten, erhoben sich die beiden Männer, um den Rest des Weges zu gehen. Das Gipfelkreuz war schon in Sichtweite, und nur noch wenige Meter lagen vor ihnen. Doch bevor sie weitergingen, stellte Bichlmaier noch eine Frage, auf die er bislang noch keine rechte Antwort wusste. Es war eigentlich die zentrale Frage, die ihnen bei ihren Ermittlungen das meiste Kopfzerbrechen bereitet hatte. Von Anfang an hatten sie gerätselt, was der unmittelbare Zusammenhang zwischen dem Mord an Güllner und dem an seiner Tochter gewesen war.

»Das war so nicht geplant. Als ich erfuhr, was Güllner vorhatte, da habe ich Kontakt mit dem Oberst aufgenommen. Der hat dann sofort seine Spezialisten geschickt …«

»Und Agnes Güllner?«, fragte Bichlmaier. »Wir wissen, dass Merling sie in seinem Bootshaus erschossen hat … Wir haben in der Zwischenzeit genügend Spuren und Anhaltspunkte dafür gefunden.«

Wellmann nickte. Sein Blick war nach oben zum Gipfelkreuz gerichtet. Die Details schienen ihn zu langweilen.

»Das Mädchen hätte beinahe alles durcheinandergebracht«, sagte er dann. »Leo hat ihr von der Sache von damals erzählt, und sie wollte Günther damit unter Druck setzen. Der hat dann durchgedreht …«

Der Rest war von den Spezialisten arrangiert worden. Sie hatten die Leiche aus dem Bootshaus entfernt und in Güllners Büro gebracht. Dort hatten sie die makabre Szene inszeniert und Güllner anschließend mit der Leiche seiner Tochter konfrontiert.

»Warum?«, unterbrach ihn Bichlmaier an dieser Stelle. »Warum diese Grausamkeit?«

Wellmann zuckte mit der Schulter. »Das war allein Sache des Oberst. Ich denke, er hat das für Petra getan …«

Dies war das einzige Mal, dass Bichlmaier so etwas wie ein Gefühl für andere bei Wellmann wahrnahm.

Sie schwiegen. Dann, nach ein paar Augenblicken, marschierten sie los. Die Sonne stand schräg hinter dem Gipfelkreuz und brannte in den Augen.

»Und der Lehrer? Und die Langs?«

»Sie wussten zu viel. Wir konnten kein Risiko eingehen ...«

Wieder schwiegen sie.

Sie hatten ihr Ziel fast erreicht, und Bichlmaier hatte nichts mehr zu fragen. Hans Wellmann hatte nichts mehr zu sagen. Alles war nun klar. Eine einzige Frage wurde jedoch nie beantwortet. Auch Wellmann wusste hierauf keine Antwort. Wer der Vater von Agnes Güllners ungeborenem Baby gewesen war. Bichlmaier sah später auch keinen Grund, warum sie an diesem Punkt weiterbohren sollten. Wie es schien, hatte diese Tatsache mit ihrem Fall nichts zu tun gehabt.

Als sie wenig später unter dem Gipfelkreuz saßen und ins Tal hinunterblickten, fragte sich Bichlmaier, ob der Mann neben ihm etwas mit ihm gemein hatte. Hier oben konnte man nicht schummeln. Sein Herz schlug wild und angestrengt. Er dachte lange darüber nach, aber er wusste keine Antwort darauf.

Er schaut auf die Uhr. Gerade erst halb elf. Die Sonne wärmt, beruhigt den Atem, macht träge. Ein Schatten fällt auf ihn.

»Komm, Polizist, komm mit mir!«

Bichlmaier nickt, steht auf und folgt dem anderen. Der geht auf einen der steilen Felsgrate zu, die himmelwärts ragen. Zerklüftet und schwer begehbar. Dort führt er ihn hinauf. Höher und immer höher hinauf. Das Kreuz, unter dem sie geruht haben, verschwindet allmählich. Links und rechts sind nur noch die Felsen zu sehen. Wie

Mauern stehen sie da. Unbeirrbar steigt Wellmann voraus. Nicht ein einziges Mal dreht er den Kopf, um zu sehen, ob Bichlmaier ihm folgt. Der reißt sich die Hände blutig an dem blanken Gestein. Er schleppt sich auf allen vieren weiter, weiß, dass er dem anderen folgen muss. Lange gehen sie, unendlich lange. Bichlmaier fragt sich, wie Wellmann das schafft.

Dann treten die schützenden Felsen immer weiter zurück. Auch Wellmann nimmt nun die Hände zu Hilfe, um voranzukommen. Das Keuchen der beiden Männer ist wie ein Wimmern, verliert sich im schneidenden Wind, der an ihnen reißt. Nur noch wenige Schritte, und sie haben die Spitze erreicht. Tief unter ihnen gähnt der steinige Abgrund.

Es dauert Minuten, bis sich ihr Atem beruhigt. Aneinandergelehnt stehen die beiden Männer da, gebückt, um dem Wind kein Ziel zu bieten. Erst nach einer Weile richten sie sich auf.

Sie blicken hinunter in die schaurige Tiefe. »Schau sie dir an, diese Welt!«, brüllt Wellmann gegen den Sturm. »Ist sie nicht schön?« Und dann lacht er. Laut und schallend. »Das ist keine Welt für Biedermänner, Polizist. Du musst dir nehmen, wonach du dich sehnst. Ich brauche keinen Gott, keine dummen Regeln und Gebote. Sieh dich an, du glaubst, du kannst mir an den Karren fahren, mich belangen für das, was ich getan habe. Gib es auf! Es gibt keine Zeugen und keine Beweise. Was wir wissen, das wissen nur wir beide.«

Und wieder lacht er laut und höhnisch.

»Aber du bist ein Verbrecher. Ein Ausgestoßener.« Ganz leise sagt es der Kommissar. Und er weiß doch, dass der andere recht hat. Nie wird es ihm gelingen, ihn seiner gerechten Strafe zuzuführen.

Wellmann hat sich abgewandt, blickt wie berauscht in die unendliche Weite.

Ist es denn nicht meine Aufgabe als Polizist, die Welt vor solchen Menschen zu bewahren?, denkt Bichlmaier. Durfte er die Augen schließen, nur weil Gott schwieg? Ein kleiner Stoß würde genügen, um Gerechtigkeit herzustellen. Und als die Versuchung und die Verbitterung zu groß werden, hebt er die Hand und streckt sie aus in verzweifelter Wut …

»Nur zu, Polizist, warum tust du es nicht?«, schreit in diesem Augenblick der andere und dreht sich um zu Bichlmaier, der mit erhobener Hand dasteht, ertappt …

Und dann lacht Wellmann ein dröhnendes, böses Lachen, das sich ausbreitet über die Täler, die Dörfer und Städte unter ihnen, zurückgeworfen wird und Bichlmaier wie ein Donnerkeil Gottes trifft.

Epilog

Fast ein ganzes Jahr war seit jenem regnerischen Frühlingstag vergangen, an dem man Leonhard Güllner und seine Tochter tot aufgefunden hatte. Der Herbst nach dem langen und heißen Sommer war noch einmal warm und freundlich gewesen, doch hatte der Winter eher eingesetzt, als dies die Menschen von früheren Jahren her gewohnt waren. So lagen bereits Ende November auf den Straßen und Gebäuden Berge von Schnee bis hinunter ins Flachland.

Adolf Bichlmaier hatte an diesem Morgen lange geschlafen und war gut gelaunt erwacht. Dennoch war er noch eine ganze Weile still in seinem Bett liegen geblieben. Dabei waren seine Gedanken gewandert. Er hatte leise vor sich hingelächelt.

Die Operation war gut verlaufen, und auch die folgenden Behandlungen hatten sich als erfolgreich erwiesen. Natürlich war er noch immer nicht ganz über den Berg, aber er war von großer Zuversicht erfüllt. Wie es schien, war ihm noch einmal ein Stück Leben geschenkt worden.

Zum ersten Mal überhaupt würde er nun in ein paar Stunden das Meer sehen. Marianne hatte ihn eingeladen, und er hatte versprochen, dass er sie besuchen würde. Sie hatte oft an seinem Bett gesessen, als es ihm dreckig gegangen war, hatte bei ihm gewacht, seine Hand gehalten und seine Verzweiflung in sich aufgenommen, so, wie das nur Frauen können.

Einmal, als es ihm schon wieder besser gegangen war, hatte sie ihn gefragt, was damals auf dem Berg zwischen ihm und Wellmann geschehen war. Er hatte aber nicht darüber sprechen wollen. Wie sollte er ihr denn auch sagen, dass er dort oben dem Teufel begegnet war, dass er von diesem versucht worden war und dass er sich als schwach und erbärmlich erwiesen hatte …

Nach einer Weile stand er dann doch auf, ging in die Küche und nahm seine Medikamente zu sich. Noch immer musste er eine ganze Menge davon schlucken, doch hatte er sich damit arrangiert.

Dann fuhr er mit dem Aufzug hinunter, um die Zeitung aus dem Briefkasten zu holen. Er hatte seine alten Hausschuhe an, die ihm nach der langen Krankheit viel zu groß geworden waren. Die Erinnerung an einen alten Mann in einem trostlosen Wohnblock kam in ihm hoch, als der Aufzug plötzlich ruckelte und stehen zu bleiben drohte.

Die Zeitungen waren noch immer voll mit Artikeln, die über das mysteriöse Verschwinden von Wellmann berichteten. Wenige Wochen nach den spektakulären Feiern zu seinem dreißigjährigen Dienstjubiläum war dieser spurlos von der Bildfläche verschwunden. Sein Auto war an der Grenze zur Slowakei, in der Nähe von Passau, in einem Waldstück aufgefunden worden. Eine sofort eingeleitete Suche war ohne Erfolg geblieben.

Seither versuchten Polizisten und Reporter aus halb Europa, Licht in das Dunkel dieses Verschwindens zu bringen. Alle möglichen Theorien wurden aufgestellt, Hintergründe durchleuchtet, letztlich blieb aber das Ganze ein Mysterium.

Bichlmaier war seit seinem zweiten Zusammenbruch nicht mehr im Polizeipräsidium gewesen, und er hatte sich auch in keinster Weise an den Spekulationen bezüglich des Verbleibs von Wellmann beteiligt. Dennoch hatte er seine Theorien und Vermutungen.

Als er zum ersten Mal von der Sache gehört hatte, war er lange dagesessen und hatte in sich hineingehört. Und ganz zum Schluss, als er nichts mehr hörte, als sein Inneres leer gewesen war, hatte er sich gefragt, ob es nicht vielleicht doch eine ordnende Hand in dieser grauen Welt gab.

Pünktlich um zehn Uhr fünf abends verließ der Nachtexpress den Hauptbahnhof in Regensburg. Bichlmaier hatte ein Schlafabteil reserviert. Bald nach der Abfahrt des Zuges hatte er sich dahin zurückgezogen und hingelegt, und er lauschte nun dem endlosen Rattern der Stahlräder. Er sah die Lichter der Dörfer und Städte an sich vorbeigleiten. Da kam er sich wie ein amerikanischer *hobo* vor, der auf dem Weg nach Westen dem Abend entgegenfuhr. Noch ehe er einschlief, hatte er angefangen zu träumen …

Marianne, Maria, Maria, Marianne … sangen die Räder …

ENDE

Weitere Krimis finden Sie auf den folgenden Seiten und im Internet: www.gmeiner-verlag.de

Friederike Schmöe
Spinnefeind

371 Seiten, 11 x 18 cm, Paperback.
ISBN 978-3-89977-782-6. € 9,90.

Jens Falk, Mathematiklehrer und Hobby-Kryptoanalytiker, steckt in der Klemme: Im letzten Halbjahr sind nicht nur wichtige Schülerakten verschwunden, sondern auch sein Schüler Hannes Niedorf – während einer Exkursion mit Falk.

Aus Angst um seinen Job sucht er Hilfe bei Privatdetektivin Katinka Palfy. Da wird Doris Wanjeck, Falks Ex-Verlobte, ermordet, und der Lehrer ist dringend tatverdächtig. Gemeinsam mit seiner Anwältin macht sich Katinka an die Aufklärung des Falls, fühlt sich aber bald von der Juristin hintergangen. Wie gerufen kommt das Angebot ihres ehemaligen Archäologieprofessors, an einer Ausgrabung in Libyen teilzunehmen. Doch es scheint, als würde jemand gezielt versuchen, die einzige Person aus dem Rennen zu werfen, die an Falks Unschuld glaubt ...

Matthias Klösel
Tourneekoller

185 Seiten, 11 x 18 cm, Paperback.
ISBN 978-3-89977-783-7. € 9,90.

Als der Augsburger Kommissar Beckmann in aller Frühe zu einer Leiche gerufen wird, geht es ihm gar nicht gut. Er hat vergeblich versucht, den Trennungsschmerz nach seiner Scheidung mit Alkohol zu stillen. Doch dafür hat sein Kollege und Partner Poborsky jetzt kein Verständnis.

Vieles an dem Tod des Schweizer Geschäftsmanns deutet auf Selbstmord hin. Aber Beckmann glaubt nicht an diese Theorie. Man erschießt sich doch nicht einfach so, wenn man eine Frau und ein Kind hat.

Er stochert im Nebel – ein merkwürdiger Fall. Merkwürdig ist auch, dass er bei seinen Ermittlungen ständig auf das Plakat eines Loriot-Männchens stößt, das den Auftritt einer Tourneetheatergruppein der Nähe von Augsburg ankündigt. Macht es sich etwa über ihn lustig?

KRIMI IM GMEINER-VERLAG

Wir machen's spannend

Marcus Imbsweiler
Schlussakt

467 Seiten, 11 x 18 cm, Paperback.
ISBN 978-3-89977-781-9. € 9,90.

Mord im Heidelberger Stadttheater: Während einer Opernaufführung wird die Garderobiere Annette Nierzwa erwürgt. Man findet sie im Zimmer von Bernd Nagel, dem Geschäftsführer des Philharmonischen Orchesters, der ihr Geliebter war.

Daraufhin betrauen gleich zwei Personen den Privatdetektiv Max Koller mit Nachforschungen: der Journalist Marc Covet, der alles daran setzt, seinen Freund Nagel zu entlasten und die betuchte Opernliebhaberin Elke von Wonnegut, die sich um den Ruf Heidelbergs als Musikstadt sorgt.

Alles spricht gegen Nagel: Er hat kein Alibi, die Beziehung zu Annette war nicht frei von Konflikten. Aber ist ihm ein Mord zuzutrauen?

Koller lässt nicht locker. Er will den Fall lösen, und er wird ihn lösen!

Edi Graf
Leopardenjagd

327 Seiten, 11 x 18 cm, Paperback.
ISBN 978-3-89977-778-9. € 9,90.

Er tötet seine Opfer wie ein Leopard. Die Leichen versteckt er auf Bäumen, seine todbringende Spur zieht sich vom Bodensee über den Schönbuch bis nach Afrika. Die Polizei jagt einen Mörder, der den Namen »Chui« – Leopard – trägt, und nur ein Ziel zu kennen scheint: Rache.

Auf der Liste seiner Opfer taucht auch der Name der Tübinger Journalistin Linda Roloff auf. Sie ahnt, dass nur einer sie retten kann: der kenianische Safariführer Alan Scott, der weiß, wie »Chui« denkt. Doch Scott ist seit Wochen in Afrika verschwunden …

KRIMI IM GMEINER-VERLAG

Wir machen's spannend

Pierre Emme
Florentinerpakt

277 Seiten, 11 x 18 cm, Paperback.
ISBN 978-3-89977-770-3. € 9,90.

Es ist wirklich kein guter Tag für Hans Garber, so kurz vor Weihnachten: Erst wird der Wiener Bankdirektor der versuchten Vergewaltigung beschuldigt, dann erfährt er, dass seine Villa in Klosterneuburg in die Luft geflogen ist. In den Trümmern wurde seine tote Frau entdeckt.

Gleichzeitig wird der Kriminologe Mario Palinski von Dr. Axel Rossbach um Schutz gebeten. Vor 30 Jahren hatten er und sechs Schulfreunde einen Pakt geschlossen und sich zur »Siebener-Tontine« zusammengefunden, um ihre Freundschaft für das ganze Leben zu besiegeln. Doch mittlerweile sind fünf der sieben Freunde auf höchst fragwürdige Weise verstorben. Axel Rossbach hat Angst, der nächste zu sein.

Palinski ist sich schon bald sicher, dass es zwischen den beiden Fällen einen Zusammenhang geben muss.

Hans-Peter Vertacnik
Ultimo

373 Seiten, 11 x 18 cm, Paperback.
ISBN 978-3-89977-784-0. € 9,90.

Der 52 Jahre alte Hannes Rieder ist als Landeshauptmann von Salzburg einer der Architekten der aktuellen Regierungskoalition. Nach heftigem Streit kehrt er jedoch seinen »Freien Demokraten« den Rücken. Er gründet die »Liberale Partei« und trifft Vorbereitungen für ein Bündnis mit den oppositionellen Sozialdemokraten.

Rätselhafte Drohbriefe, Brandanschläge und die Ermordung zweier enger Freunde des Politikers rufen Peter Zoff vom Landeskriminalamt Graz auf den Plan. Kann er jene noch stoppen, die drauf und dran sind, dem eiskalten Lebemann das Lebenslicht auszublasen?

KRIMI IM GMEINER-VERLAG

Wir machen's spannend

Das neue Krimijournal ist da!

2 x jährlich das Neueste aus der Gmeiner-Krimi-Bibliothek

KRIMI Journal

Nr. 9 www.gmeiner-verlag.de Die Zeitung für Krimifreunde 2/2008

Gefangen im Narrenreich

Ein neuer Fall für Lübecks klügste Hebamme

Manfred Bomm

Krimi-Jubiläum

Die Spur des Henkers

Von Krimipreisträgerin Sabine Klewe

Bestseller im Frühjahr 2008

In jeder Ausgabe:

- Vorstellung der Neuerscheinungen
- Hintergrundinformationen zu den Themen der Krimis
- Interviews mit den Autoren und Porträts
- Allgemeine Krimi-Infos (aktuelle Krimi-Trends, Krimi-Portale im Internet, Veranstaltungen etc.)
- Großes Gewinnspiel mit ›spannenden‹ Buchpreisen

ISBN 978-3-89977-950-9
kostenlos erhältlich in jeder Buchhandlung

Ihre Meinung ist gefragt!

Mitmachen und gewinnen

Als der Spezialist für Themen-Krimis mit Lokalkolorit möchten wir Ihnen immer beste Unterhaltung bieten. Sie können uns dabei unterstützen, indem Sie uns Ihre Meinung zu den Gmeiner-Krimis sagen!

Senden Sie eine E-Mail an gewinnspiel@gmeiner-verlag.de und teilen Sie uns mit, welchen Krimi Sie gelesen haben und wie er Ihnen gefallen hat. Alle Einsendungen nehmen automatisch am großen Jahresgewinnspiel teil. Es warten ›spannende‹ Buchpreise aus der Gmeiner-Krimi-Bibliothek auf Sie!

KRIMI IM GMEINER-VERLAG

Wir machen's spannend

Alle Gmeiner-Autoren und ihre Krimis auf einen Blick

Anthologien: Mords-Sachsen 2 (2008) • Tod am Bodensee • Mords-Sachsen (2007) • Grenzfälle (2005) • Spekulatius (2003) **Artmeier, Hildegund:** Feuerross (2006) • Katzenhöhle (2005) • Schlangentanz • Drachenfrau (2004) **Bauer, Hermann:** Fernwehträume (2008) **Baum, Beate:** Häuserkampf (2008) **Beck, Sinje:** Totenklang (2008) • Duftspur (2006) • Einzelkämpfer (2005) **Blatter, Ulrike:** Vogelfrau (2008) **Bode-Hoffmann, Grit/Hoffmann, Matthias:** Infantizid (2007) **Bomm, Manfred:** Notbremse (2008) • Schattennetz • Beweislast (2007) • Schusslinie (2006) • Mordloch • Trugschluss (2005) • Irrflug • Himmelsfelsen (2004) **Bonn, Susanne:** Der Jahrmarkt zu Jakobi (2008) **Bosch van den, Jann:** Wintertod (2005) **Buttler, Monika:** Dunkelzeit (2006) • Abendfrieden (2005) • Herzraub (2004) **Clausen, Anke:** Ostseegrab (2007) **Danz, Ella:** Nebelschleier (2008) • Steilufer (2007) • Osterfeuer (2006) **Detering, Monika:** Puppenmann • Herzfrauen (2007) **Dünschede, Sandra:** Solomord (2008) • Nordmord (2007) • Deichgrab (2006) **Emme, Pierre:** Florentinerpakt • Ballsaison (2008) • Tortenkomplott • Killerspiele (2007) • Würstelmassaker • Heurigenpassion (2006) • Schnitzelfarce • Pastetenlust (2005) **Enderle, Manfred:** Nachtwanderer (2006) **Erfmeyer, Klaus:** Geldmarie (2008) • Todeserklärung (2007) • Karrieresprung (2006) **Erwin, Birgit/Buchhorn, Ulrich:** Die Herren von Buchhorn (2008) **Franzinger, Bernd:** Kindspech (2008) • Jammerhalde (2007) • Bombenstimmung (2006) • Wolfsfalle • Dinotod (2005) • Ohnmacht • Goldrausch (2004) • Pilzsaison (2003) **Gardein, Uwe:** Die letzte Hexe – Maria Anna Schwegelin (2008) **Gardener, Eva B.:** Lebenshunger (2005) **Gibert, Matthias P.**: Kammerflimmern (2008) • Nervenflattern (2007) **Graf, Edi:** Leopardenjagd (2008) • Elefantengold (2006) • Löwenriss • Nashornfieber (2005) **Gude, Christian:** Binärcode (2008) • Mosquito (2007) **Haug, Gunter:** Gössenjagd (2004) • Hüttenzauber (2003) • Tauberschwarz • Riffhaie • Tiefenrausch (2002) • Höllenfahrt (2001) • Sturmwarnung (2000) **Heim, Uta-Maria:** Das Rattenprinzip (2008) • Totschweigen (2007) • Dreckskind (2006) **Hunold-Reime, Sigrid:** Frühstückspension (2008) **Imbsweiler, Marcus:** Schlussakt (2008) • Bergfriedhof (2007) **Karnani, Fritjof:** Notlandung (2008) • Turnaround (2007) • Takeover (2006) **Keiser, Gabriele:** Gartenschläfer (2008) • Apollofalter (2006) **Keiser, Gabriele/Polifka, Wolfgang:** Puppenjäger (2006) **Klausner, Uwe:** Die

Alle Gmeiner-Autoren und ihre Krimis auf einen Blick

Kiliansverschwörung (2008) • Die Pforten der Hölle (2007) **Klewe, Sabine:** Blutsonne (2008) • Wintermärchen (2007) • Kinderspiel (2005) • Schattenriss (2004) **Klingler, Eva:** Königsdrama (2006) **Klösel, Matthias:** Tourneekoller (2008) **Klugmann, Norbert:** Die Nacht des Narren (2008) • Die Tochter des Salzhändlers (2007) • Kabinettstück (2006) • Schlüsselgewalt (2004) • Rebenblut (2003) **Kohl, Erwin:** Willenlos (2008) • Flatline (2007) • Grabtanz • Zugzwang (2006) **Köhler, Manfred:** Tiefpunkt • Schreckensgletscher (2007) **Koppitz, Rainer C.:** Machtrausch (2005) **Kramer, Veronika:** Todesgeheimnis (2006) • Rachesommer (2005) **Kronenberg, Susanne:** Weinrache (2007) • Kultopfer (2006) • Flammenpferd • Pferdemörder (2005) **Kurella, Frank:** Das Pergament des Todes (2007) **Lascaux, Paul:** Wursthimmel • Salztränen (2008) **Lebek, Hans:** Karteileichen (2006) • Todesschläger (2005) **Lemkuhl, Kurt:** Raffgier (2008) **Leix, Bernd:** Waldstadt (2007) • Hackschnitzel (2006) • Zuckerblut • Bucheckern (2005) **Mader, Raimund A.:** Glasberg (2008) **Mainka, Martina:** Satanszeichen (2005) **Misko, Mona:** Winzertochter • Kindsblut (2005) **Ott, Paul:** Bodensee-Blues (2007) **Puhlfürst, Claudia:** Rachegöttin (2007) • Dunkelhaft (2006) • Eiseskälte • Leichenstarre (2005) **Pundt, Hardy:** Deichbruch (2008) **Senf, Jochen:** Knochenspiel (2008) • Nichtwisser (2007) **Seyerle, Guido:** Schweinekrieg (2007) **Schmitz, Ingrid:** Mordsdeal (2007) • Sündenfälle (2006) **Schmöe, Friederike:** Spinnefeind • Pfeilgift (2008) • Januskopf • Schockstarre (2007) • Käfersterben • Fratzenmond (2006) • Kirchweihmord • Maskenspiel (2005) **Schröder, Angelika:** Mordsgier (2006) • Mordswut (2005) • Mordsliebe (2004) **Schuker, Klaus:** Brudernacht (2007) • Wasserpilz (2006) **Schneider, Harald:** Ernteopfer (2008) **Schulze, Gina:** Sintflut (2007) **Schwab, Elke:** Angstfalle (2006) • Großeinsatz (2005) **Schwarz, Maren:** Zwiespalt (2007) • Maienfrost • Dämonenspiel (2005) • Grabeskälte (2004) **Steinhauer, Franziska:** Menschenfänger (2008) • Narrenspiel (2007) • Seelenqual • Racheakt (2006) **Thömmes, Günther:** Der Bierzauberer (2008) **Thadewaldt, Astrid/Bauer, Carsten:** Blutblume (2007) • Kreuzkönig (2006) **Valdorf, Leo:** Großstadtsumpf (2006) **Vertacnik, Hans-Peter:** Ultimo (2008) •Abfangjäger (2007) **Wark, Peter:** Epizentrum (2006) • Ballonglühen (2003) • Albtraum (2001) **Wilkenloh, Wimmer:** Feuermal (2006) • Hätschelkind (2005) **Wyss, Verena:** Todesformel (2008) **Zander, Wolfgang:** Hundeleben (2008)